HEYNE<

## DAS BUCH

Nach dem Tod ihrer Mutter kehrt Veronika in ihr Elternhaus im Nürnberger Reichswald zurück, um dessen Verkauf abzuwickeln. Ganz ungelegen kommt ihr diese Flucht aufs Land nicht: Ihr Mann Joachim hat sich in einer Midlife Crisis auf einen Selbstfindungstrip verabschiedet, die PR-Agentur, in der Veronika seit Jahren arbeitet, hat ihr kurzerhand gekündigt, und ihre Tochter Ava verbringt ein Jahr in Neuseeland, von wo aus sie sich nur sporadisch meldet, und das auch eher aus Pflichtgefühl denn aus Zuneigung.

Nun, zurück in dem Wald, in den Veronika nie zurückkehren wollte, weil sie als Jugendliche alles, was mit ihrer Herkunft zu tun hat, restlos hatte abstreifen wollen, stürzen die Kindheitserinnerungen auf sie ein. Zu ihrer eigenen Überraschung sind es nicht nur schlechte. Da sind die an ihre Beziehung zur Natur, in der sie aufgewachsen ist, an die Bücher, die sie gern gelesen hat – und an Martin, ihre große Jugendliebe. Das Wiedersehen mit ihm überwältigt und überfordert Veronika, genauso wie die Anwesenheit eines ungebetenen Besuchers auf ihrem Waldstück.

Da entdeckt sie alte Aufzeichnungen über Anna Stromer, eine mutige junge Frau, die sich im 14. Jahrhundert mit Pioniergeist für den Schutz des Waldes eingesetzt hat. In Annas Geschichte findet sie Trost und Inspiration. Ein besonderes Band entwickelt sich zwischen den Leben beider Frauen, denen derselbe Ort durch die Zeiten hindurch Kraft gibt.

## DIE AUTORIN

Klara Jahn ist das Pseudonym einer bekannten Bestsellerautorin. Die Historikerin liebt es, große Geschichten zu erzählen und dabei tief in die Geschichte der Orte und Menschen einzutauchen. Dabei lässt sie sich von ihrer Liebe zur Natur und ihrer Faszination für raue Landschaften leiten. Die gebürtige Österreicherin und Mutter einer Tochter lebt seit 2001 in Frankfurt am Main. »Das Lied des Waldes« ist ihr zweiter Roman bei Heyne.

KLARA JAHN

# Das Lied des Waldes

ROMAN

WILHELM HEYNE VERLAG
MÜNCHEN

Sollte diese Publikation Links auf Webseiten Dritter enthalten,
so übernehmen wir für deren Inhalte keine Haftung,
da wir uns diese nicht zu eigen machen, sondern lediglich
auf deren Stand zum Zeitpunkt der Erstveröffentlichung verweisen.

Penguin Random House Verlagsgruppe FSC® N001967

Vollständige Taschenbuchausgabe 08/2023
Copyright © 2022 by Klara Jahn
Copyright © 2022 by Wilhelm Heyne Verlag, München,
in der Penguin Random House Verlagsgruppe GmbH,
Neumarkter Str. 28, 81673 München
Redaktion: Susann Rehlein
Printed in Germany
Umschlaggestaltung: FAVORITBÜRO, München,
unter Verwendung von Bridgeman Images/Ohara Koson;
Shutterstock.com/Elina Li
Satz: Leingärtner, Nabburg
Druck und Bindung: GGP Media GmbH, Pößneck
ISBN: 978-3-453-42745-7

www.heyne.de

Wie deine grüngoldenen Augen funkeln,
Wald, du moosiger Träumer!
Wie deine Gedanken dunkeln,
Einsiedel, schwer von Leben,
Saftseufzender Tagesversäumer!
Über der Wipfel Hin- und Widerschweben
Wie's Atem holt und voller wogt und braust
Und weiterzieht –
Und stille wird –
Und saust!
Über der Wipfel Hin- und Widerschweben
Hoch droben steht ein ernster Ton,
Dem lauschten tausend Jahre schon
Und werden tausend Jahre lauschen ...
Und immer dieses starke, donnerdunkle Rauschen.

*Peter Hille*

# VERONIKA

»Verdammt!«, entfuhr es Veronika. Sie hatte eine rand-
volle Kiste mit Einkäufen aus dem Kofferraum geladen, dabei war eine Packung Hafermilch heruntergefallen und auf
dem Waldboden zerplatzt. Einige Tropfen landeten auf
ihrer Jeans.

Ihre Freundin Luna würde sie jetzt rügen. Sie hatte die
Stille des Waldes erst kürzlich als heilig bezeichnet. Und
als heilsam. »Wusstest du, dass Menschen, die in der Nähe
von Wäldern leben, mehr Killerzellen produzieren, die
Krankheitserreger bekämpfen?«

Veronika hatte es nicht gewusst.

Sie wusste nur, dass sie immer noch von Luna enttäuscht
war. Diese hatte versprochen, sie in den Wald zu begleiten, und dann kurzfristig abgesagt. So erdend ein Trip in
das Forsthaus, wo Veronika ihre Kindheit und Jugend verbracht hatte, auch sein mochte – mit dem auf den letzten
Drücker frei gewordenen Platz in einem Klangschalenseminar hatte er nicht mithalten können.

Veronika bückte sich. Beim Aufheben riss die Packung
noch weiter auf, die Hafermilch ergoss sich über den Ärmel
ihrer Jacke. Diesmal verkniff sie sich einen Fluch, stampfte
wütend auf. Prompt drang Matsch in die Ritzen ihrer
Schuhe.

Stadtschuhe, hätte ihre Mutter dazu gesagt, obwohl die Absätze nur drei Zentimeter hoch waren.

Auf Walderde geht man am besten mit nackten Füßen, behauptete Luna. Sie hatte für die paar Tage im Wald viele Pläne gemacht. Shinrin Yoku, das Waldbaden, reize sie schon seit Langem, die Japaner meinten damit nicht bloß einen Waldspaziergang, sondern eine Aromatherapie, eine Stressmanagement-Methode, eine Achtsamkeitsübung.

Veronika hatte keinen Sinn für ein Bad im Wald. Die Hafermilch war im Boden versickert, sie warf die leere Packung in den Kofferraum. Er schloss sich auf Knopfdruck, ganz leise. Ihre Schritte waren auch kaum zu hören, als sie vom Waldrand zum Forsthaus ging, auf einem schmalen Weg, beschattet von alten Birken und Kiefern. Lauter klang der Ruf eines einsamen Waldkauzes, und er war ähnlich melancholisch wie die Erinnerungen, die in ihr hochstiegen, als sie ihr Elternhaus erreichte.

Nur zwei der weißen Sprossenfenster waren zu sehen, die anderen verbargen sich hinter Fensterläden, von denen grüne Farbe blätterte. Das Holz darunter war verwittert. Das Haus schien sie aus müden Augen anzustarren. Risse zogen sich durch die Fassade, Putz bröckelte ab, die Dachbalken waren größtenteils von grauem Moos überwuchert. Durch die löchrige Dachrinne tropfte es. Gut möglich, dass es auch durchs Dach ins Haus tropfte, aber darum musste Veronika sich nicht mehr kümmern, das wäre das Problem der künftigen Besitzer. Lange blieb sie ohnehin nicht, für die paar Tage hatte sie eigentlich zu viel eingekauft.

Sie stellte die Kiste ab, um das Gartentor zu öffnen. Der Zaun aus dünnen Fichtenstämmen war morsch, das Holz des Tors rumpelte über den unebenen Boden. Sie musste mit ganzer Kraft dagegendrücken, um sich mitsamt der Kiste in den Garten zwängen zu können.

Ihre Erinnerungen hatten nun nichts mehr mit dem Schrei des Waldkäuzchens gemein, gedämpft vom Wald und so weit entfernt, dass man ihn geflissentlich überhören könnte. Hartnäckig klopften sie an wie ein Specht, der mit dem Schnabel Baumrinde bearbeitet. Sie drangen durch die Schichten der Zeit, die zwischen Veronika und der Vergangenheit stand, ganze siebenundzwanzig Jahre, in denen sie nur sporadisch hier gewesen war. Seit dem Tod ihrer Mutter Ilse im letzten Herbst hatte sie das Forsthaus überhaupt nicht mehr betreten. Doch jetzt stand sie in Ilses Garten – und in ihrem eigenen früheren Leben.

Ilse Pichlers Garten war immer schon der Schauplatz eines langen, zermürbenden Stellungskriegs gewesen. Die Front verlief rund um die Beete, wo Kohl, Rote Rüben und Rettich angebaut wurden, rund um die Salbei-, Thymian- und Ziermohnstauden, um die Narzissen, Tulpen und Rosen. Auf diesem Schlachtfeld galt keine Genfer Konvention, sammelte kein Rotes Kreuz die Verletzten ein. Ilse Pichler hatte mit Schaufel und Spaten, Sichel und Rasenkantenstecher, Unkrautjäter und Blumenkralle, mit Dicamba, Glyphosat und Rasenherbiziden gekämpft. Der Wald mit Pollen, Samen, Insekten und Wühlmäusen.

Sie hatte die giftigeren Waffen, er das beweglichere Heer, manchmal auch die bessere Taktik. Die blauen Vergissmeinnichtpolster, die sich einmal übers ganze Gemüsebeet ausbreiteten, konnten auf Allianzen setzen. Ameisen mochten die nährreichen Samenkappen und verteilten freudig die Samen.

Als Veronika etwa zwölf Jahre alt war, erklärte sie das

einmal der Mutter. Gerade hatte diese verlangt, sie solle ihr beim Ausreißen der Vergissmeinnicht helfen. »Wusstest du«, sagte Veronika und ließ sich, anstatt zu pflücken, zu rupfen, zu jäten und zu tilgen, auf der Gartenbank nieder, »dass das Gesamtgewicht aller Ameisen dem Gewicht sämtlicher Menschen auf der Erde entspricht?«

»Hmpf«, machte die Mutter und wiederholte ihre Bitte nicht. Sie kämpfte gegen den Wald, nicht gegen den Widerstand der Tochter. Während die auf der Gartenbank ihre Hausaufgaben machte, arbeitete sich die Mutter durch die Beete, bis nicht nur die Vergissmeinnicht verschwunden waren, sondern auch sämtliches Unkraut und etliche ihrer Blumen. Die schwarze Erde, die zwischen armseligen Farbtupfern zurückblieb, war zwar nicht unbedingt Zeichen für einen Sieg, aber auch nicht für eine Kapitulation.

Ilse Pichler konnte nicht lange stolz darauf sein. Kurze Zeit später schickte der Wald ein Reh als Verstärkung, das Salat, Erdbeeren und Johannisbeeren liebte. Es schaffte es, den Gartenzaun zu überwinden, der bislang alle Artgenossen abgehalten hatte, und innerhalb einer Nacht das Ergebnis von mehreren Monaten Arbeit wegzufressen.

Die Mutter streute ein Gemisch aus Wasser und Blutmehl auf ihre Pflanzen, aber das Reh scheute den Geruch von Tierblut nicht. Sie platzierte ungewaschene, naturbelassene Schafwolle strategisch günstig rund um die Gartenbeete, aber anders als erhofft ließ sich das Reh auch davon nicht stören. Sie drohte, Goldregen, Rhododendron und Kirschlorbeer anzubauen – Gift für das Reh –, aber bis das alles angewachsen war, hätte sie den Garten in einen Bunker verwandeln müssen. Beim Gift blieb sie, sie vermischte Rattengift mit Wildfutter und verteilte es auf dem Rasen. Das Reh verschmähte es und hinterließ Rehlosung als Gruß.

Das Waffenarsenal der Mutter war aufgebraucht.

»Erschieß es«, befahl sie dem Vater, doch der schob die leidige Pflicht wieder und wieder auf. Er schoss lieber Hirsche.


Veronika betrachtete den Garten. Am Ende hatte doch der Wald gewonnen. Die Beete waren von überbordenden Sträuchern, Wildkräutern, Gräsern, Farnen, Moosen und Flechten bedeckt. Auf dem Rasen, einst eine glatte grüne Fläche, wucherten Huflattich, Klee und Wegerich. Und auf dem Weg zum Haus riss sie sich die Hose an einer dornigen Ranke auf. Als sie die Einkäufe abstellte, wanderte ihr Blick hoch zum Türstock aus Sandstein – neben dem Gewölbekeller der älteste Teil des Hauses. Die darauf eingeritzte Jahreszahl war einmal deutlich zu lesen gewesen, jetzt waren da nur verwischte graue Spuren. Veronika wusste auch so, dass der erste Bewohner das Forsthaus Anfang des 16. Jahrhunderts bezogen hatte.

An den Sandstein schlossen sich die Reste einer pechschwarzen Holzvertäfelung an, übersät von Vogelkot. Darüber befand sich der Balkon mit der hohen gedrechselten Balustrade. Die Mutter hatte damals auch hier Blumen angepflanzt, Geranien, so prächtig, dass man den Balkon nicht betreten konnte, ohne von ihnen gekitzelt zu werden. Der Feind der Geranien war nicht der Wald gewesen, sondern der Sturm. Wenn der anrückte, blieb nur die Flucht, alle Blumentöpfe mussten so schnell wie möglich in Sicherheit gebracht werden.

»Hilf mir doch!«, sagte Ilse dann zu Veronika, aber die war wieder mal in ein Buch vertieft und stellte sich wie so oft taub, wenn die Mutter um Hilfe bat.

Veronika sperrte das widerspenstige alte Türschloss auf

und zog den wurmstichigen Holzriegel zurück. Der Dielenboden war zerkratzt und uneben. Sie hatten den Flur nie mit Schuhen betreten, doch jetzt tat sie es, obwohl an ihren Sohlen noch Waldboden klebte. Vorsichtig setzte sie einen Fuß vor den anderen, als wäre die Fläche vermint.

Der modrige Geruch, der sie empfing, erinnerte sie an jene Gläser mit Himbeermarmelade, die die Mutter eingerext hatte, nicht immer sorgfältig genug, sodass sich oft eine graue Schimmelschicht bildete. Ilse pflegte den Schimmel mit einem Messer abzukratzen. »Das darunter kann man noch essen«, meinte sie, auch wenn sich zum süßen Aroma eine muffige Note gesellt hatte. »Wenn der Pilz bereits sichtbar ist, ist das ein Zeichen, dass das ganze Lebensmittel mit Pilzgeflecht durchzogen ist«, erläuterte Veronika altklug. Aber gegen Unsichtbares kämpfte die Mutter nicht.

Mit jedem Schritt, der Veronika tiefer in den länglichen Flur führte, verstärkte sich der unangenehme Geruch. Sonst empfing sie nichts, und diese Leere konnte man nicht abkratzen. Sämtliches Mobiliar, das einst im Flur gestanden hatte – der Schuhkasten, der Schirmständer, der Telefontisch –, war verschwunden, der Staub konnte sich nirgendwo verstecken, blieb nirgendwo haften. Im Luftzug, der von draußen kam, tanzte er haltlos hin und her. Über der Tür zur Stube hatte früher ein prächtiges Hirschgeweih gehangen. Jetzt war da nur mehr ein schwarzer Nagel, der wie eine zerquetschte Fliege auf einem ovalen Stück Tapete saß.

Es war Josef Pichlers schönstes Geweih gewesen, eines der ersten Dinge, das die Mutter entfernt hatte, nachdem er gestorben war und sie beschlossen hatte, nicht allein im Forsthaus wohnen zu bleiben. Und das Letzte, bei dem

Veronika ihr geholfen hatte. Sie hatte keine Zeit gehabt, beim Entrümpeln zu helfen, berufstätig und mit Familie. Ihr Frankfurter Leben war mindestens so vollgestopft wie dieses Haus.

»Willst du sie nicht haben?«, hatte die Mutter gefragt und damit nicht nur das Hirschgeweih gemeint, sondern auch den Kopf eines Keilers, der weiter hinten hing, und die Geweihe von unzähligen Böcken. »Ich kann sie nicht mitnehmen, aber es wäre doch schade um die Trophäen deines Vaters.«

»Wo denkst du hin, so etwas passt doch nicht in unsere Wohnung.«

Ilse hatte sie vorwurfsvoll angeschaut. »Magst dich ja gar nicht an uns erinnern.«

»Hast du dich nicht selber geärgert, dass Vater es nie erwarten konnte, Hirsche zu schießen, es aber endlos lange aufgeschoben hat, deinen Garten von diesem Reh zu befreien? Weil das zu schießen ja keine echte Herausforderung sei?«

Die Mutter zuckte die Schultern, nun war sie es, die sich nicht erinnern wollte. Der Triumph über das Reh hatte damals nicht lange gewährt, eine Schneckenplage war gefolgt. An deren Ende stand wieder einer ihrer Pyrrhussiege: Der Schädling war beseitigt, aber der Garten entweder vergiftet oder kahl.

Anders als der Flur war die Wohnküche, die sie stets Stube genannt hatten, nicht komplett leer. Ilse Pichler hatte bei ihrem Auszug ein paar Möbelstücke zurückgelassen. Das sei kein rechtes Leben mehr hier, so ganz allein, hatte sie gesagt. Aber bei ihrer Schwester auf dem Hof, wo sie die Kindheit verbracht hatte, passte es ihr dann auch nicht. So viel Land, so wenig Wald, ein gepflegter Garten. Ohne Kampf wurde sie müde, zerbrechlich.

Das graue Sofa stand noch da, das Bild darüber – zwei Birken an einem Bächlein – war verschwunden, hatte aber Spuren hinterlassen: Wo es gehangen hatte, war die Tapete nicht nachgedunkelt, die Vergangenheit hatte dort keine Schatten geworfen.

Eine Matratze lag auch noch da, uralt, mit zerkrümelten Schaumstoffecken, von Mäusekötel übersät. Wahrscheinlich hatte die Mutter hier geschlafen, als das Schlafzimmer schon leer geräumt war. Die hölzerne Bank gegenüber vom Gasherd hatte sie ebenfalls zurückgelassen, nur die Sitzpolster fehlten. Die Mäuse mussten auch hier hochgeklettert sein, denn die Häkelborte am vergilbten Vorhang, der vor dem Fenster hing, sah angefressen aus.

Veronika stellte die Kiste mit den Einkäufen auf ein schiefes Regal neben dem Gasherd. Sie hatte nicht vor, den Herd zu benutzen, sondern hatte einen Wasserkocher mitgebracht, um sich notdürftig versorgen zu können. Sie entnahm dem Karton zwei weitere Packungen Hafermilch, ein paar Quinoa-Cups und Reisnudeln. Eine Packung Nüsse – Haselnüsse, Mandeln, Cashewkerne – hatte sie ebenfalls dabei, außerdem Kiwis, Äpfel und Bananen.

Danach sah sie sich weiter um: Dort hinten hatte der Fauteuil gestanden, auf dem ihr Vater stets ferngesehen hatte. Josef Pichler hatte zeit seines Lebens auf den schlechten Fernsehanschluss geschimpft. Man musste die Antenne des Uraltmodells immer eine Weile hin und her schieben, bis ein scharfes Bild zu sehen war und der Ton nicht mehr rauschte. Am besten bekam man es hin, wenn man die Antenne um ein paar Grad knickte, aber der Vater bevorzugte es, dass sie gerade stand. Er mochte auch gerade gewachsene Bäume am liebsten, »Steckeleswald« aus hochstämmigen Föhren machte keine Arbeit. Auf die Ranken und Sträucher, die sich am Boden duckten, trat er achtlos. Während die Mutter ihren Kampf gegen den Wald bis zum Schluss ausfocht, war er für den Vater nie ein Gegner auf Augenhöhe gewesen.

Wenn der Vater fernsah, stand die Mutter ein kleines Stück daneben und bügelte. Wie der Fauteuil hatte das Bügelbrett Abdrücke im Boden hinterlassen. Wenn Ilse bügelte, lächelte sie meist zufrieden, weiße Hemden ließen sich leichter glätten als schwarze Erde. Nur an einem Tag, der Veronika nun deutlich vor Augen stand, war das Lächeln nicht zufrieden, sondern verbissen gewesen.

»Wann kriegen wir endlich einen neuen Zaun?«, fragte sie ungehalten. »Der jetzige ist zu niedrig.«

Das Reh war damals schon Geschichte, aber sie hatte Angst vor neuen Angriffen aus dem Wald.

Erstaunlich, dass ihre Mundwinkel trotz der mürrischen Stimme nach oben gebogen blieben, als wären die Lippen aus Maschendraht, dem selbst ein Sturm nichts anhaben konnte. Sie waren nicht unter sich: Sophie war da, die Neue in Veronikas Schulklasse, deren Familie erst vor Kurzem aus Hamburg nach Nürnberg gezogen war. Die beiden Mädchen mussten gemeinsam ein Referat für den Sachkundeunterricht der vierten Klasse vorbereiten. Übergeordnetes Thema war die Geschichte Nürnbergs im Mittelalter. Sophie und Veronika sollten das Handelshaus der Familie Stromer vorstellen.

Der Vater achtete nicht auf die Mutter, er stand auf, um die Antenne gerade zu richten. Es lief »Unser Land«, die Stimme von Carolin Reiber verlor sich im weißen Rauschen.

Die Mutter seufzte genervt, das Maschendrahtlächeln hielt.

»Diese verfluchten Schädlinge …«, setzte sie an.

Der Vater saß noch nicht wieder auf dem Fauteuil, als er sich an die beiden Mädchen wandte. »Soll ich euch später meine Insektensammlung zeigen?«

Die Insektensammlung bestand aus Hunderten von Käfern, Spinnen, Wespen und anderen Kerbtieren, auf Nadeln gespießt und in Schächtelchen auf Schaumstoffkissen gebettet, von denen die größeren Tiere sogar Glasaugen hatten.

»Die interessiert doch niemanden«, sagte Veronika schnell.

»Nürnberg im Mittelalter – *das* interessiert niemanden«, erwiderte Sophie genervt und verdrehte die Augen. Sie zog etwas aus ihrem Rucksack und hielt es Ilse vors Gesicht. »Das soll ich Ihnen von meiner Mutter geben.«

Es waren Sanddornpralinen, verpackt in knisterndes Stanniolpapier, auf dem die Hamburger Landungsbrücken zu sehen waren. Sogar eine dunkelrosa Schleife war darumgebunden.

Die Mutter starrte darauf. »Das wäre doch nicht nötig gewesen, so etwas Feines.«

»Das ist ein Dankeschön, weil ich mit Veronika lernen darf.« Sophie war die Einzige, die sie so nannte, alle anderen sagten Vroni zu ihr.

»So etwas Feines«, murmelte die Mutter erneut und nahm die Pralinen immer noch nicht. Erst als Sophie sie auf die Ablagefläche für das Bügeleisen legte, griff die Mutter vorsichtig danach und verstaute das Geschenk im obersten Fach des Küchenschranks. Sie würde nie an der Schleife ziehen, nie das knisternde Stanniolpapier entfernen. So etwas Feines verschwendete man nicht leichtfertig, das war für einen besonderen Anlass bestimmt. Nur kam der nie.

Sie kehrte zurück zum Bügeltisch. »Das wäre doch nicht nötig gewesen.«

Nach Ilses Ansicht wäre es auch nicht nötig gewesen, dass Sophies Mutter Nora das Mädchen mit dem Auto zum Forsthaus brachte, es hätte doch laufen können.

»Das sind zwanzig Minuten durch den Wald!«, hatte Nora entsetzt ausgerufen.

Ilse hatte nicht verstanden, wo das Problem lag. Vor dem Wald schützte man seine Blumen- und Gemüsebeete, Kindern tat er ja nichts.

Um achtzehn Uhr würde Nora Sophie wieder abholen.

»Wir müssen uns beeilen, wenn wir noch etwas schaffen wollen«, drängte Veronika.

Sophie schaute fasziniert auf den flimmernden Bildschirm. Ähnlich fasziniert hatte sie vorhin den ausgestopften Keiler und das Hirschgeweih angestarrt. »Ich würde die toten Insekten gerne sehen.«

»Vielleicht später, jetzt komm mit.«

Sophie verdrehte wieder die Augen, aber sie folgte Veronika nach oben.

Den gleichen Weg nahm Veronika auch jetzt. Ihr Zimmer war das letzte am Ende des Korridors im ersten Stock, wo sich auch das Schlafzimmer der Eltern, das Badezimmer und ein kleines Büro befanden. Anders als der Flur im Erdgeschoss war dieser Gang nicht gänzlich leer. Neben der Tür zu Veronikas Zimmer stand noch ein alter fränkischer Bauernschrank aus massivem Holz, mit originalen Beschlägen aus dem Jahr 1887 und floralen Motiven.

Wenigstens den könne sie doch nehmen, hatte Ilse bei ihrem Auszug gesagt, auch Städter stellten sich so was in ihre Wohnung. Man müsse ihn nur richtig gegen den Holzwurm behandeln. Dazu hatte sie viele Vorschläge parat, ihr Giftrepertoire war umfangreich. Der Schrank stammte aus dem Bauernhof von Ilses Eltern, sie hatte ihn mitgenommen, als sie Josef Pichler geheiratet und mit ihm das Forsthaus bezogen hatte. Warum sie ihn beim Umzug zurück ins Elternhaus nicht selbst mitnehme, hatte Veronika wissen wollen.

Aber auf dem Hof hatte man nicht mal Ilse haben wollen, geschweige denn einen alten Schrank. Zwei Jahre später war sie ins Altersheim gezogen; sie und die Schwester, das sei einfach nicht gegangen.

»Hier hast du es doch schön«, hatte Veronika bei ihrem ersten Besuch im Heim gesagt, als sie sich in dem hellen, geräumigen Zimmer umsah. Sie hatte die Mutter von nun an drei-, viermal im Jahr besucht und immer feine Pralinen mitgebracht.

Die alten Dielen knarrten bei jedem Schritt. Was die Mutter wohl mit Veronikas Möbeln gemacht hatte?

Sie erreichte die Tür und drückte mit dem Knie gegen das Holz. Die Tür öffnete sich nur zu einem Drittel, dann stieß sie auf Widerstand – ihr alter Flickenteppich war verrutscht. Sie drückte nicht weiter gegen die Tür, sondern zwängte sich durch den Spalt. Das Bett sah aus wie frisch gemacht, die Kissen- und Deckenbezüge waren die geblümten von einst. Ihr Schreibtisch stand wie damals vor dem Fenster, der Drehstuhl davor war leicht zur Seite gedreht, als hätte sie eben noch dort gesessen. Im Wandregal standen ihre alten Bücher, von einer dicken Staubschicht bedeckt. Gleich daneben hing der vertraute Kupferstich, der Nürnberg im Mittelalter zeigte, rechts vom Fenster das Hinterglasbild mit der Wildschweinjagd. Darauf waren die Nester in den Bäumen riesig, die Vogeljungen darin fast so groß wie der Frischling. Die einst weißen Häkelborten der Vorhänge waren vergilbt, aber nicht angefressen wie die in der Stube. Nichts hatte an diesem Raum genagt, er war erhalten geblieben wie in einem Einmachglas, die Zeit hatte sich als zahnlos erwiesen. Als hätte er auf Veronika gewartet. Als hätte die Mutter auf sie gewartet.

»Schade, dass Sie nicht rechtzeitig kommen konnten«, hatte die Altenpflegerin nach dem Tod der Mutter vorwurfsvoll erklärt. Dabei hatte Veronika sich doch sofort ins Auto gesetzt. Sie hatte später noch Stunden neben dem Bett gesessen, in dem die tote Mutter lag, hatte gewartet, bis die Kerze heruntergebrannt war. Ilses Lächeln war so sanft gewesen, in diesem gelblich-wächsernen Gesicht war nichts mehr aus Maschendraht, kündete nichts mehr von einem Kampf.

Vergissmeinnicht.

Sie hatte die Mutter nicht vergessen, der Anblick des konservierten Kinderzimmers trieb ihr Tränen in die Augen.

Sie hatte auch Sophie nicht vergessen, die ständig gemault hatte, wie langweilig Sachkunde sei. »Warum spielen wir nicht?« In Veronikas Zimmer gab es kein Spielzeug.

»Die Familie Stromer, Besitzerin eines großen Handelshauses, hat im Mittelalter von Nürnberg aus die ganze Welt erobert«, belehrte Veronika sie.

Sie selbst hatte zwar vom Forsthaus aus nicht die ganze Welt erobert, aber sich in Frankfurt eine eigene geschaffen. Hatte Karriere gemacht, geheiratet, eine Tochter großgezogen.

Sie sank auf das Bett. Die Bettwäsche war glatt wie frisch gebügelt, nirgendwo eine Falte, nur eine Stopfnaht. Unwillkürlich japste sie nach Luft, aber in einem Einmachglas gab es keinen Sauerstoff. Sie stürzte zum Fenster, riss es auf.

Wieder sog sie tief den Atem ein. Der Druck auf der Brust verging, die würzige Waldluft füllte die Lungen, und als sie sich hinausbeugte, tropfte es ihr von der löchrigen Regenrinne auf den Hinterkopf. Sie fühlte sich erfrischt, aber dennoch beklommen und ... schrecklich einsam. In der Ferne rief immer noch der Waldkauz.

# ANNA

Als ich das erste Mal allein im Wald war, dachte ich, ich würde dort sterben. Dabei stirbt man im Wald nicht, man wird nur verwandelt.

Wäre ich verdurstet oder erfroren, hätten sich Bären, Wölfe und Raben an meinem Leichnam gütlich getan und dabei den Boden rundherum aufgerissen, sodass dort Samen keimen könnten. Die Reste meines verwesenden Fleisches wären ein vorzüglicher Dünger gewesen, die Knochen ein köstliches Mahl für die Mäuse. Sie hätten die harte Schale aufgebrochen, und die Linsenfliegen hätten darin ihre Eier ablegen können, während ein Käfer namens Totengräber sämtliche Haare abgebissen und mit seinem Speichel dafür gesorgt hätte, dass meine Überreste sich nach und nach mit dem Boden verbanden und frische Erde entstand.

Dieses Verschwinden macht einer alten Frau wie mir keine Angst, im Gegenteil. Es ist eine Verheißung. Als kleines Mädchen wusste ich freilich noch nicht, dass der Tod nie das Ende ist, nur eine Faser im Lebensfaden.

Ich heiße Anna Stromer, und die Geschichte, die ich erzählen will, beginnt im Jahr 1366, als ich acht Jahre alt war. Zu diesem Zeitpunkt war ich dem Tod schon zweimal begegnet.

Einmal hatte er mein kleines Brüderchen geraubt, als es noch eine Larve war. Nein, keine Larve, ein Säugling. Ich lebe schon so lange zurückgezogen in den Wäldern, dass mir die menschliche Sprache mehr und mehr abhandenkommt. Manchmal muss ich mühsam nach einem Wort suchen, während es ein Leichtes wäre, wie ein Kolkrabe zu krächzen.

Nach dem Tod meines Brüderchens ging meine Mutter Anna Hegner bald wieder schwanger, doch diesmal brachte sie das Ungeborene nicht auf die Welt. Es starb in ihr und vergiftete ihren Körper. Mit schweißbeflecktem Gewand, dunklen Adern unter der weißen Haut und verzerrtem Gesicht zeichnete sie mir ein Kreuz auf die Stirn und tat ihren letzten Atemzug. Noch Tage später glaubte ich, das Kreuz wie ein Brandmal zu spüren. Noch Monate später war ich von Trauer wie gelähmt.

Mein Vater Ulmann Stromer hatte seine Trauer schneller verwunden. Um mein kleines Brüderchen nicht zu vergessen, hatte er dessen Namen – Ulrich – in ein kleines Büchlein geschrieben, wo er später auch das Todesdatum meiner Mutter eintrug. Sodann nahm er sich eine neue Frau namens Agnes, die erst fünfzehn Jahre alt war. Gab ein Stuhl unter ihm nach, weil die Beine morsch geworden waren, verlegte er sich schließlich auch nicht aufs Stehen, sondern ließ sich einen neuen zimmern.

Agnes kümmerte sich nicht um mich. Sie sah in mir eher eine lästige kleine Schwester denn eine Stieftochter. Sie trachtete danach, sich nach der neuesten Mode zu kleiden, drehte sich damit hoffärtig vor dem Spiegel und erfreute sich an dem fußlangen, seidigen herbstbunten Unterkleid ebenso wie an dem ärmellosen Überkleid in der Farbe des

Winterhimmels. Das eigene Spiegelbild lächelte ihr zu, ich stand stumm und bleich daneben.

»Sag, hast du deine Zunge verschluckt?«, rief Agnes einmal und brach in spöttisches Lachen aus.

Tiefes Entsetzen erfasste mich. Als meine Mutter noch lebte, hatte ich einmal einen der Knöpfe verschluckt, die seit geraumer Zeit jene Schlaufen ersetzten, mit denen die Nürnbergerinnen bislang ihre Kleider verschlossen hatten. Die Mutter hatte Angst gehabt, ich könnte ersticken. Der Vater hatte sich geärgert, denn Knöpfe waren teuer.

Am Ende hatte ich den Knopf wieder ausgeschieden. Doch eine Zunge war größer, daran würde ich wohl tatsächlich ersticken.

»Na los«, sagte Agnes und packte mich an den Schultern, »mach den Mund auf und lass mich schauen.«

Ich presste die Lippen zusammen und schüttelte den Kopf. Agnes schimpfte, ich sei ein böses, verstocktes Mädchen.

Erst nachdem die Stiefmutter den Raum verlassen hatte, stellte ich mich selbst vor den Spiegel und machte den Mund auf. Als ich meine Zunge erblickte, war ich erleichtert. Ich war nicht böse und auch nicht verstockt, aber einsam war ich, schrecklich einsam. Und fürderhin stumm.

Meinem Vater gefiel es, wenn Mädchen und Frauen wenig sprachen. Aber dass sie gar nicht sprachen, hatte der Allmächtige wohl nicht vorgesehen. Die Leute begannen zu tuscheln, die junge Anna sei am Tod ihrer Mutter irre geworden. Doch eine verrückte Frau würde dereinst kein ehrbarer Nürnberger ehelichen.

Also suchte mein Vater Rat in der Sebalduskirche, dann in der Lorenzerkirche, schließlich in der Frauenkirche.

Ein Priester sagte, dass nicht ich es sei, die beharrlich schweige, sondern der Dämon, der in mir wohne. Der zweite sprach von einem bösen Zauber, gegen den Milch helfe, die man rot oder blau färben müsse. Der dritte behauptete, ich hätte etwas aus Eisen verschluckt, das mir nun schwer im Magen liege und jedes Wort in die Tiefe ziehe, bevor es den Mund erreiche.

Ich saß bei diesen Unterredungen daneben. Gerne hätte ich eingeworfen, dass der Knopf, den ich verschluckt und der den Körper schon wieder verlassen hatte, nicht aus Eisen bestanden habe, sondern aus Holz, und dass er mit Seidenstoff überzogen gewesen sei, der im Frühlingswind wie Schmetterlingsflügel flatterte. Doch ich bekam den Mund nicht auf. Mein Vater schon. Als der eine von Exorzismus sprach, der zweite von Gebeten, der dritte vom strengen Fasten und alle drei von großzügigen Schenkungen an die jeweilige Gemeinde, die Gott günstig stimmen würden, lehnte er ab.

Ulmann Stromer hätte sich zwar selbst als frommen Menschen bezeichnet, aber ich glaube nicht, dass er im tiefsten Herzen einer war. Vielmehr gehörte er zu jenem neuen Menschenschlag, wie man ihn vor allem in den Städten trifft – er fürchtete Gott nicht mehr, sondern handelte mit ihm. Und die Preise, die ihm die Priester nannten, deuchten ihn zu hoch.

Wer keine Schenkung wollte, sondern ihre Hilfe umsonst gewährte, war meine Tante Gerhaus. Die Schwester meines Vaters war eine belesene und kluge Frau, die dem Nürnberger Katharinenkloster als Äbtissin vorstand. Zunächst erging sie sich in mannigfaltigen Vermutungen, doch die meisten verwarf sie wieder. Vergiftetes Brunnenwasser hätte einen solchen Schaden anrichten können, aber die Juden habe man ja jüngst aus der Stadt vertrieben. Im Krankenhaus zum Heiligen Geist habe sie einmal gesehen, wie einem Siechenden ein Knochen aus dem Kopf wuchs, weil der Kranke einst einem Mann den Arm gebrochen hatte, doch ich sei noch zu jung für solch schwere Sünden und die daraufhin von Gott gesandte Strafe.

»Du musst mit ihr zu Sebald pilgern«, schloss sie ihre Ausführungen.

Sebald war ein frommer Mensch, der einst als Eremit im Wald gelebt hatte. Die Nürnberger pilgerten regelmäßig zu seinem Grab mit dem verwitterten Steinkreuz und zu der Quelle gleich in der Nähe, erhofften sie sich von dem Wasser doch Linderung für alle möglichen Leiden.

»Er wird deinem Töchterlein die Sprache zurückgeben«, schloss Tante Gerhaus hoffnungsvoll.

Ich war noch nie aus Nürnberg herausgekommen.

Die Freie Reichsstadt zählte damals schon mehr als dreihundert Jahre. Bei einer Eiche werden in diesem Alter die jährlichen Neuaustriebe etwas kürzer, mancher Zweig verbiegt sich krallenartig. Nürnberg hingegen streckte die Hände immer weiter nach Macht, Einfluss und Reichtum aus. Und die Hände meines Vaters bekamen besonders viel zu fassen.

Unsere Familie war eine der mächtigsten in der Stadt und eine der wohlhabendsten. Sie hatte mit Waren aus ganz Europa – Gewürzen, Tuch und Wein – ein riesiges Handelshaus erschaffen, dessen Verbindungen bis nach Maastricht, Valenciennes, Lüttich, Metz, Antwerpen reichte. In seinem Kontor wurde so emsig gearbeitet wie in einem Bienenstock. Bei den Bienen dreht sich freilich alles um die Königin, indes mein Vater und die anderen Patrizierfamilien alles daransetzten, den Herrscher, der in unserer Welt Kaiser heißt, mit Steuern gnädig zu stimmen, ansonsten aber von der Stadt fernzuhalten.

Der Reichswald umgibt Nürnberg von allen Seiten und ist so riesig, dass man ihn selbst dann nicht überblicken kann, wenn man am höchsten Punkt des Norenberc steht – dem Sandsteinfelsen, auf dem die Kaiserburg errichtet wurde. Manche nennen den Reichswald auch den Mantel der Stadt. Doch ein Mantel schmiegt sich sanft an den Körper, wohingegen zwischen der Stadt und dem Wald ein schmaler, abgeholzter Streifen Land liegt – das Knoblauchsland, auf dem die Menschen auf kargem Boden Gemüse anbauen. Auch quer durch den Wald hat man Schneisen geschlagen – Straßen, die nicht nur nach Bamberg oder Regensburg, sondern auch zur besagten Quelle des Eremiten Sebald führen.

Es hätte nicht gereicht, bloß meine Hände ins Wasser zu tauchen und einen Schluck aus der heilsamen Quelle zu trinken. Nein, Tante Gerhaus hatte geraten, mich gänzlich darin unterzutauchen und dazu einen lateinischen Segen zu sprechen. Sobald ich prustend auftauchte und nach Luft schnappte, würde ich gleich einem Neugeborenen einen durchdringenden Schrei ausstoßen.

Bang fragte ich mich, ob unter Wasser getaucht zu werden sich so anfühlte, wie an der Zunge zu ersticken. Ich hatte schreckliche Angst davor und hielt darum beharrlich den Kopf gesenkt. So merkte ich weder, wie unser Gefährt durch eines der Stadttore fuhr, noch, wie wir die mächtige Stadtmauer, an der unermesslich lange gebaut worden war, hinter uns ließen und bald der Schatten der Bäume auf die Kutsche fiel. Nicht nur, dass ich den Wald zu diesem Zeitpunkt noch nie betreten hatte – ich wusste nicht einmal, dass dies ein Wald war, hatten meine Amme und meine Mutter in meiner Gegenwart doch vornehmlich über Dinge getuschelt, die sich innerhalb der Stadtmauern zutrugen.

Auch Agnes nannte ihn nicht so. Seit Tagen beschwerte sie sich lautstark, weil sie meinen Vater und mich begleiten sollte, und hörte auch jetzt nicht auf, schiefmäulig zu klagen. Gut möglich, dass die Quelle besondere Heilkraft besitze, ihre Umgebung jedoch sei Feindesland.

»An einem Ort, wo hohe Bäume stetig Schatten werfen, werden böse und verstockte Menschen nur noch böser und verstockter«, rief sie. Eine *terra inculta* sei dieser Ort, wo sich finstere Menschen mit noch finsterer Seele versteckten. Ein *res nullius*, wo keine rechtschaffenen Menschen leben könnten – in schönen Häusern, prächtigen Gewändern und in Gesellschaft von ihresgleichen.

Die lateinischen Worte klangen aus ihrem Mund wie ein Fluch. Vater indes wurde zunehmend gereizt, weil seine Tochter zu viel schwieg und seine neue Frau zu viel redete. Doch ich hörte nicht auf zu schweigen und Agnes nicht auf zu reden.

»Ein Erzbischof ist vor vielen Jahren im Traum in die Hölle gereist«, erzählte sie, »und als man ihn fragte, wie es dort aussehe, da sprach er nicht von Feuerseen und Eisenrosten, auf denen Sünder brieten, sondern von Bäumen, die so dicht wüchsen, dass dazwischen bloß Platz für Schwärze und Ödnis sei. Der Boden sei nicht fest, die Schritte darauf würden versinken in einer Masse, die sich der ordnenden Hand, der Formung entzieht. Zudem ersticke man an giftigen Miasmen und werde von Schlingpflanzen zu Fall gebracht. Jungfräulich sei dieser Ort, doch wenn der Jungfrau der Gebieter fehlt, dem sie sich unterwirft und der sie fruchtbar macht, wird sie zum verdorbenen, gefährlichen Weibsbild.«

Vater wurde unbehaglich zumute. Er hatte durchaus Angst vor der Hölle und auch vor dem Fegefeuer. Allerdings hatte er in seinem Testament verfügt, dass nach seinem Tode gleich mehrere Klöster einen beträchtlichen Geldbetrag erhalten sollten, um regelmäßig Seelenmessen für ihn zu lesen und dadurch seine Zeit im Fegefeuer zu verkürzen. Das musste reichen.

»Schweig!«, fuhr er Agnes nun rüde an, und diesmal hielt sie den Mund, wenn auch mehr trotzig als ängstlich. Meine Furcht dagegen wuchs immer weiter, mein Magen verkrampfte sich schmerzhaft. Vielleicht wucherte eine Schlingpflanze auch in meinem Leib und setzte gerade an, sich um mein Herz zu ranken!

Aber noch schlug es, denn ich vernahm, wie Agnes erklärte, sie müsse sich erleichtern. Wir waren kaum eine Stunde unterwegs, hatten die Quelle noch lange nicht erreicht.

Als die Kutsche hielt, stieg Agnes aus, um aufstöhnend hinter einem Gebüsch zu verschwinden, und desgleichen mein Vater, weil er sich die Beine vertreten wollte. Ich folgte ihnen, um nicht allein zurückzubleiben – nicht ohne Unbehagen, aber auch nicht ohne Neugierde.

Beim Aussteigen zögerte ich kurz, lugte bloß nach draußen. Sodann setzte ich meinen Fuß auf die Erde, ganz vorsichtig, misstrauisch, schien sie mir doch gefährlich. Als ich freilich feststellte, dass ich mitnichten versank, wagte ich ein paar Schritte und erkannte: Zwischen den Bäumen, die den Weg säumten, wartete keine Ödnis, kein Feindesland. Ich stand auf einem samtweichen tiefgrünen Untergrund, nicht auf sumpfigem Boden, der mich zu verschlingen drohte. In der Luft lag nicht der Gestank von Schwefel, wie ich es erwartet hatte, sondern ein angenehm würziger Duft. Ich war auch nicht in ewiger Nacht gefangen – das Licht, das durch die Kronen rieselte, spann vielmehr grünliche Fäden, die, wo sie den Boden sprenkelten, einen warmen Bronzeton annahmen. Ich vernahm nicht das Echo jener Wehklagen, die die armen Sünder und Verdammten ausstießen, stattdessen ein Knacken und Rauschen und Rascheln, als würden die Geister, wenn es sie denn fürwahr gab, einander fröhlich necken.

Behutsam setzte ich noch mehr Schritte auf die weichgrünen Polster, sog den herben Geruch ein, entfernte mich immer weiter von Straße und Gefährt – und stand plötzlich vor einem mächtigen braunen Riesen.

Dass die gefurchte Haut nur die dicke Borke einer Eiche war – robuster als die glatte, dünne Haut der Buche, erst recht dann, wenn sie Jahrhunderte alt war –, erkannte ich noch nicht. Ich begriff auch nicht, dass die vermeintlichen Arme des Riesen bloß kräftige Äste waren und sein feister Leib ein Stamm, der noch den gewaltigsten Stürmen trotzte, und hielt es selbstredend für möglich, dass Riesen anstelle blonder Haare grüne Blätter trugen. Dass da anstatt der Füße Wurzeln waren, die aus der Tiefe Nahrung fischten, war nicht zu sehen – zu spüren hingegen schon. Prompt stolperte ich, als ich davonlaufen wollte, über eine von ihnen und fiel dem Riesen entgegen. An seinem Barthaar schrammte ich mir das Gesicht blutig. Wie das brannte!

Mit dem Schmerz überwältigte mich die Angst. Ich wich zurück, erst einen Schritt, dann einen zweiten, dann begann ich zu rennen. Fort, fort, fort von diesem Riesen! Fort, fort, fort von der Angst! Doch die Angst verfolgte mich, holte mich ein. Selbst wenn der Riese bloß ein Baum war – andere Gestalten aus dunklen Legenden kamen mir in den Sinn. Versteckte sich dort hinten im Dickicht nicht eine goldhaarige Fee, die liebreizend anzusehen war, aber Unheil brachte? Gut möglich auch, dass in den tiefen Baumlöchern, aus denen eine rötliche, sämige Flüssigkeit perlte, bösartige Zwerge ihre Heimstatt hatten! Und dass die rosig blühende Pflanze dort, die auf dem sumpfigen Boden wogte, sich nicht nur regte, weil der Wind mit ihr spielte, sondern weil sie ein verzaubertes Wesen war, das mich anstarren, einkreisen, betasten, erwürgen wollte.

Ich lief und lief, doch der Riese war schneller. Wohin ich auch kam, der Eichenbaum war immer schon dort. Verfolgte er mich oder ich ihn? Wo war die Straße mit der Kutsche? Wo waren mein Vater, der Kutscher, Agnes? Wie hatte ich mich so schnell zwischen all diesen Bäumen verirren können? Warum konnte ich nicht schreien, nur den Mund weit aufreißen und dem schwachen Stöhnen nachlauschen, das aus dem Dickicht entkam, während ich seine Gefangene blieb?

Ich konnte diesen leisen Ort nicht übertönen. Nicht den Gedanken, der sich in mir einnistete.

Ich war allein.

Ganz allein im Wald.

# VERONIKA

Veronika stand noch eine Weile am Fenster. Die melancholischen Rufe des Waldkauzes waren verstummt, ihre Erinnerungen nicht. Mit einer abrupten Bewegung schloss sie das Fenster, doch sie ließen sich nicht aussperren. Ein sachter Schmerz wanderte den Rücken hoch, er ließ erst nach, als sie sich mitsamt Schuhen und Jacke aufs Bett fallen ließ. Der Geruch der Lavendelsäckchen, die die Mutter gegen Motten in allen Schränken aufgehängt hatte, stieg ihr in die Nase, vermischt mit dem von stark duftendem Waschmittel.

Wie war es möglich, dass die Gerüche nach all den Jahren noch so intensiv waren? Wie war es möglich, dass die Erinnerungen so intensiv waren, dass sie sie nicht wieder zurückstopfen konnte in den Seelenwinkel, in den sie gehörten? Offenbar war es ihnen dort so eng wie Veronika in diesem Bett. Ihr Kinderbett, das sie in ihren Jugendjahren nicht hatte hergeben wollen, obwohl schon damals die Füße über den Rand hinausgeragt hatten. Sie hatte sich schon immer ganz klein gemacht, nun presste sie sich unwillkürlich das Kissen auf die Ohren.

Unter dem Bett stand vermutlich noch die Kiste mit den Büchern, die sie damals nicht nach Frankfurt mitgenommen hatte.

»Warum nicht?«, hatte Ilse gefragt.

»Was soll ich denn mit Kinderbüchern?«, hatte Veronika zurückgegeben.

Ein paar Schulhefte waren dabei, auch die mit den Notizen fürs Referat, das sie in der vierten Klasse der Grundschule mit Sophie gehalten hatte. Sie hatten eher gegeneinander gearbeitet als miteinander.

Sophie hätte lieber das Forsthaus inspiziert, als in Veronikas Zimmer das Referat vorzubereiten, sie hing im Stuhl und hielt den Blick auf die Wand gerichtet. Veronika hatte längst losgelegt, erzählte, dass Ulmann Stromer etliche Kinder hatte.

»Die älteste Tochter hieß Anna.«

»Wie öde«, kam es von Sophie. Sie würden sich doch nicht die Namen aller Kinder merken müssen, oder? Woher Veronika das überhaupt wisse?

Veronika hatte sich in der Gemeindebibliothek Bücher besorgt und die wichtigsten Absätze abgeschrieben. Die Bibliothekarin hatte sie misstrauisch gemustert. Die selbst gestrickte Jacke, die Schuhe, an denen Walderde haftete. An gerippten Sohlen blieb immer so viel hängen. »Du passt mir schön auf, dass du kein Eselsohr machst! Und du schreibst nichts hinein.«

Veronika hatte jede Seite glatt gestrichen, sobald sie sie gelesen hatte, mit einer Behutsamkeit und Gründlichkeit, die ihre bügelnde Mutter erfreut hätte.

Sophie, die bis jetzt das Hinterglasbild von der Wildschweinjagd betrachtet hatte, beugte sich über Veronikas Heft. Ihre Buchstaben waren winzig, aber gut lesbar. »Die wichtigsten Absätze?« Sie blätterte und blätterte, die winzigen Buchstaben nahmen kein Ende.

»Wusstest du, dass Anna Stromer ...«, setzte Veronika an.

»Wenn du das alles schon abgeschrieben hast, dann müssen wir nichts mehr tun. Dann lesen wir einfach ab.«

Sie riss eine der Seiten aus dem Heft, faltete sie und steckte sie in ihre Hosentasche. »Ich will jetzt die Insektensammlung sehen.«

Veronika folgte ihr zögerlich nach unten. Lieber wäre sie bei den Büchern geblieben.

Als sie in die Stube kamen, war Ilse mit der Wäsche fertig und kochte, der Vater hatte die Insektensammlung vergessen. Seine Sendung war zu Ende, er stellte den Fernseher ab und zog wie immer den Stecker aus der Büchse.

»Na, willst du barteln?«, fragte er.

»Was ist das?«, gab Sophie neugierig zurück.

Veronika schoss die Röte ins Gesicht. Als Kind hatte sie manchmal auf den Schultern ihres Vaters gesessen, wenn er durch den Wald ging. Vage konnte sie sich erinnern, wie sie juchzend die Hände ausgestreckt hatte, um Blätter von den Bäumen zu pflücken. Hinterher waren ihre Haare voller Zweige und Blätter und ihr Gesicht voller Rindenstaub gewesen. Die Krümel, die in die Augen geraten waren, hatten sie nicht gestört. Sie hatte sich dem Wald ganz nahe gefühlt.

Als sie dem Vater zu schwer geworden war, hob er sie nicht mehr auf die Schultern, aber zu Hause durfte sie auf seinem Schoß sitzen. In solchen Situationen wusste Josef Pichler nicht so recht, was man mit einem Kind anfing, also zog er sie an sich und rieb seinen spitzen Bart scherzhaft an ihre weichen Kinderwangen. Das hatte stets gebrannt, was Veronika aber nicht störte. Sie hatte sich dem Vater ganz nahe gefühlt. Irgendwann wollte sie das nicht mehr – nicht das Brennen, nicht die Nähe zum Vater.

»Feigling«, sagte der Vater, als sie die Mutprobe ablehnte.

Als solche betrachtete es Sophie. »Ich traue mich.« Sie ging auf Veronikas Vater zu mit dem Blick eines Toreros, der den Stier zum Kampf herausfordert.

Als Sophie später von ihrer Mutter Nora abgeholt wurde, war ihr Gesicht von Kratzern übersät. »Du lieber Himmel, was ist denn mit dir passiert?«

Veronika war ebenfalls rot, vor Scham. Sie hatte Sophie den schmalen Waldpfad zum Auto begleitet und zog nun den Kopf ein, während Sophie stolz vom Barteln berichtete.

Nun wurde auch Noras Gesicht rot. Sonst war sie immer sehr blass, der Hautton unterschied sich fast nicht vom weizenblonden Haar. Dünn war sie auch. »Ein Mensch, den's umweht«, hatte Veronikas Mutter über sie gesagt. Veronika war nicht sicher, ob das stimmte. Nora kam schließlich aus dem Norden, und dort gab es das Meer, das, anders als die Berge und der Wald, den Wind nicht bremste. Wer dort nicht umgeweht wurde, blieb auch hierzulande stehen.

Als sie jetzt hochblickte, schien Nora etwas zu wanken.

»Er hat ... *was* gemacht?« Die Stimme klang ähnlich vorwurfsvoll wie an dem Tag, als Ilse vorgeschlagen hatte, Sophie solle zum Forsthaus laufen, so weit sei es nicht, nicht von der Schule, nicht von der Reihenhaussiedlung, wo sich nicht nur das Heim der Familie, sondern auch die Hausarztpraxis von Sophies Vaters befand.

Veronikas Gesicht glühte nun regelrecht, obwohl sie mit den Barthaaren nicht in Berührung gekommen war. Auch ihre Stimme klang zerkratzt. »Das ... das ist ein Brauch«, sagte sie schnell, »ein typisch fränkischer Brauch.«

Nora hob etwas argwöhnisch die Braue, hinterfragte es aber nicht. Nach ihrem Umzug in den Reichswald hatte sie sich ein Dirndl gekauft und es stolz getragen, war es in ihren Augen doch nicht nur das perfekte Outfit einer Landarztgattin, sondern machte sie auch zur »waschechten Bayerin«. Vor diesem Wort legte sie eine Pause ein, als müsste sie es in eine ganz spezielle Tonlage verpacken, wie Sanddornpralinen in Stanniolpapier.

»Ein Dirndl trägt man hier in Nürnberg übrigens nicht«, hatte ihr ausgerechnet Veronikas Mutter beim letzten Gespräch beschieden, »und wenn man Franken wie uns beleidigen will, dann sagt man ›Bayern‹ zu ihnen.«

An diesem Tag trug Nora ein langes Blümchenkleid, und nachdem sie der Tochter ins Gesicht gestarrt hatte, blickte sie an sich herunter, ein wenig verloren, als könnte sie sich nicht erklären, wie sie in diese Kleidung, in dieses Leben geraten war. »Das nächste Mal kommst du zu uns«, sagte sie zu Veronika.

»Wir sind doch fertig mit dem Referat«, maulte Sophie.

Veronika wollte gerne wissen, wie eine Landarztgattin lebte. »Noch lange nicht«, sagte sie. »Wir müssen noch viel mehr vorbereiten.«

Der Garten vor Noras frisch verputztem Einfamilienhaus hatte Ähnlichkeiten mit den Blumenbeeten der Mutter, wenn eine große Schlacht gegen den Wald ausgestanden war: Da war nur feuchte braune Erde, noch glatter als bei Ilse. »Der Rasen kommt bald«, sagte Nora, »ich werde dann auch etwas anbauen. Was sind denn typisch bayerische Blumen?«

Veronika dachte an die Vergissmeinnicht der Mutter, an

die Geranien auf dem Balkon, wusste aber nicht, ob das typisch bayerisch war.

Gartenschmuck wolle sie natürlich auch haben, fügte Nora hinzu. An einen Edelrosthirsch habe sie gedacht. Oder ein Rotkehlchen aus Metall. Das könnte man auf ein Zweiglein des Apfelbäumchens setzen, das sie pflanzen würde.

»In unserem Garten haben wir so was nicht«, sagte Veronika und verschwieg das echte Wild, das diesen heimsuchte.

Im Forsthaus gab es auch keine Fußbodenheizung, sie wunderte sich, warum der weiße Steinboden im Flur hier so warm war. Auch in der Küche war alles weiß. Vielleicht lebten Ärzte so? Etwas unpassend war das Kruzifix, das an der Wand hing und das Nora, wie sie berichtete, kürzlich auf einem Flohmarkt erstanden hatte. »Wieso bleibst du denn im Flur stehen?«

Betreten schaute Veronika auf den beheizten Steinboden und dachte an das Mitbringsel, das ihre Mutter ihr heute Morgen in den Schulranzen gepackt hatte, um sich für die Sanddornpralinen zu revanchieren: frische, hausgemachte Rehwurst, grob in Frischhaltefolie gewickelt statt hübsch in knisterndem Stanniolpapier verpackt. Im kleinen Schuppen im Garten zog Ilse den geschossenen Tieren die Haut ab, weidete sie aus und drehte sie durch den Fleischwolf. Als Sophie vorhin einen Blick darauf geworfen hatte, hatte sie gefragt, warum sie Zombiefinger durch die Gegend schleppe. Nun traute Veronika sich nicht, das Gastgeschenk zu überreichen.

»Hast du Hunger?«, fragte Nora.

Heute trug sie kein Blümchenkleid, sondern Jeans und T-Shirt, aber die dünnen blonden Haare hatte sie zu Zöpfen geflochten. Wegen ihres schicken Stufenschnitts hatten sich etliche Strähnen gelöst. Lasse, der fünfjährige Bruder von Sophie, kam die Treppe heruntergesaust.

»Sag ›Servus, Vroni!‹«, forderte Nora ihn auf.

Lasse starrte sie nur misstrauisch an.

»Grüß Gott«, sagte Veronika, »Sophie nennt mich Veronika, so möchte ich gerne gerufen werden. Ich habe keinen Hunger, wir können loslegen.«

Sophie verdrehte die Augen. Aus einer der weißen Küchenladen hatte sie etwas Längliches hervorgezogen, das Ähnlichkeit mit einer Blindschleiche hatte, allerdings grellrot war. Sie stopfte es in den Mund, ihre Zunge färbte sich ebenfalls rot. »So eine Streberin«, spöttelte sie.

»Jetzt zeig ihr dein Zimmer. Und vor dem Mittagessen gibt es keinen Süßkram mehr.«

Die restliche Blindschleiche verschwand in Sophies Mund, sie winkte Veronika, ihr zu folgen.

Veronika dachte an die Rehwürste, zögerte wieder. Sophie hatte sie nicht nur mit Zombiefingern verglichen, sondern auch mit getrockneter Hundescheiße. Am Ende ließ sie die Würste im Ranzen und folgte Sophie in ihr Zimmer. Lasse rannte ihnen aufgeregt hinterher, er wollte zur Hängematte, die dort hing. Veronika hatte noch nie eine Hängematte in einem geschlossenen Raum gesehen. Lasse zog sich mit beiden Händen am Strick hoch, der darüber baumelte.

»Mein Papa und ich klettern viel«, erklärte er. »Und Surfen gehen wir auch. Mein Papa liebt die Seen und auch die Berge, deswegen leben wir in Bayern.«

»Halt doch mal die Klappe!«, rief Sophie ungehalten.

»Stör sie nicht, Lasse!«, mischte sich Nora ein. »Sie müssen in Ruhe arbeiten.« Lasse hörte nicht. Veronika erzählte, dass sie noch mehr über die Stromer gelesen habe, Sophie hörte auch nicht.

Als Veronika später nach Hause kam, lagen die Rehwürste immer noch im Ranzen. Sie wusste nicht, wohin damit. Wenn die Mutter sie entdeckte, würde sie die Würste womöglich selbst übergeben. Schließlich nahm Veronika sie aus der Frischhaltefolie und vergrub sie in einem der aufgewühlten Gartenbeete.

Zwei Tage später fand sie die Würste im Müll. Ilse fragte nie, warum sie Nora die Rehwürste nicht gegeben hatte, und Veronika fragte nie, warum sie sie wortlos weggeworfen hatte, statt sie dafür zur Rede zu stellen. Sie sprachen auch nie über die Sanddornpralinen. Bis heute wusste Veronika nicht, ob Ilse bemerkt hatte, dass sie heimlich genascht und danach immer wieder die Schleife ums Stanniolpapier drapiert hatte.

Als sie das Referat hielten, trug Sophie eine weiße Spitzenbluse. Veronika trug eine alte Cordsamthose und die selbst gestrickte Weste, an ihren Schuhen klebte verkrusteter Schlamm, weil es am Tag zuvor geregnet hatte. Veronika starrte auf den Schlamm und verknotete ihre Hände hinterm Rücken, während Sophie lächelnd in den Klassenraum blickte. Sicher und unbeirrt trug sie alles vor, was Veronika aufgeschrieben hatte.

Nora hatte den Text am Abend zuvor überflogen. »Du kannst richtig gut schreiben. Dass du das alles herausgefunden und so lebendig erzählt hast! Da bekommt man richtig Lust, mehr zu erfahren. Und was für eine großartige Idee, die Geschichte der Stromer aus der Perspektive eines Mädchens in eurem Alter darzustellen.«

Veronika hatte sich bedankt, brachte im Klassenzimmer jedoch kein Wort heraus.

»Du kannst wirklich gut frei sprechen«, lobte die Lehrerin Sophie. »Dass du das alles herausgefunden und so lebendig erzählt hast! Da bekommt man richtig Lust, mehr zu erfahren. Willst du nicht auch noch was sagen, Vroni?«

Sie öffnete den Mund, doch ihre Zunge stieß gegen die Zähne wie gegen Gefängnismauern, die Worte blieben gefangen.

»Das musst du noch üben«, mahnte die Lehrerin, ehe sie Sophie eine Eins eintrug und Veronika eine Drei minus.

Mit gesenktem Kopf schlich sie zu ihrem Platz.

»Hast du etwa deine Zunge verschluckt?«, spottete einer der Jungs. In der Pause kicherten er und andere über sie, weil sie den Mund immer noch nicht aufbekam.

Am nächsten Tag begleitete Nora Sophie zur Schule. Sie hielt sie an der einen Hand und ergriff mit der anderen die von Veronika.

Sophie folgte unwillig, Veronika fügte sich ihr gerne. Noras Hand war warm und weich.

Veronika hatte keine Ahnung, was Nora vorhatte, schaffte es aber nicht, danach zu fragen. Zu Hause hatte sie tags davor ihre Sprache wiedergefunden und sich beschwert, wie unfair die Benotung war.

»So ist halt manchmal das Leben, das muss man schlucken«, sagte die Mutter.

»Noten sind eh nicht wichtig, vor allem nicht für Mädchen«, sagte der Vater.

Nora beschleunigte ihren Schritt. »Deine Lehrerin kann was erleben.«

Sophie trug keine Spitzenbluse mehr. Nach dem Unterricht gestern hatte sie sich beschwert, dass sie schrecklich unbequem sei, sie zwicke unter den Achseln und kratze am Hals. Nora wiederum hatte sich endgültig von ihren Zöpfen verabschiedet.

Ein Gespräch mit der Klassenlehrerin hatte Nora nicht genügt, sie verlangte eine Unterredung mit ihr und dem Schulleiter. Die Lehrerin blickte indigniert auf Nora, als diese im Direktorat zu einem Vortrag ansetzte. Der Schulleiter begann zu schwitzen. Wie Sophie konnte Nora wunderbar frei sprechen, aber anders als ihre Tochter lächelte sie nicht.

Es sei nicht in Ordnung, dass Veronika so schlecht bewertet worden sei, sie habe doch die ganze Arbeit gemacht, sei hochintelligent, erkenne man das hier denn nicht? Sophie habe als Akademikerkind einen Bonus, aber auf den verzichte sie gerne, sie wolle, dass Leistung zähle, und Veronika habe diese Leistung erbracht. Auch in der Provinz sollte sich herumgesprochen haben, dass Bildungschancen nicht vom Elternhaus abhängig sein dürften.

Der Direktor schwitzte stärker. Wann genau er einknickte, konnte Veronika nicht sagen. Sie starrte wieder auf ihre schmutzigen Schuhe, hob schließlich einen Fuß, streifte den Schuh am Stuhlbein des Bürotisches ab. Der getrocknete Schlamm rieselte als grauer Staub auf den grauen Boden.

Nach dem Gespräch bekam sie ebenfalls eine Eins eingetragen.

Nora ließ Veronikas Hand los und umfasste ihre Schultern, als sie sich von ihr verabschiedete. »Du bist sehr klug, sehr begabt, lass dir von niemandem etwas anderes einreden.«

Nora hatte in ihrem Garten schließlich doch nie Blumen angepflanzt. Stattdessen stand da ein riesiger Sandkasten für Lasse, den er als Kind leidenschaftlich mit seinen Baggern durchpflügte. Später begleitete er lieber den Vater, der jede freie Minute im Fränkischen Seenland surfte. Warum sonst zog man nach Bayern, wenn man die Natur nicht nutzte?

Nora wollte die Natur nicht nutzen, und das Surfen machte ihr Angst, und überhaupt, könnten sie nicht öfter etwas gemeinsam machen? Die Praxis, der Wassersport, wo bleibe da Zeit für sie, die für ihn alles aufgegeben hatte, die Heimat, das Studium der Literaturwissenschaften? Mit den Jahren stritten sie immer lauter.

Sophie war das peinlich. Manchmal drehte sie in ihrem Zimmer laut Musik auf und sagte zu Veronika: »Am liebsten würde ich abhauen.«

Veronika konnte das nicht verstehen. Sie mochte es zwar auch nicht, wenn Nora und der Doktor sich stritten, aber wenn er erst mal mit seinem Bord ausgerückt war und Nora Sophie bat, die Musik leiser zu stellen, und diese auf Kopfhörer umstieg, winkte Nora Veronika immer in den Raum ganz oben unter den Dachschrägen, ihre Bibliothek.

»Du kannst dir alle Bücher ausleihen, wenn du magst«, sagte sie. Manchmal nahm Veronika tatsächlich eins mit, aber am liebsten las sie auf dem Schaukelstuhl gleich neben der Bücherwand.

»Man sieht dich ja gar nicht mehr«, klagte die Mutter. »Kommst immer später heim.«

Veronika zuckte die Schultern. Sie konnte Ilse nicht erklären, dass die tägliche Rückkehr ins Forsthaus für sie kein Heimkommen war.

In den folgenden eineinhalb Jahren nach dem Sachkundereferat wurde Nora mehrmals beim Direktor vorstellig, um sich über Veronikas Noten zu beschweren. Schließlich marschierte sie entschlossen zu Veronikas Eltern.

»Das Kind muss aufs Gymnasium«, erklärte sie ohne Umschweife.

Der Vater reinigte gerade sein Gewehr, die Mutter eine Mausefalle. Der Wald war ein listiger Gegner, der nicht nur große Tiere zum Kriegsdienst einberief. Es war eine Einmal-Mausefalle, doch die Mutter verwendete sie mehrmals, wusch sie in der Spüle ab und stellte sie neben das umgedrehte Kaffeegeschirr zum Trocknen hin.

Noras Blick wanderte erst über die Mausefalle, dann zum Gewehr. »Die Waffen werden aber schon in einem abgeschlossenen Schrank untergebracht?«

Der Vater sah sie begriffsstutzig an. Das einzig Gefährliche in diesem Raum war für ihn diese Frau, die seine Tochter aufs Gymnasium schicken wollte.

»Gymnasium?«, fragte er gedehnt.

»Ja, ich will wirklich dorthin«, schaltete sich Veronika ein.

Die Mutter betrachtete sie zweifelnd wie ein feindliches Tier, von dem sie nicht wusste, mit welcher Methode sie ihm zu Leibe rücken sollte. Mit Eindringlingen hatte sie Erfahrung. Aber mit Ausreißern?

»Das ... das musst du entscheiden«, murmelte sie schließlich.

Sie wusste wohl selbst nicht, an wen sie diese Worte richtete. An ihren Mann, der eilig das Gewehr wegräumte? An Veronika, die Angst vor der eigenen Courage bekam, je länger die peinvolle Stille währte?

Wer nicht gemeint war, war Nora. Und doch war sie

diejenige, die nun grimmig nickte und damit die Sache besiegelte.

Sie entschied auch, welches Gymnasium es sein sollte, und dass Veronika in der sechsten Klasse Nachhilfe in Mathematik bekam. Das Fach war Veronikas größte Schwäche, aber daran sollte es nicht scheitern. Der Lehrerin, die einen Wechsel auf die Realschule vorschlug, erzählte Nora was. Veronika wiederum erzählte sie von ihrem Studium und wie sehr sie bereute, es abgebrochen zu haben. Nora entschied auch, dass Veronika sich in der siebten Klasse für das Wahlfach Literatur anmeldete, das sei ihr Ding, und in der Abiturklasse beschaffte sie ihr diverse Broschüren. *Fünf Dinge, die du nach dem Abitur machen solltest. – Steile Karriere oder erst mal leben? – Das passende Studium finden.* Sie durchblätterten sie gemeinsam, saßen im Herbst und im Winter in der Bibliothek und im Frühling und im Sommer im Garten. In der verwaisten Sandkiste verrotteten ein Schildkrötenförmchen und ein kleiner Drache.

Lasse war mittlerweile einen Kopf größer als Nora und liebte es immer noch, mit dem Vater zu surfen. Wenn sie heimkamen, half er ihm, das Segel fachmännisch aufzuriggen, damit keine Falten entstanden. Nora sah mit einer Miene zu, als würde sich in ihr etwas verknoten.

Sie saßen auf einem der überdimensionalen Gartenmöbel, die eigentlich zu groß für die kleine Rasenfläche waren, und die es in keinem der Nachbarsgärten gab. Da gab es eine überdachte Swingliege, auf der man halb saß, halb kauerte, und außerdem eine sogenannte Sonneninsel, ein kreisrundes Rattangestell mit zwölf Zentimeter dicker Polyesterpolsterung, die ebenfalls ein Dach in

Form eines Sonnensegels hatte. Wenn man es halb zurückschob, sich auf den Rücken legte und gen Himmel blickte, fühlte man sich wie auf einem Segelboot auf der Außenalster.

Das behauptete zumindest Nora. Veronika fand, dass die Sonnenliege mehr mit einem Ufo als mit einem Segelboot gemein hatte, aber sie lag gerne dort, wenn sie über ihre Zukunft sprachen. Nur wenn der Herr Doktor das winzige Stück Rasen zwischen Sandkiste und Gartenmöbeln mähte, sprachen sie über Noras Vergangenheit.

»Ich wollte ja eigentlich nie auf dem Land leben«, sagte Nora. »Unlängst waren wir beim Nürnberger Bratwurstfest auf dem Lorenzer Platz. Zum ersten und zum letzten Mal, das schwöre ich dir.«

Veronika vermutete, dass der Doktor Noras Klagen trotz des Rasenmähers hören konnte. Rund um die Sonneninsel wuchs das Gras kniehoch, weil er ihr stets großflächig auswich.

»Du wirst hier rauskommen«, erklärte Nora Veronika. Sie robbte auf die Mitte der Sonneninsel, zog die Beine an und machte dabei den Eindruck, als würde sie nicht auf der Außenalster treiben, sondern auf dem Ozean, wo weit und breit kein Hafen in Sicht war.

Ein paar Wochen später begleitete Nora Veronika ins Forsthaus.

»Veronika muss auf die Uni«, erklärte sie.

Josef Pichler blickte erst sie an, dann die Tochter.

»Des Maadla lernt halt gern«, hatte er in den letzten Jahren oft gesagt, zu denen, die fragten, warum Veronika aufs Gymnasium gehe, und auch zu denen, die zwar nicht fragten, ihr aber befremdete Blicke zuwarfen, wenn sie sich beim Bierfest mit ihren Büchern in einem Heuschober verkroch.

Wer habe denn kein verrücktes Familienmitglied, fügte er dann spöttisch hinzu, der Dürnhöfer zum Beispiel habe einen Schwiegervater, der ein wenig plemplem sei. Der habe einmal in den Ofen geschossen, weil er den Ofen offenbar für ein Tier gehalten habe.

»Auf die Uni?«, fragte er nun gedehnt, als wäre das noch absurder als der Schwiegervater vom Dürnhöfer.

Für Veronika selbst war die Vorstellung so absurd wie anziehend. Sie hatte keine Ahnung, wie es werden würde, aber immer, wenn sie daran dachte, sah sie ein Zimmer voller Bücher vor sich.

»Und wer bezahlt das?«, fragte der Vater.

Veronika zuckte die Schultern. So ganz geheuer war es ihr nicht, das Forsthaus und die Sonneninsel in Noras Garten zu verlassen. Aber bevor sie etwas sagen konnte, warf Ilse ein: »In Nürnberg gibt's eine Uni, in Erlangen auch, sie könnte doch den Bus nehmen.«

Veronika sah die Mutter verwundert an. In letzter Zeit hatte Ilse sie wie eine exotische Pflanze behandelt, die zwar nicht in ihren Garten passte, der sie aber auch nie mit Gift zu Leibe rücken würde. Dass sie sie wachsen ließ, war schon viel für eine Frau, die aufs Einhegen spezialisiert war.

»Das ist zu nahe, sie muss doch raus in die Welt«, schaltete Nora sich ein.

»Frankfurt ginge auch«, murmelte Ilse, »da fährt man zwei Stunden mit dem Zug.«

Noras Miene verriet, dass ihr selbst das noch zu nahe erschien, aber sie argumentierte nicht länger, sagte nur: »Dort könnte sie in einem Studentenheim wohnen.«

Der Vater erhob sich vom Fernsehsessel. Das hier war etwas anderes als ein Schuss in den Ofen.

Von Hochhäusern sagte er etwas, von Drogen und von falschen Einflüssen, und schließlich wieder: »Und wer bezahlt das?«

»Es gibt doch BAföG«, sagte Nora schnell.

Der Vater schien mit der Abkürzung nichts anfangen zu können und überlegte so lange, wofür sie stand, dass er den richtigen Zeitpunkt für einen weiteren Einwand verpasste.

»Sie ist so klug, so begabt!«, rief Nora eifrig.

»Und wenn ich sie im Forstamt unterbringe?«, fragte der Vater hilflos.

Niemand ging darauf ein. »Die Frau Doktor wird schon recht haben«, sagte die Mutter nur und tischte die Brotzeit auf.

Noras pikierter Blick richtete sich erst auf die Salami, dann auf Ilse. Seit dem Bratwurstfest aß sie vegetarisch.

»Ich bin keine Trauscheinakademikerin. Ich stehe durchaus dazu, dass ich mein eigenes Studium nicht abgeschlossen habe.«

Lustlos knabberte sie an einem Radieschen. Der scharfe Geruch trieb Veronika Tränen in die Augen.

Der Vater kaute so angestrengt, als müsste er die Salami noch einmal töten.

»Wenn du das wirklich willst«, murmelte Ilse.

Veronika sah auf. Sie rang nach einer Erklärung und folgte schließlich der Taktik, die die Mutter im Garten anwandte, auch sie griff immer gleich zur tödlichsten Waffe. »Ich hasse das Leben hier im Wald«, sagte Veronika.

Was für eine Übertreibung, dachte sie jetzt, während sie Waschmittelgeruch und Lavendelduft einsog. Schlimmer noch, eine Lüge. Doch niemand hatte sie je aufgedeckt, nicht Nora, nicht ihre Eltern.

Das Licht, das ins Zimmer floss, wurde grauer, seit ihrer Ankunft am späten Nachmittag musste mindestens eine Stunde vergangen sein, vielleicht sogar zwei. Eigentlich sollte sie ein paar Sachen aus dem Auto holen, sich etwas zum Abendessen machen, den Wecker für morgen früh stellen.

Aber das Einzige, wozu sie sich aufraffen konnte, war, mit der rechten Hand unter dem Bett herumzutasten. Eine Weile lang griff sie ins Leere, dann bekam sie die alte Kiste zu fassen und zog sie mühsam hervor. Sie stieß nicht, wie erwartet, nur auf die alten Kinderbücher und Schulbücher, sondern auch auf das Buch der Gemeindebibliothek, das sie auch nach zwei Mahnungen nicht zurückgegeben hatte. Die Bibliothekarin hatte es irgendwann vergessen, sie auch.

Was Veronika nicht vergessen hatte, war das Heft, das eben aus dem Stapel rutschte: das Heft, in dem sie begonnen hatte, Anna Stromers Geschichte aufzuschreiben.

Es war zu finster, um etwas zu entziffern; weit und breit gab es keine Außenbeleuchtung, die Straße war zu weit weg, um die Scheinwerfer der Autos zu erahnen. Und das silberne Licht der Mondsichel, das durch das schmutzige Fenster fiel, tauchte die Konturen lediglich in ein verwaschenes Grau. Vielleicht war dieser Schein auch nicht das Mondlicht, sondern noch die Reste der Dämmerung, die der Wald in sich aufsog wie Regentropfen, die in der weichen Humusschicht des Bodens versickerten. Von draußen hörte sie ein Gluckern, als säße in den Tiefen des Waldes ein durstiges Wesen, das die Welt aufzuschlürfen gedachte. Der Wald war Veronika damals vorgekommen wie dieses Bett – zu weich, um festen Stand darin zu finden, und zugleich zu klein, um ganz hineinzupassen. Ihre Glieder, die herausragten, begannen jetzt, kalt zu werden.

Was für eine Übertreibung, dachte sie wieder. Sie hasste den Wald nicht, sie hatte ihn nie gehasst.

Die Stille, die Einsamkeit, die Dunkelheit – sie machten ihr Angst.

# ANNA

Als der Schatten der mächtigen Eiche, an die ich mich klammerte, sich in der Schwärze der Nacht verlor, schlief ich ein.

Ein paar Sekunden später – oder erst nach einigen Stunden? – war ich wieder wach. Jeder Herzschlag wurde zur Ewigkeit. Morgentau bedeckte mich, Tränen liefen mir über die Wangen, ich hatte keine Hoffnung mehr, dass ich jemals zurück zur Straße finden würde. Vielleicht aber fand ich ein Bächlein, um den schlimmen Durst zu stillen. Ich erhob mich mit steifen Gliedern, folgte einem Gluckern und stieß auf eine Quelle, kaum dicker als ein Kinderarm, die über ein Bett aus grau gesprenkelten Steinen sprudelte und sich in einem Tümpel sammelte. Der Tümpel war noch dunkler als der Boden. Ich tauchte gerade meine Hände in die Schwärze und wollte das Wasser zu meinen Lippen führen, als sich zu meinem Schrecken ein Baum über mich beugte. Oder was spiegelte sich sonst in der Oberfläche des Weihers? Welches andere Wesen war derart zerfurcht, wenn nicht eines mit dicker, rauer Rinde? Verängstigt schlug ich die Hände vors Gesicht, doch als ich zögerlich zwischen den Fingern durchblinzelte, sah ich, wie sich der Baum noch tiefer beugte. Ich vernahm seine Stimme.

»Wer bist du?«

Der Baum war ein Mensch, gleichwohl die Stimme ein wenig rostig klang. Mein Mund formte einen lautlosen Schrei, denn eben hatte ich das Messer entdeckt, das dieser Mensch in der Hand hielt, die dreizinkige Gabel, die an seinem Gürtel hing, und den Stab in seiner anderen Hand, der für einen dunklen Ort wie diesen von einem ungewöhnlich hellen Weiß war. Schon stupste er mich damit an, als gälte es zu prüfen, ob eine Maid, die man nur schreien sah, aber nicht hören konnte, aus Fleisch und Blut war.

Ich fiel fast in den Tümpel, als ich mich aufrappelte, wollte davonlaufen, stürzte. Einmal mehr schrammte ich mir die Knie auf. Der Schmerz war stechend, mein unerwarteter Schrei spitz und laut, die Schritte des Menschen dagegen lautlos. Erst als ich mich umdrehte, bemerkte ich, dass er mir gefolgt war. Er trug einen bodenlangen dunkelgrünen Kittel und einen grauen Umhang, unter dem ein rundlicher Körper zu erkennen war. Die Haare, weiß und schütter, waren zu Zöpfen geflochten, die bis zu den Kniekehlen reichten. Fast so lang war die graue Zipfelmütze, die dieser Mensch ... diese Frau auf dem Kopf trug.

Ein Messer, das von einer Frau geführt wurde, war allerdings nicht weniger scharf.

»W-wirst du mich t-töten?«, stammelte ich. Meine Stimme war rau, doch es war eine Stimme. Meine Stimme.

Die Frau runzelte die Stirn, dass sich die Furchen vertieften. »Ich töte nur diejenigen, die mich fressen wollen. Wölfe, Luchse, Bären.«

Wie ich da auf dem Waldboden kauerte und zu der Frau hochstarrte, deuchte sie mir riesig. Ich konnte mir gut vorstellen, dass sie es mit einem Bären aufnahm.

»Du wirst gewisslich demnächst gefressen werden,

weil du keine Waffe hast«, stellte sie ruhig fest. Aus ihrer Stimme klangen weder Schadenfreude noch Mitleid.

Ich duckte mich unwillkürlich, weil mein Gegenüber den weißen Stab wieder hob. Doch sie setzte ihn lediglich auf dem Waldboden auf, um ihres Weges zu gehen.

»B-bitte ...« Mir brannten die Knie, meine eigene Stimme kratzte mir in den Ohren. »Bitte, hilf mir.«

Die Frau war schon fast im Dickicht verschwunden, nur der weiße Stab leuchtete hervor. Nun blieb sie stehen, drehte jedoch den Kopf nicht, so als wäre sie nicht biegsamer als ihr Holzstab. »Im Wald hilft sich jeder selbst.«

Damals glaubte ich ihr, heute bin ich mir dessen nicht mehr so sicher. Gewiss, die stärkeren Tiere fressen die schwachen, die größeren Pflanzen rauben den mickrigen Licht und Wasser. Zumindest ist es das, was man sieht. Aber wenn man nicht mehr so gut sieht, weil wie bei mir die Augen von einem grauen Schleier überzogen sind, der mit der Zeit immer dichter wird, beginnt man, die Welt um sich zu fühlen. Anstatt den Wald vor lauter Bäumen nicht zu sehen, erahnt man, was Bäume zu einem Wald macht: Nicht jeder steht für sich, sondern alle sind durch die Wurzeln und ein Netz von Pilzfäden verbunden. So nährt ein gesunder Baum den kranken Nachbarbaum gleicher Art mit.

Die Frau hielt mich nicht für ein Geschöpf gleicher Art. Wäre sie ein Baum gewesen, sie wäre wohl wie die Kiefer auf trockenem, sandigem Boden gewachsen. Ich hingegen hatte nichts mit einem Baum gemein, ich fühlte mich eher wie ein hilfloser Käfer, der auf dem Rücken liegt. Allerdings strampelte ich nicht vergebens mit den Beinen, sondern rappelte mich auf und rief der Frau nach, sie solle warten.

»Ich bin Anna.«

Die Frau ging weiter, drehte den Kopf nun aber doch ein wenig zu meiner Seite. Ich achtete nun besser auf den unebenen Boden, um nicht mehr zu stolpern und sie nicht zu verlieren.

»Und wie heißt du?«, fragte ich.

»Im Wald sind Namen Schall und Rauch«, gab sie schroff zurück.

Ich hatte fast zu ihr aufgeschlossen und ging nun wieder langsamer, um über die Worte nachzudenken. Wenn hier Namen nicht zählten, dann hatten auch jene, mit denen Agnes gestern diesen Ort benannt hatte – *terra inculta, res nullius* –, kein Gewicht.

Eine rote Ahnung des Sonnenlichts begann durchs Blätterdach zu sickern. Trotz meiner Not war ich nicht länger blind für meine Umgebung. Mit jedem Schritt fühlte ich, dass auf dem weichen Boden nicht nur der weiße Stock eine Spur hinterließ, sondern auch andere Wesen knisternd, raschelnd, stampfend oder lautlos durch das Unterholz huschten. Wenn ich an den jungen Buchen vorbeistrich, spürte ich, wo Tiere an ihren Knospen genagt hatten. Ich hörte Raupen und Maden, Asseln und Hundertfüßer zappeln und krabbeln, vernahm das Rauschen der Blätter im Wind, das Krächzen eines Kolkraben, der ein Stück vor mir auf einem Ast saß und den Kopf ähnlich schräg hielt wie die Frau.

Und dann war da ein weiteres Geräusch. Zu den mannigfaltigen Lauten des Waldes, drohende und tiefe, glockenhelle und fröhliche, kam ein lautes Brummen, das die Frau innehalten ließ und mir ermöglichte, zu ihr aufzuschließen.

Der dunkle Ton schien geradewegs aus der Erde aufzu-

steigen. Ebenso dunkel war die Wolke, die einen Baum um-
schwirrte.

Es war ein Bienenschwarm.

Meine Mutter hatte mir von den Bienen erzählt, wenn
sie wie so oft am Abend an meinem Bett gesessen und
meine gefalteten Hände mit den eigenen umfasst hatte.

Dass die Bienen die einzigen Lebewesen der Schöpfung
seien, die unverwandelt aus dem Paradies übrig geblieben
seien. Dass sie es mit Gottes Segen und um der Menschen
Sünde willen verlassen hätten, um fortan das Wachs herzustellen, ohne das die Messe nicht gesungen werden könne.
Dass sie solcherart dem Menschen den Weg zurück zum
Heil weisen würden.

Der Weg zurück zur Mutter, zur Geborgenheit, die ich
fühlte, wenn meine kleine Hand in ihrer großen lag, war
verschlossen, und ich war so beschäftigt, die Tränen zu-
rückzuhalten, dass ich kaum merkte, wie ich meine Gedanken laut aussprach.

Die Frau hatte dem Brummen mit verständiger Miene
gelauscht, als höre sie darin bedeutsame Worte. Meine
Worte dagegen schienen ihr unbegreiflich, sie runzelte
einmal mehr die Stirn.

»Ist das denn nicht wahr?«, fragte ich.

»Ich weiß, dass Bienen gern stechen und tanzen. Und
das sagt mehr über sie als das Geschwafel über das Paradies. Sie stechen, wenn sie sich bedroht fühlen. Und
sie tanzen, wenn sie eine reiche Futterquelle entdeckt haben, deren Ausbeute sie in kostbaren Honig verwandeln
können.«

Diese Frau, das fühlte ich, konnte auch stechen, tanzen
dagegen eher nicht. Schon wieder ging sie weiter, ohne auf
mich zu achten.

»Über Bienen weiß ich sonst nicht viel«, rief ich und dachte fieberhaft nach, was mir noch erzählt worden war – nicht von der Mutter, sondern von meinem Vater. »Aber ich weiß, dass jene, die Honig sammeln und verkaufen, Zeidler genannt werden. Ich weiß auch, dass hier im Wald besonders viele Zeidler leben und er der Bienengarten des Heiligen Römischen Reichs genannt wird. Den Honig nennt man süßes Gold.«

Nicht Erstaunen bewog die Frau zum Stehenbleiben, sondern Zorn. »Gold süß zu nennen kann auch nur Menschen einfallen«, sagte sie mit einem so abfälligen Ton, als würde sie sich selbst nicht zu den Menschen zählen.

Ich hastete ihr nach und deutete mutig auf das Messer. »Mit dem da schneidest du den Honig aus den Waben. Und die dreizinkige Gabel brauchst du wohl, um Bienenwachs zu erbeuten.«

Es war nur geraten, die Frau schien trotzdem besänftigt. »Dein Köpfchen ist also doch nicht so leer, wie es scheint.«

Unwillkürlich langte ich nach der faltigen, fleckigen, rauen Hand der Frau, hielt mich daran fest. Nun, da ich wusste, wofür sie ihr Messer brauchte, schwand meine Angst vor der scharfen Klinge. Stattdessen wuchs die Sehnsucht nach Nähe, nach der warmen Haut eines anderen Menschen. Auch mit Worten klammerte ich mich an ihr fest.

»Die Zeidler leben nach der Zeidlerordnung. Sie dürfen Bäume nutzen und müssen dafür Abgaben zahlen. Wer widerrechtlich Honig nimmt, kommt vor ein Gericht und wird mit dem Tod bestraft. Bienen darf nämlich nur halten, wem es der Kaiser selbst erlaubt hat, und weil der Kaiser nicht hier ist, bestimmt es der Grundherr an seiner statt. Hast du einen Herrn?«

Meinen Vater hätte es erfreut, dass ich so viel wusste. Die Frau verärgerte es. Nicht nur, dass sie mir ihre Hand entriss. Sie packte mich nicht minder energisch an der Schulter, trieb mir die Nägel tief ins Fleisch.

»Einen Stachel habe ich, und den wirst du spüren, wenn du mir mit Gesetzen kommst und mir vorwirfst, dass ich mich nicht daran halte!«

Es war kein Vorwurf gewesen, ich hatte nur herausfinden wollen, wem sie diente, und sie bitten, mich zu ihm zu bringen. Dass sie außerhalb der Zeidlerordnung leben könnte, kam mir erst jetzt in den Sinn.

»Mein Vater ist ein mächtiger Mann«, rief ich. »Er ... er kann dir sicher das Zeidlerrecht verleihen.«

Ich wusste nicht, ob das stimmte. Die Frau schien auch daran zu zweifeln, denn sie wiegte nachdenklich den Kopf.

»Du willst mir ein Geschäft vorschlagen? Du bietest mir einen Lohn an, wenn ich dir helfe?«

Ich erschrak, befürchtete, zu weit gegangen zu sein, doch da verzogen sich die Lippen der Frau zu einem Lächeln. »Das gefällt mir. Ein heulendes Mädchen, das wie Espenlaub zittert, kann ich nicht brauchen. Aber eines, das mit allen Mitteln kämpft, wenn es in die Enge getrieben wird, das Schneid hat und Einfallsreichtum, das ist mir willkommen. Komm mit mir.«

Sie folgte den Bienen, deren Brummen alsbald leiser wurde, als sie, ein Tier nach dem anderen, in einem Korb verschwanden. Der hing an einem Baum, welcher wiederum nicht weit von einer Hütte stand.

Diese Hütte war die Wohnstatt jener Frau, aber sie lebte dort nicht allein. Im Holz der Wände, deren Spalten mit Birkenrinde gestopft waren, und im Dach aus Flechten,

Moos und Reisig wohnten auch Spinnen, Käfer, Asseln und Vögel.

Das weiß ich heute, da ich in einer ähnlichen Hütte lebe. Damals merkte ich nichts davon, ich sah nur den niedrigen Tisch samt zwei Bänken in der Mitte des Raums. An den Wänden hingen an kleinen Haken Schöpfkellen aus verzinntem Eisen und Schüsseln aus Kupfer. Im hinteren Teil war die Bettstatt – Strohsäcke auf leicht erhöhtem Boden. Die Müdigkeit schmerzte, am liebsten hätte ich mich auf die Strohsäcke sinken lassen, doch ich wagte nicht, mich irgendwo niederzulassen. In meines Vaters Haus setzte sich niemand ohne seine Erlaubnis.

»Willst du lieber im Bienenkorb schlafen?«, fragte die Zeidlerin schroff.

Als ich weiterhin zögerte, schubste mich die Frau auf einen der Strohsäcke. Dabei zog sie ein paar lange Strohhalme aus einem weiteren Sack und begann, sie zu flechten. Die Finger bewegten sich, ihre Zunge auch. Obwohl die Finger gelenkiger waren, weil sie sie jeden Tag brauchte, und die Zunge nicht, entstand dabei nicht nur ein halber Korb, sondern auch eine ausführliche Anleitung.

Ein guter Bienenkorb bestehe aus einem Gerüst aus Weidenruten sowie einem Ring aus Kuhhorn. Aus Stroh oder Reisig stelle man die Korbwandung her. Das Korbflechten habe sie von ihrer Mutter gelernt, jedoch habe ihr kein Mensch beigebracht, dass auch Bienen in einem solchen Korb wohnen könnten. Das habe sie der Wald gelehrt.

»Denn, siehst du, im Wald frisst einer den anderen – immer den Langsamsten, den Schwächsten oder den, der zufällig am falschen Ort ist. Doch kein Tier des Waldes käme auf die Idee, einen groß gewachsenen Baum zu suchen, langschaftig, aus gutem Holz, ihn mit dem Zeidlermal – einem Doppelkreuz oder einer Raute – zu markieren, den Stamm oberhalb der geplanten Bienenwohnung abzuschneiden und danach eine Leiter hochzuklettern, um den Stamm mit Beil und Beitel so lange zu bearbeiten, bis ein Hohlraum entsteht.«

Ich sah die zerfurchte Frau auf einer Leiter vor mir und musste plötzlich lachen.

»Siehst du? Das ist verrückt! Der Mensch verhält sich wie der Sturm, der nur zerstört und nichts erschafft. Doch der Sturm braucht den Wald nicht, während der Mensch auf ihn angewiesen ist. Nimmt man etwas, so hat man etwas zurückzugeben. Das, was ich mir nehme, wie diese Reiser hier, sammle ich vom Boden auf, nie würde ich einen frischen, sprießenden Trieb abschneiden. Ich gebe den Bienen eine Wohnstatt, ohne dafür einen Baum zu töten. Den Rest holen sie sich selbst – es gibt genügend Saalweiden, Haselstauden, Erlen, Seidelbast und Linden, an denen sie sich gütlich tun können.«

Meine Augenlider wurden immer schwerer, doch es war nicht so sehr die Müdigkeit, die mir am meisten zusetzte.

»Du bist weidlich hungrig«, murmelte die Zeidlerin, als mein Magen laut knurrte. »Da hat es ein Gutes, dass der Wald nicht nur Bienen, sondern auch unsereins nährt.« Sie erhob sich und tischte alsbald Buchenkeimlinge sowie verschiedene Wurzeln und Knollen auf, dazu getrocknete Hagebutten und Brombeeren und außerdem junge Fichtenspitzen, im Öl von Haselnüssen gebraten.

Ich wartete, dass sie mir einen Löffel reichte, um mit dem Essen anzufangen.

»Was für den Baum die Wurzeln sind«, knurrte die Frau, »sind für uns die Hände.«

In der Hütte gab es also kein Besteck. Meine Hände klebten nach dem Essen, sie rochen nach Erde und Harz. Ich
mochte den Geruch.

»Morgen können wir Bärlauch suchen, auch Buchen-
blätter, nur die Brennnesseln sind noch nicht schmack-
haft.«

Ich begriff, dass die Frau mir nur helfen würde, im Wald
zu überleben, nicht, aus dem Wald wieder herauszufinden.
Aber so müde, wie ich war, war mir alles recht. Ich sank
nieder und hörte noch wie aus weiter Ferne meine Gast-
geberin spotten: »Bist du ein Dächschen, dass du tagsüber
schläfst?« Anstatt ihr eine Antwort zu geben, schlief ich
ein.

Mitten in der Nacht erwachte ich. Es war keine silbrige
Mondnacht, ich schien in einen schwarzen Tümpel gefallen. Nicht einmal die eigene Hand vor Augen konnte ich
sehen, dafür viel hören. Flüsternde Dämonen, die unter
den tief hängenden Ästen der Bäume einen Reigen tanzten. Unerlöste Geister, gefangen in Baumstämmen. Hexen,
die aus Erlenholz giftige Tränke für Hostienfrevel und
Schadenszauber brauten. Wichtel und Zwerge mit Fingern
spitz wie Holunderzweige, Kröten, Frösche, Schlangen,
die – wie man mir einmal erklärt hatte – nicht Männchen,
nicht Weibchen, sondern Zwitterwesen waren, zur Selbst-
zeugung fähig, was sie nicht nur zu sündhaften, sondern zu
ganz und gar teuflischen Wesen machte.

All diese Geschichten kamen mir in den Sinn ob dieses
allgegenwärtigen Raschelns und Tropfens und Blubberns,
dieser klagenden Rufe, durchsetzt von Kreischen, Heulen,
Knurren und Trillern.

Ich setzte den Lauten ein Wimmern entgegen.

»Was jammerst du da?«

Ich sah noch immer nichts, doch als ich mich auf die andere Seite wälzte und meine Hand ausstreckte, spürte ich, dass auf dem Strohsack neben mir die Frau lag. Sie rückte von mir ab, ich rückte nach und schmiegte mich ängstlich an ihren warmen Körper. Der wurde erst hart wie ein Stück Holz und dann wachsweich. Das Zittern, das meine Glieder erfasst hatte, ließ nach.

»Das Lied des Waldes sollte dir keine Angst machen«, sagte die Frau mit rauer Stimme. »Es klingt nicht immer schön, doch es ist immer echt. Der Wald lügt nicht. Es heißt, man verliere den Verstand, wenn man zu lange allein im Wald ist. Ich jedoch glaube, man findet den Verstand nur in der Stille.«

Da war keine Stille. Doch da waren auch keine Klagen, kein Hohngelächter mehr, keine Zaubersprüche und Hexenlaute, da waren nur der holprige Herzschlag und der raue Atem der Natur.

»Der Mensch meidet den Wald, weil er dort Böses vermutet, aber weil er ihn meidet, gibt es dort nichts Böses. Nur Leben. Was du da hörst, sind das Kleine Mausohr oder der Große Abendsegler, die durchs Geäst flattern, sind Wildkatzen, die durchs Dickicht schleichen, sind Siebenschläfer, die des Nachts ihr Nest verlassen, sind Motten, die durch die Luft schwirren, und kleine Fledermäuse, die Faltern hinterherjagen. Doch Böses hörst du nicht. Das gibt es nicht. Zugleich gibt es auch keine Grabesruhe, denn es bleibt nichts Totes. Alles wird fürs Leben genutzt.«

Ich hatte noch nie von den Tieren gehört, von denen die Frau sprach, aber ich kannte die Grabesruhe, einen Tod, der schwarz und endgültig war, eine Trauer und Einsamkeit, in der man versank. Ich schmiegte mich noch fester an sie, und plötzlich umfasste die Frau meine Hände, wie es einst meine Mutter getan hatte. Ein Schluchzen war zu hören. Weinte ich selber? Weinte die Frau?

»Wie heißt du?«, fragte ich leise.

»Barbara«, sagte sie. »Schlaf nun weiter. Wir Menschen können im Finstern nicht sehen, drum müssen wir die Dunkelheit zum Ausruhen nutzen.« Sie tat alsbald so, als würde sie schnarchen, doch hielt sie meine Hände hinfort fest in den ihren.

Vielleicht hatte Barbara doch weniger mit einer Kiefer gemein als mit einer Buche, die ihre Zöglinge beschattet, damit diese nicht zu rasch gen Himmel streben und schlechtes Holz bilden, und die unter allen Bäumen des Waldes die beste Mutter ist.

Ich fühlte mich geborgen in ihren Armen, geborgen in den Tiefen des Waldes, der mich brummend, knacksend, zischend, keckernd, raunend, rauschend in den Schlaf sang.

# VERONIKA

Der Immobilienmakler hieß Klemens, den Nachnamen nuschelte er so stark, dass sie nicht sicher war, ob er Pfingstschläger oder Hengstschläger hieß. Ehe sie nachfragen konnte, meinte er: »Wir können uns doch duzen, oder?«

Veronika nickte. Sie hatte ihn nicht vor dem Forsthaus in Empfang genommen, sondern ein Stück davon entfernt, am Ende jener Straße, die in einen schmalen Forstweg mündete. Sein Großstadtschlitten war nicht für weichen Waldboden gemacht, seine Designerschuhe auch nicht. Das glänzende braune Leder war eine Farbnuance dunkler als seine Hugo-Boss-Anzughose. Statt eines Jacketts trug er einen Lodenjanker, als wollte er sich im Bayerischen Wald damit tarnen. An den Ärmeln war der Janker etwas zu kurz, um die Brust und die Schultern seines im Fitnessstudio geformten Körpers spannte er etwas. Veronika beugte sich unwillkürlich vor und spähte auf die Rückbank, wo wie vermutet das zur Hose gehörige Jackett lag.

Am Rückspiegel baumelte ein Igel, ebenfalls mit grünem Lodenjäckchen bekleidet, mit der Aufschrift »I love Franken«. Es war der einzige Farbklecks, sonst bestand alles aus hellem Leder. Damit das so blieb, begann Klemens schon nach den ersten Schritten, seine Schuhsohle ständig an

Steinen abzureiben. Zugleich hob er die Hand, als wollte er sich durchs streng gescheitelte, mit Gel zurückgekämmte Haar fahren, ehe ihm wohl einfiel, dass er es nur in der Freizeit wuschelig trug. Er begnügte sich mit einer weit ausholenden Geste, als wolle er den ganzen Nürnberger Reichswald umarmen.

»Wie ruhig es hier ist! Es ist kaum etwas von der Autobahn zu hören.«

Er ließ die Hand wieder sinken und legte sie um den dicken Packen Broschüren, den er bis jetzt unter die Achsel geklemmt hatte. Seine Agentur hatte sich erst vor Kurzem auf den Verkauf von Waldimmobilien spezialisiert.

»Und wir sind nur zwanzig Kilometer von Nürnbergs Zentrum entfernt?«, versicherte er sich.

»Zweiundzwanzig.«

»Dafür braucht man ja nicht mal eine halbe Stunde.«

Mittlerweile hatten sie jenes Wegstück erreicht, auf dem Veronikas Auto gestern tiefe Rillen im Boden hinterlassen hatte. Vorsichtig setzte Klemens einen Fuß nach dem anderen hinein, als würde er auf einem Seil balancieren.

Ein Stück weit vom Haus entfernt blieb er stehen und taxierte es. Veronika entging nicht, wie sich sein Blick auf das kaputte Dach, die morschen Fensterläden, die bröckelnde Fassade richtete.

»Das Haus ist natürlich renovierungsbedürftig«, kam sie seinem Urteil zuvor. »Es ist nicht der offizielle Forstreviersitz, der den Nürnberger Forstbeamten zur Verfügung gestellt wird. Es wird nur ›Forsthaus‹ genannt, weil es im 16. Jahrhundert eines war. Mein Vater hat auf eine Sonderregelung gepocht, damit er hier wohnen bleiben konnte.«

»Ein Liebhaberobjekt also«, sagte Klemens schnell, um umso begeisterter hinzuzufügen: »Aber das große Waldstück, das dazugehört, das können wir vergolden.«

Auch das Haus betrat er so behutsam wie ein Seiltänzer. Er schien sich noch nicht einmal zu trauen, tief Luft zu holen. »Und dein Großvater hat dieses Waldstück in den Sechzigern spottbillig gekauft?«

»Die Staatsforstverwaltung wollte damals so viel wie möglich vom Reichswald loswerden. Sie haben die Waldstücke teilweise zu einem Preis von zwei Mark fünfundachtzig pro Quadratmeter angeboten.«

»Wahnsinn!« Klemens ließ nun doch eine abrupte Regung zu, er schüttelte den Kopf. »Kann man sich heute gar nicht mehr vorstellen.«

»Na ja, die bayerischen Staatswälder waren damals in einem verheerenden Zustand, der Nürnberger Reichswald ganz besonders. Waldbrände, Stürme, Insektenplagen. Ein Großteil hatte nichts mehr mit einem echten Wald gemein, das waren Föhren-Monokulturen, die beim kleinsten Unwetter umgekippt sind.«

Er machte eine wegwerfende Bewegung. »Was man hier alles bauen könnte … Eine Waldrandlage ist derzeit sehr angesagt.«

»Ich hab ja schon am Telefon gesagt, dass ich nicht an einen Großinvestor verkaufe. Ich will, dass das Haus und das Waldstück in gute Hände kommen.«

»Selbstverständlich.«

Veronika bot Klemens einen Kaffee an, während er sich nach einem Platz umsah, wo er seinen Stapel Prospekte ablegen konnte. Auf der Arbeitsfläche befanden sich bereits Veronikas Vorräte. Die Packung Hafermilch hatte sie gestern Abend draußen aufs Fensterbrett gestellt, weil es keinen Kühlschrank mehr gab. Als sie am Morgen die Milch ins Zimmer geholt hatte, war sie nass von Tau gewesen.

»Leider habe ich nur löslichen Kaffee, das ist doch in Ordnung?«

Sie hörte seine Antwort nicht über dem Brodeln des Wasserkochers. Das Kaffeepulver löste sich nicht richtig auf, auf der Hafermilch schwammen braune Klümpchen. Klemens starrte darauf, als wären es tote Fliegen.

»Tut mir leid, dass ich so schlecht ausgerüstet bin.«

Sie blickte sich nach etwas um, was als Löffelersatz dienen könnte. Schon gestern Abend, als sie sich einen Quinoa-Cup anrühren wollte, hatte sie festgestellt, dass ihre Mutter sämtliches Besteck mitgenommen und sie dummerweise nur ein Obstmesser dabeihatte.

Schließlich nahm sie ihm die Broschüren ab und schob den Wasserkocher ein Stück zurück, sodass der Platz reichte, um sie abzulegen. Klemens starrte auf die Kaffeetasse. Er machte keine Anstalten, sie entgegenzunehmen, geschweige denn, daran zu nippen.

»Wie lange steht das Haus jetzt leer?«

Sie verstand, was er eigentlich meinte: Warum verkaufst du erst jetzt?

Eine durchaus berechtigte Frage, die Veronika aber nicht beantworten wollte. Nicht ihm. Nicht einmal sich selbst. Sie begann, die erste Broschüre durchzublättern. Auf dem Titelbild des Hochglanzmagazins marschierte ein weißbärtiger Großvater mit seinem Enkelkind an der Hand durch den Wald. Die Grüntöne waren ein wenig zu grell, der Lodenjanker des Großvaters glich dem von Klemens.

*Unsere aktuellen Forstimmobilien*, stand da in verschnörkelten Buchstaben. Veronika schlug die erste Doppelseite auf. Etwa 55 % der Waldfläche Bayerns befänden sich in

Privatbesitz, stand dort. Die Zahl der Waldbesitzer belaufe sich auf circa 700 000 Personen, im Durchschnitt besitze jeder von ihnen 2,5 Hektar Wald, was drei Fußballfeldern entspreche.

Um die nackten Zahlen herum waren weitere Fotos von überaus glücklich lächelnden Menschen drapiert. *Ob Maschinenbauer, Landwirt, Rechtsanwalt, Lehrer oder Hotelier: Wir alle sind stolze Waldbesitzer und pflegen und erhalten den Wald gemeinsam mit der ganzen Familie.* Die Statistik stand in einem grünen Rahmen in Form einer Tanne.

»Da fehlen nur noch die Christbaumkugeln«, rutschte es Veronika heraus.

Klemens warf ihr einen irritierten Blick zu.

»'tschuldigung, aber ich bin nun mal vom Fach.«

»Du arbeitest in Frankfurt in einer großen PR-Agentur, nicht wahr?«

Sie nickte. »Das hier ist wirklich schön aufbereitet.«

Das nahm Klemens zum Anlass, die Brust herauszustrecken und seinen Standardvortrag abzuspulen. Jede Phrase zigmal erprobt und auf Hochglanz poliert. Wald sei mehr als nur Besitz, vielmehr das Erbe vergangener Generationen, das man für künftige erhalte. Es gelte, langfristig zu denken, nicht die Gewinnorientierung an die erste Stelle zu rücken, sondern auch den allgemeinen Nutzen zu bedenken. Und was man nie vergessen dürfe: Der Landwirt ernte seine Produkte nach etwa hundert Tagen, der Forstwirt nach hundert Jahren. Die Bewirtschaftung solle seinem Besitzer natürlich ein Auskommen sichern, ihn zugleich aber in die Lage versetzen, den Wald und alles, was er zu bieten habe, für die gesamte Gesellschaft zu erhalten.

Veronika fragte sich, wie er wohl den Bogen zum Neubau in Waldrandnähe hinbekommen wollte. Sie überlegte kurz, ins Phrasen-Pingpong einzusteigen; wahrscheinlich hätte sie ihn mühelos schlagen können, weil sie nicht nur mehr von PR-Arbeit verstand, sondern auch mehr vom Wald. Aber dann ließ sie ihn sein Sprüchlein fertig aufsagen.

»Du bist doch sicher sehr beschäftigt«, schloss er. »Am besten, wir beeilen uns, dann kannst du schnell wieder zurück nach Frankfurt.«

Sie senkte rasch den Kopf, erspähte das Obstmesser und begann, mit dem Stiel die Kaffeekrümel zu verrühren. Sie blieben klumpig. Das Geheimnis, das sie bis jetzt allen verschwiegen hatte – ihrer Freundin Luna, ihrem Mann Joachim und sogar Ava –, war ebenso schwer in den Griff zu bekommen. Es gab einen guten Grund, warum sie den Besitz im Reichswald nicht nur verkaufen wollte, sondern tatsächlich verkaufen musste, doch der Immobilienheini war der Letzte, dem sie sich anvertrauen wollte.

»Es stimmt, der Verkauf soll so schnell wie möglich über die Bühne gehen. Mir ist trotzdem wichtig, dass mein Besitz in die richtigen Hände kommt. Es gibt immer mehr Waldbesitzer, die nicht vom Fach sind, ich hätte aber gern jemanden, der einen Bezug zu dieser Gegend hat und auch einen Bezug zum Wald.«

Klemens' Blick wanderte durch die Stube, blieb an den Flecken auf den Wänden hängen, den Kratzspuren auf dem Boden, den Überresten der Schaumstoffmatratze. »Das können wir natürlich gerne in unserem Exposé berücksichtigen. Schau dir einfach mal ein paar Beispiele an. Dann können wir auch überlegen, bei welchen Symbolen wir einen Haken setzen.«

Sie blätterte weiter. Die häufigsten Symbole stellten

diverse Tiere dar – Hirsch, Reh, Wildschwein –, sie waren sowohl im bunten Laubmischwald in Niedersachsen als auch im Kiefernforst im Harz abgebildet. Unter dem Bergmischwald in der Steiermark in Österreich befand sich auch ein Kästchen mit einem Vogel, der Ähnlichkeiten mit einer Badeente hatte.

»Ein Thanksgiving-Truthahn?«

Klemens beugte sich vor. »Das bedeutet, dass es dort Auerhähne gibt.«

»Aha.«

Er erklärte weitere Symbole, die für »gut bevorratet«, »teilarrondiert« oder »hoher Zuwachs« standen. »Wir machen von unseren Objekten gerne kurze Videofilme, manchmal sogar mit Drohnen, aber das kostet extra. Bei einem attraktiven Besitz wie deinem ist das nicht nötig, aber ein paar stimmungsvolle Fotos wären nicht schlecht.«

»Ich glaub nicht, dass ich welche habe, aber ich kann gerne mit dem Smartphone welche machen.«

»Am besten ist wohl, ich erledige das gleich selbst. Ich weiß ja, worauf es bei den Bildern ankommt, und muss ohnehin jedes Grundstück, das unsere Agentur anbietet, persönlich begehen. Einen Fragebogen müssen wir auch noch ausfüllen.« Unter den Broschüren befand sich ein Klemmbrett mit einem Blatt Papier, auf dem mehrere Tabellen standen. In der ersten Spalte wurden diverse Baumarten aufgezählt – von Traubeneiche bis Hainbuche, von Spitzahorn bis Erle –, daneben waren Bodenarten aufgeführt: quarzreicher Boden und tonarme Sandböden, Ton- und Lehmböden, Podsole, Letten, trockene Sande.

»Wenn du willst, können wir gleich losgehen. Gerade ist gutes Licht.«

So vorsichtig, wie er gekommen war, balancierte er aus

dem Haus. An der Türschwelle kratzte er seine Sohlen ab, als wäre auch in der Stube Dreck daran kleben geblieben.

»Besser, du übernimmst die Führung, du kennst dich aus.«

Veronika war unschlüssig, welche Richtung sie einschlagen sollte. Sie war auch nicht sicher, wo genau die Grenze verlief zwischen dem etwa achtzig Hektar großen Grund, der zum Forsthaus gehörte, und den bayerischen Staatsforsten. Irgendwann hatte ihr Vater sie mit farbigen Steinen markiert, aber die waren bestimmt längst ausgeblichen oder im Waldboden versunken. Schließlich nahm sie den Weg, der vom Haus in Richtung Norden führte. Als sie ihn das letzte Mal beschritten hatte, war er breiter und nicht so von Wurzeln durchwachsen gewesen, aber das war Ewigkeiten her.

Damals war Ava noch klein gewesen, Joachim hatte sie an der Hand gehalten wie der Großvater in der Werbebroschüre seine Enkelin. Manchmal hatte er sie hochgehoben, damit Ava ihre Hände nach Ästen ausstrecken konnte.

Wenn sie zum Forsthaus aufbrachen, sprach er nie von Heimatbesuchen, sondern von einem Heimatfilm, in dem er ein Wochenende lang gerne eine Gastrolle übernehme. In Wahrheit war er noch nicht mal Statist, sondern nur Zuschauer, und sie weigerte sich ihrerseits, einen ihr gemäßen Part zu übernehmen. Wenn er darüber spöttelte, wie sie da wohl mit zwei Zöpfen durch den Wald gelaufen war, ersparte sie sich den Hinweis, dass sie ihre Haare nie so getragen hatte. Und wenn er den alten Bauernschrank der Mutter wie das Ausstellungsstück eines Bauernmuseums musterte, war ihr das ebenso unangenehm wie sein süffisantes »Wie hübsch!«.

»Keine Heuchelei«, presste sie dann hervor, und er lachte.

»Ich heuchle doch nicht!«, rief er im Brustton der Überzeugung, wollte aber nie länger als ein Wochenende bleiben. Als Ava in die Schule kam, wurde ihm selbst das zu lang. Wenn überhaupt, dann fuhr Veronika allein los und kam noch am selben Tag zurück nach Frankfurt.

Den Instantkaffee hätte er genauso wenig getrunken wie Klemens, Joachim legte sehr viel Wert auf seinen Vollautomaten, der mit einem Siebträger ausgestattet und mit ganzen Kaffeebohnen gefüllt war, die frisch gemahlen wurden. Auf Kaffeekrümel reagierte er allergisch, wie überhaupt auf alles, was den Anschein von Schmutz erweckte. Eine typische Zahnarztkrankheit, meinte er dazu. »Ich hab's nun mal gerne steril.«

Er betonte allerdings auch gern, dass er kein dumpfer Techniker sei. Er möge die Natur. Als er vor zwölf Jahren eine zweite Praxis eröffnete, ausschließlich für Privatpatienten und spezialisiert auf High-End-Zahnästhetik – Bleaching, Veneers, Zahnfleischkorrektur, »Zähne zum Verlieben« –, machte er sich viele Gedanken über die Inneneinrichtung. Sein Vorgänger hatte einen schwarzen Fliesenboden verlegen lassen und neben dem Empfangstisch zwei sphinxähnliche Statuen aufgestellt. Beides verschwand so schnell wie möglich, stattdessen entschied Joachim sich für einen sandfarbenen Fußboden und Schwarz-Weiß-Fotografien an den Wänden. Die Wand neben dem Eingang war ein Gesamtkunstwerk aus grünem Material, das aussah und sich anfühlte wie Moos, in Wahrheit aber Plastik war.

Als Ava das erste Mal die Praxis besuchte, wollte sie wissen, ob sich darunter Waldboden befand. Sie zupfte an der künstlerischen Moostapete herum, und während Joachim Veronika durch alle Räume führte, trug sie mindestens zehn

Quadratzentimeter ab. Ava war enttäuscht, dass darunter nur sandgraue Wand zum Vorschein gekommen war, Veronika erschrocken, weil sie das Kunstwerk ruiniert hatte.

»Das macht doch nichts«, sagte Joachim großmütig und saugte die grünen Krümel eigenhändig mit dem Handstaubsauger weg. »Sie wollte den Dingen eben auf den Grund gehen, vielleicht wird sie mal Archäologin.«

Das Moosbild ließ sich retten, nur Archäologin wollte Ava nie werden. Ein anderer Beruf fiel ihr allerdings ebenso wenig ein. Sie war eine gute Schülerin, hatte letztes Jahr das beste Abitur ihres Jahrgangs hingelegt, wälzte aber vergeblich Broschüren, wie Veronika sie damals mit Nora durchgeblättert hatte. Die heutigen glichen ein wenig dem Waldimmobilienkatalog. Nur fand sich darin nicht das, was Ava suchte: Lebenssinn, Freiheit, Abenteuer, Leidenschaft. Unter dem Moos schien sich keine fruchtbare Erde zu befinden, in der strebsamen Schülerin kein rechter Wille, das eigene Leben anzupacken.

Wenn Veronika Vorschläge machte, reagierte sie mit einem Schulterzucken. »Ich weiß einfach nicht, was ich machen soll.«

Eines Tages stellte sich heraus, dass sie durchaus wusste, was sie wollte, sie hatte sich nur nicht getraut, es zu gestehen: Ihr stand der Sinn nicht nach einem Studium oder einer vergleichbaren Ausbildung, zumindest nicht gleich – sie wollte sich zunächst eine Auszeit nehmen und ein ganz anderes Leben kennenlernen, bei der Arbeit auf einer Schaffarm in Neuseeland. Sie klang fast kleinlaut, als sie Veronika endlich davon erzählte – und der versetzte es gleich zweifach ein Stich: Warum besaß Ava so wenig von dem Ehrgeiz, den sie ihr vorgelebt hatte? Und was für eine Mutter war sie, wenn sich die Tochter von ihren Erwartungen derart erdrückt fühlte, dass sie erst so spät mit ihren Plänen herausrückte!

»Wenn du das möchtest, dann gehst du natürlich eine Weile nach Neuseeland!«, rief sie bemüht enthusiastisch, obwohl ihr die Stimme brach. »Ich finde das toll!«, fügte sie kieksend hinzu. Ein Lächeln misslang, weil sie das Beben ihrer Mundwinkel nur unterdrücken konnte, indem sie die Lippen fest zusammenpresste.

Joachim nahm das Vorhaben der Tochter deutlich emotionsloser auf. Er gab ihr zwar sofort seinen Segen, ließ aber nicht erkennen, ob er es großartig fand oder für Zeitverschwendung hielt. Als Veronika ihn darauf ansprach, ihm gestand, wie schmerzhaft für sie die Aussicht auf eine derart lange Trennung sei, blieb er einsilbig.

Nicht im Traum wäre sie darauf gekommen, dass er sich Ava zum Beispiel nehmen würde, weil auch er einen lang gehegten Lebenstraum verschwieg und wie die Tochter Freiheit, Abenteuer, Leidenschaft suchte. Dass ihm das Wandbild aus künstlichem Moos längst nicht mehr reichte, auch nicht ihr künstliches, elektronisch knisterndes Kaminfeuer, das in Form eines Bildschirms an der Wohnzimmerwand hing, so stimmungsvoll und beruhigend wie ein echtes Feuer, aber es machte weder Arbeit noch Dreck.

Zum vierundvierzigsten Geburtstag vor über einem Jahr hatte er sich die immer schütterer werdenden Haare abrasiert, um fortan eine Glatze zu tragen. »Ich mag's sauber und glatt.« Den Fünfundvierzigsten hatte er gar nicht mehr gefeiert. »Ich hab keine Lust aufs Älterwerden.«

Ein paar Wochen vor Avas Abflug nach Neuseeland trug er eines Morgens ein rotes Tuch, als er an der Espressomaschine hantierte.

»Du siehst ja aus wie ein Pirat«, spottete Ava. Erst als sie sich in ihr Zimmer verzogen hatte, um Englischvokabeln zu pauken, rückte Joachim mit der Sprache raus. »Ich kann so nicht weitermachen.«

Rasch ließ er sich einen zweiten Espresso heraus, noch bevor er den ersten getrunken hatte. Er zog ein wenig zu schnell die Tasse weg, ein schwarzer Tropfen perlte auf das Gerät und von dort auf die weiße Arbeitsfläche. So langsam, wie sich der schwarze Tropfen seinen Weg zum Rand bahnte, sickerte in Veronikas Verstand, was er da gerade gesagt hatte.

»Womit kannst du nicht weitermachen?«

Während er an dem Tropfen herumwischte, erzählte er, was er seit Langem plante, ohne je mit ihr darüber gesprochen zu haben. Die Idee spukte ihm schon seit Ewigkeiten im Kopf herum, aber solange Ava zur Schule ging, war es undenkbar gewesen, sie zu verwirklichen. Aber nun ... Avas entschiedener Wille zum Aufbruch habe ihm gezeigt, wie wichtig es sei, aus der Komfortzone auszubrechen. Jetzt oder nie. Worauf sollte er noch warten?

Für Veronika kam das alles aus dem Nichts, erst im Nachhinein konnte sie seine häufige Gereiztheit, die Wortkargheit, die Geistesabwesenheit als Zeichen für seine Unzufriedenheit deuten, mehr noch: als Zeichen, dass sie in den letzten Jahren zwar als Familie gut funktioniert hatten, als Ehepaar jedoch nur mehr nebeneinanderher lebten.

In diesem Augenblick fühlte sie nicht einmal Schmerz, nur einen vagen Druck. Er war ein guter Zahnarzt, der rechtzeitig die Betäubungsspritze setzte. »Es ist nicht deine Schuld, dass ich dieses Hamsterrad so satthabe, wirklich nicht. Es liegt überhaupt nicht an dir.«

Es hatte lange gedauert, bis Veronikas Betäubung nachließ, selbst danach setzte kein echter Schmerz ein, nur ein dumpfes Pochen. »Ich muss einfach mal raus aus allem, den Kopf freibekommen. Vielleicht ... wenn ich zurück-komme ... haben wir doch noch eine Chance ...«

Sie hatte gefühlt, dass er ihr, vielleicht auch sich selbst etwas vormachte. Sie wollte sich nicht belügen. Welches Band er in diesem Moment auch zerriss – sie wusste, es war nicht dick, nicht strapazierfähig genug, um es nach sei-nem Selbsterfahrungstrip problemlos wieder knüpfen zu können.

Kurz war sie selbst so weit, einen radikalen Schnitt zu machen: Wenn du einfach gehst, ohne mich, ist es aus.

Sie sagte die Worte nicht. Sie wären ohnehin in den Ge-räuschen der Espressomaschine untergegangen, die das Selbstreinigungsprogramm startete.


»Willst du wirklich weiter in diese Richtung?«

Klemens' Stimme riss sie aus ihren Gedanken. Vielleicht taten das auch die dornigen Ranken, die durch den Stoff ihrer Hose gedrungen waren, als sie den Weg verlassen hatte und durchs Unterholz gestapft war, über Pfeifengras, Heidelbeersträucher, Heidekraut hinweg. Sie zog vorsich-tig daran. Ein leises Ratschen, doch es entstand kein sicht-barer Riss.

»Tut mir leid.«

»Na ja, du bist wahrscheinlich gewohnt, kreuz und quer durch den Wald zu marschieren.«

Wenn er nicht gerade auf Jagd gewesen war, hatte sich der Vater immer auf den Wegen gehalten und das auch Veronika eingebläut. Nun hatte sie sich dennoch treiben lassen. Von den Erinnerungen, durch den Wald, hin zu einem ganz bestimmten Baum nicht weit von ihnen. Ein-mal hatte es in ihrem Leben jemanden gegeben, der sie, anders als der Vater, aufgefordert hatte, die ausgetretenen Pfade zu verlassen. Der sie hierher mitgenommen hatte, zu einer alten Eiche, die in der Nachbarschaft von ein paar Eschen stand. Es gab nicht mehr viele von diesen Eichen im Nürnberger Reichswald, erst recht kein so markantes Exemplar, mindestens ein halbes Jahrtausend alt, knorrig, gefurcht, unbeugsam. Wie vielen Stürmen sie getrotzt, in wie vielen heißen Sommern in fast ausgetrockneten Bodenschichten sie noch etwas Flüssigkeit gefunden hatte!

Veronika holte tief Luft, als sie den Baum erblickte und unwillkürlich in jene kurze Phase ihres Lebens zurückkatapultiert wurde, in der sie nicht jeden Tag aus dem Forsthaus zu Nora floh, in der sie als Vroni durch den Wald gelaufen, auf Bäume geklettert und mit vielen Kratzern zurück nach Hause gekommen war. Stolz wie Kriegswunden hatte sie die kleinen Verletzungen getragen, obwohl das Leben damals alles andere als ein Kampf und der Wald kein Feind, sondern ein Freund gewesen war.

Sie ließ den Atem entweichen, wappnete sich gegen weitere Erinnerungen, die der Anblick des Baums unweigerlich heraufbeschwören würde. Doch sie blieben vage.

Etwas hatte sich seit damals verändert. Nicht die Eiche, deren krallenartig gebogenen Zweige ihr hohes Alter verrieten, deren Krone zerzaust wirkte, da ein Ast besonders tief herabhing. Es war der unerwartete Farbklecks davor – ein kleines Zelt in leuchtendem Blau. Als sie darauf zuging, sah sie, dass auf der Eiche ein paar Bretter angebracht waren, eine winzige Aussichtsplattform in etwa zwei Meter Höhe. Das Zelt stand einen Spaltbreit offen, und noch bevor sie »Hallo?« rufen konnte, sah sie, dass niemand darin war. Randvoll war es trotzdem, allerdings nicht mit Gegenständen, die man von einem Camper im Wald erwartete.

Der obligatorische Schlafsack war zwar vorhanden, auch eine Isomatte, Proviant und Kleidung. Doch daneben lag eine Unmenge an Kabeln, dünne und dicke, grüne, gelbe, blaue. Und in dem Gewirr Mikrofonkapseln und ein Headset, eine Dose, auf der mit weißen Lettern »Installationskitt« stand, und ein tragbarer Rekorder.

»Merkwürdig«, vernahm sie Klemens' Stimme an ihrem Ohr. Er war näher getreten, und lugte ebenfalls ins Zelt. »Vielleicht ein Journalist, der einen Film über den Wald dreht?«, sinnierte er laut.

Veronika konnte sich nicht vorstellen, dass man dafür so viele Kabel brauchte. Oder warum sich ein Rekorder im Zelt befand, aber keine Kamera und kein Fotoapparat. Doch vielleicht hatte der Bewohner beides mitgenommen.

»Darf jemand einfach so filmen – ohne Genehmigung des Besitzers?«

Klemens zuckte die Schultern. »Der Wald darf grundsätzlich von jedermann betreten werden, wenn er nicht ausdrücklich als Privatbesitz gekennzeichnet ist. Ob man filmen darf, weiß ich nicht. Da müsstest du dich erkundigen, vielleicht beim Forstbetrieb Nürnberg.«

Veronika wich zurück. »Ich nehme an, wer auch immer das ist, er oder sie wird bald verschwinden. Und das da ...« Sie deutete auf die hölzerne Plattform, aber ihr Blick folgte der Hand nicht. »Das mindert den Wert des Waldes ja sicher nicht.«

»Natürlich nicht. Um das Exposé fertigzustellen, brauche ich allerdings noch mehr Informationen über den Baumbestand. Die genaue Größe des Grundstücks muss bestimmt und die gewonnenen Daten durch Mittelwert, Median und Standardabweichung ausgewertet werden.«

Mit diesen Begriffen konnte Veronika so wenig anfangen

wie mit dem technischen Gerät im Zelt. Es gehörte nicht unter diese Eiche, in dieses verschwundene Reich ...

Ihr Reich. Oft hatte sie dort oben auf einem Ast gesessen und nichts weiter getan, als den Geräuschen zu lauschen. Wenn ein Tier im Frühling durch den Teppich von Maiglöckchen huschte, erkannte sie, ob es ein Fuchs oder ein Reh, ein Siebenschläfer oder eine Waldspitzmaus war. Sie hatte auch Lockrufe von Balzrufen, Warnrufe von Flugrufen unterscheiden können.

Nun kam das Geräusch, dem sie lauschte, aus ihrem Inneren, als wäre die Seele ein mit hochsensiblen Mikrofonen ausgestatteter Rekorder, der noch das leiseste Kratzen registrierte – das Schaben eines Hirschgeweihs an einem Stamm, den Tropfen, der von einem Blatt aufs nächste platscht, den Flügelschlag des pelzigen Nachtfalters, der ins grüne Licht einer Lichtung taumelt, das dumpfe Geräusch von Rehhufen, die die bronzen gesprenkelte Erde aufwühlen.

Etwas in ihr schien sich zu öffnen, Anschluss zu suchen an jenen uralten Kreislauf, in dem alles zwingend, aber gemächlich seinen Gang geht, wo das Ziel der Anfang ist, es kein Hetzen, kein Drängeln gibt, weil es lediglich gilt, sich in den Sog des Lebens fallen zu lassen. Der Boden war so weich, dass man nie schmerzhaft aufprallte, war er doch mehr als nur Boden: eine eigene Welt, der Lebensraum unzähliger Wesen, die auch viele Meter unter der Oberfläche krochen, gruben und krabbelten.

Die vielen Laute verschmolzen zu einer Stimme, die nur Veronika hörte. *Bist du wirklich zurückgekommen, um das Waldstück zu verkaufen?*

Klemens' Stimme übertönte sie. »Die fehlenden Infos kannst du mir gerne auch mailen.«

Wie aus einer Trance gerissen, fuhr sie zu ihm herum. Er schabte seine Schuhsohle wieder an einem Stein sauber.

»Ja ... ja, natürlich«, murmelte sie.

»Je schneller wir alles beisammenhaben, desto früher können wir die Immobilie auf unserer Website vorstellen. Falls es noch offene Fragen gibt, wendest du dich am besten an den Forstbetrieb Nürnberg.«

Wie angekündigt, zückte er sein Smartphone, um ein paar Fotos zu machen. Veronika folgte ihm benommen, blieb aber auf dem breiten Weg, die Schultern hoch- und den Kopf eingezogen, als wollte sie sich vor den Erinnerungen verbergen.

Das Leben, das sie hier einst geführt hatte, war nicht einfach nur vergangen, es war verjährt. Dem Leben in Frankfurt wiederum hatte Joachim zwar ein Ende gesetzt, als er erklärte, er wolle aussteigen aus dem Alltagstrott, mit dem Motorrad Südamerika durchqueren, sich wieder selbst finden, sich spüren und herausbekommen, ob die Zukunft noch mehr bereithalte als gedankenlos abgespulte Routinen. Aber dieses Leben hatte nicht Joachim allein gehört. Es war auch ihres gewesen. Sie konnte es ohne ihn weiterleben oder sich ein neues schaffen. Und wenn es dafür notwendig war, dass sie sich mit dem Forstbetrieb Nürnberg herumschlagen musste, würde sie sich dem stellen. Sie würde ein Kapitel ihrer Vergangenheit aufschlagen, das sie immer überblättert hatte, um dann endgültig mit ihm abzuschließen.

»Werde ich machen«, sagte sie zu Klemens. »Ich kenne dort jemanden von ... früher.«

»Früher« war das falsche Wort. Als Martin in ihr Leben getreten war, war es bereits zu spät gewesen, sich mit dem Wald auszusöhnen.

# ANNA

Ich erwachte jeden Morgen wie eine Blume, die im Frühling ihr Köpfchen durch die nasse Erde bohrt. Vorsichtig, misstrauisch, wagte ich mich aus einem dunklen Reich, in das nur eine Ahnung von Sonnenschein dringt und wo Angst, Einsamkeit und Kälte lähmen. Und doch war da genug Kraft, genug Hunger, um irgendwann die oberste Schicht des Bodens zu durchbrechen. Noch war fast alles starr, nur meine Hand nicht, sie tastete sich vor, fand eine andere weiche, warme.

Barbara erwiderte den Druck kurz, ehe sie sich erhob. »Nicht faulenzen.«

Von da an ging alles weidlich schnell. Mein Gesicht wandte sich zum Licht, das durch die Ritzen floss, in meine Nase drang der würzige Duft. Ich streckte mich, und noch ehe ich die erste Mahlzeit des Tages zu mir genommen hatte, fühlte ich mich erfrischt.

Im Wald erwachte ich nicht nur Tag für Tag, ich erblühte.

Die Menschen sagten später, dass ich von Mai bis Juli im Wald gewesen sei. Die Bienen sagten, dass ich von der Kastanienblüte bis weit nach der Sonnwende blieb und erst verschwand, als die Brombeeren schon saftig und schwer an ihren Sträuchern hingen.

Gewiss, Bienen können nicht sprechen wie wir. Doch alsbald erfuhr ich, dass auch die Wesen des Waldes vielfältige Sprachen beherrschen, man muss sie nur verstehen. Dabei genügt es nicht, nur genau zuzuhören, man muss auch genau hinschauen – etwa auf die pudrige Pollenschicht auf den kleinen dunklen Körpern, die verriet, woran sich die Bienen gerade gütlich taten.

Wenn Barbara mich in der Sprache des Waldes unterrichtete, glich sie einem Lehrer an der Lateinschule, dem es nicht darum geht, dass die Schülerin die fremde Sprache selber spricht, sondern sie vor allem zu übersetzen weiß.

So lernte ich mit der Zeit, die Laute von Rotkopfwürger, Seidenschwanz, Nachtschwalbe und Wiedehopf zu unterscheiden. Bald wusste ich, was das unheimliche Huhuuu, das der männliche Waldkauz ausstößt, die Kuwitt-Rufe des Weibchens, die schmetternden Töne des Zaunkönigs, die Pink-Pink-Rufe der Kohlmeise verrieten: Mal umwarben sie sich, mal warnten sie vor Raubtieren, mal besangen sie einfach die Schönheit des Waldes.

Es gab keine stummen Tiere. Selbst die, welche keinen Laut von sich gaben, den ein menschliches Ohr vernehmen kann, ob Blindschleiche oder Zauneidechse, ob Raupe oder Schmetterling, hinterließen Spuren, die sich wie Buchstaben erst zu Worten, dann zu Geschichten formten. Sie erzählten entweder vom Kampf oder von der Liebe und immer vom Leben. Die Bäume sprachen auch. Wenn ich einen Stamm umfasste und mein Ohr dagegenpresste, war mir, als vernähme ich ein Knacken. Ein Wesen schien darin zu hocken, in der Rinde gefangen, das sich wie ich mit steifen Knochen auf dem morgendlichen Lager streckte.

Manchmal weinte das Baumwesen klebrige Tropfen, doch Barbara sagte, das sei nicht bloß Zeichen für eine schmerzende Wunde, sondern zugleich ein Mittel, um diese zu schließen. Nicht nur den Duft von Harz sog ich tief ein, auch den der Blätter und Nadeln und lernte, ihn zu deuten. Ähnlich wie der Geruch eines Menschen verrät, ob er sich gerade verausgabt hat, ob er hungrig ist oder satt, verrät dies der Geruch der Bäume.

Ich lernte, die Sträucher zu unterscheiden – weit mehr als ein lästiges Gewirr aus Zweigen, die das Fortkommen der Menschen erschweren. Im Wald wuchsen verschiedene Habichtskräuter, der Wiesen-Wachtelweizen, auch die Weißliche Hainsimse, ebenso viele Arten von weichem Moos, manche mit einem Schimmer von Gold oder von Silber. Gerne bettete ich meinen Kopf darauf.

»Hörst du die Pilze wachsen?«, spottete Barbara dann.

Oh, ich glaubte sofort, man könnte es, wenn man sich bemühte. Wer wusste schon, ob das Tuscheln und Raunen, Flöten und Piepsen, Keckern und Gurren, das sich in das Rauschen des Waldes mischte, fürwahr von oben kam und nicht aus der Tiefe der Erde?

Ich betrachtete meine eigenen Spuren im Waldboden, die manchmal tief, manchmal kaum sichtbar waren. Es war immer die gleiche Botschaft, die ich hinterließ. Während ich heute mit kratzender Feder meine lange Lebensgeschichte auf viele, viele Seiten banne, genügte mir damals ein winziges Fleckchen. Es fiel mir leicht, mich kurzzufassen.

*Ich bin im Wald zu Hause.*

Barbara drängte mich lange Zeit nicht, einen Weg zurück in die Menschenwelt zu finden. Sie gab den Monaten auch keine Namen, sie unterschied sie nur anhand der Nahrung, mit der der Wald uns verköstigte. Der Wald war kein knausriger Wirt, er sorgte für eine reich gedeckte, abwechslungsreiche Tafel.

Im Mai blühte das blassviolette Wiesenschaumkraut, das man ebenso essen kann wie Löwenzahnknospen, die auf manchen Lichtungen zu finden sind, und junge Fichtentriebe, vorausgesetzt, man macht aus diesen einen Sirup.

Im Juni ließ Barbara mich die harten Blätter des Wald-Ziest pflücken, die, wenn man sie dünstete, weich wie Pilze waren und auch so schmeckten.

Im Juli galt es, im Wettlauf mit Amseln und Staren Beeren zu pflücken. Die Himbeeren waren die Vorhut, ihnen folgten die Heidel- und Brombeeren. Sauer, aber dennoch erfrischend war die Hagebutte, und auch die Blätter der Eberesche schmeckten gut.

Einmal kam Barbara auf die Spätfrüchte zu sprechen, mit denen man sich im Herbst den Magen füllt – Haselnüsse, Walnüsse, Esskastanien, Eicheln, Bucheckern. Dabei runzelte sie die Stirne, denn sie war sich nicht sicher, ob sie mich so lange satt bekäme.

Ich fühlte mich nicht nur satt, sondern auch stark wie nie. Dass ich gewachsen, auch rundlicher geworden war und meine Backen apfelrot leuchteten, konnte ich nicht sehen, wenn ich mich im Tümpel betrachtete. Auf der dunklen Oberfläche erkannte ich nur vage die Konturen einer verschwommenen Gestalt. Aber ich spürte es.

»Ich habe keinen Hunger.«

»Dein Körper mag hier alles bekommen, aber was ist mit deinem Geist?«

Ich begriff nicht, warum sie zwischen beidem unterschied. »Du willst mich nicht länger bei dir haben?«

Sie zuckte die Schultern. »Wer zu lange im Wald lebt, ist für die Menschenwelt verdorben.«

»Bringst du mich zurück?« Angst schwang in meiner Stimme.

Wieder zuckte sie die Schultern. »Ich habe nicht vor, auch nur einen Schritt aus dem Wald zu setzen, doch manchmal kommen Menschen hier vorbei. Wenn wir einem von ihnen begegnen, müssen wir ihm sagen, dass du noch lebst. Gewiss plagt deinen Vater deinethalben ein schrecklicher Kummer.«

Ich dachte an den Kummer, den ich um meine Mutter ausgestanden hatte, und nickte beklommen.

»Wo treffen wir die Menschen?«

Barbara antwortete nicht sofort. In den nächsten Tagen erfuhr ich die andere Seite ihrer Wahrheit: Wer zu lange in der Menschenwelt lebt, ist verdorben für den Wald.

Barbara betrachtete das Leben im Wald als Tauschgeschäft, bei dem sie nicht feilschte. Es ging ihr nicht ums Bestechen, gar ums Betrügen, es ging ihr um ein gerechtes Geben und Nehmen. Den Bienen flocht sie Körbe, dafür nahm sie sich den Honig, doch nur den, der im Frühling nach der Zehrung der Wintervorräte übrig blieb.

Nun erfuhr ich, dass sich andere Menschen am Wald bedienten, ohne ihm etwas dafür zurückzulassen. Sie wollten auch seine Geschichte nicht hören. Wie ein Stück Pergament behandelten sie ihn, von dem man die Worte eines anderen abkratzt, um eigene daraufzuschreiben. Was ich brauche, das nehme ich mir, schrieben sie mit schwarzer Tinte. Im Wald trifft man zwar auf viele dunkle Töne, aber die Farbe des Todes findet man selten.

Barbara zeigte mir, dass die Menschen von außerhalb keine Spuren hinterließen, sondern Wunden und Narben.

Barbara brachte ihre Körbe an umgefallenen Bäumen an, die bereits Spechten, Fledermäusen und Käfern eine Wohnstatt boten. Was hier sein Leben aushauchte, konnte stets noch anderen Wesen Nutzen erbringen.

Die Zeidler, denen die Stadt ein Schürfrecht verliehen hatte, töteten dagegen, was noch lebte. Sie suchten sich die ältesten, mächtigsten und schönsten Nadelbäume, entwipfelten sie und höhlten sie aus. Mit Duftstoffen lockten sie Bienen an und ließen sie in dem geköpften Wesen hausen, von einem Brett vor der Witterung geschützt, mit einem Flugloch an der Seite, durch das die Bienen hinein- und hinausfliegen konnten. Dahinter befand sich jedoch keine Wohnung, sondern ein Grab. Denn die Zeidler holten sich irgendwann alle Waben, nachdem sie die Bienen mit Rauch vertrieben hatten, und wenn keine einzige Wabe übrig bleibt, um die Königin zu nähren, geht ein Stock unweigerlich zugrunde. Wie irre summten die todgeweihten Bienen um den todgeweihten Baum.

Die Zeidler begriffen nicht, dass der Wald ein lebendiger Ort ist, an dem immer etwas wächst, wenn man ihn in Ruhe lässt, und dass zu ernten etwas anderes ist, als zu stehlen. Und sie waren nicht die Einzigen.

Der Boden war schwarz, wo mit hölzernen Rechen Nadeln, Blätter, Farnwedel, Heidekraut und Moos gesammelt wurden, um sie als Einstreu für den Viehstall zu nutzen. So tief gruben die Zinken, dass sie nicht nur die oberste Schicht des Bodens aufwühlten, auch die darunter, wo Samen darauf warteten auszutreiben.

Schwarze Flecken hinterließen die Menschen auch auf den Bäumen. Deren Rinde nutzten nicht nur die Pottaschesieder, sie lieferte ebenso den Bast für die Seilereien. Die Zunderschwamm- und Kienspansucher brauchten die

Rinde nicht, doch sie zerstörten sie, wenn sie die Baumpilze oder die harzgefüllten Auswüchse von alten Bäumen schnitten. Sie dachten, dass man einem Wesen, das nicht schreit, nicht wehtun kann. Und das Harz, das ich für die Tränen eines Baums gehalten hatte, nahmen andere als Klebemittel und vor allem als Pech wahr, das Fassmacher und Schuster ebenso brauchten wie Bootsbauer und Bierbrauer.

Sie warteten nicht, bis der Baum das Harz von sich aus hergab, sondern begannen vielmehr, Anfang Mai die Rinde aufzuritzen, am liebsten von Kiefern und Fichten, um es in Tongefäßen zu sammeln.

Im Aufgraben, Abpressen und Einritzen waren die Menschen gut, im Abreißen ebenso. Im Herbst wüteten sie besonders schlimm, berichtete Barbara. Die Eichelsammler begnügten sich dann nicht damit, heruntergefallene Eicheln vom Boden aufzulesen, sie prügelten auf die Bäume ein und rissen ganze Äste ab. Die Schweine, die hier gemästet wurden, zertrampelten den Boden, der zuvor von den Hufen der Milchkühe und Kälber aufgewühlt worden war, die man gerne im Wald weiden ließ.

Gewiss, dann und wann verlegten sich auch die Menschen aufs Gewährenlassen. Doch sie ließen nicht den Wald gewähren, sondern das Feuer. Hier im Wald betrachteten sie es nicht als Feind, sondern als Verbündeten und Helfershelfer, maßlos und gefräßig wie sie selbst. Seine Spuren waren ebenfalls schwarz.

Manche Zeidler brannten in Kiefern, Fichten und Pappeln, die zu hoch zum Entwipfeln waren, Höhlen für das Bienenvolk ein. Andernorts wurde die Strauch- und Grasschicht des Waldbodens abgebrannt, damit dort Heidekraut wuchs und mit seinen Blüten die Bienen nährte. Dass andere Tiere dabei zu Tode kamen, war den Zeidlern gleich. Und auch, dass es lange dauerte, bis auf der Asche neue Pflanzen wuchsen.

Einmal stießen wir auf eine Rauchsäule, die sich nicht gerade gen Himmel wand, sondern nach allen Seiten hin waberte wie Nebel, bis das gesamte Unterholz verpestet war.

Der Rauch stieg auf vom Meiler eines Köhlers, der die Form eines Kegels hatte. Aus Buchenholzscheiten geschichtet und von dünnen Stämmen und einer luftdichten Decke aus Gras, Moos und Erde bedeckt, kokelte der Meiler tagelang. Dem Feuer wurde kaum Luft zum Atmen gegeben, damit das Holz nicht knisternd, lodernd brannte, sondern ganz langsam zerfiel, wodurch am Ende keine Asche, sondern Holzkohle entstand. Feuer und Rauch waren stumm, der Köhler wusste sie trotzdem zu deuten. Tag und Nacht musste er am Meiler stehen, über zehn Tage hinweg, bis der graue Rauch sich blau färbte und solcherart verriet, dass das Feuer, das bislang zu viel zum Sterben, aber zu wenig zum Leben bekommen hatte, bald verhungert war. Hunger litt auch der Köhler mit seiner Familie, denn Holzkohle war billig, und so verdiente er kaum etwas mit seinem Handwerk. Lediglich die Waren aus Eisen, die man mithilfe von Holzkohle herstellte, waren teuer, doch davon hatte weder der Köhler etwas noch der Wald. Ich verstand nicht, warum etwas Totes wie Metall teurer war als lebendiges, duftendes Holz.

Hinter dem Rauch schienen die Konturen zu zerfließen, als wäre der Köhler ein Geist, der vergeblich seine Seele suchte. Meine Augen begannen zu tränen.

»Willst du nicht hingehen und ihm sagen, dass du Anna Stromer bist?«, fragte Barbara.

Vage erinnerte ich mich, dass ich ihr in den ersten Tagen nicht nur meinen Vornamen verraten hatte, sondern auch, welcher Familie ich entstammte. Sie hatte dem Namen kein Gewicht beigemessen, ich mochte ihm nun auch keines mehr beimessen. Anna Stromer war der Name, den mein Vater mit schwarzer Tinte in jenes Büchlein geschrieben hatte, in dem auch der Tod meiner Mutter und meines Brüderchens vermerkt worden war. Doch wer mit schwarzer Tinte und nicht mit Tränen und Wehklagen den Tod bedenkt, dessen Trauer um die Mutter ging wohl nicht so tief wie die meine.

Vielleicht hatte mein Vater mich schon vergessen? Würde er mich wirklich schmerzlich vermissen, wenn ich nicht mehr zu ihm zurückkehrte?

Ich würde jedenfalls den Wald vermissen, wenn ich ihn verließ.

»Ich will bei dir bleiben.«

Wir kehrten zur Hütte zurück. Erst als wir sie erreicht hatten, ging Barbara auf meine Worte ein.

»Weißt du, mit dem Bleiben ist es so eine Sache.«

»Du willst mich nicht bei dir haben.«

»Du bist zu mir gekommen wie die Samen der Bäume. Die kleineren trägt der Wind ohne ihr Zutun irgendwohin. Die größeren versteckt der Eichelhäher, und wenn er sie vergisst, weil sein Wintervorrat immer umfangreicher ist als das, was er braucht, kann es sein, dass so ein neuer Baum entsteht. Einer, der an seinem Platz fest verwurzelt ist.«

»Zählt denn nicht, dass man wächst, nicht wo?«

»Anders als das Eichelchen hat der Mensch eine Wahl. Er muss eine Entscheidung treffen, wie und wo er leben will.«

»Du hast sie getroffen.«

»Mir war jegliche Wahl genommen worden.«

Ich wusste von Barbara nicht viel mehr, als dass sie zwar streng sein konnte, ihre Hände aber immer warm waren, dass sie den Wald durch und durch kannte und ich mich bei ihr nicht einsam fühlte. Ihre Geschichte stand dagegen in einem bislang versiegelten Buch. Erst jetzt erfuhr ich, dass alle Menschen, die darin vorkamen, ihr entweder verhasst oder längst verstorben waren.

Sie sparte an Worten, doch wie die Spuren auf dem Waldboden manches Geheimnis preisgaben, tat es auch ihr Mienenspiel. Ich ahnte, welcher Mensch Barbara weiland gewesen war, wenngleich das Bild, das entstand, ähnlich verschwommen war wie mein Spiegelbild im Tümpel.

Damals begriff ich nur, dass sie in ihrem Leben viel Leid erfahren hatte, heute weiß ich, dass es Leid nicht ohne die Liebe gibt. Es verhält sich zur Liebe wie der Schatten zu einem Körper. Scheint die Sonne senkrecht, dann ist der Schatten dünn und blass neben dem starken, hell beleuchteten Körper; im Zwielicht aber wird der Schatten länger und dunkler als der, der ihn wirft. Und Barbara hatte den Großteil ihres Lebens im Zwielicht zugebracht.

Eine Leibeigene war sie gewesen, hatte einem Bauern gedient und einen Knecht geliebt. Der Bauer wollte die Heirat nicht erlauben, sondern Barbara selbst besitzen. Mit Gewalt nahm er sie, worauf ihn der Knecht erschlug. Was Barbara als Werk der Gerechtigkeit betrachtete, galt allen anderen als Verbrechen. Ihr Liebster wurde gehenkt, sie floh in den Wald, wo sie wohl gestorben, verwest, gefressen, verwandelt worden wäre, wäre sie nicht wie später auch ich auf einen Menschen gestoßen, einen Zeidler.

Barbara hatte mich aus Güte aufgenommen, der Zeidler jedoch tat es aus Berechnung. Was sie für ihn tun musste, damit er sie am Leben ließ, verriet sie nicht. Heute kann ich mir denken, dass er ihr mehr nahm als gab. Als er starb, übernahm sie seine Hütte, seine Kleidung, seine Werkzeuge, nur nicht seine Arbeitsweise. Nachdem ihr so viel Unrecht widerfahren war, wollte sie Gleiches nie anderen Wesen antun und die Bienen nicht so behandeln, wie sie selbst behandelt worden war.

Nachdem Barbara geendet hatte, schwieg sie lange. Dann sah sie mich an.

»Auf mich wartet außerhalb des Waldes Trauer und Schmerz. Auf dich wartet eine ganze Welt. Ich lebe hier, weil ich frei sein will. Aber um Freiheit zu kämpfen und sie als Geschenk zu betrachten, lernt man nur dort, wo es an ihr mangelt. Werde du ein Mensch, der sich nicht vom Wind verwehen lässt, sondern zu beurteilen weiß, wann man den Kopf einziehen muss und wann es dem Sturm zu trotzen gilt.«

»Du schickst mich fort?«

»Ich sage nur, dass ich dich alles über den Wald lehren kann, aber kaum etwas über die Menschen. Wenn du wachsen willst, darfst du nicht ewig ein Bäumchen spielen.«

Ich verstand nicht recht, was sie meinte, und die Vorstellung, diesen freundlichen Ort verlassen zu müssen, erfüllte mich mit tiefem Unbehagen. »Du willst, dass ich weiterhin nach Menschen suche«, murmelte ich.

»Es würde mir genügen, wenn du dich finden lässt.«

Es stimmte, ich war immer davongelaufen, sobald ich einen Laut vernahm, der nicht vom Wind oder von Tieren stammte, auch damals vor dem rauchgeschwärzten Köhler. Zu seinem Meiler wollte ich keinesfalls, und obwohl ich Barbara versprach, mich ihrem Wunsch zu fügen, gedachte ich auch nicht, mich finden zu lassen.

Doch eines Tages kam ein Rindenschäler in den Wald, der die Rinde von Eichen, Tannen und Fichten abkratzte, um sie an Gerber zu verkaufen und auch an Dachdecker, die trockene, flach gepresste Rinde gerne als Material verwendeten. Noch bevor ich ihn bei der Arbeit sah, vernahm ich ein Geräusch, einen schrillen Schrei, der das Schaben der Messer auf dem Holz übertönte.

Wer schrie, war jener Baum, den ich am meisten liebte, die Eiche, die ich meine Eiche nannte, weil ich in der ersten Nacht im Wald im Schutz ihrer schweren Äste geschlafen hatte. Damals hatte ich nicht gewusst, dass sie mich schützte – jetzt wusste ich, dass ich sie schützen musste. Als das Messer wieder und wieder in die Rinde fuhr und die schwarzen Spuren hinterließ, die ich so oft gesehen hatte, schrie ich mit ihr.

»Nicht!«, schrie ich. »Tu ihr nicht weh!«

Mein eigener Schrei erschreckte mich. Ich hatte meine Stimme lange nicht erhoben, sie klang rau und dunkel. Der Mann erschrak auch und sah mich an, als wäre ich ein Dämon. Er riss die Augen weit auf, begann am ganzen Leib zu schlottern, ließ sein Messer fallen und stolperte davon. Nach wenigen Schritten blieb er an einer Wurzel hängen und stürzte, doch er rappelte sich rasch wieder auf, blickte ein letztes Mal über seine Schultern, nunmehr mit einem Ausdruck, als bedrohten ihn ganze Heerscharen verfluchter Höllenknechte.

Dann tat ich noch etwas, was ich lange nicht getan hatte: Ich lachte. Auch mein Lachen war tief und rau, vielleicht fast so, wie eine Eiche lachen würde. Ich trat zum Baum, umarmte ihn und wusste nicht, dass ich in diesem Augenblick Abschied nahm.

Der Rindenschäler hatte nicht nur Angst vor Dämonen, er hatte auch Angst vor einer Strafe. Denn eigentlich war er kein Rindenschäler, nur ein Tagelöhner, und als solchem war es ihm verboten, an der Rinde zu verdienen. Wäre sein Tun aufgeflogen, hätte er in Nürnberg eine hohe Geldstrafe zahlen müssen – und wäre damit noch glimpflich davongekommen. In anderen Städten wurde falschen Rindenschälern die Haut abgezogen, oder zumindest ein Stück von ihr.

Irgendwann jedenfalls musste ihm aufgegangen sein, dass von mir keine Gefahr drohte, sondern er mit mir viel mehr Geld verdienen konnte als mit Rinde.

Ein gewöhnliches Mädchen mochte ihren Wert zwar kaum übersteigen, doch das galt nicht für die Tochter von Ulmann Stromer. Und in der ganzen Stadt wusste man, dass sich die kleine Anna vor vielen Monaten im Wald verirrt hatte und nicht mehr aufgetaucht war. Längst waren sich alle sicher, dass ich verhungert war oder wilde Tiere mich gefressen hatten, mein Vater hatte bereits mehrere Totenmessen lesen lassen.

Für diese Messen hatte er zwei Klöster reich beschenkt, obwohl er sonst fürs Knausern bekannt war. Noch großzügiger würde er gewiss sein, wenn er erfuhr, dass sein tot geglaubtes Töchterlein noch lebte.

Als ich die Eiche längst losgelassen hatte und weitergegangen war, kam der Rindenschäler zurück und nahm ein

Stück Stoff von meinem Kleid an sich, das an den Ästen hängen geblieben war.

Mein Vater hätte den Stoff nicht erkannt, zumal er in all den Monaten verblichen war. Aber Agnes kannte sich mit Stoffen aus. Später erfuhr ich, dass sie es gewesen war, die meinen Vater gedrängt hatte, dem Mann zu glauben und einmal mehr im Wald nach mir zu suchen.

Mein Vater kam nicht als ein Suchender. Wie ein Heeresführer kam er, der den Wald als feindliche Armee betrachtete, die er bezwingen musste. Die Waffe eines Kaufmanns war für gewöhnlich die Feder, doch er rückte mit einem halben Dutzend Männern und einem Schwert in den Wald ein und schlug ab, was ihm im Weg stand, strafte Sträucher und Bäume solcherart für ihr bloßes Dasein. Hinterher war der Boden kniehoch mit Blättern und Geäst bedeckt.

Seine Kleidung war nicht braun oder grau wie die anderer Menschen, sondern rot. Nicht nur sein samtener Umhang war rot, auch das Wams mit dem aufgestickten Familienwappen, einem in Lilienstäbe auslaufenden silbernen Dreieck. Im Wald gibt es kaum Silbertöne – das Kostbarste hier ist braun und grün.

Was rot ist, ist dagegen häufig giftig, erst recht, wenn es von grellem Ton ist.

Ich wurde von Vögeln aus der Hütte gelockt, die lauter kreischten als sonst, und erstarrte, als ich meinen Vater erblickte. Mein Vater stand ebenso starr, weil er bis zuletzt nicht geglaubt hatte, dass ich noch lebte. Dann ließ er sein Schwert fallen, stürzte auf mich zu und umarmte mich, wie er es nie zuvor getan hatte. Es war, als wollte er mich in sich einverleiben. Längst wusste ich, dass es Tiere gab – die Wildkatze, den Braunbären –, deren Väter gelegentlich ihre Kinder fressen.

Doch er fraß mich nicht, er schob mich von sich und spuckte ein erleichtertes Lachen aus. Es hatte sich gelohnt, dem Rindenschäler Geld zu geben.

»Was ist nur mit dir passiert?«

Er hatte vergessen, dass ich, als ich in den Wald geraten war, stumm gewesen war.

Und auch ich hatte es vergessen, öffnete ich doch den Mund und erzählte, dass ich im Wald nicht verloren gegangen war, sondern ein Paradies gefunden hatte, und dass ich glücklich war. Auch von meiner Liebe zum Wald sprach ich, seinen Geschenken, seinen Farben, Lauten und Düften. Davon, dass der Schatten dieser Liebe meine Trauer über die zahlreichen Wunden sei, die ihm Zeidler, Holzhauer, Rindenschäler und Köhler Tag für Tag zufügten.

Vater konnte den Blick nicht von mir lösen. Er hatte zwar sein Töchterlein wiedergefunden, doch es schien den Verstand verloren zu haben. Denn was ich hörte, als ich sprach, waren klare Worte, was er hörte, waren unartikulierte Laute – ein Gurren und Zwitschern, ein Keckern und Knurren, als wäre ich zu einem der vielen Tiere des Waldes geworden.

Was Barbara, die in diesem Moment ins Freie trat, gehört hatte, weiß ich nicht – ihr Gesicht war vor Schreck ganz fahl –, doch sie fing sich rasch, stützte sich auf ihren weißen Stab und erzählte alles, was auch ich erzählt hatte, in verständlichen Worten. Sie sprach auch nicht von der Liebe, sondern vom Überleben, und dass ich es allein ihr zu verdanken hätte.

Dies war eine Sprache, die ein Ulmann Stromer verstand. »Wie viel Geld willst du dafür?«

Barbara lag nichts an Geld, doch in einem glich sie meinem Vater: Wenn sie ein Geschäft witterte, bei dem sie so viel bekam, wie sie zu geben hatte, schlug sie es nicht aus. Erst jetzt erfuhr ich, dass jener Händler, an den sie Wachs und Honig verkaufte und der sich nicht darum scherte, ob sie zur Zeidlerzunft gehörte oder nicht, schon alt war und womöglich nicht mehr lange lebte. Wenn fürderhin Ulmann Stromer ihr den Honig und das Wachs abnähme – nicht für Geld, sondern für Kleidung und dann und wann eine Schwarte Speck – und ebenfalls die Zunftgesetze ignorierte, wäre ihr das Lohn genug.

Bis jetzt hatte der Vater seinen Honig von Zeidlerhöfen in Brunn und Moosbach bezogen, genauso wie das Wachs, das er als Patrizier der Stadt nicht nur für eigene Kerzen brauchte. Für die Zollfreiheit, die der Kaiser den Nürnbergern gewährte, verlangte er, dass sie jährlich einige Zentner Wachs an den Wiener Stephansdom lieferten.

Doch das erfuhr ich erst viel später. In diesem Augenblick, da ich stumm danebenstand, begriff ich nur, dass sie beide ein gutes Geschäft machten, bei dem nur ich etwas verlor.

Barbara drückte ein letztes Mal meine Hand, dann umarmte sie mich – nicht so übermächtig wie der Vater, sondern wie jemand, der Abschied nimmt. Ich fühlte, dass sie mich lieb hatte, aber sie wusste ja von der Liebe, dass sie den Schmerz brachte, und weil sie sich für den Schmerz wappnen wollte, hatte sie nicht zugelassen, dass die Liebe zu tief wurzelte. In ihrem Herzen blieb kein Loch, nur ein Kratzer, der alsbald verheilte und die Haut ein wenig dicker und gefühlloser zurückließ.

Ich hatte, als wir dazumal Nürnberg verließen, nicht aus dem Wagenfenster gesehen. Als ich knapp drei Monate später in die Stadt zurückkehrte, tat ich es genauso wenig. Ein besonders lautes Knirschen der Räder verriet, dass wir durch eines der Stadttore fuhren, laut stießen die Tontöpfe aneinander. Sie hatten die gleiche Farbe wie der Honig, der sich darin befand, ein sattes Goldbraun, und diese Farbe verhieß mir ein wenig Leben. Ich sah sie unentwegt an.

Mein Vater befahl dem Kutscher, nicht gleich zum Wohnhaus, sondern erst in die Schmiedgasse zu fahren. Benannt war diese Gasse nach einem, der mit Eisen arbeitete. Mittlerweile unterhielten dort zuvörderst Bäcker ihre Geschäfte.

Von einem dieser Bäcker bezog mein Vater nicht nur Brot, sondern auch die Pfefferkuchen, die man in der Fastenzeit zum starken Bier aß. In dieses *panis piperatus* gehörte freilich nicht nur Pfeffer, sondern auch Gewürze wie Kardamom und Muskat, Zimt und Ingwer, Anis und Koriander, allesamt der Verdauung und der Minderung des Völlegefühls dienlich.

Vater war es, der dem Bäcker diese Gewürze aus Genua und Venedig verkaufte. Doch trotz all dieser Gewürze schmeckten die Pfefferkuchen nur, wenn auch Honig hinzukam, und er gedachte, den Bäcker künftig auch mit diesem zu beliefern, damit er noch mehr Pfefferkuchen buk, viel mehr, als die Nürnberger aßen, sodass man ihn in andere Städte liefern könne. Gewiss, mit feinen Stoffen, Eisenwaren und Waffen handelte mein Vater lieber als mit schnöden Pfefferkuchen, doch ein wenig war er wie der Wald: Nichts ging verloren, alles wurde verwandelt, beim Wald in duftende Erde, bei ihm in Geld.

Auf der letzten Wegstrecke befanden sich an der Stelle, wo die Honigtöpfe gestanden hatten, denn auch Säcke mit Geld.

»So macht man das«, erklärte Vater.

Es war mehr Geld, als er für die bereits gelesenen Seelenmessen ausgegeben hatte – eine Verschwendung, nachdem sich herausgestellt hatte, dass ich noch lebte.

Agnes kam der Kutsche entgegengelaufen. Sie fand nicht, dass es Verschwendung war, für meine Seele zu beten, denn meine Seele schien irgendwo anders zu sein, nur nicht in meinem Körper. Seltsam leblos hing ich in ihren Armen, als sie mich an sich zog. Rasch ließ sie mich wieder los. Sie sah mir ins Gesicht und las etwas in meinen Augen, das ihr Angst machte.

»Wer sich lange im Wald aufhält, kehrt nicht als jener zurück, der er gewesen ist«, sagte sie bange. »Im Niemandsland ist sie zu einem Niemand geworden, und das macht es dem Teufel leicht, von einem Menschen Besitz zu ergreifen.«

Mein Vater meinte, dass das Unsinn sei, doch aus seiner Stimme klang Zweifel, und er betrachtete mich misstrauisch.

»Sag, heulst du wie die Wölfe, fauchst du wie die Wildkatzen, knurrst du wie die Bären, singst du wie ein Vögelchen?«, fragte Agnes unbehaglich.

Ich gab keine Antwort. Es stimmte es nicht, dass ich im Wald eine andere geworden war. Ich war das Mädchen von einst – einsam, verloren. Und stumm.

# VERONIKA

Sie hatte die Telefonnummer nicht gespeichert, fand aber im Internet die des Forstbetriebs Nürnberg, der für die rund 24 000 Hektar Wald auf der östlichen Seite von Nürnberg und Erlangen zuständig war. Als sie sich zu ihm durchstellen ließ, erfuhr sie, dass er mittlerweile nicht mehr nur für ein Revier zuständig, sondern der Leiter des Nürnberger Forstbetriebs war. Ein Knacksen in der Leitung folgte, dann: »Martin Strobel.«

Sie stand in ihrem alten Kinderzimmer, aus dem Fenster gebeugt, weil sie so den besten Empfang hatte. Ein Kribbeln überlief sie, als sie in die Tiefe blickte.

»Ich bin's«, sagte sie.

Stille.

»Vroni.«

Das sagten sie beide gleichzeitig, sie gepresst, er lauter. Seine Stimme war dunkel und tief wie damals. Allein diese Stimme schien zu verraten, wie gern er im Wald arbeitete. Wobei sie es nie als Arbeit bezeichnet, ihn eher als Künstler gesehen hatte. Nicht als Steinmetz, der Überflüssiges mit dem Meißel abschlägt, eher als Aktionskünstler, der noch die unscheinbarsten Dinge ins Scheinwerferlicht rückt und zeigt, wie schön sie sind.

»Ich bin hier«, fügte sie hinzu.

»Zu Hause?«

War es das? Jetzt? Oder damals, als er angefangen hatte, für ihren Vater zu arbeiten? »Ich krieg einen Azubi, Martin Strobel heißt er, er geht auf die bayerische Waldbauernschule in Kelheim, die praktische Ausbildung macht er hier«, hatte der Vater eines Tages verkündet. Als er ihn noch nicht persönlich kannte, hatte er gehofft, unliebsame Aufgaben auf ihn abwälzen zu können.

»Sind dein Mann und deine Tochter auch dabei?«, fragte Martin.

Sie überlegte, wann sie das letzte Mal miteinander geredet, einander geschrieben hatten. In ihren ersten Jahren in Frankfurt hatte sie ihn manchmal angerufen. Sie hatte nicht viel erzählt, lieber schweigend den Telefonhörer ans Ohr gepresst, um seine Stimme zu hören, vielleicht auch die des Waldes. Jedes Mal hatte sich Zweifel geregt, ob es richtig gewesen war zu gehen. Wem genau hatte sie etwas vormachen wollen, als sie behauptete, das Leben im Wald zu hassen? Den Eltern … sich selbst … Nora … oder Martin?

Irgendwann war sie in ihrem neuen Leben in Frankfurt angekommen, und es fühlte sich nicht mehr richtig an, weiterhin mit ihm zu telefonieren. Aus den Anrufen waren sporadische Mails geworden, einmal hatte sie ein Foto geschickt.

Sie sah es ganz deutlich vor sich. Sie mit Joachim und der achtjährigen Ava auf der Aussichtsplattform des Maintowers, von der aus man die Frankfurter Skyline überblickte. Von Joachim war nur das halbe Gesicht zu sehen, weil er das Smartphone hielt, Ava und sie hatten die Köpfe zusammengesteckt. Damals trug Ava die Haare noch nicht kurz wie jetzt, sondern hatte dieselben braunen Locken wie sie. Der Wind zerrte daran, sodass sich nicht genau erkennen ließ, welche Strähnen ihre waren und welche die der Tochter.

Kurze Zeit später hatte sie das letzte Mal mit Martin telefoniert. »Ava hat das gleiche Lächeln wie du«, hatte er gesagt, »und ist genauso hübsch.« Seine Wehmut war ihr nicht entgangen. Sie seien sich auch charakterlich ähnlich, hatte sie erwidert. Ava sei zielstrebig, intelligent, ein bisschen still. Dann hatte sie ihm von der Eins erzählt, die Ava gerade in ihrem Mathetest geschrieben hatte.

Veronika räusperte sich. »Ich bin allein da.«

»Ava muss schon groß sein. Hat sie mittlerweile ihr Abitur gemacht?«

»Stell dir vor, sie ist danach nach Neuseeland geflogen, um auf einer Schaffarm zu arbeiten.« Ein schrilles Lachen übertönte den Schmerz. Nicht nur, weil die Tochter so weit weg war. Sondern vor allem, weil außer Ozeanen und Flugstunden auch eine letzte Lüge zwischen Veronika und ihr lag.

Ava war verwirrt gewesen, als sie erfuhr, dass nicht nur sie, sondern auch Joachim zu einer Weltreise aufbrechen würde. Den Vorwurf, den Veronika sich verkniffen hatte, ersparte sie ihm nicht: »Wie kannst du Mama bloß allein lassen! Gerade jetzt, wenn ich weggehe.«

Joachim hatte abgewehrt, sich hinter Phrasen verschanzt. Als Veronika Avas zweifelnden Blick auffing, behauptete sie: »Für mich ist das völlig okay.« Und zwang sich zum gleichen verkorksten Lächeln wie damals, als Ava mit ihren Neuseelandplänen herausgerückt war.

Ava blieb skeptisch. Plötzlich wurde sie wieder zu dem herumlavierenden Mädchen, das in der nebelgrauen Zukunft herumstocherte.

»Und wenn ich doch lieber hierbleibe?«

Obwohl Veronika insgeheim oft gehofft hatte, Ava würde noch einen Rückzieher machen, und sie der Gedanke an den Abschied schmerzte – nun schüttelte sie empört den Kopf. »Um Himmels willen, jetzt lass dir doch von Papa nicht deine Pläne nicht kaputt machen! Und ob du fährst. Ich bin in den nächsten Monaten sowieso schwer beschäftigt in der Agentur steht ein Haufen wichtiger Projekte an.«

Der Verweis auf den Beruf fruchtete, denn wie wichtig ihrer Mutter die Karriere war, hatte Ava von klein auf erlebt.

Später sagte Joachim zu Veronika: »Na siehst du, selbst wenn ich vorgeschlagen hätte, dass du mitkommst – du hättest dir nie und nimmer so einen langen Urlaub genommen.«

Sie starrte ihn an. Da war nun plötzlich doch ein Schmerz, der sich nicht betäuben ließ. »Du hättest es mir wenigstens vorschlagen können«, gab sie trotzig zurück.

»Du bist eine Großstadtpflanze«, entgegnete er, »du hast immer gesagt, dass du die Natur hasst. Ich will mit dem Motorrad die Atacama durchqueren, da würdest du doch eingehen.«

Ich hasse die Natur nicht, nur den Wald, dachte sie, und auch das war damals nur so dahergesagt.

Aber sie widersprach ihm nicht, artikulierte nicht ihren Schmerz, weil sie ihm so deutlich anmerkte, dass er nicht nur seinem Alltag entfliehen wollte, sondern auch ihr.

Erst als Joachim abgeflogen war, ging ihr auf, dass der Schmerz eher von verletztem Stolz herrührte, nicht von tiefer Trauer über den Verlust. Die Lücke, die er hinterlassen würde, war kein Krater, höchstens ein Kratzer.

»Vroni?«, riss Martin sie aus ihren Gedanken.

Sie war nicht sicher, ob er mittlerweile weitergesprochen und was er in der Zwischenzeit gesagt hatte.

»Ich bin allein hier«, erklärte sie hastig. »Joachim ist im Ausland. Und du?«

»Ich bin im Büro.« Sein angenehm tiefes, sonores Lachen erklang.

»Früher hast du jedes Büro einen Kerker genannt.«

»Tu ich immer noch. Aber das gehört nun mal dazu. Dein Vater würde sich im Grabe umdrehen, wenn er wüsste, dass ich Leiter der Nürnberger Forstbetriebe geworden bin.«

Veronika lachte. »Glaub ich nicht, das wäre ihm zu anstrengend. In seinen letzten Jahren ist er noch nicht mal mehr aufgestanden, um die Antenne gerade zu rücken, er hat lieber in einen besseren Fernseher investiert.«

»Wenn er sich zu einem Spaziergang aufgerafft hat und wir uns getroffen haben, haben wir immer noch gestritten. Wie ich nur das ganze Totholz rumliegen lassen könne!«

Das Totholz war einer ihrer vielen Konfliktpunkte gewesen. Für Josef Pichler war ein guter Wald ein sauberer Wald.

Martin hingegen wollte, dass der Wald gesund war. Und das bedeutete, dass er nicht fünf Minuten brauchte, um die Höhe eines Baums zu messen, sondern fast eine halbe Stunde, weil man sich, um vom Stamm bis zur Spitze des Baumes zu blicken, erst durch ein Gewirr aus alten Ästen, umgeknickten Stämmen und Wurzelstöcken kämpfen musste.

In einem guten Wald stolpert man nicht, behauptete Josef Pichler. Er wollte nach Wild Ausschau halten, nicht nach Wurzeln.

»Wir sind doch nicht die Müllabfuhr«, hielt Martin dagegen. »Der Wald ist ein Recyclingkünstler, er braucht totes Holz. Es bietet unzähligen Insekten- und Pilzarten eine Heimat, die in abgestorbenen Bäumen, Rissen, Ästen, Höhlen wohnen, auch Vögeln wie dem Specht und Feldmäusen. Ein Drittel der Tiere im Wald ist auf Totholz angewiesen.«

Dass sie das noch wusste. Dass sie sich jetzt kurz fragte, ob das, was sie für tot gehalten hatte – die Vergangenheit im Forsthaus, die Vergangenheit mit Martin –, nicht immer noch Lebensraum für geheime Wünsche bot, für Sehnsüchte. Ob sie vielleicht nicht nur zurückgekommen war, um den Verkauf abzuwickeln, sondern auch, um seine Stimme zu hören.

»Er hat mich jedenfalls gehasst«, schloss Martin.

»Hass ist ein zu starkes Wort.«

War Liebe ein zu starkes Wort für das, was sie für ihn empfunden hatte? Ihre Kehle wurde eng.

»Vroni?« Wieder folgte Stille, ehe er mit rauer Stimme hinzufügte: »Ich habe zwei Buben. Zwillinge. Acht Jahre alt.«

Er hatte keine Partnerin erwähnt, als sie das letzte Mal mit ihm gesprochen hatte, aber das war schließlich Ewigkeiten her, und sie wusste, dass er sich immer nach einer Familie gesehnt hatte. Natürlich war das Leben auch für ihn weitergegangen, natürlich hatte er nicht auf sie gewartet, so wie ihr altes Kinderzimmer.

Mühsam schluckte sie. »Schön, von denen musst du mir irgendwann mehr erzählen. Aber jetzt …« Sie räusperte sich. »Ich will's verkaufen … alles hier … das Grundstück … das Haus … ich hoffe, du kannst mir helfen. Ich habe einen Makler beauftragt, der auf Waldimmobilien spezialisiert ist, und brauche ein paar Daten. Soweit ich weiß, haben

Waldbesitzer einen Anspruch, sich von den staatlichen Forstbeamten beraten zu lassen.«

»Ich würde dich auch ohne diesen Anspruch beraten.« Sie hörte ein Lächeln in seiner Stimme. »Ganz freiwillig und kostenlos.«

Dann wurde er ernst. »Ich habe gehört, dass deine Mutter gestorben ist, das tut mir leid. Ich hätte nur nicht erwartet, dass du gleich alles verkaufst.«

Es lag ihr auf den Lippen zuzugeben, dass sie keine andere Wahl hatte, dass sie das Geld unbedingt brauchte, und zwar so schnell wie möglich. Aber sie hatte schon gestanden, dass Ava und Joachim im Ausland waren, sie wollte nicht auch noch ihr Scheitern, ihr größtes Versagen benennen, das sie in diese Lage gebracht hatte.

Er wartete ihre Antwort nicht ab. »Du könntest doch jetzt all das machen, wovon wir damals geträumt haben. Weißt du noch?«

Und ob sie es noch wusste. »Ich will keinen Wald, der ausschließlich verwaltet, bereinigt, genutzt wird«, hatte er erklärt. »Was ich will, ist ein Wald, der sich frei entfalten darf, bei dem man sämtliche Eingriffe aufs Notwendige beschränkt.«

Er war immer so entschlossen gewesen, und sie hatte entschlossen genickt, wenn er sich in Fahrt redete. Aber hatte sie seinen Traum wirklich bejaht, ihn sogar geteilt?

»Das war doch nur so eine Spinnerei«, murmelte sie.

»Ach, Vroni«, sagte er, und wieder hörte sie Wehmut in seiner Stimme, wie damals, als er meinte, Ava sei so hübsch wie sie.

Und ihr fiel ein, dass sie damals, als sie sich von ihm trennte, so vehement auf ihn eingeredet hatte wie Joachim später auf sie. Nur hatte nicht sie zuvor die Betäubungsspritze gesetzt, das hatte Nora getan. »Das Mädchen hat eine große Zukunft, die darfst du ihr nicht versauen. Das Einzige, was sie hier hält, bist du, aber das Leben hier ist nichts für sie. Du beweist, dass du sie magst, indem du sie loslässt.«

»Vroni nennt mich sonst niemand mehr.« Ihre Stimme nahm einen sachlichen Tonfall an. »Ich bin für alle nur noch Veronika.«

Nach dem Telefonat sah sie weiter aus dem Fenster.

Damals mit fünfzehn, als Martin seine Ausbildung begonnen hatte, hatte sie gerne auf dem Fensterbrett gesessen und die Füße nach draußen baumeln lassen, neben sich einen Stapel Bücher. Inzwischen beschäftigte sie sich nicht mehr mit der Familie Stromer und dem mittelalterlichen Nürnberg, sondern mit fremden Kulturen, je unbekannter, desto besser. Die Maori und die Aborigines waren schon zu sehr Mainstream. Es mussten mindestens die Veddas sein, die Ureinwohner Sri Lankas, die mit Pfeil und Bogen und mithilfe von Hunden jagten. »Interessant«, hatte Nora gesagt, als sie ihr davon erzählte.

Interessant war auch das Holi-Fest in Nordindien, das zur Frühlingszeit gefeiert wurde, fünf Tage nach Vollmond im Monat Phalguna. Wenn sich die Menschen gegenseitig mit buntem Puder bewarfen, wurde für kurze Zeit nicht auf die Kastenzugehörigkeit geachtet.

»Na, das würde es hier in Bayern nicht geben, dass man das Kastenwesen vergisst«, hatte Nora bitter gesagt. »Im Nürnberger Umland mag's ja ein wenig besser sein als in Oberbayern. Aber so besoffen kann man nach dem Maibaumumtrunk gar nicht sein, um nicht genau zu wissen, wer ein Vollblutfranke ist und wer nicht.«

Als Veronika am Morgen von Martins erstem Arbeitstag Schritte hörte, blickte sie von ihrem Buch auf. Der neue Auszubildende kam nicht durch das Gartentor, sondern sprang elegant über den Zaun.

Unwillkürlich hielt Veronika den Atem an und ließ ihn laut entweichen, als Martin sicher gelandet war. Er blickte hoch zu ihr, schirmte seine Augen ab. Die Morgensonne, die ihn blendete, verlieh seinem blonden Haar einen rötlichen Schimmer.

»Fall bloß nicht runter«, sagte er amüsiert.

Bisher hatte sie nur einen Fuß aus dem Fenster baumeln lassen, nun kam der zweite hinzu, während sie ihn provokant angrinste.

»Kletterst du auch auf Bäume?«, fragte er.

Sie zuckte mit den Schultern.

»Da gibt es eine uralte Eiche, nicht weit von hier. Der unterste Ast hängt so niedrig, dass man sich hochziehen kann. Wir müssen unbedingt mal dorthin.«

Sie überlegte noch, ob sie zustimmen sollte, als der Vater dazwischenfuhr.

»Dienstbeginn war sieben Uhr dreißig«, bellte er in den Garten.

Veronika blickte auf die Uhr, es war vier Minuten nach halb acht.

Auch über das Hemd, das Martin trug, regte sich der Vater auf: kariert und so verwaschen, dass die Blautöne ineinander übergingen. Es war nachlässig in die Jeans gestopft und hing an einer Seite heraus.

Vater schwärmte oft von der Uniform, die die Mitglieder des Jägerregiments trugen. Früher seien alle Förster so herumgelaufen.

Die Mutter lugte aus dem Küchenfenster. Ein Hemd, das

nicht ordentlich im Hosenbund steckte, konnte eigentlich auch ihr nicht gefallen, ebenso wenig, dass bei einem Mann die Haare über die Ohren fielen. Aber Martins Lächeln war einnehmend, und sie hatte nicht gesehen, wie er über den Zaun gesprungen war.

»Noch ein Frühstück?«, fragte sie.

»Jetzt geht's in den Wald«, erklärte der Vater streng und deutete mit dem Kinn auf den Geländewagen, der nicht weit vom Haus entfernt parkte.

»Wir gehen nicht zu Fuß?«, fragte Martin.

Josef Pichler sah ihn an, als wäre er ein Insekt für seine Sammlung, das er am liebsten aufgespießt hätte.

Als sie mittags zurückkamen, saß Veronika immer noch auf dem Fensterbrett. Die beiden Männer nahmen den Weg durch das Gartentor, Martin lächelte nicht mehr.

Der Fichtenbestand stand zur Durchforstung an, den ganzen Vormittag hatten sie Bäume markiert, die von Waldarbeitern gefällt werden sollten. Die krummen, brüchigen oder anderweitig fehlerhaften Exemplare wurden mit gelber Farbe besprüht.

»Die Markierung könnte man auch schonender vornehmen«, wandte Martin ein. »Warum nutzt man kein gelbes Papierband?«

Josef Pichler verstand nicht, warum man Bäume schonen sollte. »Du bist viel zu langsam gewesen, täglich taxiert man ein paar Hundert Bäume und bestimmt, wozu sie im Sägewerk taugen. Du hast nicht mal die Hälfte geschafft.«

Martin sagte leise, dass der Nürnberger Reichswald doch ein Bannwald sei. Jede Rodung müsse ausführlich begründet, dürfe nicht ohne Ersatzaufforstung vorgenommen werden. Außerdem habe er starke Bissschäden gesehen, der Wildbestand sei zu hoch. »Wenn man den Wildverbiss nicht eindämmt, können Mischbaumarten wie die Tanne oder die Vogelbeere nicht aufwachsen. Dann bleiben nur Fichten und Kiefern, aber das ist dann kein Wald mehr. Ein Schachbrett ist das, pro Feld ein einzelner Baum, brav in Reih und Glied.«

Der Vater taxierte Martin wie einen besonders krummen Baum. Er hatte nie Schach gespielt, seine Leidenschaft war die Trophäenjagd. Dafür musste man das Wild füttern, auch schon mal mit knorrigen, laut EU-Recht unverkäuflichen Äpfeln, die für die Tiere ein Festmahl waren.

»Wenn man Tannen haben will, dann muss man eben Zäune bauen.« Josef Pichler wollte keine Tannen, und für Zäune war die Mutter zuständig.

Die kam gerade nach draußen. »Habt ihr Lust auf eine kleine Brotzeit??«

Der Vater grummelte.

Aber Martin war noch nicht fertig. »Über Mondholz müssen wir auch noch reden.«

Mondholz war für Josef Pichler noch schlimmer als Totholz.

Totes Holz verheizte man, gesundes Holz besprühte man mit Gift, zumindest wenn man es im Freien lagerte.

»Warum muss man es überhaupt so lange im Freien lagern?«, fragte Martin. »Früher hat man Holz nur im Winter geschlagen, und das aus gutem Grund. Da waren die Bäume in der Ruhephase, die Stämme trocken, außerdem lässt der Frost die Wege erstarren, sodass man es ohne große Schäden an der Humusschicht abtransportieren kann. Warum kreischt die Motorsäge jetzt das ganze Jahr über?«

Gemeinsam mit der Mutter war Veronika in die Stube gekommen, neugierig auf den jungen Auszubildenden, der es mit dem Vater aufnahm und den Wald nicht ausweiden wollte wie erlegtes Wild. In der Mutter schien der blonde junge Mann etwas anzurühren, sie stellte eine große Kaffeetasse vor ihm ab, schmierte ihm ein Butterbrot.

Der Vater erklärte was über Pilze, Insekten, Käfer, von denen Bäume befallen würden, falls man sie nicht entsprechend behandelte.

»Beim Mondholz nicht«, erwiderte Martin eifrig. »Wenn das Holz bei abnehmendem Mond geerntet wird, zieht es sich stärker zusammen, das kann man sogar messen. Die Struktur wird dichter, die Resistenz gegenüber Pilzen und Schädlingen höher.«

Der Vater stieß ein Grunzen aus und biss unwillig ins Brot. So einen Unsinn habe er ja noch nie gehört. Ähnlich abfällig hatte er sich geäußert, als Veronika ihm vor Kurzem von den Múra-Pirahã erzählt hatte, die im Amazonasgebiet lebten und in deren Sprache es keine Zahlwörter gab, nur ein »viel« oder »wenig«. Damals hatte sie seine abwertende Bemerkung mit Schweigen übergangen, jetzt erklärte sie, dass indigene Völker ein unglaubliches Wissen über den Mond hätten. Martin stimmte zu. »Warum sollten wir nicht von Menschen lernen, die der Natur besonders verbunden sind?«

Er zwinkerte ihr zu. »Da du in der Zwischenzeit nicht aus dem Fenster gefallen bist, könnten wir jetzt zur alten Eiche gehen.«

Dafür sei keine Zeit, mischte sich der Vater ein, Büroarbeit stehe an. Wer mit Tabellen und Zahlen nicht umgehen könne, tauge nicht für die Forstwirtschaft.

»Na, dann eben später«, sagte Martin, ehe er seinem Chef mit bedauerndem Lächeln folgte.

Veronika nickte, obwohl sie für später eigentlich mit

Nora verabredet war. Sie fühlte, dass ihr Gesicht ganz rot war. Die Mutter hatte das sicherlich gemerkt, aber sie sprach sie nicht darauf an, sondern schmierte auch ihr ein Butterbrot.

Martin wählte im Wald stets den schwierigsten Weg. Den schmalsten, den, der von Wurzeln und dornigem Gebüsch überzogen war, oder den, über dem tief die Äste hingen. Er ging nicht aufrecht durch den Wald, wie sie es von ihrem Vater kannte, er krabbelte, kletterte, schlich, balancierte, robbte. Danach war ihm der Wald anzusehen, Zweige, Nadeln, Erdkrümel hingen an Kleidung und Haaren. Wenn Veronika ihm folgte, war der Wald auch ihr anzusehen – wie in Kinderzeiten, wenn sie auf den Schultern des Vaters gesessen hatte. Befremdlich hatte sie das zunächst gefunden, mühsam. Und aufregend.

Das Stück Wald, das nicht zum Forstrevier des Vaters gehörte, sondern dessen privater Besitz war, betrat Martin kurz nach ihrem Kennenlernen zum ersten Mal. In gewisser Weise galt das auch für sie, denn bis dahin war ihr nicht aufgefallen, dass sich dieser Wald in einem ursprünglicheren Zustand befand als der Staatsforst, auf den sich der Ehrgeiz des Vaters hauptsächlich richtete.

Fast überall im Nürnberger Reichswald treffe man auf Monokulturen, erklärte Martin, bei denen die Bäume gleich alt, gleich hoch, gleich stark seien. Wald vom Fließband sei das, kastrierte Natur, die Forstbeamten eine Mischung aus Feldwebel und Buchhalter. »Oder Jäger«, fügte er bitter hinzu. »Sie pflegen den Wildbestand, nicht den Wald. Den behandeln sie wie einen Stall für ihre Prachtkühe, und die brauchen nur Nadelbäume, keine Laubbäume.«

Veronika rutschte ein Lachen über die Lippen, stellte sie sich doch plötzlich vor, wie ihr Vater anstatt eines Rehbocks eine ausgewachsene Kuh schulterte. Sie war nicht sicher, ob das wirklich so komisch war. Und sie wusste nicht, warum sie alles, was sie mit Martin erlebte, zum Lachen brachte.

Als sie die Eiche erreichten, umrundete er sie wie ein Heiligtum. So alte, knorrige Eichen finde man nicht mehr oft, dicke Stämme seien nicht gefragt, meist landeten Bäume mit spätestens hundert Jahren im Sägewerk.

»Und da willst du hochklettern?« Sie lachte wieder.

Er machte ihr vor, wie sie sich am untersten Ast hochziehen sollte, aber sie schaffte es nicht. Mit gerunzelter Stirn umfasste er ihren Oberarm. »Hast aber nicht viel Muskeln.«

Die Berührung fühlte sich an wie ein leichter Stromstoß, wie vom Elektrozaun um eine Kuhweide, prickelnd, belebend, nur nicht so unangenehm.

Er machte eine Räuberleiter.

»Bist auch nicht viel im Wald«, stellte er fest.

Ächzend kletterte sie hoch, hangelte sich von einem Ast zum nächsten. Rinde regnete herab, auf ihr Gesicht, ihren Kopf, noch Tage später kämmte sie sich die Stückchen aus den Haaren. Aber sie gab nicht auf, kämpfte sich hoch, wollte ihm gefallen.

Sie war außer Puste, als sie sich auf einem Ast in halber Höhe niederließ. Er schwankte leicht, als säße sie auf einem Schaukelstuhl. Rund um sie war alles grün, nur ihr Gesicht, das fühlte sie, war rot.

»Ich lese halt oft.«

»Was denn?«

Es lag ihr auf den Lippen, von den Veddas zu erzählen,

aber dann fiel ihr ein, dass sie ihn mit etwas anderem mehr beeindrucken konnte. Sie hatte sich nie gründlicher mit dem Wald beschäftigt, konnte aber mit einem Thema auftrumpfen.

»Die Stromers haben mit ihrer bahnbrechenden Erfindung die Forstkultur für immer verändert«, sagte sie und berichtete, was sie damals bei dem Referat gelernt hatte. Er nickte interessiert, das hatte er nicht gewusst.

Er erzählte auch viel, was sie zum ersten Mal hörte. Dass Forstverwaltungen nicht nur die wirtschaftliche Nutzung im Auge haben sollten, dass es besser wäre, wenn sie sich als Betriebe nicht tragen müssten. Dass der Holzhunger gefährlich sei, weil nur struktur- und artenreiche Wälder gesunde Wälder seien. Dass er von einem Privatbesitz wie dem ihres Vaters träumte.

»Damit du ihn so formen kannst, wie du willst.«

»Ich würde den Wald nicht formen, sondern ihn wachsen lassen.«

Sie streifte regelmäßig mit ihm umher, kletterte immer geschickter die Eiche hoch. Ebenso regelmäßig stritt er mit ihrem Vater. Sie las alles über den Wald, was ihr in die Finger kam, diskutierte mit Martin. Längst spöttelte er nicht mehr, sie wisse nicht viel über den Wald. Sein Lächeln war stolz und gerührt, wenn er spürte, dass sie seinen Traum verstand.

Und eine Weile lang hatte sie ihn sogar geteilt. Zumindest hatte sie das geglaubt.

Die Stunden, die sie auf Noras Sonneninsel oder in ihrer Hausbibliothek verbrachte, wurden weniger, immer öfter rief Veronika ihr etwas zu, womit sie sonst nur ihre Eltern abfertigte: »Ich muss jetzt los.«

Einmal erklärte Martin ihr, warum Monokulturen für die

Wälder so schädlich seien. Die Bäume seien wie eine große Familie, sie glichen Stärken und Schwächen der anderen aus. Kein Baum existiere für sich allein, immer trage er dazu bei, dass auch andere Wesen – Insekten, Pilze, Pflanzen – einen Lebensraum fänden und gedeihen könnten.

Sie hatte in diesem Augenblick das Gefühl, dass er nicht nur vom Wald sprach, sondern auch von ihrer Beziehung. Sie musste nicht wie er sein, um an seiner Seite zu wachsen und aufzublühen. Doch er schuf gleichsam den Boden dafür und gab ihr genügend Licht und Luft, damit sie sich entfalten konnte.

»Dass man die Vroni doch einmal von ihren Büchern wegbekommt«, konstatierte die Mutter zufrieden. Sie lächelte, wenn Martin da war, obwohl ihm das Hemd aus der Hose hing, obwohl er nicht wie ein Soldat, sondern wie ein Sanitäter in den Wald zog, obwohl so viel Schmutz an seinen Schuhen haftete, dass er den Wald ins Haus mitbrachte.

»Lass die Schuhe ruhig an«, sagte Ilse, wenn er das Haus betrat. »Das ist ein Forsthaus, kein Museum.« Sie lachte, wie Veronika sie selten lachen gehört hatte. Als ein Museum hatte sie das Forsthaus selbst auch nie empfunden, eher als einen Bunker, in dem man sich verschanzte.

Ilse tischte ihnen üppige Brotzeiten auf, die frische Luft machte hungrig. »Dass man die Vroni so viel essen sieht.«

Vieles tat Veronika damals zum ersten Mal.

Nachts mit Martin in einem Zelt übernachten. Martin küssen, als sie auf der Eiche saßen.

Da war sie sechzehn. Mit siebzehn schmiedeten sie Pläne, um aus dem Waldbesitz ihres Vaters ein Naturwaldreservat zu machen, einen künftigen Urwald, wie es ihn bislang nur im Nationalpark des Bayerischen Waldes und der Eifel gab.

Und mit achtzehn trennte sie sich von ihm, um zum Studium nach Frankfurt zu gehen. »Das ist doch nur eine Jugendliebe«, sagte Nora. »So etwas hält nie, ihr seid viel zu unterschiedlich. Hier gehst du ein.«

Wie eine Großstadtpflanze in der Atacamawüste, die Joachim ohne sie durchquerte.

So wie sie damals ohne Martin nach Frankfurt aufgebrochen war.

Während Veronika ihren Erinnerungen nachhing, setzte sie sich aufs Fensterbrett und ließ ein Bein ins Freie baumeln, wie früher. Ein Teil von ihr hatte sich damals im Forsthaus zu Hause gefühlt, der andere wollte fort, strebte nach Freiheit.

Solange sie mit Martin zusammen gewesen war, waren die beiden Teile in ihr im Gleichgewicht gewesen. Eine Weile hatte es sogar so ausgesehen, als nähme die Försterstochter in ihr überhand. Aber dann hatte Nora ihr einen Stoß versetzt, damit sie fliegen lernte. Und fliegen konnte man nicht inmitten mächtiger Baumkronen, sondern nur unter freiem Himmel.

Abrupt kletterte Veronika zurück ins Zimmer und schloss das Fenster, das laut quietschte. Am liebsten hätte sie ebenso entschlossen die Tür zu ihren Erinnerungen zugemacht.

Sie wandte sich ab, ging nach unten in die Stube und schüttete Klemens' ungetrunkenen Kaffee in die Spüle. Die Krümel in der Hafermilch hatten sich immer noch nicht aufgelöst, sie blieben in der Spüle kleben wie Käfer. Als sie das Wasser aufdrehte, ruckelte der ganze Hahn, ehe ein gelblicher Strahl nach allen Seiten spritzte. Rasch drehte sie ihn wieder zu.

Warum hatte sie ihn nur aufgedreht?

Warum war sie hergekommen, anstatt alles von Frankfurt aus abzuwickeln?

Warum hatte sie ausgerechnet Martin angerufen? Es gab doch noch andere Forstbeamte.

Warum ließ sie zu, dass die Erinnerungen sie einholten, schlimmer noch, sie zu umzingeln schienen?

Sie verließ das Forsthaus, nahm allerdings nicht den gleichen Weg wie mit Klemens, sondern bog ins Unterholz ab, wo jeder Schritt knackte, raschelte, stach, kratzte. Vielleicht konnte sie den ungewollten Erinnerungen zuvorkommen, indem sie sich nicht verschanzte, sondern geradewegs auf sie zumarschierte. Nun gut, an zielgerichtetes Marschieren war im Dickicht nicht zu denken, aber es lichtete sich. Schon sah sie die Eiche und auch etwas Blaues davor.

Richtig, da waren dieses merkwürdige Zelt und die Plattform auf dem Baum. Sie hatte es fast schon wieder vergessen gehabt. Nicht vergessen hatte sie das letzte Mal, als sie auf die Eiche geklettert war. Martin hatte keine Räuberleiter mehr gemacht, weil sie sich längst aus eigener Kraft hochziehen konnte. Ob sie das auch jetzt noch schaffen würde?

Aber zwischen ihr und der Eiche war dieses Zelt, zwischen sie und ihre Erinnerungen drängte sich die Neugierde. Wem gehörte dieses Zelt?

Sie wollte es noch einmal in Augenschein nehmen, sah dann aber, dass diesmal der Reißverschluss vollständig zugezogen war. Wer auch immer hier hauste, war in der Zwischenzeit – waren erst zwei Stunden oder schon drei Stunden vergangen? – hier gewesen. Sie blickte sich um und sah zwar niemanden, bemerkte aber etwas, was ihr vorhin entgangen war: ein kleines Klapptischchen und einen Campingstuhl davor. Auf dem Tischchen lag ein Bunsenbrenner, außerdem ein Stoß Zettel, von einem Stein beschwert.

Sie wagte nicht, am Reißverschluss zu ziehen, aber an das Tischchen zu treten und einen Blick auf die Unterlagen zu werfen, fühlte sich nicht verboten an.

Sie waren voller Tabellen und ließen Veronika an ihren Vater denken, der gemeint hatte, jeder gute Förster müsse mit Tabellen umgehen können.

*Anoplophora glabripennis* stand da, *Rhynchophorus ferrugineus*.

Waren das Tierarten, Pflanzenarten?

Ebenso wenig anfangen konnte sie mit den Überschriften in den nächsten Tabellen: *Typ-II-Beißgeräusche, Stridulationslaute, Atemgeräusche, Bewegungsgeräusche, Klopfgeräusche.*

Eine dritte Spalte enthielt Angaben wie *≤ 90 dB, ≤ 102 dB, ≤ 70 dB, ≤ 72 dB*

Sie hob die Hand, um den Stein ein wenig zur Seite zu schieben und einen Blick auf das darunterliegende zweite Blatt zu werfen.

»Kann ich dir helfen?«

Veronika zuckte zusammen, fuhr herum, stieß dabei gegen den Campingstuhl. Geistesgegenwärtig hielt sie ihn fest und stützte sich darauf.

Bei ihrer Ankunft hatte sie ihn nicht gesehen, weil der Stamm so dick war, aber hinter der Eiche stand ein junger Mann. Er trug Kopfhörer, die mit einem am Boden stehenden Gerät verbunden waren. Weitere Kabel führten von dem Gerät zur Eiche, die mit Pflastern, Sensoren und Sonden bedeckt war und Veronika unwillkürlich an einen Patienten auf der Intensivstation denken ließ. Die Kabel waren dünner als gewöhnliche Stromkabel und der schwarze Kasten auf dem Boden vermutlich ein akkubetriebenes Messgerät, mit mehreren silbernen Drehknöpfen und einigen Lämpchen, von denen eines grün blinkte.

»Was machen Sie denn da?«, entfuhr es ihr.

Der Fremde konnte sie nicht hören, da er die Kopfhörer trug. Jetzt nahm er einen vom rechten Ohr und bedeutete ihr mit einem Nicken, sie solle ihre Frage wiederholen.

Stattdessen stellte sie sich vor. »Mir gehört dieses Waldstück«, fügte sie hinzu. »Meine Eltern haben in dem alten Forsthaus gleich in der Nähe gewohnt und ...«

»Ich bin Ben«, erwiderte er. »Ich hoffe, es macht dir nichts aus, dass ich hier bin.« Obwohl er entschuldigend die Schultern zuckte, grinste er zugleich. »Aber der Wald ist ja für alle da, oder?«

»Klar«, erwiderte Veronika leichtfertig. »Aber was machen Sie hier genau? Sind Sie Tontechniker? Ingenieur? Hörfunkjournalist?« Ihr kam noch eine Idee. »Oder Musiker?«

Sie ließ den Campingstuhl los, trat näher. Als sie dicht bei der Eiche stand, entdeckte sie mehrere winzige Löcher im Stamm, in die Metallelektroden eingesetzt waren.

»So etwas Ähnliches«, antwortete er. »Ich bin Klangkünstler.«

»Sie komponieren?«

»So etwas Ähnliches.« Er lächelte. »Ich lasse die Bäume sprechen.«

# ANNA

Den Winter verbringen Bienen in ihrem Stock und ernähren sich von Honig- und Pollenvorräten, zugleich verpuppt sich die Larve der Königin, die von den Arbeiterinnen gefüttert wurde. Irgendwann schlüpft sie.

Nun war es nicht Winter, sondern Spätsommer, dennoch war ich wie eine Larve in einem Bienenstock. Ich war im Haus vergraben, doch niemand fütterte mich, weder mit süßem Lächeln noch mit Worten. Ich verpuppte mich, doch ich würde niemals schlüpfen und Königin werden.

Ich träumte vom Wald, aber es war nicht seine Stimme, die mich weckte. Es war die meines Vaters, der nichts von Larven wusste und nichts davon, dass Bienenköniginnen verkümmern, wenn man sie vorzeitig aus dem Kokon schält.

Dass sein Töchterlein wieder da war und er den Honig von Barbara für gutes Geld an den Lebzelter verkauft hatte, stimmte meinen Vater zufrieden. Aber der Ärger, dass ich noch immer oder schon wieder nicht sprach, blieb. An die heilende Kraft von Quellen glaubte er nicht mehr, denn hätte der heilige Eremit etwas für mich übriggehabt, dann wäre ich in den langen Monaten im Wald genesen. Offenbar war mir dort nicht der Eremit begegnet, sondern der Geist heidnischer Priester, die einst unter den Bäumen obskure Kulte vollzogen.

Das zumindest vermutete Gerhaus, meine Tante, die er einmal mehr um Rat fragte. Sie erklärte, zwar sei mein Schweigen nicht weiter schlimm, doch der Wald sei dunkel und tief und folglich ein sündiger Ort, der die Eigenheit habe, die Triebhaftigkeit im Menschen zu wecken. Noch im tugendhaftesten Mädchen erwache ein wildes Tier, wenn es sich zu lange im Wald aufhalte, und dieses Tier gehorche nicht Verstand und Willen, nur der Fleischeslust.

Mein Vater betrachtete mich zweifelnd. Das Töchterlein erschien ihm eher wie eine leblose Hülle, nicht wie jemand, in dem Maßlosigkeit, Unbeherrschtheit und Wollust loderten. Gerhaus legte prüfend die Hände um meinen Kopf und betrachtete mich lange. Sie bestand darauf, dass das schleichende Gift bereits begonnen habe, seine Wirkung zu entfalten. Wenn man mir nicht bald ein Antidot verabreichte, sei es zu spät.

Ein Priester, der im Katharinenkloster regelmäßig die Messe las und den Nonnen die Beichte abnahm, könne Abhilfe schaffen.


Der Priester legte seine Hände nicht um meinen Kopf. Er umfasste damit ein Kreuz, das er drohend in die Höhe hielt. Ich starrte es an und fragte mich, aus welchem Holz es wohl gemacht war. Buchen-, Ahorn- oder Eichenholz?

So schlimm könne es nicht um mich stehen, stellte der Priester nach einer Weile stummen Betrachtens fest. Ich fürchtete den Anblick des Kreuzes nicht, begänne nicht, wild um mich zu schlagen, sodass man mir die Hände fesseln müsse. Auch Schläge seien nicht notwendig. Mit ihnen versuche man zwar lediglich, den Dämon zu vertreiben, aber der Mensch, in dem dieser wohnte, bekäme trotzdem jeden Schlag in ganzer Härte ab. Beten allein nütze ebenfalls nichts, desgleichen rate er auch von einem anderen probaten Mittel ab, das man in ähnlichen Fällen anwandte: Unmengen von Weihwasser, in das Salz gemischt war. Dämonen würden nämlich beides, das Salz wie das Wasser, aufs Äußerste hassen.

Ich weiß nicht, ob das stimmt. Ich glaube auch nicht, dass Dämonen Rosen hassen. Der Priester versuchte dennoch, mit ihrem Duft etwas zu bewirken, und drückte mir gleich mehrere von ihnen ins Gesicht. Ich spürte die feinen Blütenblätter, glatt und weich. Wie sie schien meine Seele im Luftzug zu erbeben.

»Spricht sie jetzt?«, fragte mein Vater ungeduldig.

»Die Rosen allein genügen nicht«, erklärte der Priester. Es gälte, einen Ton aus mir herauszulocken, meinen ureigenen, nicht die Stimme eines Waldgeists oder Dämons. Ein Schluchzen wäre solch ein Laut, aber verstockte Menschen könnten nicht weinen.

Vielleicht ist dies der Grund, warum man Weihwasser mit Salz vermischt, weil es dann der Tränenflüssigkeit gleicht. Nun, weinen konnte ich, seit ich mich damals von Barbara verabschiedet hatte, tatsächlich nicht mehr. Aber zu niesen gelang mir, als nun eine weitere Blume gebracht wurde. Es handelte sich um Nieswurz, die im Herbst erblüht, hellgrün mit einem leicht rötlichen Blütenrand. Die Knospe war noch kaum geöffnet, doch der Priester wollte und konnte nicht warten, denn mein Vater schien bereits die Geduld zu verlieren. So fuchtelte der Pater mit der Knospe vor meinem Gesicht herum und steckte sie mir schließlich in die Nase. Als ein lautes »Hatschi!« ertönte, nickte er befriedigt.

Mein Vater nickte nicht, denn es folgten immer noch keine Worte.

Niemand bemerkte, dass das Niesen meine Lebenskräfte geweckt hatte, dass etwas durch mich hindurchrieselte. Der Kokon wurde zu klein, die Larve streckte sich. Fliegen konnte sie immer noch nicht, doch krabbeln schon.

Die Nieswurz erinnerte mich an jenen Ort, an dem sie wächst – den Saum von krautreichen Eichen- und Buchwäldern, die selbst im Winter, wenn der Frost kommt, ihr Grün noch lange bewahren. Ich wollte nicht länger schlafen und vom Wald nur träumen.

Einige Tage später gelang es mir, unbemerkt das Haus zu verlassen. Es war fast immer voller Menschen – Diener, Gäste, Handelspartner –, aber auf ein stummes Mädchen achteten sie alle so wenig wie ein Jäger auf eine Blindschleiche. Ich huschte in den Hof, lief die Straße entlang. Ich wusste nicht, wie diese Straße hieß, doch ich wusste, dass jede Straße irgendwohin führt, und hoffte, dass ich so zu einem der Stadttore gelangte. Sobald ich dieses durchschritten hätte, würde ich mühelos in den Wald finden.

Allerdings ist eine große Stadt wie eine Spinne, in deren Netz sich noch die kleinste Beute verfängt. Und so kam ich nie zu einem Tor, nur zu immer neuen Straßen, Gassen, Plätzen, Brücken. Ich verlief mich, wie ich mich damals im Wald verlaufen hatte.

Im Wald war ich inmitten von Bäumen umhergeirrt, die kein Mensch je gezählt hatte, in der Stadt irrte ich nun inmitten von Menschen, deren Zahl man zwar kannte – es lebten zwanzig Mal tausend hier in Nürnberg –, die mein Verstand jedoch nicht erfassen konnte.

Im Wald war ich stets zur Eiche zurückgekehrt, hier zog es mich nie an einen einmal gesehenen Ort zurück, denn jeder einzelne erfüllte mich mit Entsetzen. Ich hatte das

Haus verlassen, um Bäume zu suchen, doch was ich fand, war nur totes Holz.

In der Nähe der Pegnitz, jenem Fluss, der die Stadt teilte, traf ich auf Mühlen, in denen Getreide gemahlen wurde, und Färber, die Stoffe bearbeiteten. Für beides wurde Holz gebraucht, gerade schlug man von riesigen Stämmen die Äste, an denen noch Blätter hingen. Die Stämme teilte man weiter, die Zweiglein und Blätter ließ man achtlos liegen.

Nördlich des Flusses befand sich der Hauptmarkt, wo an drei Tagen in der Woche Handel getrieben wurde. Aus kleinen hölzernen Verkaufsbuden tönte Geschrei – Wein aus Mainfranken! Flämische Wolle! Leder aus Ungarn! –, und es roch nach Wildbret, Spanferkel, Schmalz, Seife, Brot.

»Aus dem Weg!«, herrschte mich ein Bettler an und hielt mir eine blecherne Bettelmarke vors Gesicht. Sie bekundete, dass er nicht immer ein Bettler, sondern einst ein ehrenwerter Handwerker gewesen war und nicht aufgrund von Faulheit auf die Mildtätigkeit anderer angewiesen war, sondern wegen Alter und Gicht. Ich roch seinen fauligen Atem und floh.

Ich suchte nach einem stillen Winkel, nur still war es in einer Stadt wie Nürnberg nie, auch nicht in jener Straße, wo Handwerker neben Handwerker lebte. Im Erdgeschoss befand sich stets die Werkstatt, wo gewalzt, gestampft, gehämmert, gefeilt, gesägt und gebohrt wurde, im Stockwerk darüber waren die Wohnräume, wo man heizte, kochte, backte und briet. Ob Schreiner, Küfer, Böttcher, Korbflechter, Besenbinder, Drechsler, Schnitzer – jedes Handwerk verwendete Holz auf seine Art, und das Holz wurde selbst dann noch genutzt, wenn es bereits zu Asche verbrannt war: als Dünger für Gartenbeete, zum Seifensieden oder zur Glasherstellung.

Gerade schleppten mehrere Männer Holzbretter heran, aus Buchen-, Eichen- und Tannenholz, die wohl für die Bretterwege, als Haus- und Stalltüren oder als Latten für die Palisadengänge auf Nürnbergs Stadtmauer dienen sollten.

Wie viel Holz man bloß braucht, dachte ich erschüttert, als ich weiterging, wie viel Holz hier verschwendet wird. Plötzlich roch ich aber etwas anderes – ich roch Erde, frische, duftende Erde. Ein Hucker trug sie in einem Tragekorb auf dem Rücken wie andere Zinnteller, Schafwolle oder Rindswurst.

Ich stieß mit ihm zusammen, er stierte mich wütend an, einige Klumpen Erde fielen auf die Pflastersteine. Zunächst hatte ich verlegen den Kopf eingezogen, dann folgte ich ihm in der Hoffnung, dass er die Erde an einem Ort verkaufte, wo nicht nur gefällt und klein geschlagen wurde, sondern auch etwas wuchs. Doch wer ihm wenig später seine Ware abkaufte, waren Nürnberger, die diese Erde zusammen mit Moos in die Ritzen ihrer Häuser stopften. Was er schleppte, war keine lebendige Erde, sondern etwas Totes wie das Holz, das mich überall umgab.

Die prächtige alte Tanne, die vier Männer dort hineintrugen, war freilich noch nicht gänzlich tot! Sie besaß noch alle Äste, Zweige, Nadeln, wenngleich Letztere herabfielen wie Tränen, die über ein Gesicht perlen. Inmitten des Sägens, Kreischens, Knirschens rundherum vernahm ich ein Knistern, als würde Wind durch Bäume fahren, nur dass der Baum keinen Gesang anstimmte, sondern eine Klage.

Ich stürzte auf die Männer zu. Ihr tut ihr ja weh!, wollte ich rufen, so wie ich einst die Eiche im Wald vor dem Rindenschäler bewahrt hatte. Doch die Worte blieben mir im Mund stecken. Untätig wollte ich gleichwohl nicht bleiben,

ich warf mich nach vorne und biss in eine lederbehand-
schuhte Hand. Meine Zähne waren nicht scharf genug, um
das Leder zu durchdringen, alles, was ich erreichte, war, dass
mein Mund schmerzte und mein Speichel gallig schmeckte.
Ein wütender Tritt ließ mich zu Boden gehen, doch ich
blieb nicht lange liegen, sondern hielt Ausschau nach nackter Haut, um diesmal mit aller Kraft zu kratzen.

»Die gebärdet sich ja schlimmer als ein tollwütiger Hund!«
Das Gebrüll des Mannes lockte Zuschauer herbei.

Tollwut ängstigte die Leute – eine Krankheit, die entweder der Teufel schickte oder die durch eine bestimmte
Konstellation der Gestirne ausgelöst wurde. Erschrocken
begannen die Umstehenden zu beten, sie riefen den heiligen Hubertus an, von dem es hieß, er bewahre vor der Tollwut, vor dem unerträglichen Durst, den sie bringt, dem
Unvermögen zu schlucken.

Ich konnte schlucken, nur sagen konnte ich nichts, mich
nicht erklären. Schon ließ einer der Männer die Tanne los,
packte mich am Nacken, wie man ein Kaninchen packt,
und schüttelte mich.

Schmerz und Schwindel überkamen mich, die Welt um
mich herum rieselte herab, als wäre sie aus Tannennadeln
gemacht. Bevor es gänzlich schwarz um mich wurde, ertönte eine Stimme: »Das ist kein tollwütiger Hund, das ist
Anna, Ulmann Stromers Tochter, und du lässt sie sofort
los.«

Die Frau, die sich eingemischt hatte, zog mich mit festem Griff von den aufgebrachten Menschen fort. Ihre Hände
hatten manches mit denen von Barbara gemein – sie waren
faltig, fleckig und warm. Sonst verriet nicht viel das Alter der Frau. Weder ließ sich unter ihrer Haube die Farbe
der Haare erkennen, noch zeigten der Stehkragen oder die

Ärmel ihres Kleides irgendein Stückchen Haut. Ihr Gesicht war heller als Barbaras, was wohl hieß, dass sie nicht viel Zeit im Freien zubrachte. Dennoch schienen Sonnenstrahlen in ihren Augen zu tanzen. Sie wirkte fröhlich, mehr noch amüsiert. Dies war der größte Unterschied zu Barbara – dass sie gern lachte und ebenso gern redete. Die Worte sprudelten über ihre Lippen wie ein nie versiegendes Bächlein.

»Was machst du nur für Sachen, Mädchen? Wie kann ein kleines Geschöpf wie du gestandenen Männern solche Angst machen? Du kannst nicht reden, oder? Oder ist es nicht vielmehr so, dass du nicht reden willst? Das ist mir jedenfalls durch den Kopf gegangen, als ich deine Geschichte hörte. Wir sind miteinander verwandt, wusstest du das?«

Während sie sprach, zog sie mich weiter mit sich. Die Richtung konnte ich nicht bestimmen, doch mir war alles recht, wenn es nur fortging von den Menschen, fort vom toten Holz. Und meine Retterin schien mir eine mitfühlende, freundliche, warmherzige Frau zu sein.

Margarethe Stromer heiße sie und sei die Frau von Peter Stromer, welcher wiederum ein Bruder meines Vaters sei. Mein Vater habe viele Geschwister, manche etliche Jahre älter als er, Peter und ihn trennten ganze vierzehn Jahre. Was sie dagegen eine, sei die gemeinsame Arbeit für das Handelshaus, wo außer ihnen noch Andreas, ein dritter Bruder, den Reichtum und Ruhm der Familie Stromer zu mehren suche. Andere Brüder seien bereits gestorben, einer sei auf dem Malojapass von Dieben erschlagen und in Como begraben worden, ein anderer der Pest erlegen.

Trotz der düsteren Schilderung tönte immer noch ein Lachen aus ihrer Stimme. Es ließ mich an die Nachtigall denken, deren Zwitschern selbst dann wie ein fröhliches Lied klingt, wenn sie in höchster Gefahr ist.

Ich selbst war längst wieder in Sicherheit, denn niemand war uns gefolgt. Vor uns tauchte der Fluss auf, von der Sonne beschienen, sie machte aus seinem trüben Grau ein glitzerndes Türkis. Ich riss mich los von Margarethe und stürzte darauf zu. »Nicht, dass du hineinfällst und ertrinkst!«, rief sie mir amüsiert nach. Doch nicht das Wasser war es, was mich anzog, sondern eine Weide, die am Ufer stand und ihre Zweige so tief hängen ließ, dass sie beinahe ins kühle Nass tauchten.

Auch in ihrem Schatten war es kühl, doch als ich mich an ihren Stamm schmiegte, war es das erste Mal seit Langem, dass ich nicht fröstelte.

Margarethe folgte mir in den Schatten, doch ihre Stimme blieb hell. »Ein eigenartiges Mädchen bist du, doch dass du dumm, besessen oder böse bist, kann ich nicht erkennen. Wer monatelang im Wald überlebt, beweist am Ende nicht, dass er irr ist, sondern stark. Ich kenne den Wald, musst du wissen, zwar nicht so gut wie du, aber besser als die meisten.«

Sie lehnte sich an den Stamm, während sie berichtete, dass sie vor ihrer Ehe Coler geheißen habe und ihr Vater Otto Coler der Reichsforstmeister von Nürnberg gewesen sei. Ihr Bruder Franz habe dieses Amt nach dem Tod des Vaters übernommen.

Er sei oft im Wald, und sie begleite ihn manchmal dorthin. »Wie hast du es nur geschafft, dort so lange durchzuhalten? Stimmt es, dass dich eine Zeidlerin bei sich aufgenommen hat? Auch über sie wird gesagt, dass sie verrückt sei, aber ich denke, auch sie ist vor allem stark.«

Sie betrachtete mich von oben bis unten, wie ich mich

am Stamm festhielt, als wollte ich am liebsten in den Baum kriechen. »Mit mir wirst du wohl ebenso wenig reden wie mit den anderen. Aber vielleicht kannst du mir zeigen, wie man im Wald Stärke gewinnt?«

Behutsam löste sie meine Hände vom Baum und zog mich aus dem Schatten in die Sonne. »Wenn du magst, können wir meinen Bruder einmal in den Wald begleiten.«

Peter Stromer lebte in einem Anwesen am Salzmarkt in der Sebalder Stadthälfte, wie es für einen Kaufmann angemessen war. Von einem Reichsforstmeister hingegen hätte ich erwartet, dass er im Wald lebte, doch so war es nicht. Enttäuscht stellte ich fest, dass Margarethe mit mir am nächsten Tag nicht in den Wald ging, sondern zum Waldamt Lorenzi, und das befand sich an der Nürnberger Königstraße, nahe dem Waffenhof.

Was ein Reichsforstmeister war, wusste ich nicht so genau. Aber nun erfuhr ich, dass das Gebiet vor den Toren Nürnbergs, das ich als Wald kannte, von den Nürnbergern Forst genannt wurde.

Ein Wald war in den Augen der Menschen etwas Monströses, Wildes, ein Forst etwas Gezähmtes, Bezwingbares. Man konnte ihn benennen und so seine Wildheit bannen, man konnte ihn kartografieren und teilen. So hieß der Nordteil des Nürnberger Reichswalds, für den Franz Coler zuständig war, Lorenzer Wald, und der Südteil war der Sebalder Wald.

Ich vermutete, dass es den Bäumen, dem Dickicht und den Tieren ganz und gar gleich war, wie ihr Wald hieß. Doch den Nürnbergern genügte es nicht, dem Wald einen Namen zu geben und ihn solcherart zu halbieren, sie splitterten ihn noch weiter auf. Jeder der beiden Wälder hatte ursprünglich aus sechs Forstgütern bestanden, mittlerweile gab es auf der Sebalder Seite zehn, auf der Lorenzer Seite vierzehn, und für jedes einzelne waren *forestarii*, Forstbedienstete, zuständig. So zerstückelte man nicht nur den Forst, sondern auch die Pflichten, die seine Verwaltung mit sich brachten.

Diese *forestarii* hatte ein Reichsforstmeister unter sich, desgleichen zwei Waldknechte und zwei Schreiber, die dafür zuständig waren, Waldgesetze aufzuschreiben, Besitzurkunden auszustellen sowie Nutzungsrechte zu gewähren oder zu entziehen. Über den Reichsforstmeister wiederum wachten sechs Waldherren, die vom Nürnberger Rat bestimmt wurden.

Aus einem Wald, so erfuhr ich, konnte sich jeder, so er sich denn hineinwagte, nehmen, was er brauchte, aus einem Forst nur das, was derjenige ihm zugestand, der den Forst sein Eigen nannte – und das war in diesem Fall einst der Kaiser gewesen und später die Stadt.

Vom Honigrecht der Zeidler hatte ich bereits gehört, und dass nicht jeder Rinde schälen durfte, wusste ich auch. Nun erfuhr ich, dass es auch ein Recht darauf gab, Holz zu fällen, Waldstreu aus Laub und Tannengrün zu entnehmen, um damit Felder zu düngen, und Tiere im Wald weiden zu lassen. So wie man diese Rechte gewinnen konnte, konnte man sie auch wieder verlieren. Einmal war einem Bauern gestattet worden, einhundert Schafe in den Wald zu treiben, doch die hatten so viele grüne Triebe gefressen, dass der Wildbestand sank, und die Rechte der Jäger galten immer mehr als die Rechte der Bauern.

Nicht alles, was ich damals hörte, merkte ich mir. Was ich jedoch begriff, war, dass die Nürnberger mit dem Wald, der ihre Stadt umgab, umgingen wie mit einem einzelnen

Baum. Sobald er gefällt war, sägten sie sämtliche Äste ab, entrindeten ihn und schlugen den Stamm zu Scheiten. Je kleiner und handlicher, desto besser. Eine zerhackte Wildnis war nicht mehr bedrohlich.

Ich hatte mir vorgestellt, dass ein Mensch, der im Wald arbeitete, glücklich war, doch Franz Coler arbeitete nicht im Wald, sondern im Forst und war durch und durch verdrossen.

»Man nennt mich Reichsforstmeister«, sagte er mürrisch. »In Wahrheit bin ich ein Ochs, der den schweren Pflug zu ziehen und den Boden zu bereiten hat, bis ihm Schaum vor den Mund tritt, woraufhin andere säen und reiche Ernte einfahren.«

Ich hatte schon viele Tiere im Wald gesehen, doch nie einen Ochsen. Aber er fortfuhr, bekam ich eine Ahnung, worauf er hinauswollte.

Die ersten Forstmeister, noch vom Kaiser bestellt, stammten aus der Familie Waldstromer. In der Urkunde, mit der ihnen das Amt übertragen worden war, stand zu lesen, dass sie den Wald heuern, also hegen und pflegen müssten und dafür einen gerechten Lohn erwarten könnten. Mittlerweile stammten die Forstmeister aus der Familie Coler, und über sie wachte die Stadt Nürnberg. Die Pflichten der Forstmeister waren dieselben geblieben, doch auf einen gerechten Lohn konnten sie nicht länger zählen.

Nicht einmal ein Sack Hafer werde dem Ochsen hingestellt, schimpfte Franz Coler vor sich hin. Statt den ihm zustehenden Anteil an Wild, Bauholz und Holzkohle zu erhalten, müsse er sich mit den Krümeln begnügen, die vom Tisch der Herrschaften fielen. Überdies diene er so vielen Herren zugleich – dem Burggrafen, den reichen Patriziern, den Stadträten, den Handelshäusern, den Handwerkern –, dass ihm oft sei, als wäre er von einer Horde hungriger Wölfe umgeben. Und wenn sich sechs Wölfe auf ein Schaf stürzten, würde keiner von ihnen satt.

Er habe zwar alle Kenntnisse erworben, die von einem Reichsforstmeister erwartet würden – Rechnen, Schreiben, die Kenntnis der Gesetze –, könne jedoch nicht das Wunder bewirken, von den Knochen eines Schafs mehr Fleisch zu schaben, als daran hing. Früher hätten die Forstmeister wenig aus dem Wald geholt und viel davon bekommen. Heute müssten sie ihm alles abpressen, und es bliebe trotzdem so gut wie nichts für sie selbst übrig.

Während er sprach, liefen wir zur Stadtmauer und durchquerten das Tor. Nicht weit dahinter blieb er stehen. Das Lachen des Windes, auf der freien Fläche zwischen Stadtmauer und Waldgrenze von keinem Hindernis gebremst, klang befreit, fast hämisch. Franz dagegen zog den Kopf ein, als der Wind ihm Erde und Sand in die Augen wehte.

Ich fühlte, dass er zornig war, traurig und erschöpft. Ob es daran lag, dass er den Wald liebte, die Gerechtigkeit oder nur sich selbst, konnte ich freilich nicht ergründen. Auch nicht, ob er die Wölfe, von denen er sprach, verachtete oder beneidete, ob er gern ein anderes Amt oder nur einen anderen Forst gehabt hätte, einen, der größer war, reicher an Schätzen.

Mir war der Wald immer groß und reichhaltig erschienen, und ich lechzte danach, endlich die weite, öde Fläche, wo nichts den Wind festhielt, hinter mich zu bringen und in das verwunschene grüne Zauberreich einzutauchen, dessen Bewohner stets Reigen zu tanzen schienen.

Doch als Franz wieder aufblickte, erfuhr ich, dass er heute nicht vorhatte, den Wald zu betreten. Er habe, wie er sagte, einmal mehr dafür zu sorgen, dass ein anderer bekomme, was er sich wünsche, ohne dass für ihn selbst etwas übrig bleibe. Ein reicher Bürger Nürnbergs wolle ein Fachwerkhaus errichten, dafür brauche er das Holz einer ganzen Eiche. Er, der Reichsforstmeister, müsse dafür sorgen, dass dieser Baum gefällt werde – doch für ihn würden am Ende nicht einmal ein paar Scheite Brennholz abfallen.

Ich war entsetzt. Noch konnte ich mich zurückhalten, weil er noch keine Axt in Händen hielt. Dann aber zog er etwa anderes aus seinem Gürtel, etwas Weißes.

Bislang hatte ich nur mitbekommen, dass die Menschen im Wald schwarze Spuren hinterließen. Nun erfuhr ich, dass drei mit weißer Kreide gezeichnete Kreuze an einem Baumstamm das Zeichen für die Holzknechte waren, diesen zu fällen.

Die Eiche ist ein Baum, der sehr viel Sonne braucht und den man darum nicht nur im Wald, sondern oft auch auf freiem Land findet. Gleich dort hinten stand eine Gruppe von drei großen Eichen neben einem Gemüsefeld, Schwestern gleich, die einander gegenseitig stützten, wenn der Wind wieder einmal dem Wahn verfiel, er sei stärker als das Holz, und die gemeinsam lachten, wenn er diesen Kampf ein ums andere Mal verlor.

Nun lachten sie nicht, nun weinten sie stumm und tränenlos, nun mussten sie so fassungslos wie ich Franz dabei zuschauen, wie er mit der Kreide in der Hand auf sie zustapfte. Kurz war ich wie erstarrt, dann gab ich mir einen Ruck und lief geradewegs zu den Eichen. Nun war doch ein Lachen zu hören, nicht von den Bäumen, sondern von Margarethe. Sie lachte noch, als ich die Eichen erreichte und mich an den Stamm der rechten schmiegte, bereit, sie zu verteidigen, notfalls mit Zähnen und Klauen. Wölfe waren Wesen, denen Franz Coler sich beugte.

»Das Stromertöchterlein ist ja so irr, wie alle sagen«, stieß er verärgert aus.

Margarethe hatte die Eichen ebenfalls erreicht und schüttelte heftig den Kopf. Der Wind stahl ihr das Lachen von den Lippen, doch ihre Worte waren deutlich zu vernehmen: »Lass diese Bäume stehen. Sie ist nicht verrückt, und diese Bäume sind ein Beweis dafür.«

Franz starrte seine Schwester an, als hätte sie ebenfalls den Verstand verloren.

»Man glaubt, sie ist stumm, weil sie die Sprache verlernt hat, doch das ist nicht wahr. Vielleicht kann sie nichts sagen, aber sie kann alles verstehen. Als du von Eichen sprachst, ist sie auf diese hier zugelaufen, was bedeutet, dass ein Geist in ihr wohnt, der befähigt ist, die Bäume zu unterscheiden. Ich habe mir das gleich gedacht, als ich sie sah. Sie hat wache Augen.«

Sie trat zu mir, nahm sanft meine Hand und zog mich mit sich. Ich leistete mehr Widerstand als unter der Trauerweide, gab jedoch nach, als sie mir versprach, dass die Eiche wirklich stehen bleiben würde. Franz wiederum sagte sie zu, dass er das nächste Mal, wenn ihr Gatte mit dem Burggrafen auf die Jagd ging, nicht bloß irgendein Wild bekäme, nein, er würde sich selbst eines aussuchen können. Solcherart würde ihm endlich einmal ein Hirsch oder ein Wildschwein zufallen statt stets nur ein Hase oder ein Rebhuhn.

Mein Vater war wütend, als wir heimkehrten. »Wie kannst du sie nur in die Nähe des Waldes bringen, wenn sie doch dort ihren Verstand verloren hat?« Doch seine Wut perlte an Margarethes Lachen ab.

»Sie ist weder verblödet noch besessen«, stellte sie fest,

»im Gegenteil, deine Tochter scheint mir überaus klug zu sein.«

Der Vater sah sie ähnlich verächtlich an wie Franz, doch Margarethe tippte mit dem Zeigefinger an meine Schläfe. »Ihr Köpfchen ist kein hohler Raum. Da ist was drinnen, und nicht wenig! Die Frage ist nur, wie man es herausbekommt.« Sie klopfte nunmehr so schnell wie ein Specht; es kitzelte, aber tat nicht weh, ich musste sogar lächeln.

»Was redest du da?«, fragte mein Vater.

»Vor langer Zeit gab es noch keine Brücken über die Pegnitz. Was haben die Menschen damals getan, um von der Lorenzer zur Sebalder Seite zu kommen und wieder zurück?«

»Ein Boot genommen«, sagte mein Vater.

»Siehst du. Deinem Töchterchen müssen wir ein Boot bauen, damit das, was sie nicht sagen kann, seinen Weg hinausfindet. Man kann sich auch anders verständigen als nur durchs Sprechen.«

Ich musste an die vielen Spuren im Waldboden denken, an die Laute der Tiere, an den warmen Druck einer Hand.

Mein Vater dachte an etwas anderes. »Ich glaube, ich habe eine Idee.«

# VERONIKA

---

»Sie bringen den Bäumen das Sprechen bei?«

Der mit der Eiche verkabelte Ben schüttelte den Kopf. Nun waren beide Kopfhörer verrutscht. »Eigentlich nicht«, sagte er und lächelte.

Seine Haare erinnerten Veronika an Martins – sie waren dunkler und länger, im Nacken zusammengebunden, aber genauso wirr und über und über mit Krümeln und Zweigen bedeckt. Auch der Kleidung war anzusehen, dass er viel Zeit im Wald verbrachte. Der fleckige dunkelblaue Anorak hatte einen Riss, vermutlich war er damit an einer dornigen Ranke hängen geblieben, der Kragen war an einer Seite umgestülpt – so wie bei Martin das Hemd immer an mindestens einer Seite über den Hosenbund gehangen hatte. Dafür hatte er immer festes Schuhwerk getragen, während der junge Mann leichte Sportschuhe bevorzugte, die einmal hell gewesen waren, mittlerweile aber den Farbton von Walderde angenommen hatten. Und Martin hatte seine Schnürsenkel immer fest verknotet – die des Fremden hatten sich an seinem rechten Schuh gelöst.

Warum verglich sie ihn überhaupt mit Martin? Wegen des Lächelns, das so viel Begeisterung versprühte?

»Es geht darum, das, was die Bäume sagen, zu verstehen.«

»Und welche Sprache sprechen sie? Französisch, Englisch? Esperanto? Oder eine tote Sprache wie Latein?«

Er lächelte Veronika noch immer an und duzte sie unbeirrt.

»Komm!«, sagte er. »Ich zeig's dir.«

Er winkte sie zu sich, und als sie zu ihm neben die Eiche trat, stieg ihr ein Geruch in die Nase, den sie als Essenz des Waldes in Erinnerung hatte: erdig, harzig, leicht modrig.

Während er mit den Kopfhörern hantierte, fiel ihr Blick auf seine Hände, schmutzig, mit dunklen Halbmonden unter den Fingernägeln. Unter dem offen stehenden Anorak war er regelrecht dürr. Wann hatte er wohl das letzte Mal ein Bad genommen? Wann eine ordentliche Mahlzeit gehabt?

Obwohl es nicht ihre Sache war, stellte sie sich es als ungemein befriedigend vor, seine Klamotten in die Waschmaschine zu stecken und ihm etwas Kräftiges aufzutischen, nicht Haferkekse, Banane oder einen Quinoa-Cup sondern Braten mit Klößen. Nicht dass sie jemals Braten mit Klößen zubereitet hatte.

»Ich benutze Mikrofonkapseln, die für einen gleichmäßigen Frequenzgang sorgen. Um die Kapseln anzubringen, muss ich etwa einen Quadratzentimeter von der Rinde abziehen.« Er lächelte entschuldigend. »Natürlich gehe ich dabei so vorsichtig wie möglich vor.«

»Um die Bäume nicht schlimm zu verletzen, oder?«

Er grinste. »Vom Installationskitt, mit dem man die Kapseln fixiert, sind sie jedenfalls nicht begeistert. Aber das ist notwendig, damit die Mikrofone nicht verrutschen und der Umgebungsschall gedämpft wird. Dann werden sie mit einem Mikrofon-Vorverstärker und mit der USB-Soundkarte des PCs verbunden. Als Aufnahmesoftware benutze ich Amon, die besitzt ein automatisches File-Splitting, theoretisch könnte man die Aufnahmen mehrere Wochen lang laufen lassen. Man muss alle Aufnahmen im PCM-Format ausführen und ...« Er brach ab. »Bisschen viel Technik, oder?«

»Sogar die Baumsprache könnte ich leichter übersetzen«, gab Veronika zu.

»Die können wir nur leider nicht mit bloßem Ohr hören, selbst wenn wir in den Baum hineinkriechen würden. Die Frequenzen sind einfach zu hoch. Aber dafür gibt es ja diverse Verstärker, all diese Messinstrumente aus der Bioakustik, Sonden, Akustiksensoren, Saftflusssensoren, Dendrometer. Damit schafft man es übrigens auch, Fischlaute und Fledermausrufe zu hören, wenn man sie um ein Tausendfaches verstärkt.«

»Und bei den Bäumen geht man auch so vor?«

»Da ist es sogar noch ein bisschen komplizierter. Die Laute der Bäume setzen sich aus Ultraschallsignalen zusammen, die man in hörbaren Schall transformieren muss. Oder sonifizieren, wie wir das nennen.«

»Wir?«

Es gab noch mehr von dieser Sorte Klangkünstler?

Er machte Anstalten, ihr die Kopfhörer zu reichen, doch sie hob nur unwillkürlich die Hand und legte sie behutsam an den Stamm der Eiche. Wieder stiegen Erinnerungen an Martin hoch, der das gern getan hatte. »Spürst du, wie viel Leben im Baum wohnt?«, hatte er dann gefragt.

Veronika schüttelte die Erinnerung ab.

»Und was genau sagen die Bäume? ›Heute scheint die Sonne? Specht im Anmarsch?‹«

»Gut möglich. Oft ist es ein klägliches Wimmern, das sie ausstoßen, weil sie Durst haben. Das kommt davon, dass die Wassersäule abreißt, die vom Boden in die Blattspitzen reicht, es hört sich an, als würden sie Schmerzen leiden. Von dem Blubbern, das ertönt, wenn sie zufrieden sind, ist dann nichts zu hören.«

»Ein Blubbern wie von Champagnerbläschen?«, fragte sie und verstand nicht recht, warum sie plötzlich das Bedürfnis hatte, den eifrigen Vortrag ins Lächerliche zu ziehen – zumal der Spott an ihm abprallte. Wieder nickte er eifrig. »Das klingt wirklich so. Es sind die kleinen Gasbläschen, die dafür sorgen, dass Wasser in die Krone transportiert wird.«

Verspätet merkte sie, dass sie die Stirn gerunzelt hatte.

»Du glaubst mir nicht, oder?«

»Dass Bäume in der Trockenheit verkümmern, das schon ... Aber dass sie fühlen? Daran leiden?«

Sein Lächeln wurde gönnerhaft, als hätte er diesen Einspruch schon zigfach gehört und entkräftet. »Sind Pflanzen also einfach nur stumme grüne Materie? Ich glaube das nicht. In den Sechzigerjahren hat ein Forscher mal die Nadel eines Plattenspielers in den Stiel eines Rizinusblatts gesteckt, in den Siebzigerjahren wurden Pflanzen dann im Zeitraffer gefilmt. Beides führte zur gleichen Erkenntnis: Pflanzen bewegen sich wie Menschen und Tiere, sie suchen nach Nahrung, sie helfen Artgenossen, sie führen Krieg gegen Feinde, nur alles eben viel langsamer und für den Menschen kaum ersichtlich.« Er räusperte sich. »Ich weiß, das hat natürlich Esoteriker und Parawissenschaftler auf den Plan gerufen. Aber eben auch seriöse Wissenschaftler. Pflanzenkommunikation ist mittlerweile ein eigenes Forschungsgebiet, auch Pflanzenneurobiologie und ...«

»Aber Sie ... du bist doch kein Biologe, sondern Klangkünstler.«

»So ist es, aber wir arbeiten mit den gleichen Methoden. Die Naturwissenschaftler wollen Pflanzen so gut wie möglich erforschen. Stell dir das wie eine Ultraschalluntersuchung beim Menschen vor.«

»Für dich sind die Bäume aber kein Forschungsobjekt, sondern Gesprächspartner.«

»Freunde sind sie. Sensible Organismen, die mit uns die Erde bevölkern. Ich will ihnen eine Stimme geben, damit auch andere hören, was sie zu sagen haben, zum Beispiel zum Klimawandel. Davon sind sie schließlich noch mehr betroffen als wir Menschen. Wenn man ihnen richtig zuhört, weiß man viel früher, wann ein Lebensraum kränkelt, wann die Artenvielfalt bedroht ist.«

»Ich nehme an, sie reagieren mit einer wütenden Tirade auf das, was die Menschen ihnen antun.«

»Nein«, erwiderte er ernst. »Sie klingen nicht wütend, höchstens traurig ... Aber selbst dann klingt es noch wie ein wunderschöner Gesang. Ich helfe natürlich auch nach, vermische ihre Geräusche mit Musik, führe ein Konzert aus Pflanzen und Menschenstimmen auf.«

Veronika legte den Kopf in den Nacken, deutete auf die Holzplattform auf dem Baum. »Und das da oben ist das Dirigentenpult?«

Er wirkte ein wenig zerknirscht. »Eigentlich will ich den Bäumen so wenig wie möglich zusetzen, aber für mein Projekt ist das oft unumgänglich. Zu einem Konzert gehören Besucher – und denen möchte ich ermöglichen, direkt in die Krone zu steigen, dem Baum ganz nahezukommen, wenn sie ihm zuhören.«

Als der junge Mann ihr einmal mehr den Kopfhörer reichte, setzte sie ihn auf.

Erst war da nur ein leises Quietschen, das der Schaumgummi verursachte, als er gegen die metallenen Träger gepresst wurde. In der Stille danach war nur ihr eigener Atem zu vernehmen, auch ihr Herzschlag, von dem Veronika nicht wusste, warum er sich plötzlich beschleunigte.

»Wenn du ein Knacken oder kleine Knaller hörst, würde das an ausgetrockneten Wurzeln, dem abreißenden Wasserfluss liegen. Wenn sie ganz leise, kurz hintereinander ertönen, klingt das fast wie ein Flüstern. Aber dieser Baum ist halbwegs gesund, wahrscheinlich wirst du eher ein Blubbern hören.«

Wieder musste sie an Champagnerbläschen denken, und kurz fühlte sie sich, als hätte sie was getrunken. Da war kein Knacken, kein Knallen, kein Blubbern und nicht einmal die Ahnung eines Rauschens, und trotzdem hatte sie das Gefühl, als würde irgendetwas in ihre Ohren dringen, durch den Körper rieseln, in jedes einzelne Glied, würde jede Faser erfüllen und noch im kleinen Zeh einen ganz eigentümlichen Kitzel verbreiten.

Weiterhin hörte sie eigentlich nichts. Sie blickte den jungen Mann fragend an, doch als er nickte, wusste sie instinktiv, was sie tun musste. Wie zuvor legte sie eine Hand auf den Stamm der Eiche, schloss die Augen. Und da war nun zumindest die Ahnung eines Blubberns, wenngleich es nicht von den Kopfhörern zu kommen, sondern aus der Tiefe des eigenen Körpers aufzusteigen und ins Freie zu streben schien. Sie hatte den Eindruck, als würden die Grenzen zwischen ihr und dem Baum verwischt werden. Plötzlich nahm sie Wärme wahr, als fühlte sie von der Sonne erhitzte Haut statt Rinde unter ihren Händen. Ihre Wangen begannen zu glühen, als wäre sie durch den Wald gelaufen, hätte getanzt im Rhythmus, den die Bäume vorgaben. Zum Blubbern kam ein anderer Laut hinzu, er glich einem gemächlichen Herzschlag, der anders als ihrer nicht aus der Ruhe zu bringen war. Die Töne sammelten sich in ihrer Brust. Was immer sie dort füllten – das Herz, die Seele –, es wurde zu eng, ging über. Ein Seufzen ertönte. Vom Baum, von ihr? Sie öffnete die Augen, und die tiefen Furchen der Rinde erschienen plötzlich ganz glatt, weil sie hinter ihrem Tränenschleier zerliefen.

Wieder ertönte ein Seufzen. Es kam diesmal eindeutig über ihre eigenen Lippen, gefolgt von einem weiteren Ton, der rauer, tiefer klang. Ein Schluchzen. Rasch schluckte sie es herunter, riss sich zusammen, ließ den Baum so abrupt los, als habe sie sich verbrannt. Die eben noch warmen Finger fühlten sich plötzlich kalt und taub an. Auch ihr Gesicht war wie taub. Sie hob die Hand, um den Kopfhörer herunterzuziehen, denn was daraus ertönte, war längst nicht mehr zu leise, es war zu laut.

Da hörte sie etwas, das nicht aus den Kopfhörern, sondern von außen kam. »Vroni.«

Eine Haarsträhne hatte sich im Hörer verheddert, und als sie ungestüm daran riss, trieb ihr das noch mehr Tränen in die Augen. Sie versuchte, sie wegzublinzeln, sah jedoch weiterhin alles wie unter einem Schleier.

Martin stand dort. So wie hinter den Tränen die Furchen der Eichenrinde zerlaufen waren, nahm sie auch in seinem Gesicht keine Spuren der Zeit wahr. Der junge Mann von einst schien auf sie zuzutreten.

Je näher er kam, desto mehr wurde aus dem jungen Martin ein älterer, aus dem alten Schmerz ein neuer. Eine Wunde pochte, von der Veronika nicht mal geahnt hatte, dass von ihr noch eine Narbe geblieben war.

»Martin ...«

Aus ihrem Mund kam nur ein Krächzen, ihre Zunge schien nicht mehr fähig, Worte zu artikulieren. Ihr Körper jedoch wusste, was er tun musste. So übermächtig, wie vorhin der Drang geworden war, ihre Hand auf die Eiche zu legen, folgte sie auch nun einer inneren Stimme. Sie ließ den Kopfhörer fallen, lief auf Martin zu, und ehe sie überlegen konnte, ob es angemessen sei, ihn zu umarmen, hatte sie die Arme schon um ihn geschlungen, ihr Gesicht gegen seine Schulter gepresst.

Er roch vertraut, er fühlte sich vertraut an, der Schmerz flackerte noch einmal kurz auf und verging. Wie gerade eben schien sie an etwas anzudocken, einen Kreislauf, der auch ohne ihr Zutun in Fluss blieb. Es genügte, sich einfach fallen und treiben zu lassen.

»Vroni ...«

Seine Hände umfassten ihre Schultern, so zupackend, wie sie es kannte, doch leider nutzte er die Kraft nur, um sie von sich zu schieben. Dann blickte sie in sein Gesicht, und nun bekamen die Jahre, die seit ihrer letzten Begegnung vergangen waren, Gewicht. Plötzlich war es ihr peinlich, dass sie sich ihm an den Hals geworfen hatte.

Sie fühlte, wie sie rot anlief.

»Tut mir leid ...«

»Ist schon gut, ich freu mich ja auch, dich zu sehen.«

Sie räusperte sich, betrachtete ihn, nahm die Faltenkränze um seine Augen wahr, ein paar weiße Strähnen in den immer noch üppigen, leicht gewellten Haaren. Und auch, dass er kein Hemd trug, sondern einen dunkelbraunen leichten Pulli.

»Wie lieb, dass du gleich hergekommen bist. Hast du die Unterlagen, die ich brauche, rausgesucht? Können wir gemeinsam diesen Fragebogen ausfüllen?«

Sein Lächeln, unbeholfen und verlegen, verriet ihr, dass sie falschlag. Er war nicht hier, weil er sie besuchen wollte, das Forsthaus verlassen vorgefunden hatte und sich daraufhin im Wald auf die Suche nach ihr gemacht hatte.

»Wenn ich ehrlich bin, wollte ich zu … Ben.«

Ihr Gesicht glühte noch stärker. Natürlich, warum sollte er alles stehen und liegen lassen und sofort zu ihr eilen, als gäbe es für ihn nichts Schöneres, als seine alte Jugendliebe in die Arme zu schließen. Ihre Umarmung hatte er lediglich geduldet, und auch das nur kurz. Schon ließ er sie stehen, trat auf Ben zu und reichte ihm die Hand.

Wie aus weiter Ferne hörte sie, wie er sich vorstellte. »Einer meiner Mitarbeiter hat mir von deiner Arbeit hier berichtet. So was hat mich schon immer interessiert.«

»Ja?«, gab Ben freudig zurück.

»Ich habe mal gehört, dass Bioakustiker nicht weit von hier, rund um Würzburg, bei der Weinernte helfen«, sagte Martin. »Sie untersuchen die Reben, die bei Trockenstress bestimmte Geräusche von sich geben. Registrieren Mikrofone ein Knistern, schaltet sich automatisch die Bewässerungsanlage ein. Diese Technik könnte man auch für die Forstwirtschaft einsetzen.«

Er sprach auffallend schnell, genauso schnell, wie Ben antwortete, nur war das nicht Verlegenheit, sondern Begeisterung.

»Das stimmt. Es gibt schon lange die Idee, Schallemissionen zur Diagnose von Schädlingsbefall zu verwenden. Schon in den Zwanzigerjahren des letzten Jahrhunderts wurden Geräte eingesetzt, um Holz abzuhören. Viele im Holz verborgene Käferlarven geben Laute von sich, und wenn man das rechtzeitig entdeckt, kann man etwas gegen den Schädlingsbefall tun.«

Veronika war nicht sicher, wie sie sich verhalten sollte.

So spannend sie es fand, den Männern beim Fachsimpeln zuzuhören, sie kam sich fehl am Platz vor. Und so richtig wohl schien sich auch Martin nicht in seiner Haut zu fühlen. Er hielt den Kopf leicht schräg, als gälte es, der Versuchung zu widerstehen, in ihre Richtung zu schielen. Auf seinen Wangen waren rote Flecken zu sehen. Weil ihre Umarmung ihn verstört hatte? Oder er sich von Bens Begeisterung anstecken ließ?

Ben schien nichts davon wahrzunehmen, er war offensichtlich nur glücklich, dass Martin seine Leidenschaft für den Wald teilte.

»Und man könnte die Auswirkungen des Klimawandels auf den Wald besser untersuchen, wenn man nur aufmerksam seiner Stimme zuhören würde«, fuhr er nun eifrig fort. »Den Bäumen kommt schließlich eine Art Wächterfunktion zu. Durch ihre Laute ließe sich viel früher erkennen, wenn sie im Trockenstress sind, man müsste nicht auf äußere Anzeichen warten.«

»Wenn du mich fragst, gehört der Soundscape-Ökologie die Zukunft«, warf Martin ein.

Ben nickte energisch. »Oft wird viel zu spät erkannt, dass eine Spezies verschwindet. Aber wenn alle Frequenzen dauerhaft erfasst und mithilfe von Algorithmen entschlüsselt werden, lässt sich ein Index entwickeln, wie groß die Artenvielfalt eines Lebensraums ist und in welchem Umfang sie bedroht ist.«

»Akustisches Monitoring ... In den Regenwäldern macht man das teilweise schon. Da zeichnen Geräte aus hundert Meter Entfernung Tierrufe auf. Aber hier ist man so fantasielos, so überbürokratisch.«

Veronika war verwundert, dass sich etwas in seine Stimme

geschlichen hatte, was aus seinem Mund fremd klang: Überdruss. Müdigkeit.

Ben bückte sich unterdessen nach den Kopfhörern, die Veronika vorhin hatte fallen lassen, und hielt sie Martin hin: »Willst du vielleicht auch mal hören? Deine Freundin war begeistert ...«

Er nutzte den Begriff ganz selbstverständlich, Martin widersprach nicht. Veronika überlegte, was treffender wäre. Alte Bekannte? Ex?

»Na ja«, wiegelte sie ab. »Wenn ich ehrlich bin, habe ich eigentlich so gut wie gar nichts gehört.«

Ben lächelte sie nachsichtig an, als nähme er ihr das nicht ganz ab.

»Kannst du dich nicht an dieses Buch erinnern, das du mal gelesen hast?«, wandte Martin sich nun an Veronika. »Darin ging es um ein Experiment aus den Siebzigerjahren. Man hat Pflanzen, auch Bäume im Zeitraffer gefilmt und dadurch beobachten können, wie sie Nahrung und Licht suchten und sogar regelrecht Kriege gegeneinander führten.«

Etwas kratzte in seiner Stimme – vielleicht hatte er nicht den gleichen Drang gespürt, sie zu umarmen, aber kurz den gleichen Schmerz. In Veronikas eigener Kehle wurde es wieder eng, doch sie schluckte dagegen an.

»Echt?«, fragte sie betont amüsiert. »So was habe ich gelesen? Kann ich mich gar nicht mehr dran erinnern.«

»Aber ja doch! Du hast so geschwärmt von diesem neuen Forschungsgebiet, der Pflanzenneurologie.«

Kurz sah sie sich beide auf der alten Eiche sitzen, sie redend, er aufmerksam zuhörend. Aber sie gestand dem Bild keine Macht zu.

»Ach, das ist so lange her. Ich hab das meiste, was ich

damals gelesen habe, längst vergessen.« Sie räusperte sich. »Ich ... ich muss jetzt leider gehen.«

Sie senkte den Blick und drehte sich hastig um, um zu verbergen, dass sie schon wieder rot anlief.

»Tschüss, Ben, es war schön, dich kennenzulernen«, rief sie dem jungen Mann etwas unbeholfen über die Schulter hinweg zu.

Sie hatte schon das Ende der kleinen Lichtung erreicht, als Martin ihr ein »Warte!« nachrief.

Zögernd blieb sie stehen.

»Wenn ich schon da bin, können wir auch über deine Unterlagen sprechen.« Er wandte sich an Ben. »Und wir reden später noch mal ausführlich.«

»Jederzeit«, erwiderte Ben grinsend, »ich gehe hier nicht weg.« Er kramte in der Tasche seines Anoraks. »Wenn du willst, kannst du dir ein paar von den Aufnahmen anhören, die ich gemacht habe. Da werden die Geräusche des Waldes teilweise mit den Klängen eines Orchesters vermischt.«

Martin machte keine Anstalten, den USB-Stick zu nehmen, den Ben ihm vors Gesicht hielt. Stattdessen wies er mit dem Kinn auf Veronika. »Willst du dir das nicht anhören? Ich habe euch vorhin schließlich gestört. Und wenn du wirklich nichts mehr über den Wald weißt ...«

Klang er spöttisch? Zweifelnd? Einfach nur belustigt?

Veronika ging nicht auf seine Worte ein, aber als Ben auf sie zutrat und ihr den USB-Stick reichte, nahm sie ihn.

Sie gingen den breiten, ausgetretenen Weg entlang, nicht auf dem Pfad durchs Unterholz. Dann und wann blickte sie Martin flüchtig aus den Augenwinkeln an, gerade lange genug, um festzustellen, dass er den Kopf leicht einzog, obwohl die Äste hier nicht tief hingen. Das Schweigen lastete immer schwerer.

Veronika räusperte sich. »Dieser Tonkünstler ... Klingt schon interessant, was er da macht.«

Er nickte, und anders als in seiner Haltung lag in der Geste ein wenig von der Bestimmtheit, die sie von früher kannte. »Wenn du mich fragst, liegt im Waldmonitoring die Zukunft der Forstwirtschaft.«

»Klingt ein bisschen nach einem Großen Lauschangriff«, stellte sie mit einem leisen Auflachen fest. »Lässt sich das überhaupt mit dem Datenschutz vereinbaren?«

Sie nahm wahr, dass sich seine Lippen zu einem flüchtigen Grinsen verzogen. »Nun, bei uns sind noch keine Beschwerden von den Bäumen eingegangen.«

»Aber hier kommen ja auch Spaziergänger vorbei, Pilzsucher, Jäger, stell dir vor, wenn ihre Gespräche einfach mit aufgenommen werden. Es gibt sicher Leute, denen das nicht recht ist.«

»Ich denke, dass man etwas direkt ins Mikrofon sagen müsste, damit es verstanden wird. Und es ist ja auch nicht so, dass der Wald bislang nicht überwacht wird. Wusstest du, dass um die hunderttausend Jäger deutschlandweit Wildkameras aufgestellt haben? Die filmen immer dann, wenn sich etwas davor bewegt, sei es nun ein Reh oder ein Mensch.«

Martin blieb unvermittelt stehen, und erst jetzt ging ihr auf, dass nicht nur sie kaum gewagt hatte, ihn anzusehen, sondern auch er ihrem Blick ausgewichen war. Nun sahen sie einander kurz in die Augen. »Ich finde es schön, wenn ein junger Mensch für seine Ideale lebt, wenn er für was brennt. Gerade, wenn es andere etwas seltsam finden. Besser, den krummen Weg gehen, wenn's der eigene ist, als den geraden, den andere gepflastert haben.«

Etwas schlich sich in den Tonfall, das dem Leuchten in seinen Augen widersprach.

»So bist du auch immer gewesen«, sagte sie. »Idealistisch, unkonventionell. Meinen Vater hast du damit wahnsinnig gemacht.«

»Hm«, machte er. »Dein Vater wäre mittlerweile wohl ganz zufrieden mit mir.« Wieder glaubte sie, Resignation zu hören. »Wer kann sich schon die Ideale der Jugend bewahren? Das Leben treibt sie einem nach und nach aus.«

»Bist du denn nicht mehr glücklich als Förster?«

Er zuckte die Schultern, und aus der Resignation wurde Müdigkeit.

»Ich hab mich an so viele Vorschriften zu halten, so viele Interessen gleichzeitig im Blick zu behalten. Oft bin ich kein Förster, sondern eher ein Diplomat ... die Holzindustrie, die Naturschützer, die Touristen ... Ach, lassen wir das. Ich hab jedenfalls immer noch eine Schwäche für alles, was andere als Spinnerei abtun.« Er deutete mit dem Kinn in die Richtung, aus der sie kamen.

»Für Leute, die zur Mondholzfraktion gehören?«, sagte Veronika.

Sein kurzes Auflachen verriet, dass er sich auch noch gut an die damalige Debatte über Schädlingsbekämpfung erinnern konnte, doch prompt wurde er sehr nachdenklich. »Wenn ich Leuten wie Ben begegne, frage ich mich immer unwillkürlich: Wann hab ich das letzte Mal etwas aus voller Leidenschaft getan?«

Er richtete die Frage an sich selbst, trotzdem hatte sie das Gefühl, dass er sie auch ihr stellte. Erwartete er das Bekenntnis, dass auch ihre Träume der Realität nicht hatten standhalten können? Hoffte er auf das Gegenteil?

Anstatt das Thema zu vertiefen, stapfte er weiter. Seine

Schritte fielen nun fester aus, die Stimme klang neutraler.

»Im Grunde passt schon alles, ich wollte immer Förster werden, jetzt bin ich's, was soll ich da meckern. Und ich find's schön, dass du hier bist. Ich seh dich noch vor mir als das Mädchen, das aufbrach, um die Welt zu erobern. Erzähl mal, wie's seitdem gelaufen ist, wir haben nie ausführlich darüber gesprochen.«

»Na ja, dass ich alles Mögliche studiert habe, weißt du ja noch.«

»Am Telefon hast du immer begeistert geklungen.«

Sie nickte nachdenklich. Wie nah war sie damals oft daran gewesen, ihm zu gestehen, wie verloren sie sich fühlte. Sie hatte es nie getan, sagte auch jetzt schnell: »Es war eine sorglose Zeit.«

Nein, berichtigte sie sich in Gedanken, es war vor allem eine orientierungslose Zeit.

Am Anfang hatte sie sich durch ihr Studium treiben lassen, hatte die Fächer danach ausgewählt, ob sie sie interessierten. Literaturwissenschaften, ein bisschen Soziologie, alte Sprachen, einmal hatte sie einen Kurs in Altgälisch belegt. »Es hört sich an, als hätte man ein Stück Holz im Mund«, hatte Luna gespottet, damals noch Mitbewohnerin in ihrer WG. Was Veronika daran gereizt hatte, war die intellektuelle Anstrengung. Es war wie beim Klettern auf der Eiche, wenn man sich von Ast zu Ast hochzog und irgendwann eine Höhe erreichte, von der aus sich der gesamte Wald überblicken ließ. Irgendwann war sie auf dem Boden der Tatsachen gelandet. Wenn sie in naher Zukunft von etwas anderem als Stipendien leben wollte, wenn sie beweisen wollte, dass die Geisteswissenschaften keine brotlose Zunft waren, genügte es nicht zu klettern, sie musste einen Boden beackern.

»Und danach hast du eine tolle Karriere hingelegt«, sagte er.

Sie nickte wieder. So konnte man es auch nennen. Dieses Sich-Durchbeißen durch schlecht bezahlte Praktika und ein Trainee-Programm, wie sie sich erst zur PR-Assistentin hochgearbeitet hatte, dann zur PR-Managerin. Natürlich waren das nur schnöde Berufsbezeichnungen. Auf Wunsch des Chefs präsentierte sie sich den Kunden als Trendkennerin, Kommunikationsexpertin, Sparringspartnerin. Mehr noch als Visionärin, die einmal jährlich auf Trendvernissagen Impulse sammelte. Es galt nicht nur, Werbeslogans zu kreieren, für ihren Chef war Storytelling angesagt. Ein neues Bett für einen Bettenhersteller war nicht einfach nur ein Bett, es war der Dreh- und Angelpunkt für die Work-Life-Sleep-Balance. Neu denken, anders denken, und immer *powerful*, divers, *woke*, das mochte ihr Chef. »Ich habe in den letzten Jahren sehr viel gearbeitet«, hörte sie sich sagen. »In der PR-Branche sind zehn Stunden täglich eher das Mindestmaß. Wer nicht auch am Wochenende einen Tag in die Agentur kam, der wurde schief angeschaut.«

»Und wie konntest du das mit Ava vereinbaren?«

»Na ja, am Wochenende hatte Joachim frei, ich hab oft samstags gearbeitet. Dafür kam ich unter der Woche an einem Nachmittag früher nach Hause. Und Ava war immer so brav, das war für mich das beste Zeichen, dass ihr nichts fehlte.« Sie hasste sich für den leisen Zweifel in ihrer Stimme, fügte umso bestimmter hinzu: »Man kann ja nicht nur als Hausfrau eine gute Mutter sein.«

»Natürlich nicht. Aber ich bereue es manchmal, dass ich so viel zu tun hatte, als die Zwillinge klein waren. Hast du dich nie zerrissen gefühlt?«

Und wie.

»Nicht wirklich«, sagte Veronika laut. »Ich finde, dass man ein Kind nicht krampfhaft erziehen muss, man sollte ihm besser etwas vorleben. In meinem Fall waren das eben Ehrgeiz, Disziplin, Verantwortungsbewusstsein. Ava hat mich häufig am Laptop gesehen. Als sie in der dritten Klasse ein Referat über Wale vorbereiten musste, hat sie sich die wichtigsten Infos am iPad selbst zusammengesucht.«

Sie lachte verkrampft auf. »Mein Kind ist mein Ein, aber mein Beruf ist mein Alles.«

Immer höher war sie die Karriereleiter hochgeklettert, hatte immer gedacht, sie wäre so stabil wie eine alte Eiche. Aber dann war der so robust scheinende Ast unter ihr abgebrochen. Und jetzt baumelte sie in der Luft.

»Vroni?«, sagte Martin.

Sie versuchte, eine fröhliche Miene aufzusetzen, wollte sich nicht anmerken lassen, wie tief diese Demütigung immer noch saß. Aber sie verschweigen wollte sie plötzlich auch nicht mehr – zumindest nicht Martin gegenüber, der nie zu ihrem Frankfurter Leben gehört hatte. »Letzten Monat hab ich meinen Job verloren«, sagte sie. Ihre Miene hatte sie im Griff, ihre Stimme nicht. Wie bitter war die Erinnerung an den Tag, als ihr Chef sie aus heiterem Himmel zu sich gebeten hatte. Nicht einmal eine vernünftige Erklärung hatte er vorgebracht. Sie hatte für die Agentur alles gegeben, und nun wurde etwas von Einsparungsmaßnahmen gefaselt, wohinter sich in Wahrheit eine Verjüngungskur verbarg. Die jungen Kolleginnen waren in den Augen der Geschäftsführung näher am Puls der Zeit. Ihr war damals, als würde ihr eigener Puls kurz aussetzen. Erst zwei Tage zuvor war Joachim abgeflogen, drei Tage zuvor Ava. Sie hatten die Tochter noch gemeinsam verabschiedet, ihn hatte sie nicht zum Flughafen begleitet.

»Das ist bitter.« Martin klang ehrlich betroffen.

»Ach was.« Auch ihre Stimme hatte Veronika nun wieder im Griff. »Im Grunde habe ich einen Tritt in den Allerwertesten dringend gebraucht. Eigentlich war ich längst nicht mehr glücklich in der Agentur, ich wollte mich schon ewig selbstständig machen. Jetzt, da Ava ein Auslandsjahr in Neuseeland macht, habe ich endlich genug Zeit.«

Sie ging schneller, als wollte sie die Zielstrebigkeit demonstrieren, mit der sie die Zukunft anpacken wollte. Und die Vergangenheit abschütteln. Bald schimmerte durch die Baumkronen das verwitterte Dach des Forsthauses. Wenn sie damals von der Eiche zurückgekehrt waren, hatte die Mutter oft durchs Fenster gesehen. »Ihr mögt euch gern«, hatte sie lächelnd festgestellt. Seltsame Formulierung. Konnte man jemanden ungern mögen?

Genau an der Stelle, wo Veronika nun unwillkürlich innehielt, hatten sie sich immer zum Abschied geküsst.

»Schau.« Martin zog ein Foto aus der Hosentasche. »Das sind meine Jungs.«

»Wahnsinn. Zwei auf einmal haben sicher eine Heidenarbeit gemacht.«

»Na ja, das meiste ist nicht an mir hängen geblieben.«

»Sondern an deiner Frau.«

Er räusperte sich kurz. »Ex-Frau.«

Veronika hob den Blick, doch nun musterte Martin das Forsthaus so gründlich, als sähe er es zum ersten Mal. Sie öffnete den Mund, schloss ihn wieder, nahm ihm aber das Foto ab. Kurz berührten sich ihre Fingerspitzen. Sie fühlte ein Kribbeln, aber nicht nur dort, sondern auch an den Lippen, wie ein vager Phantomschmerz. Zwei grinsende

Jungs blickten ihr von dem Bild entgegen, mit fehlenden Schneidezähnen, stoppelkurzem rötlichem Haar, karierten Hemden.

»Die schauen dir so ähnlich. Wahrscheinlich kraxeln sie auf jeden Baum.« Sie atmete tief durch. »Es tut mir leid. Wegen deiner Ex-Frau. Dass ihr euch getrennt habt.«

»Passt schon.«

»Meine Ehe ... Ich glaube, sie ist auch schiefgegangen.«

Ein Lächeln zupfte an den Lippen. »Du glaubst?«

Veronika starrte am Foto vorbei auf die Erde. Bis jetzt hatte sie es sich nicht offen eingestehen wollen. Aber insgeheim hatte sie geahnt, dass Joachim eines Tages nicht mehr heimkehren würde – weil es dieses Heim nicht mehr gab. Die Elternschaft hatten sie geteilt, den Stolz auf ein Leben, in dem alles an seinem Platz war, so aufgeräumt und sauber wie ihre Maisonettewohnung. Aber irgendwann hatte Joachim aufgehört, Chaos und Planlosigkeit zu fürchten, und den Putz, der schon lange vor seinem abrupten Aufbruch von der Fassade gebröckelt war, hatte auch sie längst nicht mehr weggekehrt: Keiner hatte in den letzten beiden Jahren je vorgeschlagen, sich gemeinsame Zeit zu nehmen, keiner hatte versucht, das häufige Schweigen, die wachsende Distanz zu überbrücken, Probleme anzusprechen oder gar eine Krise zu konstatieren.

Und nun war er weg, und sie wollte nicht wie ihre Mutter sein, die stets ihr Gesicht ans Fenster gedrückt und auf sie gewartet hatte. Sie wollte nicht auf eine endgültige Aussprache angewiesen sein, ihm vielmehr dasselbe beweisen wie Ava: dass sie sich ein erfülltes Leben auch ohne sie beide vorstellen konnte, dass sie nicht klammern würde – bei ihr nicht, weil sie sie zu sehr liebte, bei ihm nicht, weil sie ihn zu wenig liebte.

»Im Moment zählt jedenfalls nur meine Karriere«, sagte sie schnell und gab Martin das Foto wieder zurück. »Ich wollte immer meine eigene Chefin sein. Und ich hab auch eine großartige Geschäftsidee. Es gibt immer mehr Coaches, Lebensberater, psychologische Berater – das ist ein umkämpfter Markt. Überleben kann dort nur, wer hervorsticht. Ich kann die besten Vermarktungsstrategien aufzeigen, Tipps zum eigenen Auftritt, zur Kundenakquise geben.«

»Du willst jemandem, der Leuten erklärt, wie sie ihr Leben optimieren können, beibringen, wie er oder sie die eigene Klientensuche optimiert?«

Veronika sah ihm nun direkt ins Gesicht. »Damit kennst du dich ja wohl nicht aus.«

Sofort wurde seine Miene weicher. »Natürlich nicht, ich wollte das auch nicht schlechtreden. Es freut mich ja, dass es dir gut zu gehen scheint, dass du deinen Visionen folgst ...«

Noch ein paar Schritte, und sie war beim Gartenzaun angekommen. Sie hörte, wie er ihr folgte. Hörte einen lauter werdenden Gedanken in sich: Folgte sie tatsächlich Visionen? Oder floh sie lediglich vor der Verzweiflung?

»Ich verkaufe das Forsthaus und das Waldstück, um genügend Startkapital für meine Agentur zusammenzubekommen. Deswegen will ich das Ganze so schnell wie möglich über die Bühne bringen.«

»Bei dir muss immer alles schnell gehen, oder?«

»Ich bitte dich. Ich brauche das hier nun mal nicht. Was soll ich denn damit anfangen?«

Sie legte die Hände auf das verwitterte Holz der Zaunlatten, auf dem gelbliche Flechten wucherten, wie Schorf auf einer Wunde.

Martin stützte sich neben ihr ab. Der Zaun knirschte leise. »Weißt du, dass ich mir manchmal vorgestellt hab, du würdest zurückkommen?«, fragte er leise. »Und dass wir doch noch einen Urwald aus dem hier machen, nicht aus dem ganzen Nürnberger Reichswald, aber zumindest aus diesem Stück.«

»Das war dein Traum.«

»Du hast den Wald doch auch geliebt.«

»Als Teenager, Martin.« Sie machte eine wegwerfende Handbewegung. »Was diese Informationen für das Exposé angeht – könntest du sie direkt an den Makler weiterleiten? Dann würde ich dir die Kontaktdaten simsen. Ich glaube, ich muss mich jetzt ein wenig ausruhen, der Tag war lang.«

Sie ließ die Hand wieder sinken, umklammerte den Zaun, dass sich das raue Holz in ihre Handinnenfläche bohrte.

»Passt schon«, murmelte er.

Er machte keine Anstalten zu gehen, sie auch nicht. Kaum merklich rückte er näher, bis seine Hand neben ihrer lag, sein kleiner Finger den ihren berührte. Wieder durchfuhr sie ein Kribbeln, zu sanft, um unangenehm zu sein, zu beharrlich, um es zu leugnen.

Sie hörte seinen gepressten Atem und auch ihren eigenen, und glaubte noch etwas zu hören: das Echo jenes Geräuschs, mit dem die Eiche bekundete, keinen Durst mehr zu haben.

Abrupt ließ sie den Zaun endlich los, holte den USB-Stick und legte ihn aufs Holz.

»Ich glaube, bei dir ist diese Klanggeschichte besser aufgehoben. Ich finde es durchaus interessant, was dieser Ben da probiert – aber ob das wirklich eine Zukunft hat, na ja.

Wenn er damit Erfolg haben will, braucht er ein Konzept. Eine Strategie.«

»Vielleicht kannst du ihm ja einen der Coaches empfehlen, die du beraten wirst?« Martin machte keine Anstalten, den USB-Stick zu nehmen, er zog nur die Hand zurück. Veronika wusste nicht, warum sie der Anblick des Sticks plötzlich so wütend machte, warum es ihr wie eine Provokation erschien, dass Martin ihn nicht annahm. Doch plötzlich hallten seine Worte von vorhin in ihr wider. *Wann hast du das letzte Mal etwas aus voller Leidenschaft getan?*

»Ein bisschen seltsam ist es ja schon, wochenlang allein im Wald leben«, entfuhr es ihr bissig. »Wie ein Eremit.«

»Na, so viel Ähnlichkeit mit einem Mönch hat er nun auch nicht.«

»Nicht Eremit im Sinne von Einsiedler. Ich denke an den Eremitenkäfer.«

Fragend blickte er sie an.

»Na, du weißt doch, diese Käferart, groß, dunkel, vier Zentimeter lang, die ihr ganzes Leben in den faulenden Stämmen von Laubbäumen verbringt. Manchmal bekommen sie Gesellschaft von Fledermäusen, Eulen und Siebenschläfern. Wobei die meist nicht so tief unten wohnen, sondern nur ihren Kot fallen lassen, von dem sich die Larven des Eremiten ernähren. Lauffaul sind sie, bleiben einfach in der Einsamkeit hocken, nähren sich von dem, was andere ...«

Er zog die Braue hoch. Sie kaute verlegen auf den Lippen herum. Wie anmaßend, Ben mit einem Käfer zu vergleichen. Doch plötzlich grinste Martin auf die jungenhafte, unbekümmerte Art von damals. Er ließ den Zaun los und lachte laut auf.

»Was ist daran so komisch?«

»Ich dachte, du hättest alles vergessen, was du über den Wald weißt?«

Veronika sah ertappt zu Boden.

»Ich kümmere mich mal um deine Unterlagen, ja?«

Sie nickte knapp. Martin hatte sich schon abgewandt, als ihr Blick wieder auf den USB-Stick fiel. Erneut stieg eine vage Wut hoch, die sie sich nicht erklären konnte, der Wunsch, ihm einen Stoß zu versetzen, sodass er ins hohe Gras fiel, verschwand. Um sich nicht lächerlich zu machen, nahm sie ihn und steckte ihn rasch ein.

Veronika hatte die Tür aufgesperrt, ohne sich noch einmal nach Martin umzudrehen, doch sobald sie die Stube betreten hatte, hastete sie zum Fenster. Als sie ihr Gesicht an die stumpfe Scheibe presste, war er fast schon im Wald verschwunden. Er ging mit geschmeidigen Schritten, wie jemand, der keinen Asphalt unter sich gewohnt ist, sondern nur Waldboden. Anstatt zur Straße zu gehen, bog er ins Unterholz ab.

Plötzlich fühlte sie, wie Tränen in ihr aufstiegen, bitterer als vorhin, als sie der Eiche gelauscht hatte. Doch zwischen ihrem Gesicht und dem Fensterglas war kein Platz dafür.

Veronika war nicht sicher, wie lange sie so verharrte. Ihr Atem beschlug die Fensterscheibe, und als sie endlich zurücktrat, sah das Glas aus, als waberte draußen Nebel, als wären ihre Erinnerungen Schwaden geworden, die ziellos umhertrieben.

Oh, sie hatte genug. Genug vom Heulen, genug von der Wehmut, genug vom Blick zurück. Sie wollte endlich wieder nach vorn schauen, mit dem Leben hier abschließen.

Warum sollte sie auf ein Angebot warten, warum nicht gleich damit anfangen, das Forsthaus vollständig leer zu räumen? Hier in der Stube gab es nichts zu holen, aber oben in ihrem alten Zimmer. Die Mutter mochte es so belassen haben, als würde Veronika jederzeit zurückkehren, aber jetzt war die Zeit gekommen, das Museum aufzulösen.

Entschlossen betrat Veronika den Raum, nahm die Bilder von der Wand, das Hinterglasbild von der Wildschweinjagd und den Kupferstich vom mittelalterlichen Nürnberg. Ebenso entschlossen ging sie auf die Knie, griff unters Bett und zog die Kiste mit den alten Büchern und Schulheften hervor. Der Deckel fehlte. Sie kroch unters Bett, tastete sich blind durch Staubballen und stieß statt auf den Deckel auf ein Heft. Noch bevor sie es aufschlug, wusste sie, welches es war.

*Wann hast du das letzte Mal etwas aus voller Leidenschaft gemacht?*

Sie hielt ihren Kindertraum in den Händen.

Als sie damals das Referat vorbereitet hatten, hatte sie Sophie gegenüber stolz verkündet, eine Geschichtenerzählerin zu sein. Dass sie nicht nur gerne Bücher las, sondern auch selber welche schreiben würde. Das erste wäre ein Roman über Anna Stromer.

»Das kannst du gar nicht, du bist doch noch ein Kind.«

»Na und? Anna Stromer war auch ein Kind, aber alles, wofür ihr Vater und Onkel später berühmt geworden sind, war ihre Idee.«

Sie hatte nicht nur als Kind an dieser Geschichte geschrieben. Als Neunjährige hatte sie nach ein paar Wochen die Lust daran verloren, und Nora, der sie ihren Text als Erstes gezeigt hatte, hatte das verstanden. Wer Schriftstellerin werden wolle, müsse studieren, vom Leben lernen, Reife gewinnen, sie sei noch zu jung.

Aber dann hatte sie Martin kennengelernt. Sie hatten einander ihre Träume anvertraut, und Veronika hatte sich an die Geschichte von Anna Stromer erinnert. Sein Enthusiasmus hatte sie angesteckt, seine Leidenschaft sie angespornt. Sie hatte das Heft von einst geöffnet und weitergeschrieben.

# ANNA

---

Der Junge, der mich eines Tages besuchte, hatte weizenblondes Haar. In der Sonne glänzte es golden. Doch sein Gesicht war so bleich, dass er die Sonne wohl nicht oft spürte. Als Agnes ihn zu mir brachte, konnte ich den Blick nicht von jener Stelle auf seiner Schläfe lösen, wo unter heller Haut eine blaue Ader pochte. Der Waldboden verbirgt, was tief unter ihm vorgeht – Werden, Vergehen, Lebenskampf. Bei diesem Jungen mit der hellen Haut hingegen könnte ich vielleicht erkennen, wie das Geflecht aus Adern, Muskeln und Knochen den Menschen zusammenhält, wenn ich ihn nur lange genug ansah.

Seine Augen verbargen so wenig wie seine Haut, Neugierde stand in ihnen. Aus seinem Lächeln sprach Freundlichkeit.

In den letzten Tagen hatte Agnes mit finsterer Miene aufgepasst, dass ich mein Zimmer nicht verließ, und ich hatte stets verdrossen zurückgeblickt. Das Lächeln des Jungen erwiderte ich, und es fiel gar nicht schwer. Eine Kraft wie die, welche Sonnenblumen dazu bringt, sich dem Licht zuzuwenden, zog meine Mundwinkel nach oben.

»Ich bin Sebald«, sagte der Junge, schien jedoch nicht zu erwarten, dass ich meinen Namen nannte.

Nachdem ich lange genug die blaue Ader auf seiner

Schläfe gemustert hatte, betrachtete ich seine Finger. Auch hier war ebenfalls etwas Dunkles zu sehen – keine Ader, ein Tintenfleck. Der Stoff seiner feinen Tunika war von einem matten Rot, der Körper darunter sehr schmächtig. Ich musste an Pflanzen wie Farne oder Schachtelhalme denken, die schnell wachsen, aber dünn bleiben und leicht einknicken.

»Willst du nicht wissen, warum ich hier bin?«

Ich presste die Lippen zusammen, sprach zu ihm so wenig wie zu allen Menschen.

»Ich entstamme der Familie Vorchtel«, fuhr er fort. »Hast du schon von den Vorchtels gehört?«

Ratlos zuckte ich die Schultern.

»Die Vorchtels gehören zu den bedeutendsten Geschlechtern Nürnbergs«, erklärte er und fügte hinzu, sie besäßen am Neutor, am Milchmarkt und in der Nähe der Augustiner mehrere Wohnhäuser. Sie seien zwar nicht so reich und mächtig wie die Stromers, die Pfinzigs oder die Holzschuhers, pflegten jedoch bessere Verbindungen zu jenen als die Nützels, die Pirckheimers oder die Grubers. »Und die Vorchtels treiben mehr Handel als die Imhoffs und die Aislingers«, schloss er.

Wieder zuckte ich die Schultern.

»Ich verstehe schon«, murmelte er. »Das sagt noch nicht viel über mich aus, nicht wahr? Nun, dass ich einen älteren Bruder namens Heinrich habe, sagt auch nichts über mich aus. Oder vielleicht doch. Mein Bruder ist stärker und mutiger als ich, doch mein Vater meint, ich hätte eine Gabe, die man an ihm vergeblich sucht.«

Meine Neugierde war mir wohl deutlich anzusehen und schien ihn zu rühren. Eifer schlich sich in seine Stimme, als er weiterredete. All die Namen der Nürnberger Patrizierfamilien, die er eben aufgezählt habe, könne auch sein Bruder nennen. Aber nur er, Sebald, merke sich auch die Namen der Szolnokys, der Costantinis oder de Boers mühelos – Familien, die in Ungarn, Italien und Flandern lebten, und mit denen Nürnberger Kaufleute Handelsbeziehungen unterhielten.

Während er sprach, hatte ich unablässig auf den Tintenfleck an seinen Fingern geblickt, nun sah ich ihm wieder in die Augen. Diese Namen waren mir sämtlich fremd, doch war mir nicht entgangen, dass sie aus seinem Mund wie Musik klangen. Und da war noch etwas in seiner Stimme, eine Art Sehnsucht. Hätte ich dieser Sehnsucht eine Farbe geben müssen, so hätte sie nicht wie die meine das dunkle Braun des Waldes gehabt, sondern das Silber von Wasser, wenn es sich im sachten Wind kräuselte.

»Ich würde so gerne fremde Länder sehen«, fuhr er fort, »vor allem jene im Süden. Es gibt jenseits der Alpen eine Stadt namens Venedig, die ist ganz und gar auf Wasser gebaut und hat prachtvolle Palazzi mit bunteren Fassaden, als man sie bei uns irgendwo sieht. Die Seide, mit der dort im Fondaco dei Tedeschi neben der Rialtobrücke gehandelt wird, ist weicher als der Flügel eines Schmetterlings, die Felle exotischer Tiere, die Tiger und Gepard genannt werden und die man hierzulande nicht kennt, kann nur verkaufen, wer mindestens eine Wüste und einen Ozean durchquert hat, die Gewürze sind von einem klareren Gold- oder Kupferton als Münzen und die Klingen der dortigen Säbel so scharf, dass sie ein einzelnes Haar zerteilen, wenn ein Windstoß es gegen die Schneide weht. An den Knäufen glitzern Juwelen in allen Farben des Regenbogens.«

Seine Sehnsucht war doch nicht silbern, sie war bunt. Auch wenn sie sich in die Weite richtete, nicht in die Tiefe, schien sie mir eigentümlich vertraut. Und obschon ich weiterhin stumm blieb, schien er zu fühlen, wie sehr mich seine Worte bewegten.

»Willst du nun wissen, warum ich zu dir gekommen bin?«

Ich nickte, und unsere Blicke trafen sich. Die meisten hielten es nicht lange bei mir aus, nicht Agnes, nicht mein Vater, nicht die Bediensteten. Auch Margarethe hatte ich seit unserem Ausflug nicht gesehen. Doch er zeigte keinerlei Scheu vor dem stummen Mädchen, das als verschroben galt. Wieder lächelte er breit, ging zu einem kleinen Tischchen und nahm auf dem Stuhl davor Platz.

Mir ging durch den Kopf, dass er doch nichts mit einem krautigen Gewächs gemein hatte, eher mit einer Birke. Dieser Baum hat einen dünnen weißen Stamm, und wenn sie inmitten anderer Bäume im Wald wächst und mit ihnen um Licht kämpfen muss, ist sie verloren, denn dort haben es solche mit dickem Stamm und weit ausgebreiteten Kronen leichter. Doch die Birke braucht zum Leben keinen Wald, sie lässt sich an den unwirtlichsten Orten nieder, selbst auf jungfräulichem Boden. Sie wächst nicht am prächtigsten, aber zumeist als Erste. Und weil sie das Reich, das sie sich erobert, zunächst für sich allein hat, bekommt sie viel Sonnenlicht ab. Weiß bleibt sie trotzdem.

»Solange ich nicht selber in ferne Länder aufbrechen kann, muss ich mich damit begnügen, Briefe an die fernen Geschäftspartner meines Vaters zu schreiben«, erzählte Sebald. »Auf diese Weise ist ein Teil von mir dann schon dort, wenn ich später eintreffe. Man muss schreiben und rechnen können, um Handel zu treiben. Ich habe es früh gelernt, und so hat mich dein Vater gebeten, auch dir Lesen und Schreiben beizubringen. Dann kann das, was sich in deinem Kopf versteckt, seinen Weg in die Welt finden.

Mein Vater holte damals einen Schreib- und Rechenmeister ins Haus und schickte mich hernach auf die deutsche Schule. Am liebsten hätte ich auch eine von Nürnbergs vier Lateinschulen besucht, aber dort werden leider nur künftige Mönche ausgebildet. Aber manchmal darf ich die größte Bibliothek der Stadt im Dominikanerkloster besuchen, wo kostbare Bücher mit glänzenden Ledereinbänden, Seiten aus Pergament und goldenen Buchbeschlägen aufbewahrt werden. Oh, der Himmel könnte nicht schöner sein! Auf Pergament werde ich dich nicht schreiben lassen, das ist zu teuer. Stattdessen habe ich das hier mitgebracht.« Er zog ein Täfelchen hervor und legte es auf den kleinen Tisch. »Schau nur, das Täfelchen ist mit Wachs überzogen, in das man mit einem Griffel die Buchstaben einritzen kann.«

Sebald nahm besagten Griffel und schrieb erst seinen, dann meinen Namen.

SEBALD VORCHTEL

ANNA STROMER

Obwohl ich die Namen damals noch nicht lesen konnte, trat ich nun neugierig näher. Ich kannte die Spuren, die Tiere im Waldboden hinterließen – tiefe Abdrücke verrieten hohes Gewicht, wohingegen kleine, leichtere Wesen sich kaum ins Gedächtnis der Erde eingruben, sondern fast spurlos darüber hinweghuschten. Die Buchstaben Sebalds sahen aus, wie man es von einem Birkenmenschen erwartete: dünn und gerade.

Kurz lächelte er, und ich tat es auch. Doch dann stieg mir ein Geruch in die Nase, ein tief vertrauter, schmerzlich vermisster. Ein heiserer Laut entfuhr mir, und schon verkroch ich mich unter dem Tischchen.

Ich wollte mich vor der Trauer verstecken, doch Sebald

dachte, ich versteckte mich vor ihm. Sein Lächeln verblasste, sein Gesicht war nun nicht mehr weiß, sondern dämmergrau.

Als Agnes kam, lächelte zumindest sie. »Ich hab's ja gewusst, dass das Mädchen irr ist und bleiben wird.«

Ich dachte, ich hätte ihn für immer verjagt, doch am nächsten Tag kam er wieder. Damals hielt ich es für Beharrlichkeit, heute weiß ich, dass ihn auch die Verzweiflung trieb, denn so wie das Leid sich zur Liebe verhält, ist auch Verzweiflung der dunkle Schatten eines jedes Lebenstraums. Wenn man weiß, was man will, muss man die Angst erdulden, sein Ziel zu verfehlen.

Sebald hatte alles, um ein großer Kaufmann zu werden, der regelmäßig in den Süden reist. Doch ohne einen Förderer waren seine Talente so nutzlos wie ein Schreibtäfelchen in den Händen eines Menschen, der die Schrift nicht beherrscht.

Heute hatte er nicht nur besagtes Schreibtäfelchen, sondern auch einige Pergamentrollen dabei, die bereits beschrieben waren. Sie stammten vom Schreibtisch meines Vaters, denn auch in Ulmann Stromer wohnte eine Sehnsucht, wenngleich sie mit Sebalds Lebenstraum nichts gemein hatte. Sebald war einer, der sich wünschte, fliegen zu können – meinem Vater ging es darum, möglichst tiefe Spuren zu hinterlassen, und das nicht nur in Form seines Handelshauses. Sebald war einer, den es fortzog, mein Vater hingegen einer, der blieb.

Das Büchlein, das Vater zu schreiben begonnen hatte, als mein Brüderchen gestorben war, war mittlerweile zu einer Chronik angewachsen. Als »Püchel von meim geslecht und von abentewr« bezeichnete es Ulmann Stromer, so erzählte mir Sebald, man könne darin nicht nur die Geschichte seines Lebens und seiner Familie nachlesen, sondern auch die Historie der Stadt Nürnberg sowie Dinge, die sich in fernen Ländern zutrugen.

Erneut trat ich neugierig auf Sebald zu und betrachtete die Zeichen auf dem Pergament, die mein Vater geschrieben hatte. Obwohl ich nicht fragte, begann er vorzulesen, was dort stand: »Zu Genua gilt ein Gulden 25 Schilling. Ein genuesischer Zentner entspricht in Nürnberg etwa 63 Pfund, in Frankfurt 64 Pfund, in Mainz 67 Pfund. Man zahlt für kleine Spezereien einen Maklerlohn, für Pfeffer und Ingwer 6 Pfennig, für Safran 2 Pfennig, für Perlen, Unzgold, Seidengewand 1 Pfennig.«

Mein Interesse schwand schnell, doch als ich mich abwenden wollte, sagte er rasch: »Ich verstehe zwar, warum für einen Kaufmann solche Dinge wichtig sind, aber wenn ich eine Chronik schriebe, würde ich anderes festhalten als Preise.«

Obwohl ich weiterhin stumm blieb, schien er das »Ich auch!« zu hören, das in mir emporstieg.

»Wie es in den fremden Ländern aussieht, würde ich beschreiben!«, rief er eifrig. »Wie das Lachen der Menschen dort klingt, das Brausen des Windes und das Rauschen der Wellen, wenn das Meer auf das Land trifft. Ich habe es noch nie gehört, aber ich stelle mir vor, dass es schöner klingt als jedes Lied.«

Bestimmt nicht so schön wie das Rauschen der Bäume, ging es mir durch den Kopf. Dennoch fühlte ich mich von ihm verstanden wie von keinem anderen Menschen, insbesondere dann, als er fortfuhr: »Ich würde auch schreiben, was dein Vater in seinem Püchel an keiner Stelle erwähnt – nämlich, was ich fühle, wenn ich diese fremden

Länder bereise. Freude und Hoffnung, Aufregung und auch Angst.«

All diese Gefühle breiteten sich auch jetzt in seinem Gesicht aus, sodass, als ich näher trat, meine eigene Miene ganz weich wurde und nicht länger abweisend war. Schon dachte er, mein Widerstand wäre überwunden, und schrieb mit dem Griffel wieder etwas auf das Wachstäfelchen, da zog ich erneut den Kopf ein.

Was nun in seiner Stimme tönte, war bloße Verzweiflung.

»Bitte«, sagte er plötzlich, als ich den Kopf noch tiefer sinken ließ. »Ich will doch deinen Vater beeindrucken! Ich will in seinem Unternehmen lernen, von ihm ausgebildet werden, will ihn begleiten nach Barcelona, Genua, Mailand, Brügge, Krakau! Und das wird nicht geschehen, wenn ich bei der ersten Aufgabe, die Ulmann Stromer mir zugedacht hat, kläglich scheitere.«

Seine Bitte fing sich im Raum, hallte von den Wänden wider. Ich spürte seinen Atem, schnell und warm. Ich spürte auch, dass er nicht nach Geld und Ruhm lechzte. Er wollte am Bug eines Schiffes stehen, den Wind fühlen, in die Weite schauen, während die Abendsonne langsam schmilzt und ins Meer tropft. Es klingt sicher anders, wenn der Wind das Wasser peitscht, als wenn er an Blättern und Zweigen zupft, irgendwie hohler und salziger. Vielleicht war er ein Mensch, der die stummen Fische im Wasser hören konnte, so wie ich die Pilze unter der Erde?

»Und es geht ja nicht nur um mich allein. Das Lesen und Schreiben – es eröffnet ganze Welten. Du würdest nicht nur deinem Vater eine Freude machen und auch mir, sondern vor allem dir selber, wenn du es lernst.«

Die Freude meines Vaters war kalt und glatt. Wenn Sebald

sich freute, rötete sich seine helle Haut, und seine Augen blitzten. Ich fühlte zwar keine Freude, wohl aber den Wunsch, ihm zu helfen, erst recht, als ich meine Hand hob und auf seine Schulter legte. Da pulsierte so viel Leben in ihm, ich konnte seinen Drang zu wachsen in der Tiefe spüren.

»Bitte!«, wiederholte er.

Ich wollte seine Bitte so gerne erfüllen, doch dann fiel mein Blick wieder auf das Täfelchen, und meine Augen füllten sich mit Tränen.

Er strich über den Holzrahmen. »Es liegt an dem Material, oder? Was daran macht dich so traurig? Es ist aus Buchenholz. Deswegen nennt man die Zeichen, aus denen unsere Schrift besteht, Buchstaben.«

Es war nicht das Holz, das mich bewegte, sondern das duftende Wachs, das aus der Waldbienenzucht stammte. Es ließ mich an Barbara denken. Daran, wie sie mich verraten hatte. Um mich ihm zu erklären, fuhr ich mit der Fingerkuppe über das Wachs. Er tat es mir nach, und schon berührten seine dunklen Tintenfinger die meinen, unter deren Nägeln noch Reste von Walderde klebten, die herauszukratzen ich mich in all der Zeit beharrlich geweigert hatte. Was ich ihm jedoch sagen wollte, begriff er immer noch nicht.

Da kniete ich mich auf den Boden und schrieb etwas in den Staub hinein. Es war kein ganzer Name, noch nicht einmal ein ordentlicher Buchstabe, aber es war ein erster Versuch, jene Zeichen aus Strichen und Bögen, die er mir gezeigt hatte, nachzumachen.

»Du willst ja doch schreiben lernen!«, rief Sebald begeistert.

Als Agnes wenig später die Tür aufriss und ein kalter Luftzug mich traf, wirbelte der Staub hoch und tanzte durch den Raum, indes in Sebalds Gesicht ein Lächeln tanzte.

»Himmel«, rief Agnes, wie sie mich da im Staub knien sah, »das Mädchen hat immer noch nichts gelernt, du wirst nichts in seinen Kopf hineinbringen.«

Doch Sebald wusste nun, wie man etwas herausbrachte.

Als er am dritten Tag wiederkehrte, hielt er etwas hinter seinem Rücken versteckt. Heute erzählte er mir nicht seine Geschichte oder die meines Vaters, sondern die eines fremden Volkes. Dieses Volk lebte auf der anderen Seite der Welt, man reise dorthin fünfmal so lange wie nach Italien und musste wahrscheinlich fünfzigmal so viele Gefahren ausstehen. Das, was er hinter seinem Rücken verberge, habe dieses Volk erfunden.

Ich runzelte die Stirn, was ihm nicht entging.

»Wie ich diese Erfindung bei mir haben kann, wenn dieses Volk so unerreichbar ist? Nun, bereits lange vor unserer Zeit hat es Menschen gegeben, die es in die Ferne zog – nicht nur bei uns, auch bei dem besagten Volk, das man die Chinesen heißt. Die Unsrigen trafen sich mit diesen Chinesen in der Mitte des Weges, an einem Ort namens Samarkand. Alle möglichen Waren wurden dort getauscht – Seide, Felle, Gewürze, Perlen so groß wie Taubeneier. Das, was ich mitgebracht habe, ist weder farbenprächtig, noch glänzt es, trotzdem ist es für mich kostbarer als eine Truhe voll Gold.«

Anders als eine solche Truhe brauche sein Wunderwerk keinen Hünen von Mann, um es zu stemmen, stattdessen sei es federleicht, und so habe sich diese Erfindung an vielerlei Orten verbreitet. Vor allem von einem weiteren Volk wurde sie benutzt – von den Arabern. Wie die Chinesen seien auch diese Heiden, dennoch graue ihm keineswegs vor ihnen, denn er bewundere sie für den Drang, etwas Neues zu schaffen und Altes zu verbessern. Die Chinesen hätten für ihre Erfindung Gräser verwendet oder Hanf-stücke, die Araber erprobten in vielen kleinen Werkstät-ten andere Materialien. Und diese Werkstätten befänden sich nicht auf der anderen Seite der Welt, sondern auf der unsrigen. Schließlich seien Spanien und Sizilien schon vor Jahrhunderten von den Heiden erobert worden, im spani-schen Königreich Granada herrschten sie sogar noch im-mer – ob ich davon wisse? Wenn man darüber sprach, war meist von grausamen Schlachten die Rede, von Land, das von Hufen und Stiefeln aufgerissen und mit Blut getränkt war, doch das sei nur ein Teil der Geschichte. Der andere sei, dass nicht immer die tiefsten Spuren am längsten blie-ben und nicht immer die mächtigsten und grausamsten Menschen das Antlitz der Welt am meisten veränderten.

»Vielmehr tun es die, die klug sind, offen, neugierig.«

Nun zog er seine Hände hinter dem Rücken hervor und zeigte mir, was er mitgebracht hatte. Als ich es betrach-tete, musste ich einmal mehr an eine Birke denken, denn es war weiß und glatt wie ihr Stamm. Und als er erklärte, dass man es mittlerweile nicht mehr aus Gräsern und Hanf her-stellte, dachte ich kurz, es sei aus ihrer Rinde gemacht. Doch stattdessen sprach er von alten Lumpen, die nun als Rohstoff dienten.

»In manchen Klöstern und Kanzleien wird es längst an-stelle des teureren Pergaments verwendet«, fuhr er fort. »Da das Material von Heiden stammt, behaupten zwar man-che, es sei Teufelswerk, und wer darauf seinen Namen schreibe, verkaufe Satan seine Seele. Doch das ist Unsinn, denn die Seele wohnt in der Nähe des Herzens und nicht im

Tintenfass, und die Tinte besteht nicht aus Blut, sondern aus Eichengalläpfeln. Es ist viel leichter, dieses Material herzustellen als Pergament. Man muss nicht hundert Kälbern die Haut abziehen, sondern nur alte, unnütze Lumpen sammeln. Es gibt Notare, die darauf ihre Urkunden schreiben, ich habe auch von einem Registerbuch gehört, das ganz aus diesem Material gemacht wurde, ebenso von einem Pfandbuch. Man kann es für vielerlei Zwecke verwenden und, da es so billig ist, auch verschwenderisch damit umgehen. Das Wunderwerk, das ich dir zeige, ist: Papier.«

Ich muss gestehen, ich habe größere Wunderwerke gesehen. Als ich darüberstrich, war ich erstaunt, wie glatt es sich anfühlte, glatter noch als Pergament. Doch Glattes schenkt ein Glück ohne Tiefe. Es war etwas Totes, wenn auch nichts Getötetes.

Gleichwohl hatte ich Sebalds Ausführungen gerne gelauscht, weil mich zwar nicht bewegte, was er sagte, jedoch, wie er es tat. Mit seiner Sehnsucht ging er großzügig um, er raffte sie nicht an sich, geizte nicht mit seinen Wünschen, sondern warf sie in Luft, auf dass auch sie tanzten.

Diesmal musste er nicht eigens eine Bitte an mich richten. Kaum hatte er das Blatt Papier auf das Tischchen gelegt und unserer beider Namen geschrieben, nahm ich die Feder, tauchte sie in die Tinte und versuchte mich ebenfalls an den Buchstaben.

Das A von Anna gelang mir ganz gut. Das S von Sebald auch.

Wieder berührten sich seine Tintenfinger und meine Erdenhand.

# VERONIKA

---

Sie las, was sie geschrieben hatte – erst als Kind, später als Jugendliche. Was sie Martin oben in der Eiche vorgelesen hatte.

»Na, Wahnsinn«, hatte er gesagt und offengelassen, ob er ihren Wunsch zu schreiben meinte oder die zwei großen Errungenschaften der Familie Stromer, welche die Geschichte des Abendlandes für immer verändert hatten. Vielleicht beides.

Als sie jetzt durch die Seiten blätterte, wusste Veronika, dass irgendwann auf all diese vollgeschriebenen Blätter unweigerlich ein leeres folgen würde.

Sie hatte die Geschichte von Anna Stromer nicht zu Ende erzählt und auch nicht die Geschichte von Martin und ihr selbst, stattdessen hatte sie in beiden Fällen vorschnell einen Epilog an die ersten Kapitel gefügt, noch ehe sich die Figuren richtig entfaltet hatten und die Handlung Fahrt aufnahm.

Dass sie als Jugendliche wieder zu schreiben anfing und die Geschichte von Anna Stromer fortführte, die sie damals nach dem Referat im Sachkundeunterricht begonnen hatte, hatte auch Nora gefallen. »Das zeigt doch, was in dir steckt. Gerade deswegen darfst du dich nicht von deinem Weg abbringen lassen.«

Verliebtsein, schön und gut, das kenne sie natürlich auch. Aber sie wisse doch, wie es einer Frau erging, die einen Mann über sämtliche Lebenspläne entscheiden lasse und zu seinem Anhängsel werde.

Veronika vermutete, dass Nora von sich selbst sprach.

»Schau dir deine Mutter an«, sagte Nora, »die hat doch kein eigenes Leben.«

Einen eigenen Garten hatte sie, aus dem sie das Leben fernhielt.

»Willst du wirklich Förstersgattin werden? Lieber Rehe ausweiden statt Geschichten erzählen? Hier im Wald wird man keine Schriftstellerin. Du musst so schnell wie möglich den Absprung schaffen.«

Und Veronika war gesprungen. Sie hatte niemals Rehe ausgeweidet, aber auch ihre Geschichte nie fertig erzählt. Mittlerweile war sie sich nicht einmal mehr sicher, ob sie ihrer Mutter nicht ähnlicher war als gedacht.

Als auch die Geschichten über ihr Glück mit Joachim und Ava, über ihre erfolgreiche Karriere plötzlich abbrachen, als sämtliche Dialoge verstummt waren, war sie durch eine leere Wohnung getigert, voller Schmerz über Avas Abschied, noch betäubt von Joachims Nicht-Abschied, geschockt über die Kündigung aus heiterem Himmel. Wie sollte sie das alles verkraften?

Sie starrte in das Feuer, das kein echtes war, wusste nichts mit der Überfülle der Zeit anzufangen, die auch keine echte war, kein Fluss, der sie mitriss, sondern eine Leere, die sich drohend vor ihr ausdehnte. Das Nichtstun war unerträglich. Doch als sie versuchte, sich mit Putzen abzulenken, stellte sie fest, dass alles bereits sauber war.

Nicht einmal die Mutter hatte bei ihr etwas zu putzen

gefunden, als sie Veronika einmal in Frankfurt besucht hatte.

Sie war kurz nach Avas Geburt gekommen, allein. Der Vater hatte immer einen Vorwand gefunden, sich zu drücken.

»Wie kommt man denn auf einen Namen wie Ava?«, fragte die Mutter, als sie an der Wiege stand. Aus ihrem Mund klang er nicht wie der Name einer amerikanischen Schauspielerin, sondern wie der einer Krankenversicherung.

»Uns gefällt er.«

»Eva wäre doch auch gegangen, das ist ein schöner Name.«

»Uns gefällt er«, wiederholte Veronika nachdrücklich.

Die Mutter blickte auf das Baby, das hartnäckig schlief, blickte sich um, betrat die weiße Küche. Jedem Fleck, den sie jemals entdeckt hatte, war sie umstandslos zu Leibe gerückt, aber hier gab es keinen Fleck. Nur sie selbst in ihrem ausgeleierten schwarzen Kleid schien nicht in dieses sterile Umfeld zu passen. Sie starrte auf die Espressomaschine wie auf ein seltenes Tier. Als Veronika sie anmachte, ertönten gurgelnde Geräusche, als würde ein Wesen aus tiefem Wasser auftauchen.

»Dem Martin«, sagte Ilse plötzlich, »dem Martin hätte Eva gefallen.«

Veronika blickte sich hastig um, als belauschte sie jemand, dabei war Joachim bald nach der Geburt wieder in seine Praxen zurückgekehrt, und Ava schlief immer noch, schlief den Schlaf der Gerechten, ließ sich von nichts aus der Ruhe bringen – nicht von einem lauten Haushaltsgerät, nicht von einer verbotenen Bemerkung.

»Warum fängst du ausgerechnet jetzt von Martin an?«

»Ich hab ihn gerngehabt und du doch auch.«

»Ich bin seit Jahren glücklich mit Joachim verheiratet. Das mit Martin ist Ewigkeiten her. Und damals warst du doch damit einverstanden, dass ich zum Studium weggehe.«

Ilse wies nicht darauf hin, dass sie nicht einverstanden gewesen war, sich aber der Frau Doktor gefügt hatte. »Nach dem Abschluss hättest du doch wieder zurückkommen können. Zu uns. Zu ihm. Du hättest nicht gleich mit ihm Schluss machen müssen.«

»Wir haben überhaupt nicht zusammengepasst. Er war so ein typischer Naturbursche, ich war immer intellektuell interessiert. Das lässt sich nicht miteinander in Einklang bringen.«

Ein Gedanke huschte ihr durch den Kopf: Aber unsere Träume ließen sich miteinander vereinbaren. Sie unterschieden sich zwar voneinander, schlossen einander aber nicht aus.

»Soll ich der Ava ein Fläschchen machen?«

»Ich stille noch voll«, erwiderte Veronika verärgert, weil sie das schon erzählt und die Mutter nicht zugehört hatte. Vielleicht war Ilse auch gar nicht ignorant gewesen, sondern wollte sich in der klinisch reinen Küche nur irgendwie betätigen. Wie die Mutter sich in diesem Moment gefühlt haben musste, wusste Veronika erst seit ein paar Wochen, als sie selbst wie ein dunkler Fleck in dieser Küche gestanden und die eigene Tochter vermisst hatte. Zugleich wusste sie, dass sie ihr nicht in ihr neues Leben folgen konnte. Ihr blieb nur, zu warten, zu hoffen, zu bangen, dass Ava zu ihr zurückkehrte – nicht für lange, aber wenigstens dann und wann für einen Besuch.

Es war zu spät, die Hand der Mutter zu nehmen, sie zu drücken und einzugestehen: Mit mir hast du es nicht leicht gehabt, es muss hart gewesen sein, dass ich so gut wie gar nicht mehr heimkam.

Es war zu spät zuzugeben, dass sie damals vielleicht einen Fehler gemacht hatte. Ihr Aufbruch nach Frankfurt war wie eine überhastete Flucht gewesen, auf der sie alles, was ihr bis dahin lieb und teuer gewesen war, wie nutzlosen Ballast über Bord geworfen hatte.

Das Vibrieren ihres Smartphones riss Veronika aus ihren Gedanken. Sie konnte sich gar nicht erinnern, es lautlos gestellt zu haben. Eigentlich wollte sie keinen Anruf verpassen, es könnte Ava sein, die sich stets unangekündigt meldete. Das lag nicht nur daran, dass sie in einer anderen Zeitzone lebte, auf der Schaffarm in Neuseeland hatten sie nur unregelmäßig Empfang.

Veronika fieberte jedem ihrer Anrufe entgegen, hatte zugleich aber immer ein wenig Angst, dass sie ihre wahren Gefühle verraten könnte. Schon dass sie die Tochter unendlich vermisste, ließ sich schwer verbergen – wenn Ava sich dann auch noch nach ihrer Arbeit erkundigte, wurde sie endgültig zur Lügnerin. Sie erfand Projekte und schwärmte davon, damit in der Tochter nicht der kleinste Verdacht entstand, die Mutter könnte sie brauchen, und es wäre ein Fehler gewesen, ausgerechnet jetzt so weit wegzufahren.

»Hast du etwas von Papa gehört?«, fragte sie meist kurz vor dem Ende des Telefonats.

Dies war das nächste Minenfeld, auf dem es die Schritte vorsichtig zu setzen galt, damit Avas Unbeschwertheit nicht zu Schaden kam. Joachim meldete sich zwar regelmäßig per SMS, doch er gab stets nur die Koordinaten durch, wo er gerade war, schickte nicht einmal Fotos. »Ihm geht's blendend, uns beiden geht es blendend, wirklich, du musst dir überhaupt keine Gedanken wegen uns machen, genieß einfach die Zeit.«

So nervig die schlechte Verbindung auch war, Veronika war froh, ihre belegte, brechende Stimme darauf schieben zu können.

Jetzt war sie nicht nur enttäuscht, sondern auch ein wenig erleichtert, dass es nicht Ava war, die anrief, sondern Luna. »Und? Hast du genug Wald getankt?«

Kurz fühlte Veronika sich von ihrer Freundin gestört, sie hatte keine große Lust, mit ihr zu reden. Doch der Fröhlichkeit in Lunas Stimme, ihrem ehrlichen Interesse konnte sie sich nicht entziehen. Und als Luna fragte, ob sie schon einen Baum umarmt habe, ob sie lehrbuchmäßig den Blick nach oben wandern und ihn mindestens sechzig Sekunden lang in der Baumkrone habe verharren lassen, musste sie lachen.

»So was muss ja ganz schön anstrengend sein für die Augen«, spottete sie gutmütig.

»So, wie ich dich kenne, hast du das Waldbaden immer noch nicht ausprobiert. Aber du versprichst mir, es nachzuholen, ja?«

»Klar doch. Aber erst muss ich dir was erzählen. Mit dem, was ich gerade erlebt habe, kann dein Klangschalenseminar nicht mithalten. Ich bin im Wald einem Klangkünstler begegnet.«

In wenigen Sätzen berichtete sie Luna, wie sie erst auf das Zelt gestoßen war, mit den vielen Geräten und mysteriösen Aufzeichnungen, und dann Ben kennengelernt hatte. Wie erwartet, sprang Luna sofort darauf an: »Faszinierend! Das erinnert mich an einen Artikel über die *Nicotiana attenuata*, den ich mal gelesen habe.« Luna hatte die Gabe, sich noch die kompliziertesten Wörter zu merken, egal ob es japanische oder lateinische waren.

»Klingt nach ziemlich viel Nikotin. Seit wann rauchst du?«

Luna ging nicht darauf ein. »Wilder Tabak kann am Kaurhythmus und am Speichel der Raupen erkennen, dass er gerade angefressen wird. Und dann beginnt er zu schreien.«

Veronika entfuhr ein Prusten. »Aber klar doch!«

»Die Pflanze ruft tatsächlich um Hilfe«, erklärte Luna mit Nachdruck. »Sie schafft es, Wespen zu alarmieren, die dann Eier in die Raupen legen und die Pflanze davon befreien. Es ist wissenschaftlich erwiesen, dass Tabakpflanzen die geschwätzigsten Pflanzen überhaupt sind.«

»Das glaube ich dir ja«, sagte Veronika schnell. »Der Typ in meinem Wald ist allerdings kein Naturwissenschaftler, er ist ...«

Einer, der seinen Träumen folgt, einer, der begeistert von dem ist, was er tut. *Wann hast du das letzte Mal etwas aus voller Leidenschaft getan?*

»... er kommt mir eher wie ein Sonderling vor. Typ verkrachte Existenz.«

»Hast du nicht gerade von seinen vielen Geräten erzählt? Die muss man sich erst mal leisten können.«

»Aber wir wissen ja nicht, ob er sie mit dem Geld bezahlt, das er mit seiner Klangkunst verdient. Wer gibt denn was für Baumkonzerte aus?«

»Na, ich würde das tun!« Luna musste nun selber lachen. Sie gab stets offen zu, dass sich nicht alle Investitionen in ihren ganzheitlichen Lebensstil rentiert hatten. Die sündhaft teure Strahlenschutzkappe hatte sich als Flop erwiesen, sie hatte davon Kopfschmerzen bekommen.

»Es war durchaus faszinierend, diesem Baum zu lauschen«, sagte Veronika nun etwas ernsthafter. »Da war so ein Blubbern, ein Knacken, als hätte die Eiche tatsächlich eine Stimme. Als würde sie auf mich reagieren ... könnte meine Nähe spüren.«

»Sag ich doch! Pflanzen sind nicht einfach nur Dinge, sie haben eine Seele. Es gab sogar Experimente, bei denen man Pflanzen an Lügendetektoren angeschlossen hat. Man hat nachgewiesen, dass etliche Pflanzen merken, ob jemand ihnen wohlgesinnt ist oder ihnen schaden will.«

»O Gott, ich stelle es mir schon ein wenig schwierig vor, wenn die Karotte, die ich essen will, plötzlich laut aufschreit. Aber natürlich darfst du deine Topfpflanzen gerne mit Vivaldi beschallen.«

»Ich bitte dich! Wenn, dann schon Mozart«, rief Luna amüsiert. »Da sind sie sehr eigen.«

Sie lachten beide, und kurz schien alles von Veronika abzufallen, dieses vage Unbehagen, dieses Gefühl von grenzenloser Einsamkeit, die quälenden Erinnerungen. Unwillkürlich sagte sie: »Ich hab Martin wiedergetroffen.«

Auf der anderen Seite der Leitung blieb es einen Moment lang stumm. Luna war die einzige Freundin in Frankfurt, die überhaupt von Martin wusste. »Ich verstehe«, sagte sie schließlich leise.

Verstand sie wirklich, was die Begegnung mit Martin in ihr ausgelöst hatte? Verstand Veronika es denn selber? Wahrscheinlich dachte auch Luna an jenen Tag vor über zwanzig Jahren zurück, der ihr selbst noch deutlich vor Augen stand.

Veronika hatte gerade angefangen, in der Agentur zu arbeiten, als eine Grippe sie erwischte. Auch nachdem das Fieber gesunken war, fühlte sie sich schwach und elend. Luna versorgte sie mit Lebensmitteln und Medikamenten und mit selbst gemachter Hühnersuppe, verfeinert mit Koriander und Kurkuma. Gerne nahm Veronika davon ein halbes Schälchen, aber als Luna noch mit in Essig getauchten Waschlappen anrückte, hob Veronika abwehrend die Hände.

»Du siehst hundeelend aus«, stellte Luna fest.

Ansteckungsgefahr hin oder her, Luna legte sich zu ihr ins Bett und umarmte sie tröstend. Unwillkürlich kuschelte sich Veronika fest an die Freundin. Und dann brach aus ihr hervor, was sie seit fünf Jahren quälte, was sich dann und wann zu Wellen auftürmte, worüber sie jedoch sonst hartnäckig schwieg. Ein falscher Schritt, ein falscher Gedanke, und sie würde mitgerissen.

Doch nun erzählte sie von ihrer Liebe zu Martin. Sie erzählte von den gemeinsamen Nächten im Wald, sie erzählte, wie sie sich abrupt von ihm getrennt und ihm nicht die geringste Chance gegeben hatte, sie umzustimmen.

»Ich vermisse ihn immer noch. Ich weiß, nach all den Jahren klingt das verrückt. Ich habe ja kaum noch Kontakt zu ihm, gehe ihm aus dem Weg, wenn ich meine Eltern besuche. Und trotzdem: Ich denke jeden Tag an ihn. In diesen Nächten im Wald – da habe ich mich ihm so nahe gefühlt wie nie einem anderen Menschen davor und danach.«

Luna ließ sie nicht los, sondern umarmte sie nur noch fester. Veronika wurde ganz heiß, Schweiß trat ihr auf die Stirn, aber sie fühlte sich nicht mehr ganz so elend.

»Klingt so, als wäre er die Liebe deines Lebens«, stellte Luna fest.

Veronika wusste mit dieser Phrase zunächst nicht viel anzufangen, sie klang ebenso abgedroschen wie melodramatisch. Aber dann dachte sie, dass Liebe und Leben zwei Wörter waren, die gut zusammenpassten, wenn es um sie und Martin ging.

»Ohne ihn macht alles irgendwie keinen Sinn.«

Luna fielen nicht die rechten Worte ein, um sie zu trösten.

Irgendwann holte sie doch einen feuchten Waschlappen und wischte Veronikas Gesicht ab, auf dem nicht nur Schweiß glänzte, sondern auch Tränen.

»Wie war's?«, fragte Luna jetzt.

»Ganz … nett. Wir haben ein bisschen geplaudert. Über nichts Besonderes.«

»Wie hast du dich dabei gefühlt?«

»Wie soll ich mich schon gefühlt haben. Ein wenig kam's mir vor wie bei einem Klassentreffen. Wenn man die Mitschüler von früher trifft, fällt einem erst auf, wie alt man selbst geworden ist.« Sie lachte gezwungen. Was würde geschehen, wenn man statt einer Pflanze sie an einen Lügendetektor anschloss?

»Ich verstehe«, sagte Luna wieder. Wieder herrschte Stille. Doch etwas in Veronika schrie. Etwas, das zigmal ausgerissen und gefällt worden und trotzdem nicht totzukriegen war.

»Ich weiß noch, was du damals von eurem Survivaltraining erzählt hast«, sagte Luna. »Ihr habt euch nur von dem ernährt, was die Natur bietet. Martin habe im Wald so viel Essbares gefunden, hast du erzählt, und dass er ein Mann sei, an dessen Seite man nicht verhungere.«

»Na ja«, scherzte Veronika, »wenn ich ehrlich bin, haben mir die Steaks von Joachim besser geschmeckt als die Wurzeln und Pilze, die Martin über dem Lagerfeuer gebraten hat.«

Ihre Lippen bebten, rasch presste sie sie zusammen. Luna stellte die Frage nicht, aber sie stand trotzdem im Raum.

Und wenn sie an Joachims Seite trotzdem verhungert war?

*Wann hast du das letzte Mal etwas …*

Sie würgte den Gedanken ab, sie würgte Luna ab. »Lass uns ein andermal weiterreden. Es war wirklich keine große Sache. Und jetzt habe ich paar dringende Angelegenheiten zu erledigen.«

»Was denn?«

»Na, entrümpeln. Deswegen bin ich doch noch mal hierhergekommen.«

»Ich dachte, das Forsthaus sei schon leer.«

»Ein paar Sachen sind noch da …« Sie atmete tief durch. »Die Verbindung ist sehr schlecht, ich höre nur noch Knacken. Also, mach's gut, ich melde mich, wenn ich zurück in Frankfurt bin, ja?« Sie gab Luna keine Gelegenheit, noch etwas zu antworten, und beendete den Anruf, ohne sich zu verabschieden. Wenig später vibrierte das Smartphone wieder, es war eine Nachricht von Klemens. Er bedankte sich für die Unterlagen, die Martin ihm gerade geschickt hatte. Bevor er das fertige Exposé auf der Website veröffentlicht hatte, hatte er es vorab an einen potenziellen Interessenten für das Waldstück geschickt. Die Taktik war aufgegangen. Schon morgen wollte der Mann es sich anschauen.

Veronika brachte die Kiste aus ihrem Zimmer zum Auto, leerte sie im Kofferraum aus und kehrte mit der leeren Kiste zurück ins Kinderzimmer, um die Bücher und Bilder einzusammeln. Eine dritte Ladung gab es nicht, es blieb nur noch die Bettwäsche, aber darin würde sie noch einmal schlafen, eine letzte Nacht, um den Kaufinteressenten kennenzulernen. Klemens konnte ihn notfalls zwar auch allein herumführen, aber es war zu spät, um noch aufzubrechen, Veronika fuhr nur ungern im Dunkeln. Gleichzeitig war es zu früh, um ins Bett zu gehen. Es stimmte nicht, was sie Luna gesagt hatte. Sie hatte nichts mehr zu tun.

Nur eines blieb noch, aber sie wusste nicht, ob es viel zu schnell gehen oder die Zeit niemals dafür reichen würde.

Sie musste Abschied nehmen, endgültig. Einen letzten Eintrag im Gästebuch des Waldes hinterlassen.

Nur welchen?

Sie ging so unruhig durchs Haus wie vor wenigen Tagen durch die Maisonettewohnung. Dort war zu wenig Schmutz, um mit dem Putzen anzufangen, hier zu viel Schmutz, als dass es einen großen Unterschied gemacht hätte.

Sie flüchtete ins Freie, verweilte kurz im Garten, stapfte zum dritten Mal an diesem Tag durchs Unterholz. Hier gab es nichts, was man als Schmutz bezeichnen konnte, kein überflüssiges Staubkrümelchen, hier fand alles Verwendung. Das Große, das Winzige, das Sichtbare, das Unsichtbare.

Sie sah Raupen an Blättern nagen und wusste, dass ihr Kot auf den Waldboden rieselte, wo Bakterien und Pilze ihn alsbald zersetzten. Die Mineralsalze, die dabei entstanden, würden mit dem nächsten Regen in den Waldboden sickern und von den Wurzeln der Pflanzen und Bäume aufgenommen werden, um neue Blätter zu produzieren.

Warum hatte sie sich das alles nur gemerkt? Warum hatte sie nicht längst auch die Gehirnwindungen entrümpelt? Allerdings wusste sie doch nicht einmal, was sie mit ihren alten Heften machen sollte. Ins Altpapier werfen oder irgendwo in der Wohnung lagern? Platz gab es dort nun genug, eigentlich viel zu viel. Joachim würde nicht zurückkommen, das wusste Veronika längst. Und in diesem

Augenblick schien ihr zumindest dieser Abschied leicht, weil sie ihn nicht nehmen, sondern nur zugeben musste.

Nur vom Wald verabschiedete sie sich nicht. Sie blieb stehen, atmete tief ein, hörte nicht weit von sich ein Bächlein gluckern. Bachflohkrebse gehörten dort zu dem Winzigen, fast Unsichtbaren. Sie wusste noch, dass sich das Weibchen erst häutete, bevor es paarungsbereit war, und um den richtigen Zeitpunkt zu erwischen, klammerte sich das Männchen schon während des Häutungsprozesses an die Auserwählte.

Wer merkte sich so etwas?

Martin hatte nicht geklammert. Hatte sie sich damals gehäutet oder verpuppt?

Mit ihm hatte sie sich jedenfalls lebendiger gefühlt als jemals in den Jahren danach. Vielleicht hatte das nur daran gelegen, dass sie damals noch jung war, dass ihr das Leben mit all seinen Möglichkeiten noch offenstand. Vielleicht aber auch daran, dass sie mit ihm beide Seiten ihres Wesens hatte leben können: die strebsame, ehrgeizige Veronika und Vroni, die auf Bäume kletterte.

Mit ihm hatte sie über ihre Träume gesprochen, mit Joachim über ihre Karriereziele. Sie hatte ihn in seiner Praxis kennengelernt, in die sie mit einem schmerzenden Backenzahn gekommen war. Schon kurz danach hatten sie sich zum ersten Date bei einem Edel-Thai getroffen. Alles hatte so gut gepasst, ihrer beider Vorstellung vom Leben, ihr beruflicher Ehrgeiz. Sie schwärmten für die gleichen Städte, die gleichen Filme und den gleichen Einrichtungsstil.

»Ich wollte immer schon eine frei stehende Badewanne haben«, hatte er gesagt.

»Und ich«, hatte sie erwidert, »ich träume von einer

Maisonette mit riesiger Dachterrasse. Da fühlt man sich wie in einem eigenen Haus, erspart sich aber das Rasenmähen.«

Das Gefühl der Einsamkeit, über das sie sich damals bei Luna beklagt hatte, war lange verschwunden gewesen, aber nun war es wieder da, größer, schmerzhafter. Vielleicht war es auch nie wirklich fort gewesen. Nachdem sie in Frankfurt davor geflohen war, hatte es hier auf sie gelauert, hatte nur darauf gewartet, dass sie endlich wieder einen Fuß in den Wald setzte, wie eine tückische Schlingpflanze, in der man sich verheddert, weil sie so unauffällig erscheint, so harmlos. Doch Veronika geriet nicht ins Straucheln, sie lief weiter, wollte nicht stehen bleiben, nicht mehr nachdenken.

Sie hatte die alte Eiche erreicht, Martins und ihren Baum – nun ein verkabeltes Versuchskaninchen, das aussah, als stünde ihm eine Operation bevor.

Sie hatte kein Skalpell zur Hand, verspürte aber den heftigen Drang, all das abzuschneiden, was da hing, was zu wuchern begonnen hatte ... am Baum ... in ihr.

Sie wusste hinterher nicht mehr, ob sie kurz gezögert, erst die Hand auf die knorrige Rinde gelegt und dem Baum gelauscht hatte oder ob sie sofort anfing, an den Kabeln zu ziehen. Sie stieß auf Widerstand, als wären es Adern, untrennbar mit dem Baum verbunden, eine Voraussetzung für seine Existenz, aber am Ende war sie stärker als der Klebstoff. In der Rinde blieben kleine Löcher zurück, starrten sie an; der Baum hatte keine Stimme mehr, doch er schien Augen zu haben. Kurz sah sie sich, wie er sie sah – wie sie immer wieder um den Stamm lief, zog, zerrte, riss, entrümpelte. Alles gehörte nun einmal an seinen Platz: die Geschichten von früher ins Altpapier, diese technischen Geräte in ein Studio. Die Geräusche, die Sprache der Bäume war nicht für Menschenohren gedacht. Wenn sie die Vergangenheit ordentlich hinterließ, allen Unrat beseitigte und in sämtlichen Ecken kehrte, wenn sie sich beim Saubermachen ein Beispiel an der Mutter nahm – die Grenze zwischen Beseitigen und Vernichten war stets nur ein schmaler Grat gewesen –, dann würden sich diese Reste kein weiteres Mal wie eine Staubschicht über ihre Zukunft legen.

»Was machst du denn da?«

Sie fuhr herum. Ben hielt eine Trinkflasche in der Hand, die er gerade an den Mund führen wollte. Als er erkannte, was Veronika tat, ließ er sie langsam sinken.

Beim Anblick der Flasche bemerkte Veronika, wie ausgedörrt ihre Kehle war, wie lange sie nichts zu sich genommen hatte. Müdigkeit brannte in ihren Augen, zugleich schoss ihr Röte ins Gesicht.

Noch bevor er etwas sagen konnte, fasste sie sich und presste aus ihrem trockenen Mund hervor: »Es tut mir leid ... Es tut mir leid, aber du musst deine Experimente anderswo fortsetzen. Das Grundstück gehört mir, und es wird so schnell wie möglich verkauft. Morgen steht eine Besichtigung an, ich will nicht, dass man da auf dein Zelt trifft.«

Ben stellte die Flasche ab und trat näher, das sonst so freundliche Gesicht düster vor Empörung.

Instinktiv wich sie zurück, wich auch vor der Eiche zurück, ließ das Kabel fallen, das sie noch in der Hand hatte. Er stürzte darauf zu, hob es auf und pustete vorsichtig die Erde vom Mikrofon. »Warum hast du nicht einfach mit mir geredet?«

»Das hast du doch auch nicht gemacht. Du hast hier

einfach dein Baumhaus gebaut, die Kabel verlegt, dein Zelt aufgestellt, ohne zu fragen, wem dieses Waldstück überhaupt gehört. Such dir einen anderen Baum, es ist ja nicht so, dass man im Wald keinen findet.«

»Eine Eiche wie diese ist eine echte Rarität, so ein sechs-, siebenhundert Jahre alter Baum ist einzigartig! Und ich störe doch niemanden.«

»Mich störst du.«

*Wann hast du das letzte Mal etwas aus voller Leidenschaft getan?*

Als sie sich zum Gehen wandte, folgte Ben ihr nicht. Nur das Unbehagen konnte sie nicht so leicht abschütteln wie ihn.

# ANNA

Sebald und ich glichen uns mitnichten. Wir hegten nicht dieselben Träume, doch wir warfen auch keine Schatten auf die des anderen, ließen sie nebeneinander im Licht stehen. Unsere Träume waren sich nah, und wir waren uns nah, den ganzen Herbst und Winter des Jahres 1366 über.

Uns einte, dass wir die Wege mieden, die gewöhnliche Menschen beschritten – ich hätte mich am liebsten in der Erde verkrochen, er verzehrte sich danach, hoch hinaus zu fliegen, entlang jener dünnen Linie, wo Himmel und Meer sich treffen. Auch wussten wir beide, wie sehr spöttisches Gelächter in den Ohren schmerzt.

Gewiss, Agnes lachte nicht mehr so oft, seitdem Sebald mich das Schreiben lehrte. Sie sprach nur mehr von einem wunderlichen Mädchen, nicht von einem irren. Mein Vater wiederum hatte nie gelacht, nun lächelte er manchmal. Es war ihm wichtig, dass ich schreiben konnte. Dafür, was ich schrieb, interessierte er sich nicht.

Sebalds Bruder Heinrich lachte ihn weiterhin aus, er wollte nicht verstehen, warum der Jüngere lieber eine Feder hielt als ein Holzschwert und warum er vom Reisen träumte, nicht vom Krieg. Umso dankbarer war Sebald für jede Gelegenheit, seinen Bruder zu meiden. Er genoss die

Stille bei mir, wenn nur das Kratzen der Feder auf Papier zu hören war.

Er schrieb vom Meer, das Unendlichkeit verheißt, weil der Blick nirgendwo auf Grenzen stößt. Ich schrieb vom tiefen Wald, wo man nie weiter blicken kann als bis zum nächsten Baum und doch jeder einzelne, uralt, wie er ist, Ewigkeit verspricht.

Irgendwann genügten uns die geschriebenen Worte nicht mehr. Er wollte mir das Meer zeigen, ich ihm den Wald. Zum Meer war es zu weit, zum Wald nicht.

»Lass uns heimlich gehen.« Nach kurzem Zögern nahm er meine Hand. Der Schlag meines Herzens passte sich dem Rhythmus des seinen an. Die Luft war sein Element, die Erde meines, Feuer brannte in uns beiden.

Als wir uns hinausschlichen, lagen Winter und Frühling in einer letzten Umarmung, die den einen schwächeln ließ, dem anderen Kraft schenkte. Die Tränen, die der schmelzende Winter weinte, nahm der Frühling mit sanften Händen entgegen, um die ans Licht strebenden Pflanzen zu bewässern. Der Boden war noch hart und kalt, die Luft bereits von Wärme erfüllt, von Süße und einem Zwitschern. Wir sogen sie voll Wonne ein. Als wir durchs Spittlertor schritten, erspähten wir zwei Marktweiber, die eine Stange auf der Schulter trugen, an der an zusammengebundenen Füßen gackernde Hühner hingen. Wir lachten über sie ebenso wie über die verwunderten Blicke der Bauern, die auf der kahlen Fläche zwischen Stadtmauer und Wald dem Boden etwas abzuringen versuchten. Alsbald war jene Grenze erreicht, wo die Bäume besonders dicht und dunkel standen, als wäre der Wald ein Igel, der jedem, der sich nahte, die Stacheln zeigt. Ich ließ mich nicht beirren, drängte vom goldenen Licht ins grüne. Kein unwilliges Ächzen empfing mich, kein zorniges Gebrüll, nur zarte Töne. Der Wald hatte den Wind als Spielmann geladen, und der zupfte behutsam wie auf den Saiten einer Laute an Nadeln, Blättern, Zweigen.

Am liebsten hätte ich mich in die Arme des Waldes geworfen, doch Sebald hielt mich fest und deutete auf ausgetretene Pfade. »Hier müssen wir bleiben, wir dürfen uns nicht verirren.«

Er gedachte, im Wald zu lesen wie in einem Buch, das man auch nicht in der Mitte aufschlägt, sondern mit der ersten Zeile beginnt und mit der letzten beendet. Nicht fühlen wollte er ihn, sondern verstehen, nicht seinen Zauber erfassen, sondern seinen Nutzen.

Ich wusste von der Eibe, dass sie uralt werden kann und auch im Schatten wächst. Er wusste, dass der Bogen, mit dem sein Bruder Heinrich Pfeile abschoss, aus ihrem Holz gemacht war.

Ich wusste von der Eiche, dass ihr Holz besonders lange der Verwitterung trotzt und dass es, wenn ein tödlicher Blitz ihren Stamm spaltet, viele Jahre dauert, bis sie langsam zu Erde zerfällt. Sebald wusste, dass Bodendielen aus Eichenholz gemacht wurden, ebenso das Fachwerk der Patrizierhäuser, und dass man aus Eichenfässern den köstlichsten Rotwein schöpft.

Im Schatten der Bäume wirkte er blass wie nie. Ich dagegen war berauscht, und in diesem Übermut hätte ich gern das Buch zugeschlagen, das ihm die Welt war. Er hatte mich die Menschenschrift gelehrt. Wie gern hätte ich ihm ein anderes Alphabet beigebracht, das nicht vom scharfen Verstand, sondern nur von geschärften Sinnen erfasst werden kann.

Er sah zwar nicht, was ich sah, doch vielleicht konnte er es hören.

Ich zog ihn zu einer Eiche, mit gefurchter Borke und gebogenen Ästen. Für mich war sie ein freundlicher Riese, er sah in der Rinde und den Blättern Gerberlohe. Sanft nahm ich seine Hand und führte sie zu einer Stelle, wo die Rinde besonders dick war und einer Narbe glich. Ob ein Rindenschäler am Werk gewesen war oder ein Specht – der Baum war an dieser Stelle verletzt worden.

Indes Sebald das dicke Stück betastete, bedeutete ich ihm, sein Ohr an den Stamm zu legen. Gemeinsam lauschten wir dem Herzschlag des Baumes.

»Dies ist das Wunder des Waldes«, begann ich wie von selbst zu reden, »dass kein Schmerz ewig bleibt und es keine Verletzung gibt, die nicht geheilt wird. Bäume, die man köpft, treiben seitlich neue Äste aus. Spaltet ein Blitz den Stamm, erwächst aus der Wunde ein neuer. Die Bäume, die endgültig sterben, sinken nicht in Gräber, sie werden zur Wohnstatt unzähliger Tiere. Niemand vergießt Tränen über die Toten, denn sie nähren und düngen, und so leben sie weiter. Hier gibt es unzählig viel Winziges, doch es gibt nichts Nichtiges. Ein Mädchen, das stumm und mit gesenktem Kopf durch die Welt geht, gekränkt, verspottet, vernachlässigt und mit hohler Seele, weil sie das Teuerste verloren hat, kann an keinem Ort besser lernen, dass das Leben immer weitergeht. Denn dort, wo stets etwas verfault, vermodert, vergeht, aber auch wächst, neu entsteht, krabbelt, fliegt, huscht und kriecht, sich stärkt und Beute findet, trifft man auf alles, nur keine Leere.«

Immer eindringlicher hatte ich gesprochen, immer fester seine Hand auf die Rinde gepresst. Den Baum hörte Sebald nicht. Mich schon.

Als er sich losmachte, starrte er mich mit weit aufgerissenen Augen an. »Ein Wunder«, sagte er, »es ist ein Wunder.«

Ich dachte, er meine den Wald, doch im nächsten Augenblick nahm er meine Hände, führte sie nicht an den Stamm, sondern an seine Brust, wo sein Herz noch schneller und aufgeregter schlug als zuvor. »Es ist ein Wunder«, sagte er wieder. »Du kannst sprechen.«

Jetzt erst nahm ich wahr, wie meine Kehle schmerzte ob der ungewohnten Töne, die ich ihr abgerungen hatte. Über meine Lippen, sonst wie versiegelt, sprang ein weiterer Ton – ein Lachen. Ungläubig klang es, doch menschlich. Alles, was ich hervorgebracht hatte, war menschlich gewesen. Kein Knurren, Krächzen, Zwitschern, Brummen, sondern Worte.

Dem Wald hatte ich eine Stimme geben wollen und darüber meine eigene wiedergefunden.

Mein Lachen verstummte, als ich bemerkte, dass er ein Blatt Papier bei sich trug. Ich wollte es ihm nicht entwenden, nur an mich nehmen und ihm sagen, dass wir dergleichen nicht länger bräuchten, um uns zu verstehen.

Doch der Wind nahm es mir weg, riss es aus meinen Händen. Auch an meinen Haaren riss er, doch die konnte er nicht mit sich nehmen. Umso grimmiger nahm er sich das Papier vor. Immer weiter trieb er es, immer lauter toste er. Die leisen Harfentöne genügten ihm nicht mehr, er fasste die Äste wie die Schlägel einer Trommel.

»Nein!«, rief Sebald und stürzte dem Papier nach. »Ich darf es nicht verlieren!«

Der Wind war schneller. Ich zeige dir, dass auch ich schreiben kann, rief er und wirbelte das Blatt in die Lüfte.

»Nein!«, rief Sebald wieder. »Etwas, was hierzulande so selten ist, darf nicht vergeudet werden.«

Der Wind schüttete sich aus vor Lachen, die Verschwendung, der Überschwang lagen in seiner Natur, gedankenlos konnte er seine Kräfte vergeuden, denn er fand immer wieder neue.

Die Verzweiflung in Sebalds Miene wuchs, als er vergebens seinen Schatz zu fassen suchte, und schon reute es mich, dass ich ihm das Papier weggenommen hatte. Also rannte auch ich dem Papier nach, und auf der wilden Jagd schien mein Element nicht länger die Erde und die Luft seines zu sein, es verhielt sich vielmehr umgekehrt. Er löste den Blick nicht vom Boden, hatte er doch Angst vor Wurzeln, Löchern, Sümpfen. Ich hingegen blickte in die Luft, denn der Anblick des wirbelnden Papiers rief in mir nicht nur Bedauern hervor, es entfachte auch die Lust, mich selbst zu drehen, zu tanzen, zu fliegen.

Der Wald flog auch. Als wollte er mit dem Papier in einen Wettstreit treten und bekunden, dass etwas so Schweres, Verwurzeltes wie er auch Leichteres, nahezu Schwereloses hervorbringen konnte, ließen die Bäume zu, dass der Wind ihre Blätter und vor allem Samen mit sich nahm. Manche dieser Samen waren kaum größer als Sandkörner, die oft jedoch an Zapfen, groß wie Fäuste, hingen, und die Flügelsamen des Ahorns flatterten wie Schmetterlinge.

Wir waren langsamer als sie und das Papier, das irgendwann nicht mehr mit Samen und Blättern, sondern einsam unter dem blauen Himmel schwebte. Und schließlich hörte es auf zu fliegen, es drehte sich noch ein letztes Mal und stürzte zu Boden. Da war nichts an ihm, was beim Aufprall zerbrechen konnte, doch in mir zerbrach etwas, als ich sah, wohin das Stück Papier, wohin wir geraten waren.

Noch immer waren wir im Wald, doch mittendrin klaffte ein Stück Ödnis, so gründlich gerodet, dass nicht einmal Baumstümpfe zurückgeblieben waren. Die Erde war nicht braun und saftig, sondern trocken und rissig. Röhrend peitschte der Wind das nackte Land, in meinem Mund erstarben alle Worte. All das, was ich eben gesagt hatte, erwies sich plötzlich, so deuchte mir, als eine einzige Lüge.

Es stimmte nicht, dass es im Wald keine Leere gab. Es stimmte nicht, dass hier alle Wunden heilten. Wenn man dem Wald Kratzer zufügte oder gar tiefe Schnitte, vermochte er zu genesen, doch wenn man zu viel von ihm zerstörte, wuchs kein neuer nach.

Das Stück Papier lag auf der rissigen Erde. Als Sebald darauf zustürzte, verharrte ich wie gelähmt. Auch die vielen Samen in der Luft schienen den Gestank zu wittern und vor ihm zu fliehen. Rauch stieg auf, der Wind konnte nicht verhindern, dass er den Himmel beschmutzte. Anders als damals, als ich mit tränenden Augen vor der Köhlergrube gestanden hatte, stieg der Rauch nicht von einem Ort, sondern von unzähligen auf. Es war, als stünden wir am Schlund der Hölle.

Sebald gab der Hölle einen Namen. »Brandrodung«, murmelte er, als er mit dem Papier in der Hand zu mir zurückkehrte.

»Warum nur?«, brach es aus mir hervor.

Sebald sah mich bedauernd an. Jener Landstreifen rund um Nürnberg, auf dem man Gemüse anbaute und den man darum Knoblauchsland nannte, sei entstanden, weil der Bamberger Bischof ein Stück des Waldes brandroden ließ. Bis dahin habe der Reichswald bis an die Stadtmauern gereicht, erklärte er. Aber die Bevölkerung wachse stetig, brauche mehr Nahrung. Viele Menschen würden immer reicher, und Reichtum beweise man nicht, indem man ungezähmten Wald stehen lasse, sondern nur, indem man ihn zu fruchtbarem Land mache. Je nackter es sei, desto besser, denn umso mehr könne man darauf anbauen.

Ich dachte an die Klagen des missmutigen Franz Coler, dass der Wald einst allein dem Kaiser gehört habe und nun von der Stadt Nürnberg verwaltet und in immer winzigere Teile zerstückelt werde.

»Es kann nicht ein jeder einfach den Wald roden. Es gibt Gesetze«, flüsterte ich.

»Gewiss«, erwiderte Sebald. »Doch Gesetze haben oft die Eigenart, dass sie für die armen, unbedeutenden Menschen gelten, nicht für die namhaften, reichen. Genau geregelt ist, wie viel Brennholz und Reisig das alte Weiblein aus dem Wald holen darf. Auch wie viel Waldstreu dem Bauern zusteht, wie viele Schweine er zur Eichelmast schicken und ob er Ziegen und Schafe in den Wald treiben kann, sagt das Gesetz. Der Zeidler muss sich mit den ihm zustehenden Bäumen begnügen, dem Köhler ist nur eine bestimmte Anzahl von Gehölzen bestimmt, die er fällen darf, um Holzkohle herzustellen. Doch ich habe von keinem Gesetz gehört, das dem Rat verbietet, aus dem Wald Ackerland zu machen.«

Wieder musste ich daran denken, dass selbst ein Franz Coler darunter litt, kaum eigene Entscheidungen treffen zu können. Der Wind schien ja auch machtlos zu sein. Er wirbelte den Rauch vor und zurück, ohne dem beißenden Gestank etwas anhaben zu können. Dessen Schärfe trieb selbst dem Himmel Tränen in den Augen, es begann zu nieseln.

Sebald zog sich unter das schützende Blätterdach zurück. »Wir sollten nach Hause gehen.« Er hustete wie ich, und nun fiel mir auf, dass auch in seinen Augen Tränen glänzten. Nur schien er nicht um den Wald zu trauern, sondern um etwas anderes. Mutlos hob er das Blatt Papier auf. »Wenn deine Familie erfährt, dass du wieder sprechen kannst, brauchst du das nicht mehr. Dann brauchst du mich nicht mehr.«

Er wandte sich ab und stapfte schnellen Schrittes voran. Wieder starrte er auf den Boden und ich in den Himmel. Ich musste an Barbaras Worte denken. Wollte ich ein Eichelchen sein, das vom Wind verweht wurde, oder ein Mensch, der selbst bestimmt, wo er wachsen will?

Der Rauch verfolgte uns ins Dickicht, schien bis in mein Innerstes zu dringen. Da tauchte inmitten rußschwarzer Gedanken plötzlich ein lichter auf.

Wir hatten die Waldgrenze fast erreicht, als ich zu Sebald aufschloss und seine Hand nahm. »Sie müssen ja nicht wissen, dass ich reden kann. Nicht sofort.«

»Du willst weiterhin schweigen?«

Schweigen ja, doch nicht mehr stumm sein, dachte ich.

»Ich brauche dich mehr als zuvor.« Ich deutete auf das Papier, das nun voll brauner und schwarzer Flecken war. »Und auch dies brauche ich mehr als je zuvor.«

»Du brauchst nicht länger aufschreiben, was du denkst und fühlst.«

»Aber etwas anderes werde ich schreiben: Briefe. Und etwas anderes lesen: Urkunden und Gesetzestexte.«

Er verstand nicht, was ich meinte, ich erklärte es ihm erst viel später. Bevor wir endgültig aus dem Wald traten, bückte ich mich und nahm etwas an mich, das mich fortan an meine Seelenheimat erinnern sollte. Nichts, das ich hätte abreißen müssen, sondern etwas, das der Wald freiwillig hergab – einen Kiefernzapfen.

Solange ich ihn bei mir trug, war ich mir meines Vorhabens gewiss.

Den Winter über hatten sich die Menschen daran gewöhnt, dass Sebald mich das Schreiben lehrte. Dass er nun Bücher aus der Bibliothek mitbrachte, fiel nicht weiter auf.

Als unser Werk vollbracht war – denn ja, es war unser gemeinsames, ohne ihn hätte ich es nicht geschafft –, schlug er vor, selbst mit meinem Vater zu reden. Männer lauschten lieber anderen Männern als kleinen Mädchen.

Nur war Sebald in den Augen meines Vaters noch kein Mann und ich das einzige Mädchen, dem Ulmann Stromer gewiss gerne zuhörte, nachdem ich so lange stumm gewesen war. Daher bestand ich darauf, den Vater allein aufzusuchen.

Zweifellos war es eine Überwindung, das Gemach meines Vaters zu betreten, jenen Raum, wo er nicht nur schlief, sondern oft auch arbeitete. Ich fühlte mich hier noch winziger als sonst, weil alles um mich so riesig schien – die mit Schnitzereien verzierten Truhen, das Himmelbett mit Baldachin, der Tisch aus dunklem Nussholz, hinter dem ein mit rotem Samt bezogener Stuhl aufragte.

Mein Vater saß darauf, und als er sich bei meinem Eintreten erhob, erschien auch er mir riesig. Nur mühsam konnte ich dem Drang widerstehen, zurückzuweichen und meine Lippen so fest aufeinanderzupressen, bis sie taub waren, als er auf mich zutrat. Beharrlich sagte ich mir, dass ich mich zum Reden entschlossen hatte, um dem Wald eine Stimme zu geben.

Vater hockte sich vor mich, bis sich seine Augen auf gleicher Höhe wie die meinen befanden, und ich glaubte, etwas darin schimmern zu sehen, was ich bis jetzt noch nie wahrgenommen hatte. War es ein sachter Schmerz um meine Mutter, an die ihn der Anblick meines rotbraunen Haars erinnerte?

Er murmelte, er habe gehört, dass ich mittlerweile sehr gut schreiben könne. Ob ich es ihm nicht beweisen wolle?

Er nahm mich bei der Hand und führte mich zum Tisch, zeigte mir, was seine Gedanken ausfüllte: sein Püchel, worin er seine eigene Geschichte, die seiner Familie und die der Stadt Nürnberg wie Strähnen eines Zopfes miteinander verflocht. Gerade habe er von dem heftigen Regen geschrieben, der jüngst wie Sturzbäche auf Nürnbergs Dächer heruntergegangen sei, die Straßen in Ströme verwandelt und alles, was sich ihm entgegenstellte, mitgerissen habe. Nichts habe der Naturgewalt Einhalt gebieten können, mindestens eine Ziege sei ertrunken, die Keller etlicher Häuser seien überflutet worden, sodass man in aller Eile die Waren in höhere Stockwerke habe bringen müssen.

Kurz klang er, als hätte er Respekt vor der Natur, und auch so, als hätte er Respekt vor mir. Er reichte mir die Feder, sagte leise: »Anna.« Dies war nicht nur mein Name, es war auch der meiner Mutter.

Statt die Feder zu ergreifen, nahm ich meinen Mut zusammen und sprach: »Vater.«

Vater starrte mich nicht wie einen Dämon an, sondern wie ein Wunder. Nun schien er noch deutlicher als zuvor meine Mutter in mir zu sehen. Sein warmer Blick gab mir Mut und Hoffnung, dass er im Wald ebenso das Wunder erkennen könnte.

Nicht immer fand ich die richtigen Worte, als ich nun dieses Wunder beschwor und eindringlich vortrug, wie bedroht es war. Einem Dickicht glich die Sprache, durch das ich mich erst kämpfen musste. Doch während mein Vater für gewöhnlich alles Sperrige und Dornige zertrat, war er durchaus bereit, mir zuzuhören.

Mit meinem Anblick vermochte ich ihn augenscheinlich

mehr zu rühren als mit meinen Worten, denn dass ich endlich wieder sprach, erfreute ihn weitaus mehr als das, was ich zu sagen hatte. Alsbald wurde aus seinem liebevollen Blick ein ratloser.

»Was redest du denn da?«

»Es ist nicht richtig«, sagte ich mit Nachdruck, »dass wir nur der Wildnis Grenzen setzen. Auch des Menschen Streben muss solche kennen. Der Wald mag riesig sein, unendlich aber ist er nicht.«

Die Verwirrung in seiner Miene blieb.

»Ach, Vater!«, brach es aus mir hervor, und ich ergriff seine Hand, auf dass jener seltene Moment von Nähe kein flüchtiges Aufflackern blieb. Aus seinem Blick mochte die Wärme geschwunden sein, doch die Sanftheit seiner Hand, mit der er meinen Druck erwiderte, war noch da.

»Ach, Vater, der Wald ist keine *terra inculta,* wo es keine Ordnung gibt. Seit fast über hundert Jahren bestimmen Waldordnungen, dass nicht ein jeder einfach nehmen darf, was er begehrt. Man tritt schließlich auch nicht zum Feld eines Bauern und reißt eigenmächtig Ähren aus.«

Der Druck seiner Hand wurde nun schmerzhaft, dennoch fuhr ich eifrig fort. In einer Stadt namens Frankfurt dürften laut der dortigen Waldordnung die Bäume im Umland nicht gerodet werden und auf Flächen, die mit einem auf einen Stab gesteckten Strohbündel markiert seien, keine Tiere weiden. Im Rheinland sei verkündet worden, dass bei Rodungen jeder neunte Baum stehen bleiben müsse. In einer weiteren Stadt, Dortmund, werde jeder Bürger angehalten, zu seinen Lebzeiten mindestens einen Laubbaum zu pflanzen.

Auch hier im Nürnberger Reichswald hätten die deutschen Kaiser vielerlei ähnliche Gesetze zu seinem Schutz erlassen – mal verboten sie die Köhlerei an bestimmten Orten, mal untersagten sie das Knabbern von Rindern an frischen Trieben.

Vor über dreißig Jahren habe ein Kaiser sogar einen Tross Ritter und Schreiber durch den Reichswald geschickt, um festzustellen, was zerstört war, und um zu berechnen, wie lange das Holz noch reichte. Wenn jeder Bürger aus dem Holz ein eigenes Haus errichtete, wenn man weiterhin jeden Eichenhain als Schweinestall betrachtete und weiter ohne Erbarmen brandrodete, so würde es bald zur Neige gehen.

Langsam fand mein Vater seine Sprache wieder. »Jener Kaiser geriet darüber in Streit mit dem Nürnberger Burggrafen.«

»So ist es«, sagte ich. »Und am Ende gewann der Kaiser den Streit, denn das, was er damals verkündet hatte, wurde alsbald niedergeschrieben und zum ehernen Gesetz.«

Die Furchen auf meines Vaters Stirn wurden tiefer. Er entzog mir die Hand, als könnte er nicht nachdenken, solange er mich berührte.

So aber schien ihm einzufallen, dass, wenn sich zwei Tiere um die Beute streiten, oft ein Eichhörnchen herbeigehuscht kommt, ihnen den Schatz stiehlt und damit auf den nächsten Baum flieht. Das Eichhörnchen waren in diesem Fall Nürnberger Patrizier, die den Streit zwischen Kaiser und Burggraf genutzt hatten, um alle Rechte, die der Kaiser jenem entzogen hatte, für sich zu beanspruchen. Nur die Pflichten – darunter jene, den Wald zu hegen, zu pflegen und wiederherzustellen – ließen sie liegen, da sie keine fette, nahrhafte Nuss waren, sondern lästig wie ein Kieselstein, der in den Stiefel gerät und die Ferse wundscheuert.

Auch mich betrachtete mein Vater nun, als wäre ich ein solcher Kiesel. Nicht nur, dass er mir die Hand entzogen hatte, er erhob sich und trat einen Schritt zurück.

»Du wirfst mir vor, mich nicht an die Waldordnung zu halten?«

»Keiner der Nürnberger tut es! Dabei muss man den Wald schonen!«

»Ihn zähmen und zum Forst machen, das muss man.«

»Wenn kein Wald bleibt, bleibt auch kein Forst.«

»Schluss jetzt!«

»Aber Vater ...«

»Schluss!«, brüllte er.

Rufe ich mir heute jenen Augenblick ins Gedächtnis, so glaube ich zu begreifen, was ihn damals so erzürnte: dass ich von Dingen wusste, die er vergessen oder, schlimmer noch, von denen er nie gehört hatte. Meine Worte glichen dem starken Regen, der Nürnbergs Straßen in reißende Flüsse verwandelt hatte. Doch einem Mädchen, dessen Verstand man kürzlich noch für verdorrt gehalten hat, gesteht man nicht die Macht zu, Ziegen zu töten.

»Ich will nichts davon hören«, rief er und floh nun gar hinter den Schreibtisch. Dort fuhr er mit erkalteter Stimme zu sprechen fort, mit einer Stimme, die zur Klinge wurde. Zielgenau führte er sie, um mich von allem abzuschneiden, was mir lieb und teuer war.

Wie vermessen von mir, mich mit Dingen zu beschäftigen, die kluge Männer ersonnen hatten! Wie vermessen von mir, an ihn, meinen Vater, Forderungen zu stellen! Dass ich das Sprechen wieder gelernt habe, könne nicht darüber hinwegtäuschen, dass es mir an Gehorsam fehle.

»Von nun an ist dir verboten, zu lesen und zu schreiben.

Du wirst Sebald Vorchtel nicht wiedersehen und erst recht den Wald nicht mehr betreten.« Er schnaufte.

Er selbst wisse mit mir nicht mehr weiter. Doch bei seiner Schwester Gerhaus, die ihm schon oft geraten habe, was mit mir zu tun sei, sei ich sicherlich gut aufgehoben. In ihrem Kloster sollte ich fortan leben, die hohen Mauern würden mich vor der Welt verbergen und die Welt vor mir schützen. Hauptsache, keiner zerreiße sich mehr das Maul über mich.

Sein eigenes Maul war ein schmaler Strich, als er schließlich schwieg.

Meine Lippen bebten. In diesem Augenblick, da ich mich von seinem Urteil wie erschlagen fühlte, war ich überzeugt, dass meine Geschichte an ihr Ende gekommen war – und wer auch immer diese Zeilen liest, mag zu gleichem Schluss kommen.

Doch die Wege im Wald sind verschlungen. Schmal sind sie und scheinen oft im Nichts zu enden, und doch gibt es auch unter dem dornigsten Gesträuch eine Stelle, wohin man den Fuß setzen kann, so man nur vorsichtig und vorausschauend genug ist.

# VERONIKA

---

Veronika schreckte aus dem Schlaf hoch. Kurz wusste sie nicht, wo sie war, aber die Bäume riefen es ihr zu. Ihr Rauschen wurde immer eindringlicher, als näherten sie sich gleich einer Flut, die das Haus einkreist und immer höher steigt. Veronika tippte kurz auf das Smartphone, das sie neben dem Bett abgelegt hatte. Es war noch nicht einmal Mitternacht und doch so stockdunkel, wie sie es aus Frankfurt nicht kannte. Zum Rauschen der Bäume gesellte sich ein Knarren, als streckten sich die vielen Holzbalken, zurechtgeschnitten für Böden, Dächer und Wände, und folgten dem Ruf des Waldes.

Sie selbst hingegen machte sich ganz klein, zog die Knie an und sagte sich, dass auch dieser Sturm vorbeigehen würde. Einschlafen konnte sie trotzdem nicht mehr. Das Rauschen wurde zu einem gleichmäßigen Hintergrundgeräusch, das Knarren im Gebälk verkam zu einem leisen Seufzen, aber da war noch ein anderer Laut, gerade darum alarmierend, weil er so leise war: ein Kratzen auf Holz, aber anders, als es Äste oder neugierige Tiere verursachten. Und als sie schon dachte, sie hätte sich es nur eingebildet, kamen plötzlich Schritte hinzu.

Unwillkürlich hielt sie den Atem an, und der Wald schien es ihr kurz gleichzutun. Umso lauter klang das dumpfe

Geräusch, als jemand seine Faust gegen einen Fensterbalken der Stube krachen ließ. Veronikas Herzschlag dröhnte fast schmerzhaft in ihrer Brust.

Sie sog den Atem ein, sprang unwillkürlich auf, erstarrte dann.

Welcher Einbrecher wurde von diesem Haus schon angelockt? Schon von außen konnte man deutlich sehen, dass es hier nichts zu holen gab. Aber vielleicht wollte der Mensch da draußen nichts stehlen, sondern einfach nur etwas kaputt machen.

Behutsam einen Fuß vor den anderen setzend, ging Veronika zum Fenster. Trotzdem ächzten die Dielen wieder, als wäre sie ihnen eine zu große Last.

Sie presste ihr Gesicht an die Scheibe, lugte nach unten. Es war zu dunkel, um etwas zu erkennen. Aber dass dort unten jemand Kreise ums Haus zog, das wusste sie genau. Und auch, dass Ben einen guten Grund hatte, wütend zu sein.

Sie trat zurück zum Bett und stellte mit einem Blick auf ihr Smartphone fest, dass es nun nach Mitternacht war und sie keinen Empfang hatte.

Allein der Gedanke daran, das Fenster zu öffnen, sich hinauszubeugen und auf eine Telefonverbindung zu hoffen, während Ben dort unten war, schien ihr unerträglich. Stattdessen schlich sie, das Gerät über dem Kopf hin- und herschwenkend, durchs Haus, auf der Suche nach Netz wie nach einer Wasserader. Zwischendurch lauschte sie immer wieder nach draußen. Der Schlag gegen den Fensterbalken wiederholte sich nicht, bedroht fühlte sie sich dennoch.

Als sie endlich aus dem Funkloch trat, war sie so erleichtert, dass sie gar nicht darüber nachdachte, welche Nummer sie wählte.

Eigentlich hatte sie die Polizei anrufen wollen. Erst als aus der Leitung ein verschlafenes »Vroni?« tönte, begriff sie, dass sie nicht den Notruf gewählt hatte, sondern Martins Nummer.

Es war Zufall, dass der Sturm genau dann nachließ, als er vorfuhr. Dennoch konnte sie sich nicht des Gefühls erwehren, dass der Wald allein durch sein Erscheinen bezähmt wurde. Die Bäume neigten sich nicht mehr zum Haus, als wäre es ein lästiger Fremdkörper, den es zu schlucken galt, sondern schienen zurückzuweichen. Martin ging einmal ums Haus, doch als er sich auch im Garten umsehen wollte, trat sie rasch auf ihn zu, packte ihn am Arm und zog ihn hinein. Der Wind riss ihr die Klinke aus der Hand, ließ die Tür laut krachend ins Schloss fallen.

Nach diesem durchdringenden Geräusch erwies sich ihr Schweigen als umso unangenehmer. Am Telefon hatte sie nur gestammelt, jetzt brachte sie gar kein Wort mehr hervor. Was Martin fühlte, wie er da allein mit ihr im Flur stand, war ihm nicht anzusehen, sie konnte nur seinen Umriss erkennen. Wieder ergriff sie seine Hand und zog ihn in die Stube. Das Licht der Glühbirne, die von der Decke baumelte, war diffus und kalt. Immerhin war es nun ein Leichtes, seine Miene zu studieren und festzustellen, dass sein Lächeln etwas Gönnerhaftes hatte.

»Da ist kein Mensch in deinem Garten.«

»Ben war hier ... Da bin ich mir ganz sicher ...«

Veronikas Zähne begannen zu klappern, obwohl ihr nicht kalt war. Eben noch hatte er seine Hand weggezogen, nun legte er ihr die Arme um die Schultern und hielt sie fest. Es tat gut, umarmt zu werden. Es würde guttun, es sich alles von der Seele zu reden, zu bekennen, was sie getan hatte.

»Du denkst vielleicht, ich spinne, aber er hat allen Grund, sauer zu sein. Natürlich traue ich ihm nichts Schlimmes zu. Aber so mutterseelenallein ... mitten in der Nacht ... Ich ... ich hatte plötzlich Angst.« Ein Schauder durchlief sie. »Es tut mir leid, dass ich dich aus dem Schlaf geschreckt hab. Du musst hundemüde sein.«

»Keine Sorge, ich war noch nicht im Bett.«

Sie rückte etwas von ihm ab, musterte ihn. Seine Falten, die ihr bei Tageslicht kaum aufgefallen waren, wirkten im diffusen Licht wie tiefe Furchen.

»Es tut mir leid, dass ich ...«, setzte sie wieder an. Sie erzählte, was sie getan hatte, und dass sie sich wohl nicht dazu hätte hinreißen lassen, wenn sie sich nicht in einem Ausnahmezustand befunden hätte. »Ich habe mein altes Schulheft gefunden ... die Geschichte von Anna Stromer. Es tut mir so leid, dass ich sie nie fertig geschrieben habe ... und dass ich dir nie ausreichend erklärt habe, warum ich wirklich gegangen bin. Das wäre ich dir schuldig gewesen, aber ich glaube, ich konnte es nicht einmal mir selber richtig erklären ...«

Ihre Zähne klapperten immer heftiger, wenn sie nicht aufpasste, würde sie sich auf die Zunge beißen.

»Ach, Vroni. Ich glaube, was du brauchst, ist ein bisschen Schlaf.«

Du auch, dachte sie, sagte es aber nicht. Sie ließ sich von ihm die Treppe hoch begleiten, zu ihrem Zimmer. Seit vielen Jahren hatte er diesen Weg nicht mehr genommen, und doch öffnete er ganz selbstverständlich die richtige Tür. Bis auf das Bett war das Zimmer leer, hatte sie doch bereits alles ins Auto gepackt, und doch war ihr, als würde es erst jetzt, da sie es mit ihm an ihrer Seite betrat, seine Seele wiederfinden.

Er schubste sie sanft aufs Bett.

»Ich hab solche Angst«, setzte sie an.

»Ich glaube nicht, dass Ben gefährlich ist. Vielleicht ist er wütend, aber doch sicher kein Psychopath.«

»Ich hab keine Angst vor Ben. Ich habe Angst, dass es falsch war ...«

»Die Kabel von der Eiche zu reißen? Ich glaube, der Baum wird's überleben.«

Sie saß auf dem Bett, die Füße ragten hinaus. Er zog die Decke über sie und beugte sich dazu leicht vor. Als er sich wieder aufrichten wollte, nahm sie seine Hand und hielt sie fest.

»Ich frage mich, ob es falsch war, dass ich damals gegangen bin. Und ob man nach einer falschen Entscheidung ein richtiges Leben führen kann.«

Kurz verharrte er in der unbequemen Stellung, versuchte, sich frei zu machen. Aber da sie ihn nicht losließ, ließ er sich aufs Bett sinken. Nun lagen sie nebeneinander.

»Was ist denn bitte schön ein richtiges Leben?«, fragte er. »Wir alle machen Fehler, es geht immer mal wieder etwas schief, aber zwischendurch läuft es gut, und wir sind glücklich.«

»Du hattest Träume ... du lebst sie immer noch.«

Etwas, was wie ein Seufzen oder ein Prusten klang, kam aus seinem Mund. Er drehte den Kopf zur Seite und starrte aus dem Fenster. Dunkle Äste wogten im Mondlicht und sahen aus, als wären sie nicht aus Holz, sondern aus Silber gemacht.

»Wenn du wüsstest«, brach es aus ihm heraus. »Wenn du wüsstest, was ich alles falsch gemacht habe ... mit Marion ... mit meinen Jungs.«

»Aber du hattest immer ein Ziel. Du wolltest im Wald arbeiten. Und genau das tust du.«

Diesmal sprang eindeutig ein Lachen über seine Lippen, kalt und höhnisch. »Du weißt ja gar nicht, wie leid ich das alles manchmal bin.«

»Das alles?«

Er hielt den Blick immer noch auf das Fenster gerichtet. Als sie ihr Gesicht auf seinen Rücken legte, spürte sie, wie er leicht erbebte.

»Weißt du noch, wie oft ich mit deinem Vater gestritten habe? Dass ein Förster doch kein Müllmann sei, der den Wald sauber hält?«

»Und jetzt hast du das Gefühl, du bist doch einer?«

»Na ja.« Sein Lachen klang nun bitter. »Ich sammle zwar keinen Müll, aber Totenköpfe.«

»Totenköpfe?«, entfuhr es ihr.

»Klingt merkwürdig, ich weiß.« In knappen Worten berichtete er von einer Protestaktion von Umweltschützern, die an unzählige Bäume Zettel mit aufgemalten Totenköpfen geheftet hatten, auf denen sie der Forstverwaltung systematische Waldzerstörung vorwarfen. Hunderte davon habe er bereits entfernt, doch es kämen immer wieder neue hinzu. »Wenn ich sie von Weitem sehe, hab ich oft das Gefühl, dass da gar kein Totenkopf abgebildet ist, sondern einen Most-Wanted-Aufruf mit meinem Konterfei.«

Er starrte immer noch aus dem Fenster, sie presste ihr Gesicht fester an seinen Rücken. Auch jetzt trug er kein weiches kariertes Hemd, so wie früher, sondern einen rauen Strickpulli. Bald stieg ihr der eigene Atem heiß ins Gesicht, trotzdem löste sie sich nicht von ihm. Sie ließ ihr Gesicht nur etwas höher rutschen, sodass ihre Stirn seinen Nacken berührte.

»Das heißt, ich kassiere mindestens fünfzigtausend Dollar, wenn ich dich hier und heute verhafte?«, spöttelte sie.

Er lachte nicht, atmete stoßweise. »Egal, was ich mache, ich trete immer jemandem auf die Füße. Jogger und Radfahrer giften mich an, wenn ich mal den Geländewagen mit Staatsforstlogo nehme. Dabei macht das keinen großen Unterschied, die Forstwege sind mittlerweile ohnehin sehr breit, damit die Stämme mit Lastwagen abtransportiert werden können. Dagegen wird natürlich auch protestiert, aber wenn mal nicht manuell abgeholzt wird, sondern mit dem Harvester – du weißt schon, diesen großen Holzerntemaschinen –, dann kommt es erst recht zum Aufschrei. Klar ist das kein schöner Anblick, wenn das Gerät am Werk war, hinterher liegen überall umgeknickte Äste herum. Aber die breiten Rückgassen, die man anlegen müsste, um das zu vermeiden, die will ja auch keiner. Man kann nun mal keinen Wald abholzen, ohne dass man Spuren hinterlässt.«

»Ich habe mal gelesen, dass im Nürnberger Reichswald längst nicht mehr so extrem abgeholzt wird wie früher und dass man das Holz auch nicht mehr in ferne Länder liefert wie nach China, sondern zu Sägewerken, die im Umkreis von maximal hundertfünfzig Kilometern liegen.«

»Ja klar. Und jedes Jahr fällt man nur fünf Festmeter pro Hektar und lässt stattdessen sechs Festmeter pro Hektar nachwachsen. Aber wer prüft das alles?«

»Ist das nicht deine Aufgabe?«

»Schon. Aber wenn ich auf die Einhaltung der Vorschriften poche, ist auch irgendjemand sauer. Richtig glücklich mache ich sowieso niemanden.«

»Du selbst warst doch immer so glücklich im Wald.«

Martin antwortete nicht.

Sie scheute sich, weiter nachzubohren, sich unter der Rinde von Jahreskreis zu Jahreskreis durchzuarbeiten, um endlich auf einen zu stoßen, der nicht von Trockenjahren kündete, vom einseitigen Druck, wie ihn starke Stürme bewirkten. Und doch hörte sie sich plötzlich fragen: »Du hattest doch so viele Visionen – von einem Mischwald anstelle von Monokulturen.«

Er schnaubte. »Solche Aufforstungspläne gibt es seit über fünfunddreißig Jahren. Aber gerade weil an manchen Stellen dichter Mischwald entstanden ist, kann man nur mit dem Harvester arbeiten – bei schlechter Sicht könnten Waldarbeiter einen Baum nicht mehr sicher fällen. Wie man es macht, ist es verkehrt.«

»Das hört sich allenfalls nach einem Kompromiss an.«

»Sag das dem Mountainbiker, der mir vorwirft, dass die Rillen, die der Harvester hinterlässt, gefährliche Stolperfallen sind. Sag das dem Umweltschützer, der sich aufregt, dass der Harvester über eine Waldschnepfe gerollt ist, und schon mal Todesdrohungen vom Stapel lässt. Sag das der Staatsforstverwaltung, wo noch nie Visionäre gehockt haben, immer nur Buchhalter. Oder sag es den Kunden, die im Baumarkt von Latten nur eins erwarten, nämlich, dass sie günstig sind, sag das ...« Martin brach ab, ein Ruck ging durch seinen Körper. »Es tut mir leid, dass ich dich damit zumülle. Ich wollte nur sagen, dass es im Leben nicht immer glattläuft. Aber das heißt doch nicht, dass alles ganz und gar falsch war. Mit meiner Familie ist es auch nicht so gelaufen, wie ich es mir erhofft habe. Marion ... meine Frau ... sie hat mir oft vorgeworfen, dass ich mich mehr um den Wald kümmere als um meine Jungs. Ich weiß nicht, ob das stimmt, aber manchmal glaube ich, sie war auch auf meine Arbeit eifersüchtig. Sie stammt aus

Berlin, weißt du, so richtig eingelebt hat sie sich hier nie. Und dann …«

Er schwieg vielsagend.

»Sie hat dich verlassen?«, fragte Veronika behutsam.

Der Laut, der ihm entfuhr, klang halb nach Seufzen, halb nach Lachen. »Wie es scheint, fliehen alle meine Partnerinnen über kurz oder lang aus dem Wald.« Wieder ein verunglücktes Kichern. »Was ich eigentlich sagen wollte: Dass meine Jungs mittlerweile in Berlin leben, ist schwierig, aber ich versuche, das Beste daraus zu machen und ein guter Vater zu sein. Was nutzt es, ständig in der Vergangenheit herumzuwühlen und nach allem zu fahnden, was schiefgelaufen ist? Besser, man blickt in die Zukunft.«

Ihre eigene Zukunft erschien Veronika plötzlich wenig verheißungsvoll. Sie spürte nichts mehr von dem Tatendrang, mit dem sie ihre Karriere nun erst recht hatte vorantreiben wollen, nur noch innere Leere, weil sie Ava viel zu sehr vermisste und Joachim viel zu wenig. Was immer sie geplant hatte, es schien keinen Sinn mehr zu machen.

Aber dass sie nun beide hier lagen und nichts mehr sagten, weil eigentlich alles gesagt war, das ergab Sinn, sie wusste nur noch nicht, welchen. Sie konnte nicht genau sehen, ob Martin die Augen offen hatte, ob er dem Wind lauschte, als dieser ein letztes Mal tief Luft zu holen schien, mit einem Laut, der nicht mehr zornig, auch nicht klagend, sondern sanft und einlullend wirkte.

Irgendwann verrieten Martins regelmäßige Atemzüge, dass er eingeschlafen war. Sie selbst hingegen fühlte sich auf eine Weise ausgeruht, als hätte sie mindestens neun Stunden geschlafen. Sie mochte die Augen nicht schließen, sie wollte nicht, dass er vorbei war, dieser zeitlose

Augenblick. Losgelöst von einer Vergangenheit, in der sie ihn gekränkt und Narben hinterlassen hatte, und weit weg von einer Zukunft, in der sie so viele grundsätzliche Entscheidungen treffen musste.

Martins Atem zu lauschen, zu spüren, dass ein wenig von dem Frust von ihm abgefallen war, weil er ihn sich von der Seele geredet hatte, dem Wald zu lauschen, der niemals ganz still war, genügte ihr schon. Zumindest eine Weile. Dann begann sie allmählich zu schwitzen, ihr rechter Arm, der etwas verdreht unter seiner Schulter lag, schmerzte. Sie trug noch immer ihre Jacke, hatte auch die Schuhe noch an. Vorsichtig wollte sie sich aufrichten und fühlte zugleich: Wenn sie eine zu abrupte Bewegung machte, würde sie den Zauber zunichtemachen. Einen Zauber, den sie nicht benennen konnte und dessen Konturen so vage waren wie die Umrisse der Bäume im Mondlicht.

Kurz löste sie sich von Martin, nur um dann wieder ganz dicht an ihn heranzurutschen, das Gesicht und auch die Lippen an seinen Nacken zu pressen. Sie hatte ihn nicht küssen, nur dieses Gefühl von Nähe mit einer Berührung ausdrücken wollen.

Er schlief nicht mehr. Vielleicht hatte er überhaupt nicht geschlafen. »Vroni ...«

Er wälzte sich zu ihr herum, starrte sie an. Wieder nahm sie nur seine Konturen wahr, konnte nicht in seiner Miene lesen, wollte es auch gar nicht. Sie beugte sich vor, und diesmal presste sie tatsächlich die Lippen auf seine, wieder getrieben von dem Wunsch nach Nähe. Sie erinnerte sich daran, dass sie immer etwas rau gewesen waren, aber voll und weich, nie jener schmale Strich, zu dem sich Joachims Mund zusammengepresst hatte. Ihr fiel auch wieder ein, wie sie sich zum allerersten Mal geküsst hatten, so scheu und vorsichtig. Damals hatte sie geglaubt, niemals wieder aufhören zu können, weil sie danach niemals wieder die Alte sein würde. Als sie sich voneinander gelöst hatten, war das nur geschehen, weil sie beide Atem schöpfen mussten.

Jetzt fuhr er abrupt zurück, sprang auf. »Bist du völlig verrückt geworden?«

Tiefes Erschrecken, vielleicht auch ein tiefer Schmerz klang aus seiner Stimme.

»Ich ...«, stammelte Veronika. Sie konnte sich nicht rechtfertigen, wollte es auch nicht. Es hatte sich so selbstverständlich, so richtig angefühlt. Wenn sie es zerredete, würde auch daraus etwas Falsches werden.

»Wofür hältst du mich?«, fuhr Martin sie an. »Für einen Lückenbüßer, der stramm bei Fuß steht, weil du ein Lebenskriselchen durchläufst und dir gerade alle anderen abhandengekommen sind, denen du deine unausgegorenen Pläne vor den Latz knallen kannst?«

Die Wärme schwand aus Veronikas Gliedern. Sie fühlte sich sehr verletzlich, wie sie da vor ihm im Bett lag. Schnell erhob sie sich. Nicht nur ihre Hände waren eingeschlafen, auch ihre Füße. Das unangenehme Kribbeln breitete sich sogar im Magen aus.

»Ich wollte nicht aufdringlich sein, wirklich nicht«, sagte sie leise. »Seit ich wieder hier bin, denke ich so oft an damals, an unsere gemeinsame Zeit.«

»Und da dachtest du, das lässt sich einfach so wieder aufwärmen? Klar doch, wie fein, einen kleinen Wellnessurlaub im Wald bei der Jugendliebe einlegen. Nach ein paar netten Tagen kehrt man dann erfrischt in die Großstadt zurück!«

Obwohl sie ahnte, dass Martins Wut nicht nur ihr galt,

sondern auch seiner Ex-Frau, die wie Veronika das Stadt-leben dem Wald vorgezogen hatte, war sie tief getroffen. Sie konnte seinen Schmerz verstehen, aber er gab ihm nicht das Recht, sie ebenfalls zu verletzen.

»Das klingst, als wären all die Herausforderungen, de-nen ich mich jetzt stellen muss, unwesentliche Luxuspro-bleme!« Nun klang auch ihre Stimme aggressiv. »Ich habe das Gefühl, dass mir mein ganzes Leben unter meinen Fü-ßen wegbricht – dass ich versuche, etwas dagegen zu tun, anstatt bloß rumzusitzen und zu jammern, halte ich für eine Stärke. Klar habe auch ich mal einen schwachen Mo-ment. Ausgerechnet bei dir Trost zu suchen war vielleicht ein Fehler. Aber du klingst, als würde ich dich ausnutzen, und das habe ich nie getan. Auch damals nicht.«

»Du bist einfach gegangen. Von einem auf den anderen Tag. Ohne Erklärung. Ohne mir auch nur die Chance zu geben, dich umzustimmen.«

»Ist das nicht etwas übertrieben? Du weißt doch genau, warum ich den Reichswald verlassen habe ... mein Eltern-haus ... dich. Ich habe hier keine Zukunft für mich gese-hen. Sei doch ehrlich. Solange wir zusammen waren, hast du immer gesagt, wo's langgeht. Wir klettern auf die Eiche ... Wir machen ein Survivaltraining ... Wir träumen gemein-sam vom Urwald. Ich habe mich dir immer angepasst, und so wäre es wohl weitergegangen, wenn wir zusammenge-blieben wären.«

Das Mondlicht, das auf ihn fiel, wirkte nicht länger silb-rig, sondern grau.

»Ich habe dich also immer zu etwas gedrängt, was du nicht wolltest? Habe dich gar nicht du selbst sein lassen? Klar haben wir viel über meine Pläne gesprochen, aber doch auch über deine. Du hast mir aus dem Buch vorgelesen, an dem du geschrieben hast. Ich habe das sehr bewundert.«

»Ich wollte damit nicht sagen, dass alles ...«

»Wenn es damals so schlimm war, dann verstehe ich nicht, warum du mich plötzlich küssen und an alte Zeiten anknüpfen willst.«

»Es war nicht alles schlimm, ich meinte nur ...«

»Ach, weißt du, es ist schon spät. Ich denke, für heute haben wir beide genug gesagt.«

Bitternis flackerte in seiner Miene auf, vermutlich bereute er es zutiefst, dass er sich ihr anvertraut, sich kurz verletzlich gezeigt hatte.

Als er einen Schritt zur Tür machte, wollte sie ihm folgen. »Bleib nur, ich finde den Weg allein.«

Sie hörte das Knarren des Holzes unter seinen Schritten, erst von den Dielen im Gang, dann von der Treppe, hörte das Quietschen der Haustür. Wie vorhin fiel sie laut hinter ihm ins Schloss.

Veronika hastete ans Fenster. Sie konnte von Martin kaum mehr als einen Schatten wahrnehmen, sah aber dennoch, dass er die Gartentür nicht öffnete, sondern über den Zaun sprang. Er hatte es nicht verlernt.

Der Morgen dämmerte bereits, als ihr klar wurde, warum Ben hier gewesen sein musste. Stundenlang hatte sie sich in ihrem Bett herumgewälzt, das ihr klein wie nie erschien, war schließlich in die Stube geflohen, um sich dort auf der alten Matratze weiter unruhig hin und her zu drehen. Sie fand keinen Schlaf, aber irgendwann spürte sie in der Tasche ihrer Jacke, die sie immer noch trug, etwas Hartes: den USB-Stick mit Bens Tonbandaufnahmen.

Ben hatte ihn ihr gegeben, weil er gedacht hatte, sie

könnte etwas damit anfangen. Gut möglich, dass er den Stick zurückhaben wollte, nachdem sie die Kabel vom Baum gerissen hatte.

Sie richtete sich auf, fühlte einen schmerzhaften Druck an den Schläfen. Vielleicht würde das Knacken und Blubbern von Bäumen sie etwas beruhigen.

Sie kramte den Laptop, den sie bis jetzt nicht gebraucht hatte, aus ihrer Tasche und steckte den USB-Stick ein. Erst als die ersten Töne erklangen, fiel ihr wieder ein, dass Ben ein Orchester erwähnt hatte, Musik, mit der er die Töne des Waldes verwoben hatte – ergänzt um Erklärungen, welche Laute des Waldes gerade zu hören waren. Es war ein kunstvoller Klangteppich, geschmeidig wie ein besonders feiner, seidiger Stoff. Und wie Seide schmiegten sich die Töne um ihre Seele.

Da waren die Laute der Fledermaus, im Kehlkopf erzeugt und für das menschliche Ohr eigentlich nicht hörbar, wenn sie nicht zigfach verstärkt wurden. Die Laute des Nachtfalters, der durch seinen Pelz, der das Licht nicht reflektierte, vor anderen Räubern sicher war, aber von der Fledermaus häufig überrascht wurde. Nur eine Unterart – der Bärenspinner – besaß ein Gegenmittel: Er produzierte Störrufe, um die Fledermaus zu verwirren, ein Klicken im Ultraschallgeräusch, hier auf den Tonaufnahmen mit den Klängen eines tiefen Streichinstruments verwoben, einem Cello, vielleicht einem Kontrabass. Es war, als würde sich das winzigste Geräusch mit dem größten vereinen. Ja, plötzlich dachte sie in anderen Kategorien als laut und leise. Auch schön und hässlich traf es nicht, eher warm und kalt, dunkel und hell, einnehmend und aufwühlend, verstörend und verzückend. Ihre Seele wurde zu einer Saite, mal vom Bogen liebkost, mal malträtiert.

Sie hörte Wespen, die um eine Pflanze surrten, Blattläuse, die – ein wenig wie trampelnde Elefanten – über ein Blatt krabbelten, ein nasales Tröten, das wie ein Schwarm Graugänse klang, aber in Wahrheit der Gesang einer kürzlich geschlüpften Bienenkönigin war. Er vermischte sich mit einem Tuscheln, von dem sie nicht sicher war, ob es Tiere oder Bäume verursachten, außerdem einem hellen Ton, wie ein Sonnenstrahl, der sich am Morgen durch violette Wolken zwängt und aus dem Tautropfen auf dem Farnblatt einen glitzernden Diamanten macht. Ob er auch aus der Träne, die sich nun in ihrem Augenwinkel sammelte, einen Edelstein machen würde? Hier gab es jedenfalls keinen Boden, den sie damit tränken konnte, unter ihren Füßen befand sich nichts, was wachsen und genährt werden wollte. Hier würde die Träne ein weiterer Fleck sein inmitten unzähliger anderer.

Wie verrückt, dass sie schon wieder weinte, wie verrückt, dass sie sich das anhörte und auf der Klaviatur eines Schmerzes spielte, den sie eigentlich zum Verstummen bringen wollte. Die Töne schwollen langsam an, sammelten sich zum großen Finale, doch ehe der Höhepunkt erreicht war, klappte sie den Laptop zu. Die Töne rissen ab, die Saite in ihrem Innersten riss. Kurz hing da noch ein klagendes Echo, dann verstummte auch dieses. Sie würde dieses Stück nicht zu Ende hören. Sie würde Anna Stromers Geschichte nicht zu Ende schreiben und auch nicht die von ihr und Martin, und das war gut so.

Wenn sie sich jetzt hinlegte, das wusste sie, würde sie endlich schlafen können.

»Gt s ch s fr?«, tönte es aus dem Smartphone, dessen Signalton sie zwei Stunden später aus dem Schlaf riss.

Ein Knacken und Rauschen folgten, nicht von Wesen des Waldes verursacht, sondern von den Tücken der Technik. Dass Klemens anrief, verriet ihr seine Nummer auf dem Display, die Wörter aber blieben zerhackt. Erst als sie in ihr altes Zimmer hinaufgelaufen war und sich aus dem Fenster beugte, war kein lästiges Störgeräusch mehr zu vernehmen.

»Geht es schon etwas früher?«, wiederholte er.

Während er auf Veronika einredete, blickte sie in den Garten hinaus. Kein verwunschenes Reich, nur ein ungepflegtes. Aber wie es aussah, würde nun ein anderer das Unkrautjäten übernehmen.

»Der Kaufinteressent ist sehr entschlossen, die Begehung eigentlich nur noch eine Formsache. Wenn möglich, würde er gern gleich danach den Vorvertrag abschließen«, erklärte Klemens.

»Und wer ist dieser Käufer?«

»Ein Landwirt, sein Hof ist gleich hier in der Nähe.« Klemens spulte ein paar Phrasen ab. »Innovativ ... nachhaltig ... regional.«

»Das ist mir sehr recht«, würgte sie ihn ab. »Ich will alles so schnell wie möglich über die Bühne bringen. Noch heute fahre ich zurück nach Frankfurt.«

# ANNA

Das Leben im Wald hat manches gemein mit dem Leben im Katharinenkloster. Beides folgt Gesetzmäßigkeiten, auf die man sich verlassen kann. Die Pflanzen wissen, wann sie wachsen müssen, die Nonnen wissen, wann sie beten müssen.

Allerdings fügt sich der Wald allein dem Wetter: Wenn die Sonne im März nicht kräftig genug scheint, sprießen die ersten grünen Blätter der Ulme erst im April, ohne dass der Baum die Monatsnamen kennt. Bei den Nonnen dagegen haben nicht nur die Monate und Tage Namen, sondern auch die einzelnen Stunden – Vigil, Laudes, Prim, Terz, Sext, Non und Vesper. Zu jeder dieser Stunden erfolgt ein Gebet. Die Zeit dazwischen verbringt man mit Arbeiten oder Essen. Mittwochs und freitags gab es im Katharinenkloster nur trockenes Brot und Wasser, sonntags auch Fleisch, in der Fastenzeit durfte immerhin Biber aufgetischt werden, weil der im Wasser lebt und darum nicht als Fleisch, sondern als Fisch gilt.

Ich galt als Novizin, aber ich wusste selbst nicht mehr, wer ich war, im Klosterleben ging ich verloren wie andere im Wald. Zwar zeigte man mir Pfade, die ich zu beschreiten hatte, doch sie führten mich nicht in raschelndes Unterholz, nur zu kahlen, brandgerodeten Stellen.

Als ich im Kloster ankam, weinte ich mehrere Tage. Gerhaus, meine Tante, die ich von da an »Mutter« nennen sollte, befahl mich zu sich und betrachtete mich eindringlich. »Ich glaube nicht, dass du keinen Verstand hast, ich glaube, deine Seele ist ein zartes kleines Blümlein, das nicht ans Licht kann, weil es im wuchernden Dickicht schrecklicher Erinnerungen gefangen ist. Wir müssen das Dickicht beschneiden.«

Das Werkzeug, mit dem sie die Gefühle stutzen wollte, waren nicht Messer und Schere, es war die Feder. Im Skriptorium war die Aufgabe, Buch um Buch zu kopieren, man vermied solcherart, die Gedanken in alle Richtungen sprießen zu lassen. Am Ende käme ein Geist heraus, so leer wie unbeschriebenes Pergament, alles Maßlose, Unberechenbare verschwunden.

Als sie wenig später ein weiteres Mal mit mir sprach, verglich sie ihr Kloster mit einem Boot auf stürmischer See. Mein verständnisloser Blick bekundete, dass ich mir die stürmische See nicht vorstellen konnte. Als sie fortfuhr, kam sie darum auf einen Hühnerstall zu sprechen, den ein Bauer nachts versperrt, auf dass kein Fuchs eindringt. Tags darauf klang das Gebet der Nonnen in meinen Ohren wie Gackern. Ich fragte mich, ob die Hühner wissen, dass ihr Gefängnis in Wahrheit zu ihrem Schutz gebaut wurde. Doch wahrscheinlich wissen sie nicht einmal, dass Flügel zum Fliegen da sind.

In den ersten Wochen kopierte ich etliche Psalmen, auch Schriften der Kirchenväter, dann gab mir Gerhaus Texte, die vom Wald handelten. Die meisten waren auf Latein verfasst.

*Silva rigens, informe chaos, concretio pugnax,*
*Discolor usiae vultus, sibi dissona massa,*
*Turbida temperiem, formam rudis, hispida cultum*

Was das heiße, wollte ich wissen.

Gerhaus übersetzte mir die Worte nicht. »Es geht nicht darum, dass dein Geist den Inhalt erfasst, sondern dass du Buchstabe für Buchstabe abschreibst. Gedanken, die sich kluge Männer lange vor uns gemacht haben, werden an kluge Männer weitergereicht, die nach uns leben. Die Nonne dient hierbei als leeres Gefäß – gleich einer Schüssel, die nicht weiß, ob die Suppe salzig ist, gleich einer Platte, die nicht weiß, ob das Fleisch zäh ist.«

Ich wähnte mich eher als zerbrochenes Gefäß, doch eine Frau wie Gerhaus, die es gewohnt war, den Tag zu zerstückeln, traute sich offenbar zu, mich Scherbe um Scherbe wieder zusammenzusetzen. Dass ich mittlerweile aufgehört hatte zu weinen, war in ihren Augen ein Zeichen, dass zumindest nichts mehr tropfte.

Dem Wald kam ich durch das endlose Kopieren zwar nicht näher, zumindest aber Sebald.

Papier gab es im Kloster nicht, dafür jedoch viel Pergament und Tinte, außerdem Unmengen an Büchern. Sebald hätte sie ehrfürchtig betrachtet und dann breit gelächelt, und wenn ich es mir vorstellte, lächelte auch ich, wiewohl schmerzlich. Dieses Lächeln, die Erinnerung an sein weißblondes Haar waren wie kleine Lichtfunken, die im grauen Alltag tanzten. Und sei es nur, um zu zeigen, dass er mich etwas Nützliches gelehrt hatte, sodass mein Vater ihm wohlgesinnt blieb und ihn auf eine Handelsreise mitnahm, strengte ich mich an und wollte die beste Kopistin werden.

Allmählich wurde mein Leben etwas leichter. Weil ich schön schrieb, folgsam war und nicht wie andere über einen steifen Rücken oder schmerzende Finger klagte, ließ Gerhaus mich nach einigen Wochen nicht nur Texte kopieren, sondern auch Bücher aus der Bibliothek holen. Dies war eine mühsame Prozedur. Um die Bücher vor den Mäusen zu schützen, die sich gerne am Pergament gütlich taten, wurden sie in ledernen Büchertaschen aufbewahrt. Diese wiederum hingen an Haken an der Decke aufgereiht und mussten mit einem langen Holzstiel von dort heruntergeholt werden.

Ich scheute das Gewicht der Bücher nicht, und auch die Mäuse machten mir keine Angst. Heimlich sammelte ich ein wenig Käse, den wir jetzt, lang nach Ostern, häufig bekamen, und legte ihn in die Ecken. Der Käse war gleichfalls ein heller Fleck im grauen Einerlei der Tage. Kam eine Maus herbeigeflitzt, um ihn sich zu holen, erwiderte ich den Blick ihrer schwarzen, glänzenden Äuglein und sah, wie sich das dünne Fell unter dem aufgeregten Herzschlag hob und senkte. Und auf einmal fühlte ich mein eigenes Herz ganz schnell pochen.

Eines Tages kopierte ich ein Buch über den Wald, das nicht auf Latein, sondern auf Deutsch geschrieben war. Der Dominikanermönch, der es verfasst hatte, hielt den Wald nicht für einen Ort, wo das Chaos herrschte, nicht für ein Symbol der Urmaterie, die noch keine Ordnung kannte, er war auch nicht der Meinung, dass beharrliche Rodung ein Zeichen dafür war, wie der menschliche Geist jede Wildnis bezwingen könne. Das Gegenteil sei der Fall, meinte er.

Die Wurzeln der Bäume bewahrten die Feuchtigkeit, daher würden, wenn man zu viel Wald schlage, nach starkem

Schnee- oder Regenfall Bäche und Flüsse übertreten und fruchtbares Ackerland wegschwemmen.

Ich überlegte, Gerhaus davon zu erzählen. Auch erwog ich zu behaupten, dass Gefühle kein wild wucherndes Gestrüpp waren, in dem man sich zu verheddern drohte, sondern dass man erst dann einen reißenden Strom riskierte, wenn man sie mitsamt der Wurzel auszureißen versuchte. Sie nährten den Geist aus der Tiefe unseres Ichs und bedrohten ihn nicht.

Doch ich wusste, dass Gerhaus dies nicht verstehen würde. Ich war mir nicht einmal sicher, ob ich selbst die Schriften des Dominikaners richtig verstand. Eines Tages sprach ich dennoch darüber, wenn auch nicht mit ihr.

Um Pfingsten herum bekam ich Besuch.

Als Gerhaus mich zu sich ins Refektorium rief, war ihre Miene missbilligend. Ich befürchtete schon, sie hätte entdeckt, dass ich die Maus fütterte, anstatt sie ähnlich grausam auszuhungern wie meine heimlichen Sehnsüchte.

Doch dann sah ich hinter Gerhaus Margarethe Stromer stehen und mir zuzwinkern.

Zwar sei eigentlich jede Form der Zerstreuung schädlich, beschied Gerhaus, doch sei ich auf einem guten Weg und wandele mich langsam zur rechtschaffenen Novizin. Ein Lachen stolperte aus Margarethes Mund. Sofort fing sie es wieder ein, betrachtete mich aber wohlwollend und stellte fest, dass meine waldbraunen Augen nicht spinnwebengrau geworden waren und dass ebenso wenig wie ihre Farbe mein wacher Blick verschwunden war.

»Lass mich allein mit ihr sprechen«, verlangte sie.

Gerhaus' Lippen wurden schmal. Stumm schien sie dem Fuchs zu drohen, ihr Küken in Ruhe zu lassen. Doch Margarethe wich nicht zurück, und so ließ Gerhaus sie mit mir allein. Als Margarethe mich an sich zog, fühlte ich mich erstmals seit Langem wieder wie ein Wesen, dessen Flügel nicht nutzlos waren.

Sobald wir an einem großen Tisch, zerfurcht und mit verhärteten Wachstropfen übersät, Platz genommen hatten, begann ich zu sprechen. In den letzten Wochen hatte ich den Mund nur zum Beten aufgemacht, die vorgeschriebenen Worte meist tonlos hervorgebracht. Jetzt klang meine Stimme so rau, als kratzte eine Feder über Papier. Ich sprach von dem Buch des Dominikaners: Wenn der Mensch zu viel Wald rode, würde er keinen Sieg über die Wildnis erlangen, sondern sich nur neue, mächtige Feinde schaffen.

»Ich habe gehört, dass du dich mit der Waldordnung anderer Städte beschäftigt hast«, stellte sie fest.

Ich nickte. »Vater ist sehr böse geworden.«

»Er ist immer noch böse, doch nicht länger auf dich.«

»Auf wen dann?«

»Auf seinen Bruder, meinen Mann Peter.«

»Weil auch er die Waldordnung gelesen hat?«

Margarethes Lachen klang nun schrill, so als schmerze das, was in ihrer Brust saß. »Das nicht. Sebald Vorchtel hat mir erzählt, dass du unendlich traurig warst, als ihr die riesige Rodungsfläche bei Lichtenhof entdeckt habt. Peter war darüber ebenfalls untröstlich. Wenn Männer traurig sind, beginnen sie nur selten zu weinen, stattdessen schreien sie.«

»Er hat meinen Vater angeschrien?«

»Nein, die Bauern, die im Auftrag der Stadtherren den Wald gerodet haben.«

Ich verstand nicht, worauf Margarethe hinauswollte.

»Du hast ein paar Monate im Wald bei dieser Zeidlerin gelebt«, sagte sie. »Ich würde gerne wissen, was du dort gelernt hast.«

»Dass der Mensch nur so viel vom Wald nehmen darf, wie er zurückgeben kann«, erklärte ich eifrig.

In der Ferne läutete dumpf eine Glocke zum Gebet. Als ich mich erhob, schnellte Margarethes Hand vor und hielt mich fest. Ich fühlte das Gleiche wie beim Anblick der Maus – Leben.

»Dein Onkel Peter weiß noch nicht, dass er eine Nichte wie dich hat. Ich finde, er sollte dich unbedingt kennenlernen.«

Bislang ist in meiner Erzählung nur Peters Name vorgekommen, nicht seine Geschichte. Dass mein Onkel Miteigentümer des Handelshauses war und wichtige Ämter in der Stadt innehatte, sagt nur etwas darüber aus, was er war – nicht, was er dachte und fühlte, wovon er träumte und wonach er sich sehnte.

Im Grund war sein Ziel das gleiche wie das meines Vaters: das Ansehen und den Reichtum der Familie Stromer zu mehren. Nur machte Peter auf dem Weg dorthin kleinere Schritte und blieb dann und wann stehen, um sich umzuschauen und darüber nachzusinnen, ob sich in der Ferne ein mögliches Hindernis auftat. Ausgerechnet in der öden Fläche, die inmitten des Waldes klaffte, erkannte er ein solches. Mein Vater Ulmann betrachtete die Rodung als künftig fruchtbares Land, Peter sah darin den möglichen Ruin für ein Unternehmen, das seine Einkünfte nicht nur dem Handel verdankte, sondern auch den Metallhütten und Hammerwerken in der Oberpfalz.

»Wie die heimlichen Könige von Nürnberg fühlen sich

die beiden«, sagte Margarethe an jenem Tag, »doch nur Peter weiß, dass ihr Thron aus Holz gebaut ist.«

Ich wusste, dass Peter das Holz unter anderem benötigte, um Holzkohle daraus zu machen. Mit ihrer hohen Hitze wurde Roherz verhüttet und konnte als Eisen weiterbearbeitet werden.

»Im Wald sieht er ein Stuhlbein dieses Throns«, fuhr Margarethe fort. »Fehlt eines dieser Stuhlbeine, liegt jener, der eben noch bequem darauf gesessen hat, alsbald auf dem Boden. Noch ist nur ein Knirschen zu hören, ein Wackeln zu spüren, ruhig sitzen bleiben will er dennoch nicht. Begehrt ein Kaufmann eine bestimme Ware, dann verlegt er sich aufs Feilschen, um den geringstmöglichen Preis zu zahlen. Doch etwas zahlt er, denn er ist schließlich kein Dieb.«

Fragend sah ich sie an.

»Das Geben und Nehmen, von dem du sprichst, hat mein Peter besser verstanden als dein Vater.«

»Was könnte ich ihm geben?«

»Von dir will niemand etwas. Die Frage ist, was kann er dem Wald geben? Peter betrachtet ihn nämlich als einen Handelspartner, dem der Bankrott droht.«

Ich starrte auf die Tischplatte und begann, mit meiner kratzenden Federstimme zu sprechen, vernahm aber erneut die Glocke. Alsbald kam Gerhaus und erklärte, dass ein versäumtes Gebet noch zu dulden sei, doch nicht derer zwei.

»Morgen nehme ich das Mädchen mit mir«, sagte Margarethe mit solchem Nachdruck, dass nun Gerhaus der Fuchs war, der den Schwanz zwischen die Beine klemmte und vor dem Bauern floh.

Man sah Peter Stromer an, dass er von der gleichen Art war wie mein Vater. Doch so wie bei jeglicher Eiche zwar die Borke ähnlich gefurcht ist, sich aber der Wuchs unterscheidet – die eine strebt geradewegs zum Himmel, die andere ist von krummer Gestalt –, hatten die Brüder nicht alles miteinander gemein. Etwas an Peter verriet, dass er den Kopf auch gelegentlich senkte, anstatt stets hoheitsvoll sein Kinn zu recken, dass er von Zeit zu Zeit behutsam auftrat, anstatt nur festen Schrittes zu marschieren, dass er den Boden unter seinen Füßen im Blick behielt, anstatt mit jeder Geste zu bekunden, dass die Welt ihm gehöre. Einen langen Bart trug auch mein Vater, bei Peter war er jedoch zerrupft, weil er stets nachdenklich daran zupfte. Zugleich war sein Bartwuchs so dicht, dass sich jedes seiner leisen Worte erst durch Gestrüpp kämpfen musste.

Margarethe hatte gesagt, er müsse mich kennenlernen, doch als sie mich vom Kloster abholte und wir zu dritt die Kutsche bestiegen und in den Wald fuhren, kam sie nicht auf mich und meine Idee zu sprechen. Stattdessen begann sie, in einem fort ihren Mann zu rühmen.

»Die List der meisten Nürnberger Kaufleute beschränkt sich darauf, die Handelspartner zu übervorteilen. Du dagegen bist jemand, der sich Dinge vorstellen kann, die es so noch nicht gegeben hat, und du sorgst dafür, dass sie entstehen.«

Erst vor Kurzem habe er die Visierrute erfunden, erklärte sie mir und fügte ob meines fragenden Blicks hinzu, dies sei ein Instrument, mit dem man den Inhalt eines Weinfasses messen und berechnen könne.

Zum ersten Mal spähte nun auch Peter in meine Richtung. Den Inhalt eines Weinfasses zu berechnen war wohl etwas anderes als den Inhalt meines Kopfes. So skeptisch, wie Peter mich musterte, schien er nicht sicher zu sein, ob dieser steinschwer oder federleicht war. Dann allerdings glitt sein Blick zu seiner Frau, und er sah sie an, als wäre sie ein besonders süßer Wein – einer, von dem man leicht betrunken wird, der den Verstand benebelt und dem niemand widerstehen kann.

Margarethes Worte plätscherten stetig dahin und versiegten erst, als wir die Kahlstelle bei Lichtenhof erreichten. Als wir ausstiegen, wartete Franz Coler bereits auf uns. Offenbar hatte Margarethe ihren Bruder hinzugebeten. Dass er sich vor Peter verneigte und ihm solcherart seine Ehrerbietung bekundete, änderte nichts an seiner üblichen verdrossenen Miene.

Peter wiederum starrte auf den rissigen Boden und schien diesen Ort nicht mit Margarethes Worten vereinbaren zu können. Als er sie leicht anstieß, auf dass sie ihm mehr erkläre, sagte sie schlicht: »Nicht ich werde euch etwas zeigen, sondern das Mädchen.«


Die Zeitspanne, da Männer Frauen zuhören, ist für gewöhnlich so knapp bemessen wie jene, die sie einer Fliege gestatten, um ihren Kopf zu surren, ehe sie sie erschlagen.

Ich brachte kein Wort hervor. Ich war trunken vom Glück, dem Kloster entronnen und zurück im Wald zu sein. In meinem Leben herrschte ewiger Winter, doch hier war mittlerweile Sommer, ein duftender, heller, surrender, zwitschernder, lebenshungriger Sommer. Auf einer toten Fläche mochte ich stehen, doch die Luft war nicht mehr vom Rauch geschwängert wie damals, als ich mit Sebald hier gewesen war. Zumindest diesen Bereich hatte sich der Wald zurückerobert und seine würzige, erdige Duftmarke gesetzt. Ich nahm es mit dem ganzen Körper wahr, ich hob die Arme, stellte mich auf die Zehenspitzen und begann unwillkürlich, mich im Kreis zu drehen.

»Ist das Kind närrisch geworden, dass es zu tanzen beginnt?«, kam Peters ungehaltene Stimme aus der Ferne. Doch der Wald duckte sich nicht davor weg, er summte, knackte, rauschte, knisterte weiter. Und so duckte auch ich mich nicht. Ein Glucksen kam über meine Lippen, als würde etwas platzen, jene winzige Blase, in die ich meine Sehnsucht, meine Lebensfreude hatte pressen müssen. Nun war genug Platz für beides. Ich tanzte und ahmte die Bewegungen der Bäume nach. Ich griff in die Tiefen meiner Tasche, warf den Kiefernzapfen in die Luft, den ich so lange bei mir getragen hatte, und als er sanft landete, erschien mir der brandgerodete Boden nicht länger tot. Unter der rissigen, harten Schicht befand sich fruchtbare Erde.

Margarethe lachte auf. »Bis jetzt wachsen Bäume dort, wo der liebe Gott, der Wind und die Vögel sie haben wollen. Doch warum sollen sie künftig nicht auch dort wachsen, wo der Mensch sie haben will?«

Peter starrte auf den Kiefernzapfen, sank auf die Knie, um ihn zu betasten.

»Anna hat mir erklärt, dass sich bei Kiefern und Fichten die Samen gut von der Zapfenspindel lösen lassen«, fuhr Margarethe fort. »Es wäre ein Leichtes, sie zu gewinnen und die Bäume zu säen, wo man will.«

Peters Blick wanderte von dem Zapfen zu Margarethe. »Du schlägst vor, einen Wald anzubauen wie einen Rübenacker.«

»Oder wie einen Garten, wo man Fenchel, Bohnenkraut, Kohl und Zwiebel züchtet ...«, erwiderte sie.

»Bäume sind etwas anderes als Gemüse.«

»... und wo Narzissen, Lilien, Kletterrosen blühen.«

»Bäume sind etwas anderes als Blumen.«

»Bist du nicht einer, der anders ist als der Rest? Einer, der aus Gutem etwas Besseres macht? Der etwas, das es noch nicht gibt, erfindet?«

Nun wandte sich Peter an Franz. »Hast du je davon gehört?«

Franz zuckte die Schultern. »Ich habe gehört, dass man anderswo einst versucht hat, Eicheln zu säen in der Hoffnung, dass ein dichter Wald hervorgehe, doch der Boden erwies sich als zu sandig. Fichten und Föhren wachsen leichter und schneller.«

»Und sie geben brauchbares Holz«, ergänzte Peter nachdenklich. »Nur wie genau soll man vorgehen?«

Als er sich erhob, hielt er den Zapfen in der Hand. In all den Wochen, die ich im Kloster zugebracht hatte, war er vertrocknet.

Doch ich war es nicht. Ich erklärte Peter, wie man Wald wachsen ließ, und er betrachtete mich nicht länger wie eine Fliege, die er gleich zermalmen würde, sondern wie ein Mädchen, das mehr vom Wald verstand als er.

# VERONIKA

»Sechzigerjahre, ich sehe eindeutig die Sechziger vor mir.«

Luna blickte sich in dem kleinen Ladenlokal in der Nähe der Bockenheimer Warte um, wo bis vor Kurzem noch Fairtrade-Produkte aus Südamerika verkauft worden waren. Der Geruch von Bohnenkaffee lag in der Luft, an einer Wand hing ein Traumfänger aus Glasperlen, von Frauen im Hochland von Guatemala geknüpft. Der Vormieter hatte gemeint, sie könne ihn gerne behalten, und Veronika war mittlerweile der Meinung, dass er sich nicht nur gut als Blickfang machte, sondern zugleich ein gutes Omen war. Dies war der Ort, wo sie ihre Träume künftig festhalten würde, statt zuzulassen, dass sie ihr durch die Finger rannen und entschwanden.

»Es sind echt tolle Räumlichkeiten, oder?«, schwärmte sie, und in ihrer Stimme klang nicht nur Stolz, sondern auch ein wenig Erleichterung. Dass sie so schnell geeignete Geschäftsräume gefunden hatte, erschien ihr wie ein Zeichen, dass alle Hindernisse überwunden waren und es endlich voranging. Im Forsthaus mochte sie einen kleinen Durchhänger gehabt haben, aber hier in Frankfurt war sie wieder die Veronika, die sie sein wollte: zielstrebig, ehrgeizig, entschlossen.

»Ich werde Joachims Espressomaschine mitbringen und dort hinten eine kleine Kaffeeküche einrichten«, verkündete sie.

»Gute Idee«, erwiderte Luna, »aber du musst dir wirklich genau überlegen, in welchem Stil du dich hier einrichtest. Ich sehe eindeutig eine typische Sechzigerjahre-Einrichtung vor mir.«

»Etwa so eine Schrankwand aus Massivholz – die perfekte Kombination aus Vitrine, Kommode und Bücherregal mit integriertem Fernseher?«, fragte Veronika belustigt.

»Ich meine doch kein Altnazi-Mobiliar! Ich denke eher an den Stil der Achtundsechziger. Skandinavische Designermöbel aus Teakholz oder so einen Schalensessel aus Korbgeflecht. Dieser Raum schreit förmlich danach.«

Kurz wanderten Veronikas Gedanken zum Forsthaus. Hatte es auch nach einem bestimmten Mobiliar geschrien … nein, eher mit krächzender Stimme geflüstert? Oder hatte es längst aufgegeben, nachdem es jahrelang vernachlässigt worden war? Hatte es ihr noch etwas nachgerufen, als sie vor zwei Wochen aufgebrochen war?

Sie hatte nicht bewusst Abschied genommen, war nicht noch einmal von Raum zu Raum gegangen. Nach dem Gespräch mit dem Kaufinteressenten und einem kurzen Gang durch das Waldstück waren sie sofort in Klemens' Büro nach Nürnberg gefahren, um den Vorvertrag abzuschließen. Die drei Räume der Immobilienagentur hatten nach nichts geschrien. Wer immer sich hier als Innenarchitekt ausgetobt hatte, hatte sich nicht auf das »eine große Thema« festgelegt, das Luna nun beschwor. Zur Einrichtung aus Zirbenholz hingen Fotos sehr moderner Gebäude, wie das Guggenheim-Museum in Bilbao, an den Wänden. Aber vielleicht war der Stilbruch so gewollt.

Vage erinnerte sie sich an den Small Talk mit Christian Moser, dem Kaufinteressenten. Anders als Klemens trug er keine Tracht, sondern nur ein grün verwaschenes T-Shirt. Im Wald hatte er nicht den Eindruck gemacht, als würde er frieren, nun glänzten ein paar Schweißtröpfchen auf seiner Stirn. Etwas unruhig rutschte er auf dem Stuhl hin und her, was sie so deutete, dass er ein Mensch war, der sich in geschlossenen Räumen nicht wohlfühlte. Vor allem dann nicht, wenn er still sitzen und sich mit Vertragsdetails befassen musste. Sicher arbeitete er viel lieber auf seinem Bio-Bauernhof. Auf den hundert Hektar landwirtschaftlicher Nutzfläche, so erzählte er, werde unter anderem Bio-Futter für den Nürnberger Tiergarten angebaut. Er halte alle seine Tiere artgerecht und behandele sie, wenn sie krank seien, selbst mit Naturheilmitteln.

Der Small Talk kreiste eine Weile um das Leinöl, das im Hofladen angeboten wurde. Als Klemens einwarf, dass er dergleichen nicht runterbrächte, folgte ein kleiner Vortrag von Christian Moser. »Vermisch es mit Joghurt oder Quark. Oder gib's zum Frühstücksmüsli.«

Veronika beteiligte sich kaum am Gespräch und stellte keine einzige Frage, sie erkundigte sich nicht einmal nach den konkreten Plänen, die er mit ihrem Waldstück hatte. Warum auch, es war ja offensichtlich, dass er mit der Natur arbeitete, nicht gegen sie. Und als er lobend die größere Vielfalt an Bäumen im Vergleich zum restlichen Nürnberger Reichswald erwähnte, verstand sie das so, dass er genau diese Vielfalt bewahren wollte. Sie starrte auf das Guggenheimmuseum und dachte: Es ist vorbei.

Als sie später nach Frankfurt aufbrach und an den schiefen Bäumen vorbeifuhr, die die Autobahn säumten und an diesem grauen Tag nicht auf festem Boden zu wachsen, sondern in einer Nebelsuppe zu schwimmen schienen, verstärkte sich das Gefühl, sich endgültig von ihrer Vergangenheit zu lösen. Zwar würde sie ein letztes Mal zurückkehren müssen, wenn der Notartermin anstand, aber dann, so beschloss sie, würde sie nicht im Forsthaus wohnen, sondern sich ein Hotelzimmer in Nürnberg nehmen.

»Mal in so einem Schneewittchensarg die Welt erkunden, das wäre toll«, riss Lunas Stimme sie aus ihren Gedanken.

»Schneewittchensarg?«

»Hast du noch nie davon gehört? Die Messerschmitt-Kabinenroller, die in den Sechzigern beliebt waren, wurden so genannt. Das waren keine echten Autos, sondern eher überdachte Motorräder mit zwei Plätzen hintereinander. Die Frau konnte den Mann umschlingen und ihm einen Kuss auf den Hals drücken.«

Veronika wandte sich rasch ab. Sie hatte Luna nicht erzählt, dass sie Martin geküsst hatte. Warum auch, es war ja kein echter Kuss gewesen. Eher eine Peinlichkeit, wie eine Laufmasche, die man zu spät bemerkte, aber keine Katastrophe. Man musste eben schleunigst die Strümpfe wechseln. Oder mit nackten Beinen gehen.

An solche Beine dachte gerade auch Luna. »Und so ein Minirock à la Mary Quant, wie man sie auf der Londoner Carnaby Street shoppen konnte! Natürlich gehören dazu weiße Lacklederstiefel. Die würden sich auch gut an deinen Storchenbeinen machen. Täusche ich mich eigentlich, oder bist du in den letzten Wochen noch dünner geworden?«

Veronika tat so, als betrachte sie intensiv den Traumfänger aus Guatemala.

»Nicht, dass du Liebeskummer hast«, bemerkte Luna ebenso lauernd wie spöttisch.

»Du weißt doch, wie viel ich zu tun habe«, gab Veronika zurück.

In den letzten beiden Wochen war sie nicht noch einmal ziellos durch die leere Wohnung getigert. Stattdessen war sie rund um die Uhr beschäftigt gewesen, mit Businessplänen, der Anmietung des Geschäftslokals, der Entwicklung von Werbestrategien, dem Design einer eigenen Website. Falls sie sich mal nicht um ihre künftige Agentur kümmerte, hatte sie gründlich entrümpelt. Mindestens die Hälfte ihres Kleiderschrankes hatte sie weggegeben und sich außerdem neue Bettwäsche gekauft, sehr teure aus Seide.

»Du musst echt mal entspannen. Hab ich schon erwähnt, dass ich kürzlich Aerial-Yoga ausprobiert habe?«

Veronika verkniff sich ein Seufzen. Luna hatte es nicht nur erwähnt, sondern mehrfach geschildert, wie sie in einem Trapeztuch von der Decke hing, wodurch die tief liegenden Muskelgruppen aktiviert und außerdem Koordination und Balance trainiert wurden.

»Nacktyoga gibt es jetzt auch«, spottete Veronika, weil sie gerade erst heute Morgen einen Artikel darüber gelesen hatte. »So kann man die Fettpolster während des Trainings schwinden sehen.«

Für Luna war das nichts Neues. »Hab ich längst ausprobiert. Allerdings geht es dabei nicht um schwindende Fettpolster, sondern um den energetischen Aspekt.«

Veronika brauchte keine vom Yoga erzeugte Energie. Seit sie dem Forsthaus den Rücken gekehrt, den Verkauf hinter sich gebracht und die Geschäftsräume angemietet hatte, brannte sie wieder für ihre Arbeit. Endlich löste sie den Blick vom Traumfänger, ließ ihn durch die beiden leeren Zimmer schweifen. Das Angenehme an diesen Räumlichkeiten war, dass sie eigentlich nach gar nichts schrien, weder nach den Sechzigern noch nach einer anderen Epoche. Sie waren ein leeres Blatt, auf das sie die Geschichte der neuen Veronika schreiben konnte.

Das Vibrieren des Smartphones riss sie aus ihren Gedanken.

Ihre Handtasche lag am Boden, und sie musste eine Weile darin kramen, bis sie das Gerät ertastete. Als sie es endlich in Händen hielt und sah, wer sie da anrief, hätte sie es vor Schreck fast fallen lassen. Das Vibrieren verstummte.

»Du kannst gerne zurückrufen, auf mich musst du keine Rücksicht nehmen.«

»Es ist nicht so wichtig«, nuschelte Veronika. »Da geht's nur um meine Website ...«

Luna war näher gekommen und hatte sich über sie gebeugt. Obwohl Veronika das Smartphone gerade wieder in den Tiefen der Innentasche verschwinden lassen wollte, hatte sie Zeit genug gehabt, auf das Display zu spähen.

»Von wegen Website! Das war Martin.«

Veronika konnte sich nicht einmal erinnern, seine Nummer eingespeichert zu haben.

»Keine Ahnung, was der noch will«, sagte sie achselzuckend. Kaum war das Smartphone in der Innentasche verschwunden, begann es erneut zu vibrieren.

»Willst du nicht drangehen?«

»So dringend kann's nicht sein.«

»Vielleicht will er dir ja einen Heiratsantrag machen.«

Veronika warf ihr einen strengen Blick zu und schüttelte den Kopf. Deshalb reagierte sie nicht schnell genug, um Luna davon abzuhalten, sich vorzubeugen, das Smartphone aus der Tasche zu fischen und selbst ranzugehen.

»Luna!«

Es war zu spät. »Hallo, Herr Förster«, flötete Luna ins Telefon.

Sie schämte sich für Luna. Schämte sich selbst, weil sie nicht drangegangen war. Warum wollte sie entweder zu viel oder gar nichts mit ihm zu tun haben, warum hatte sie sich nicht einmal von ihm verabschiedet oder sich für den Kuss entschuldigt? Warum war sie vor zwei Wochen geflohen so wie damals, als sie die Beziehung mit ihm wie einen störenden Ast behandelt hatte, der aus ihrem Leben ragte und den man nur abbrechen, nicht wegbiegen konnte?

Verspätet merkte sie, dass Lunas gurrender Tonfall immer nüchterner geworden und das wissende Grinsen aus ihrem Gesicht verschwunden war. Jetzt nickte sie mit ernstem Gesicht, presste zuletzt ein »Ja, sage ich ihr« hervor.

Dann ließ sie das Smartphone sinken.

»Wirklich ein Heiratsantrag?«, versuchte Veronika zu spötteln.

»Ich glaube, du hast ein Problem.«

»Ein Heiratsantrag wäre das.«

»Ich meine ein *echtes* Problem.«


Veronika zog unruhig Runden im Büro, das Smartphone ans Ohr gedrückt. Die Räumlichkeiten, die ihr eben noch so groß erschienen waren, schienen nun zu klein für ihre Wut. Als sie den Ärger an Klemens ausließ, schien er sogar noch zu wachsen.

Er ging gleich ans Telefon, sie grüßte ihn nicht einmal.

»Du hast mich reingelegt.«

Sie musste ihm gar nicht erst erklären, was sie damit meinte.

»Hab schon mitbekommen, was sich da auf deinem Waldstück zusammenbraut.« Er klang nicht mal sonderlich zerknirscht, eher genervt. »Aber ich kann wirklich nichts dafür. Ich habe alle Fakten auf den Tisch gelegt.«

»Von wegen! Dieser Käufer ... Christian Moser ... Der war nur ein Strohmann.«

»Das stimmt so nicht. Er ist selber Anteilseigner an der Firma Brandl & Wolpertinger.«

»Ich habe gesagt, mein Waldstück soll in gute Hände kommen, und du sorgst dafür, dass es sich die Papierindustrie unter den Nagel reißt?«

»Ich glaube, das siehst du falsch.«

»Willst du etwa leugnen, dass Brandl & Wolpertinger Papier produzieren? Ich war gerade auf ihrer Website.«

»Gut, gut, du hast dich bereits kundig gemacht.« Klemens klang nun wohlwollend, als spräche er zu einem bockigen Kind, das ihm viel Geduld abverlangte. »Wenn du auf ihrer Seite warst, dann hast du sicher auch gelesen, dass sie Mitglied bei proHolz Bayern sind.«

Veronika hatte keine Ahnung, was proHolz Bayern war. Noch wohlwollender erklärte Klemens: »Diese Initiative dient der Holzmobilisierung gerade im Privatwald.«

Hör mir doch mit diesen Phrasen auf, hätte sie am liebsten gezischt, aber dafür war es zu spät. Während des Waldrundgangs mit Christian Moser hatte sie sich schließlich auch von Phrasen einlullen lassen. Sie hatte nicht nachgebohrt, keine weiteren Recherchen angestellt. Ein Biobauer, was sollte da schon schiefgehen?

Sie hatte zu lange geschwiegen, um Klemens' Vortrag noch abzuwürgen. »Beim Stichwort Papierindustrie denkt man ja unweigerlich an Unternehmen, die den Wald ausbeuten. Und es stimmt, für die Papierherstellung werden pro Jahr zwei Millionen Festmeter Holz benötigt.«

Wusste er das auswendig, oder las er das ab?

»Hör mal, ich ...«

»Bislang wurde dieses Holz größtenteils aus dem Ausland importiert«, rasselte er weiter herunter. »Aber derart lange Transportwege sind nicht umweltfreundlich, und deswegen setzt Brandl & Wolpertinger auf Rohholz aus regionalen Quellen. Die Firma hat den Beschaffungsradius für Holz auf maximal fünfzig Kilometer festgelegt ... Bist du noch dran?«

Veronika hatte das Smartphone auf laut gestellt, es zugleich sinken lassen. Ihr Blick wanderte wieder zum Traumfänger, der große Ähnlichkeit mit einem Spinnennetz hatte. Hier wurden die Träume nicht festgehalten, ihnen wurde das Blut ausgesaugt.

»Du hast doch mitbekommen, dass ...«

Er ließ sie nicht ausreden. »Brandl & Wolpertinger machen sich für ein nachhaltiges Wirtschaften stark, dafür wurden sie mit diversen Gütesiegeln ausgezeichnet. Nachhaltige Holzwirtschaft ist für den Klimaschutz schließlich unumgänglich.«

Veronika war nun sicher, dass er das alles irgendwo ablas. Sie dagegen starrte auf die leeren Wände.

»Für die Papierindustrie wird übrigens kein wertvolles Stammholz verwendet, sondern lediglich schwächeres Holz, das bei der Pflege und Durchforstung anfällt – nur für diesen Zweck hat Christian Moser das Waldstück gekauft. Das Motto lautet ›Wir wirtschaften mit der Natur‹. Du kannst sicher sein, das ist keins von den Unternehmen, die Waldbesitzern das Holz möglichst billig abluchsen. Alles steht unter der Devise ›Deutsches Holz für deutsches Papier‹.«

»Wie viele Mottos kann eine einzige Firma denn haben?«, rief Veronika ungehalten. »Außerdem geht es darum gar nicht. Es geht darum, dass wir ein Riesenproblem haben.«

Erstmals herrschte Schweigen am anderen Ende der Leitung. Sie sah vor sich, wie er unbehaglich die Schultern hochzog, mit eingeschränkter Bewegungsfreiheit, weil er wieder mal seine zu kleine Jacke trug.

»Wenn ich gewusst hätte, dass das Waldstück an eine Papierfabrik fällt ...«

Klemens' anhaltendes Schweigen sagte ihr, dass es zu spät war.

»Nun«, setzte sie etwas gemäßigter an, »das, was jetzt auf dem Waldstück passiert, ist eigentlich nicht mehr mein Problem, sondern das des Nachbesitzers, oder?«

Sie spürte, wie Klemens sich wand.

»Ich fürchte, so einfach ist das nicht. Bis jetzt ist der Kaufvertrag nicht notariell beglaubigt, was bedeutet, dass du noch die Verantwortung trägst. Zugleich ist der Vorvertrag bindend, du kannst also nicht ohne Weiteres vom Kauf zurücktreten.«

»In diesem Fall müsste ich die Anzahlung zurückzahlen, richtig?«

»So ist es.«

Sie ließ das Smartphone sinken, hörte Klemens' Stimme nur wie von weit her. Ihr Blick schweifte durch die neuen, noch leeren Geschäftsräume, sämtlicher Stolz, auch der Tatendrang waren verflogen. Sie musste daran denken, wie teuer passendes Mobiliar war, egal, für welchen Stil sie sich entschied, und dass die Maklerprovision in Höhe von drei Monatsmieten schon jetzt ein großes Loch in ihr Konto gerissen hatte.

Verdammt, ging es ihr immer wieder durch den Kopf, verdammt.

Als Veronika aufgelegt hatte, kam Luna zurück. Heute Morgen hatte sie verkündet, dass sie zur Feier des Tages hier einen ersten Lunch einnehmen müssten, ein Büropicknick. Champagner sei angesagt, mindestens. Nach Martins Neuigkeiten hatte sich Veronika den Champagner verbeten, aber Luna hatte gemeint, dass sie sich trotzdem stärken sollten. In der Papiertüte, die sie eben abstellte, stapelten sich kleine Schälchen vom italienischen Feinkostladen.

»Rosenschokolade habe ich auch.«

Doch Veronika hatte keinen Sinn mehr für den Inhalt der Schälchen. Während Luna eins nach dem anderen öffnete, begann sie, auf ihrem Smartphone zu googeln.

»Zum Trinken hab ich uns Ingwer-Zitronen-Limonade besorgt, die ist zumindest so prickelnd wie Champagner.«

Veronika überflog die Seiten. Ein sachter Schmerz wanderte über ihre Schultern den Rücken hinab, sie sehnte sich nach einem Sechzigerjahre-Schalensessel aus Korbgeflecht.

Bald stieß sie auf eine Übersicht aller Protestaktionen von Waldschützern, die sich jemals im Nürnberger Reichswald zugetragen hatten.

»Eingelegte Artischocken, Mozzarella aus Büffelmilch mit Basilikumpesto, Grissini mit Oliventapenade und halb getrocknete Tomaten«, zählte Luna auf, während sie sich auf den Boden setzte.

»Ich kann es mir nicht leisten, den Vorvertrag aufzulösen und die Anzahlung zurückzuzahlen«, murmelte Veronika. »Und auch wenn sie einen Strohmann eingesetzt haben – die Firma scheint mit ihrem nachhaltigen Konzept ja ein sehr ehrenwertes Anliegen zu verfolgen.«

»Und was willst du in Sachen Waldbesetzer tun?«, fragte

Luna. »Martin klang vorhin so, als kampierten mindestens ein Dutzend Leute auf deinem Grundstück, um dagegen zu protestieren, dass der Wald einer Papierfabrik zum Opfer fällt.«

Veronika unterdrückte ein Seufzen. »Ich bin sicher, dass Ben die zusammengetrommelt hat. Wer sonst hat denn mitbekommen, dass ich das Waldstück verkauft habe? Er ist sauer, weil ich ihn vertrieben habe.«

Luna überließ die italienischen Delikatessen sich selbst und erhob sich wieder. »Du meinst, jemand allein kann so was aufziehen?«

Veronika deutete mit dem Kinn auf ihr Smartphone. »Auf dieser Seite steht, dass der Nürnberger Reichswald einer der am meisten umkämpften Wälder Deutschlands ist. Wann immer in den letzten Jahren Rodungen anstanden, gab es Protest, zum Beispiel, als die A6 ausgebaut werden sollte und das neue Autobahnkreuz Nürnberg-Ost geplant wurde. Zwanzig Hektar Bannwald sollten abgeholzt werden, man wollte die Brücken des Autobahnkreuzes sogar über die Baumwipfel bauen.«

»So was hat diese Firma mit deinem Waldstück ja nicht vor.«

Veronika ließ das Smartphone sinken und merkte kaum, dass Luna es ihr aus der Hand nahm. Erneut zog sie unruhige Kreise im leeren Büro, diesmal rund um die Schälchen und die Ingwer-Zitronen-Limonade.

»Wahrscheinlich hat das Ganze einen hohen Symbolwert«, murmelte sie. »Der Nürnberger Reichswald war Bayerns erster Bannwald und genießt einen besonderen Schutzstatus. Martin hat erwähnt, dass ihm Umweltschützer oft das Leben schwer machen.«

Sie biss sich auf die Lippen, eigentlich wollte sie das

Gespräch nicht auf Martin lenken. Luna achtete ohnehin nicht darauf, sie las konzentriert etwas auf Veronikas Smartphone. »Hier ist ein aktueller Artikel, da geht es um dein Waldstück.«

Fast wäre Veronika auf die Oliventapenade getreten, als sie zu ihr hastete.

Auf dem Foto neben dem Artikel sah man den dicken Stamm der alten Eiche und davor einen Mann. Er stand zur Seite gewandt da, den Blick zur Baumkrone erhoben, und trug unverkennbar einen blauen Anorak.

»Wusst ich's doch!«

»Ich fürchte, diese Truppe ist deutlich radikaler als die Leute vom Naturschutzbund«, fasste Luna zusammen. »Der geht vor Gericht, wenn es mal wieder ein Bauvorhaben gibt. Aber die hier wollen den Wald dauerhaft besetzt halten. Wahrscheinlich wird man sie nur los, wenn man das Waldstück gewaltsam räumen lässt.«

Veronika graute vor der Vorstellung. »Ich hoffe mal, dass das nicht notwendig ist. Ben kam mir eigentlich recht umgänglich vor. Wenn ich mit ihm spreche ... ihm erkläre, wie diese Firma arbeitet, dass sie nicht an Stammholz interessiert ist ...«

»Und die anderen? Meines Wissens wächst diese Waldbesetzerszene ständig. Das ist mittlerweile eine richtige Bewegung. Ich hab gelesen, dass es an den Unis deutschlandweit Aushänge gibt, wenn mal wieder großflächige Rodungen geplant sind und der Wald besetzt werden soll. Da gibt's Leute, die halten es monatelang im Wald aus.«

»Ich kann aber nicht monatelang darauf warten, bis der Kauf endlich über die Bühne gebracht ist! Ach, Himmel! Warum habe ich nicht versucht, mehr über den Kaufinteressenten herauszufinden! Das ist alles nur passiert, weil ich so aufgewühlt war. Und das war ich nur, weil ich Martin diesen Kuss gegeben habe.«

Lunas Blick weitete sich. »Du hast Martin geküsst?«

Veronika schüttelte hastig den Kopf.

»Du hast ihn geküsst!«

»Ach, nicht richtig ... Es war ein Fehler. Ich hab mich da zu etwas hinreißen lassen ...« Sie machte eine wegwerfende Bewegung. »Ist jetzt auch egal. Was zählt, ist, dass ich diese Typen wieder loswerde.«

Luna legte tröstend den Arm um ihre Schultern. »Ich würde mich an deiner Stelle juristisch beraten lassen. Und wer weiß, vielleicht wird die Waldbesetzung in den Medien aufgebauscht, und das Ganze ist bloß ein Sturm im Wasserglas und bald ausgestanden. Wollen wir jetzt was essen?«

Veronika schüttelte den Kopf und wies Luna an, die Schälchen und die Ingwer-Zitronen-Limonade wieder einzupacken. »Aus dem Büropicknick wird nichts. Du hast recht, ich muss mich dringend nach der Rechtslage in so einem Fall erkundigen.«

»Willst du nicht wenigstens die Rosenschokolade probieren? Nervennahrung ist doch jetzt genau das Richtige.«

Veronika hatte keine Lust auf Schokolade. Nichts würde den galligen Geschmack in ihrem Mund vertreiben, weil sie ausgerechnet in dem Augenblick, da ihre Karriere wieder Fahrt aufzunehmen begann, nicht nur verharren, nein, sogar einen Schritt zurückmachen musste.

Und gut möglich, dass sie gezwungen war zu tun, was sie bis eben noch kategorisch ausgeschlossen hatte: noch einmal ins alte Forsthaus zurückzukehren.

# ANNA

Am 9. April 1368 veranlasste Peter Stromer, dass auf einer großen Fläche bei Lichtenhof die Samen von Kiefern und Fichten ausgesät wurden. Waldsaat nannte man das, ein neues Wort, denn für die Menschen hatten Wald und Saat bis dahin nicht zusammengehört. Der Wald war finster, unwegsam und ungezähmt, Saat etwas, was auf einem umgrenzten Feld ausgebracht wurde und Frucht trug. Für mich war das kein Widerspruch.

Peter Stromer hatte dieses Datum kurz nach Ostern ausgewählt, weil es ihm als gutes Omen erschien. Bei meiner Tante Gerhaus löste er damit nur Misstrauen aus. Einen Wald zu pflanzen war in ihren Augen gegen Gottes Willen. Galten Nadelbäume nicht als *arbores malae et nonfructiferae*, schlechte Bäume, die keine Früchte trugen? Waren sie nicht Teil einer vom Teufel zur Verhöhnung Gottes und der Menschen geschaffenen Gegenwelt?

Doch die Priorin hatte nichts zu sagen, nicht Peter, auch nicht mir. Mein Onkel gab zwar niemals offen zu, dass ich mehr vom Wald verstand als er. Aber als es galt, die Aussaat vorzubereiten, stellte er Margarethe viele Fragen, und die trug ihm später meine Antworten zu. Damit dabei nicht zu viel Zeit verloren ging, wurde beschlossen, dass ich eine Weile in ihrem Haushalt leben sollte.

Mein Vater hatte in diesen Tagen auch nicht viel zu sagen. Er selbst hätte mich lieber weiterhin im Kloster gesehen als bei Margarethe, doch Agnes meinte, Hauptsache sei, jemand sorge wie eine Mutter für mich.

Die Nürnberger tuschelten darüber, dass Peter Stromer schon immer ein Sonderling gewesen sei, mit oft merkwürdigen Gedanken, so verdreht wie ein Nagel, den der Hammer nicht richtig getroffen habe. Mein Vater beteiligte sich an diesem Gerede nicht.

In jenem Frühjahr, da die Waldsaat ausgebracht wurde, kaufte er ein neues Haus am Hauptmarkt nördlich der Frauenkirche. 1825 Gulden kostete es, so steht es in seinem Püchel, und noch einmal so viel, um es derart umzubauen, dass es eines Kaufmanns würdig war und man dort sogar kaiserliche Gäste empfangen konnte. Da seine Geschäfte nun all seine Aufmerksamkeit erforderten, beauftragte er jemand anderen mit dem Fortschreiben der Familienchronik, und dieser Jemand kam am Tag der Aussaat nach Lichtenhof, um auch dieses Ereignis zu bezeugen und aufzuschreiben.

»Sebald«, sagte ich, als ich ihn sah.

»Anna«, gab er zurück.

Unseren Stimmen war das Jahr nicht anzuhören, das vergangen war, seit wir uns das letzte Mal gesehen hatten. Gleichwohl hatten wir uns beide verändert. Gewachsen waren unsere Leiber und auch eine neue Sehnsucht, die sich nicht wie bei ihm auf ferne Länder oder wie bei mir in die Tiefe der Erde richtete. Es war die Sehnsucht, einander wiederzusehen. Nun standen wir einander unverhofft gegenüber, und was Peter, Franz Coler und Margarethe nicht weit von uns schwatzten, wurde jäh bedeutungslos. Sebald hatte bis jetzt nur meinen Namen gesagt, doch sein breites Lächeln erzählte eine ganze Geschichte.

Er hatte es geschafft, den Ärger meines Vaters, der sich über mir entladen hatte, von sich selbst abzulenken. Seine Aufgabe, mich schreiben zu lehren, hatte er schließlich erfüllt, und so diente er Ulmann Stromer nun als Lehrling.

Ich überwand den letzten Abstand zwischen uns, dann schoben sich unsere Hände ineinander. Seine Haut war winterweiß, sein Haar jedoch hatte einen bronzenen Schimmer, den ich früher nicht bemerkt hatte. Mein Lächeln erzählte ihm keine Geschichten, doch er legte den Kopf schief, als lauschte er einem Lied. Kein Wort konnte kostbarer sein als das vertraute Schweigen.

Unsere Zuneigung glich der großen, weiten Fläche, auf der wir standen. Andere mochten versucht haben, sie bis ins Wurzelreich hinein zu versengen, doch heute würde auf der vernarbten Erde etwas Neues zu sprießen beginnen.

Auf einmal rutschte ihm sein Lächeln aus dem Gesicht. Er senkte den Kopf und blickte zu Boden, als suchte er es dort. »Ich weiß nicht, was ich aufzeichnen soll«, gestand er.

»Nun, du sollst Kunde geben von dem, was heute passiert.«

»Nur begreife ich nicht, was genau es ist.«

»Du hast doch auch vom Haus geschrieben, das mein Vater gekauft hat und umbauen will.«

»Wie ein Haus gebaut wird, weiß ich.«

»Einen Wald zu bauen ist nicht viel anders«, erklärte ich, Worte zusammenfügend, die ebenso wenig zueinanderpassten wie Saat zum Wald. Doch als ich fortfuhr, ergaben sie auch für Sebald Sinn.

Bevor man darangeht, ein Haus zu errichten, gilt es, das richtige Material auszuwählen, im Falle eines Nürnberger Fachwerkhauses waren das witterungsbeständiges Holz sowie Lehm, Sand und Stroh. Das eine musste zurechtgeschnitten, die übrigen im richtigen Verhältnis gemischt werden.

Vor der Waldsaat wiederum hatten wir entscheiden müssen, welche Samen wir nutzen wollten. Wir waren bei der Kiefer geblieben, weil sie schnell und bereitwillig wächst, und hatten ihre Samen gesammelt, indem wir im letzten Sommer leicht an den Bäumen rüttelten und die Zapfen mitsamt den Samen mit Tüchern auffingen. Den ganzen Winter lang ließen wir sie sodann in der Wärme des Kamins langsam dörren.

»Bevor ein Haus gebaut wird, wird eine Grube gegraben, in der später der Keller entsteht«, fuhr ich fort. »Fürs Ausbringen der Waldsaat gilt es ebenfalls, den rechten Untergrund zu bereiten, indem man mit dem Pflug den Boden leicht aufreißt, damit die Samen auf ein weiches Bett fallen, in dem sie keimen können.« Ich machte eine kurze Pause, lächelte. »Damit enden die Ähnlichkeiten. Denn ein Haus wächst unter Ächzen, Schweiß und harter Arbeit in die Höhe, indes der Wald von nun an ohne unser Zutun zu sprießen und zu wachsen beginnt.«

Sebald deutete auf eine Gruppe von Arbeitern. »Die Männer dort hinten liegen aber nicht auf der faulen Haut.«

In der Tat gönnte ihnen mein Onkel Peter, der sie angeheuert hatte, keine Ruhepause. Erst hatte er sie angetrieben, damit beim Verstreuen der Baumsamen kein Fleckchen der öden Fläche ausgespart wurde. Jetzt ließ er sie Holzlatten schleppen und zusammenbauen.

»Es gilt, die Triebe der Bäume vor hungrigen Tieren zu

bewahren, darum wird hier ein großer Zaun errichtet. Er soll vor allem die Rehe abhalten.«

»Auch mit Steinen?«, fragte Sebald, dem nicht entging, dass einige große Feldsteine trugen.

»Ich vermute, die Steine sollen als Markierung für die Bauern der Umgebung dienen, damit sie zu dieser Fläche keine Kühe und Schweine treiben.«

Während ringsum eifrig gehämmert und geklopft wurde, schritten Sebald und ich Hand in Hand die Stätte der Waldsaat ab. Etwas frische Erde war über der ausgebrachten Saat verstreut worden, und das Land sah nun so öde und nackt aus wie am Morgen.

Plötzlich wurde der Druck seiner Hand fester. Während Peter den Boden noch etwas zweifelnd betrachtete, schien Sebald den künftigen Wald bereits deutlich vor sich zu sehen. Er sah ja auch stets, wer ich war. »Dies alles ist letztlich dein Werk, du kannst sehr stolz auf dich sein.«

Stolz traf es nicht. Das war, fand ich, ein hartes, kaltes Gefühl, welches die Männer hinter geschwellter Brust horteten und stets in Ruhm oder Geld zu verwandeln gedachten. Ich dagegen genoss es, frei atmen zu können, als gewährte man hier nicht nur dem Wald, sondern auch mir den Raum, mich auszudehnen.

»Ich glaube nicht, dass ich es ohne dich geschafft hätte«, murmelte ich.

»In den letzten Monaten haben wir uns doch gar nicht gesehen.«

»Und doch hast auch du gleichsam einen Samen für diesen Wald gelegt, weil du mich zum Reden gebracht und solcherart eine Brücke zwischen mir und den anderen Menschen gebaut hast.«

Die sachte Röte, die seine Wangen befleckte, zeigte mir, wie sehr ihn meine Worte bewegten.

Unwillkürlich waren wir stehen geblieben. Wir hielten uns immer noch an den Händen und versanken im Anblick des anderen wie am Morgen bei unserem Wiedersehen.

Die Übrigen achteten nicht auf uns. So wenig, wie sie hier schon einen Wald sehen konnten, sahen sie zwei Liebende. Wir hingegen blickten in eine Zukunft, in der es eine nicht ohne den anderen gab, in der uns niemand mehr trennen konnte, kein Mensch und auch nicht unsere Sehnsüchte. Diese zogen uns zwar in unterschiedliche Richtungen, doch sie hatten uns letztlich an diesem Ort zusammengeführt – dem Ort, an dem der erste von Menschen gemachte Wald entstand. Ein Menschenwald. In den Ohren der anderen mochte dieses Wort ebenfalls neu und fremd klingen, aber mir Waldmensch ging es ganz selbstverständlich über die Lippen.

Der Wald lässt sich nicht gerne beim Wachsen zuschauen. Es gibt an einem Tag nicht mehr zu beobachten, als dass sich ein weiterer Faden ans Gewebe fügt, so hauchdünn, dass er mit bloßem Auge nicht zu erkennen ist.

Nachdem er zunächst täglich die Aussaatstelle besucht hatte, sah Peter schließlich ein, dass der Ertrag des Waldes nur nach längerem Warten für das menschliche Auge sichtbar wurde, und warten konnte er ebenso in seinem Nürnberger Heim. Dort lebte auch ich fürderhin, denn weder bestand mein Vater auf meiner Rückkehr ins Kloster oder einer Heimkehr, noch bestand Margarethe auf meiner Abreise. Sie hatte längst erkannt, dass auch ich ein Geschöpf war, das man ungestört wachsen lassen musste.

Anders als die anderen brach ich weiterhin regelmäßig

nach Lichtenhof auf, und da Margarethe sich nicht um meines Vaters Gebot kümmerte, wonach ich Sebald nicht wiedersehen durfte, begleitete er mich oft. Es gab zwar selten Neues über die Waldsaat aufzuschreiben, doch Langsamkeit war nichts, woran er sich störte. Ein Buch brauche schließlich auch seine Zeit, pflegte er zu sagen.

Wir hatten den Wald meist für uns allein, den ehrwürdigen, alten und den noch ungeborenen. Nur dann und wann begegneten wir Menschen, herbeigelockt von der Nachricht, dass Peter Stromer hatte Wald säen lassen. Dies wollten viele mit eigenen Augen sehen.

Einmal bemerkten wir am Rande der Lichtung eine Gestalt. Sie schien mit einem Baumstamm verschmolzen und wäre mir beinahe nicht aufgefallen, wenn nicht plötzlich etwas Weißes durch das Braun geschimmert hätte ... Barbaras Stock. Ein Juchzen sprang über meine Lippen, doch Barbara reagierte nicht. Ich rief ihren Namen, und immer noch regte sich nichts, als hätte sie vergessen, wie sie hieß.

Mich jedoch hatte sie nicht vergessen, denn nachdem ich Sebald mit einer knappen Geste bedeutet hatte, dass ich allein mit ihr reden wollte, und auf sie zustapfte, blitzte etwas in ihren Augen auf. Es lag keine Wärme in diesem Blick, wie Eis glitzerte er an diesem heißen Tag, da der Sommer noch zu behäbig war, um sich vom Herbstwind aufscheuchen zu lassen.

Ich wollte ihre Hand nehmen, sie drücken wie stets am Morgen nach den Nächten, in denen ich mich an sie geschmiegt hatte. Doch die eine Hand hielt den Stock, und mit der anderen stützte sie sich am Baum ab, als könnte sie ohne ihn nicht aufrecht stehen. Mir ging auf, wie sehr sie in den letzten Jahren gealtert war. Das spinnwebendünne Haar bedeckte nicht mehr den ganzen Schädel, die Hände wirkten wie Krallen, und die gefurchte Haut hing ihr vom Gesicht wie ein zu groß gewordenes Kleid, das am dürren Körper schlackert. Doch in ihrer Stimme war noch Kraft und Leben, ihre Empörung klang jung.

»Ist es wahr?«, fuhr sie mich an.

Sebald war mir in gebührendem Abstand einige Schritte gefolgt. Etwas an dem alten Waldweib schien ihm Angst zu machen. Ich indes fasste zwar nicht Barbaras Hand, umschlang aber die Mitte ihres Leibes.

»Gewiss doch! Wir geben dem Wald seine Bäume zurück.«

Ihre Augen wurden bedrohlich schmal. »Es heißt, es sei deine Idee gewesen.« Nun las ich nicht nur Empörung, sondern auch Verachtung, und nun dachte ich nicht länger an die vielen Morgenstunden, da ich an ihrer Seite erwacht war, sondern an den Tag, an dem sie mich bereitwillig hatte gehen lassen – mich und den Honig, während sie mit den Münzen meines Vaters zurückgeblieben war. Eine harte, kalte Frau, die der Liebe misstraute.

Ich ließ sie los, wich zurück. »Du hast es mir so beigebracht. Was man sich nimmt, muss man hernach wieder zurückgeben. Und wir geben dem Wald ein Stück Wald zurück.«

»Du glaubst, dass das, was hier wächst, ein Wald ist?«

»Siehst du nicht die grünen Triebe? Bald werden Bäume daraus!«

»Wenn du denkst, dass ein paar Bäume, die gerade nebeneinander wachsen, ein Wald sind, dann hast du nichts verstanden.«

Die Wucht ihrer Ablehnung traf mich verzögert, dafür umso heftiger. Ich hatte nie danach gestrebt, den Menschen zu gefallen, hatte mir auch von Peter Stromer keine Anerkennung erwartet. Doch von ihr hatte ich mir ein Danke erhofft, schlicht, rau, kaum hörbar, wie ein zaghaftes Echo aus den Tiefen jenes Reiches, das ich vor der endgültigen Zerstörung bewahrt hatte.

»Und was hast du von mir verstanden?«, gab ich bitter zurück. »Ein mutterloses Kind braucht jemanden, der es behütet und beschützt und es nicht nach ein paar Monaten wieder wegschickt. Du hast niemals versucht, mich wiederzusehen, hast dich nie erkundigt, wie es mir nach meiner Rückkehr nach Nürnberg ergangen ist.«

Sie löste ihre Hand vom Baumstamm und hob sie. »Ich tauge nicht zur Mutter. Im Wald sind wir alle Kinder, winzige Kinder, die nichts vermögen. Die einen verirren sich, die anderen finden sich zurecht, für wen die Einsamkeit eine Qual und keine Wohltat ist, der hat im Wald nichts verloren, sondern geht im Wald verloren. Wenn ich dich etwas zu lehren hatte, so war es, dir selbst genug zu sein, denn nirgendwo ist man so allein wie im Wald.«

Ihre Worte klangen so hart wie alles, was sie je zu mir gesagt hatte, doch etwas in ihrem Antlitz zuckte und verriet einen Schmerz. War es nur der uralte Schmerz um den Liebsten, den sie einst verloren hatte? Oder hatte auch sie gelitten, als sie mich hatte gehen lassen? Doch selbst wenn es so gewesen wäre – jegliche Trauer hatte sie wohl nur noch tiefer in den Schatten der Bäume getrieben, um dem Schatten der Liebe zu entkommen. Der ungeborene Wald vor uns auf der Lichtung warf noch keine Schatten.

»Wenn du denkst, dass man im Wald allein ist, so hast du nichts von ihm verstanden«, erwiderte ich gepresst. »Ich habe an diesem Ort gelernt, mein Herz zu öffnen, und ich werde es nicht wieder verschließen. Du hast in mir am Ende ein Geschäft gesehen, nicht das Kind, das deine Tochter hätte sein können. So ist es auch kein Wunder, dass du hier nur einzelne Bäume und keinen Wald siehst.«

Ihr Ausdruck wurde etwas milder. Kurz neigte sie sich über mich, und ich bekam zwar nicht ihre Hände, jedoch ihren warmen Atem zu spüren. Sie klang nicht länger rüde, sondern traurig, als sie sagte: »Was wir beide, du und ich, sehen, ist letztlich nicht von Bedeutung. Die anderen Menschen sehen weder Wald noch Bäume, sie sehen zehntausend Klafter Holz.«

Sie drehte sich um und stapfte davon. Schwer stützte sie sich auf den weißen Stab, der noch zu sehen war, als das Dickicht ihre Gestalt bereits verschlungen hatte.

An diesem Tag ging ich nicht frohgemut wie sonst von der Lichtung fort, sondern war tief in Gedanken versunken. Sebald hatte während unseres Gesprächs Abstand gehalten und wohl nichts von meinem Wortwechsel mit Barbara vernommen, doch wer sie war, konnte er sich zusammenreimen. Und dass mich die Begegnung erschüttert hatte, war mir wohl deutlich anzumerken. Er stellte keine Fragen, aber als wir den Wald verlassen hatten, ergriff er einmal mehr meine Hand.

»Ich bin immer einsam gewesen, trotz all der Bücher, doch mit dir an meiner Seite bin ich es nicht mehr.«

Ich blickte auf, Traurigkeit stieg in mir auf, verfing sich in meiner Kehle. »In einem hat Barbara recht«, sagte ich. »Im Wald muss man sich selbst genügen, wie auch auf Reisen in fremde Länder. Sonst kann man beides nicht genießen, es wird einem von der quälenden Einsamkeit verdorben.«

Sebalds Blick schweifte suchend über das Knoblauchsland, jene karge, weite Fläche, wo der Mensch mit dem kalten Wind und dem trockenen Boden so erbittert darum kämpfte, dass etwas Gemüse wachsen durfte. »Vielleicht will ich gar nicht mehr reisen.«

»Du willst deinen Traum aufgeben?«

»Vielleicht hege ich anstelle des alten Traums einen neuen.«

Er sagte nichts weiter, drückte meine Hand nur noch fester. Auch ich wollte nicht mehr mir selbst genügen, nicht in Nürnberg, nicht im Wald.

»Du wolltest doch aber die große weite Welt sehen.«

»Nun, dann muss ich mir eben die große weite Welt nach Nürnberg holen.«

Er zögerte kurz, dann sprudelten seine Pläne hervor. Pläne von einer Papiermühle, die er hier gründen und führen wollte, die erste nördlich der Alpen. Papier werde immer wichtiger, für Geschäftsbücher, die Verpackung der Waren, die Korrespondenz zwischen Fürstenhöfen und Städten, für neues Geld in Form von Wechselbriefen.

Er hörte gar nicht mehr auf zu reden. Vieles verstand ich nicht, vor allem, als er sich in den Einzelheiten der Papierherstellung erging. Eins allerdings begriff ich – dass man auch hierbei vorgehen musste wie beim Hausbau oder bei der Waldsaat: Es bedurfte eines guten Plans, des rechten Materials, der geeigneten Technik – und man brauchte Geduld, viel Geduld.

Der Wald wuchs, und das Ansehen von Peter Stromer wuchs mit ihm.

In den nächsten Jahren ließ er weitere Waldsaat ausbringen. Margarethe, Franz Coler und vor allem ich halfen zu erforschen, wie möglichst schnell möglichst viele Bäume gedeihen konnten. Wir stellten vielerlei Versuche an, einige wenige glückten. Es galt, den besten Zeitpunkt zu ergründen, um die Samen von den Bäumen zu ernten und später auszusäen, und wie der Mond dabei zu stehen hatte – ob sicheldünn oder satt und rund –, ebenso, wie tief man den Samen in den Boden betten musste und in welchem Abstand zum nächsten. Nicht nur mit Kiefern und Fichten, auch mit Tannen und später mit Eichen experimentierten wir, auf der großen Fläche bei Lichtenhof wie auf anderen gerodeten Gebieten. Wie lange Samen gelagert werden konnten, mussten wir herausfinden, und unter welchen Bedingungen. Wann war es zu heiß, wann zu kalt?, fragten wir uns, und auch, wie man wertvolles Saatgut am besten vor Mäusen schützte.

Was wir herausfanden, nutzte nicht nur Nürnbergs Reichswald. Aus allen Teilen der Welt kamen Menschen, die von der hiesigen Waldsaat Kunde erhalten hatten und sich anschauen wollten, was wir vollbrachten. Vor allem wollten sie wissen, wie man es anzustellen hatte, um später in ihren Gegenden und Ländern Gleiches zu bewirken.

In späteren Jahren nahmen sie auch Samen mit, denn alsbald gab es in Nürnberg einen neuen Beruf, Waldsäer genannt, mancherorts auch Tannensäer. Und wie der Bäcker schon in frühen Jahren dem Sohn sein geheimes Rezept für den Pfefferkuchen verrät, so verhielt es sich mit dem Wissen, wie man Bäume pflanzt. Die Nürnberger waren überzeugt, dass niemand so gut darin war wie sie.

Als etwa vier Jahre nach der Aussaat die allerersten Föhren, die damals in Lichtenhof gesät worden waren, zu schlanken, kegelförmigen Bäumen herangewachsen waren – höher als jedes Fachwerkhaus von Nürnberg und fast so hoch wie Stadttürme –, gingen Sebald und ich auf ein

Fest. Am siebten Sonntag vor Ostern wurde Herren-fasnacht gefeiert, dann luden die Ratsherren das Volk zu einem üppigen Mahl. Es floss Wein in Strömen, und es wurden Schmalzküchlein serviert. Wir aßen, bis wir platzten, reichten uns sodann die fettigen Hände und tanzten ausgelassen, bis trotz des kühlen Wetters Schweiß floss, der das Schmalz von unseren Wangen wusch.

Weitere vier Jahre später, als die Kronen der Föhren wie Sonnenschirme aussahen, die sich immer weiter ausbreiteten, und sich ihr Stamm auf eine eigentümliche Weise in sich verdrehte und etwas krümmte, wie es die Eiche niemals tun würde, wurde wieder ein Fest gefeiert, an dem Tag nämlich, da die bäuerlichen Hintersassen die Fasnachtshühner als Zins abliefern mussten und etliche davon gebraten wurden.

An diesem Tag aßen Sebald und ich nur ein paar Bissen, denn der Hunger, den wir verspürten, konnte nicht von Essen gestillt werden. Als wir uns abseits vom Fest küssten, wurde er nur noch stärker, doch war dies ein Hunger, der glücklich macht und nicht von Mangel kündet.

Als sich die glatte grau-gelbliche Rinde der jungen Föhren am oberen Teil des Stammes leuchtend rotgelb färbte, während sie am unteren Teil ein dunkles Braunrot annahm und immer rissiger wurde, feierten wir Hochzeit.

Selten genehmigte der Rat einen Tanz im großen Saal des alten Rathauses, doch ich war die Tochter eines Stromers und Sebald ein Vorchtel, unseren Vätern verwehrte man solch ein Gesuch nicht. Wir tanzten erst im Saal und später im Wald.

Als das Waldstück, das Peter hatte ansäen lassen, sich kaum mehr vom übrigen Reichswald unterschied, trug ich mein erstes Kind unterm Herzen. Ich konnte den Wald nicht mehr betreten, denn zu dieser Zeit lebten wir in Heroldsbach. Das Leben hatte einen von Sebalds Träumen – es mit mir teilen zu dürfen – erfüllt, doch noch hatte er keinen Weg gefunden, seine Papiermühle zu gründen.

# VERONIKA

Veronika war nicht sicher, was sie im Reichswald erwartete. Obwohl Luna die Waldbesetzer als sehr radikal bezeichnet hatte, hatte sie sich gitarrenspielende Menschen vorgestellt, mit Rastazöpfen und in Gammellook, die ihre Botschaften auf Transparente schrieben. Als sie sich der Lichtung rund um die alte Eiche näherte, war allerdings keine Musik zu hören, sondern Lärm wie auf einer Baustelle: das Klopfen von Hämmern, das Kreischen von Sägen, das Rattern eines Akkubohrers.

Richtig, die Waldbesetzer wollten ja Baumhäuser bauen wie schon in anderen Wäldern – in den regionalen Medien war darüber ausführlich berichtet worden.

Sie hatte die Artikel gemeinsam mit Dr. Michael Kaindl studiert, dem Anwalt, den ihr ein Landrat aus der Umgebung von Nürnberg empfohlen hatte. Der Landrat hatte ihren Vater gut gekannt und selbst schon Schwierigkeiten mit Waldbesetzern gehabt, als er den Bau einer Autobahnzufahrt geplant hatte. »Die sind wie Ölflecken auf einem weißen Hemd«, hatte er sie gewarnt, »wo die einmal sind, kriegt man sie nicht mehr raus.« Dr. Kaindl sagte in etwa das Gleiche, wenn auch in verklausuliertem Juristendeutsch.

Selbstverständlich habe sie die Möglichkeit, gegen die Waldbesetzung zu klagen, zumal es sich bei ihrem Wald-

stück nicht um einen Staatsforst, sondern einen Privatwald handle. Doch das bedeute nicht, dass eine Zwangs-
räumung ohne Weiteres möglich sei. Dafür müssten die
rechtlichen Voraussetzungen gegeben sein, was nur der
Fall wäre, wenn die Waldaktivisten nachweislich eine Straf-
tat begangen hätten.

»Und eine illegale Besetzung ist das nicht?«, fragte Veronika.

»So etwas gilt lediglich als Ordnungswidrigkeit – und
das reicht nicht, um eine sogenannte Zwangsmaßnahme
einzuleiten. Das würde in so einem Fall als unverhältnis-
mäßig angesehen.«

»Ich kann also gar nichts machen?« Die Panik in ihrer
Stimme schien ihr auch nicht ganz verhältnismäßig zu
sein.

Etwas nachdenklich betrachtete Dr. Kaindl sie. »Sie waren sich der Tatsache nicht bewusst, dass der Käufer Anteilseigner einer Papierfabrik ist, nicht wahr? Und den Vorverkauf rückgängig zu machen, wäre keine Option?«

Veronika schüttelte den Kopf. Bevor sie bei Dr. Kaindl
Rat gesucht hatte, hatte sie einen befreundeten Frankfurter Anwalt aufgesucht, der auf Immobilienrecht spezialisiert war, und der hatte bestätigt, was sie geahnt hatte:
Ohne finanziellen Verlust konnte sie nicht mehr aussteigen.

Nicht nur das hatte ihre anfängliche Empörung, weil sie
sich hinters Licht geführt wähnte, schwinden lassen, sondern auch ein weiteres Gespräch mit Christian Moser. Der
hatte erst eine Flasche Leinöl als Versöhnungsgeschenk
nach Frankfurt geschickt und sie kurz darauf angerufen:
Wie bedauerlich, dass sie sich betrogen fühle. Der Bio-
bauernhof allein trage sich leider nicht, deswegen habe er

sich ein zweites berufliches Standbein gesucht. Nie wäre er auf die Idee gekommen, dass sie Schwierigkeiten mit dieser Art der Waldbewirtschaftung hätte, die insgesamt doch eine sehr nachhaltige sei.

Ehe er noch all die Slogans und Mottos herunterrasselte, die sie bereits kannte, hatte Veronika ihn mit einem knappen »Ist schon gut« abgewürgt.

»Ich werde nicht vom Kaufvertrag zurücktreten«, sagte sie zu Dr. Kaindl.

»Nun«, kam es etwas gedehnt, »eine Option fällt mir durchaus ein, die das Verwaltungsgericht bewegen könnte, einer gewaltsamen Räumung stattzugeben. Aber selbst in diesem Fall ist das keine Garantie, dass das Waldstück nach der Räumung leer bleibt. Oft kehren die Waldbesetzer nach kurzer Zeit wieder zurück.«

Wenn sie nur lange genug fernbleiben, damit der Kaufvertrag notariell beglaubigt werden kann, würde mir das schon genügen, ging Veronika durch den Kopf, und sie schämte sich ein wenig, dass sie den Besitz der Eltern wie lästigen Ballast einfach nur loswerden wollte. Allerdings war sie an dieser Situation nicht allein schuld.

»Was würden Sie mir denn raten?«, erkundigte sie sich.

»Bemühen Sie sich um eine gütliche Einigung. Oft genügt ein kleines Zugeständnis, um die Aktivisten zum Abzug zu bewegen.«

Sie war nicht sicher, wie das aussehen könnte, trotzdem nickte sie, schließlich hatte auch Luna sie darin bestärkt, eine diplomatische Lösung zu suchen.

Direkt nach dem Termin bei Dr. Kaindl in der Innenstadt von Nürnberg fuhr Veronika zum Forsthaus. Sie parkte davor und starrte das Haus an. Es schien, als würde ihr Blick von den morschen Fensterläden erwidert, nicht schadenfroh oder trotzig, nur müde.

Abrupt wandte sie sich ab.

Mit jedem Schritt, der sie der Lichtung um die alte Eiche näher brachte, gewann der Baulärm an Intensität, genau wie ihr Groll.

Immer noch war sie davon überzeugt, dass Ben für die Waldbesetzung verantwortlich war. Innerlich schimpfte sie leise auf ihn ein: Willst du mit deinen tollen Geräten vielleicht diesen Baulärm aufnehmen? Und was sagen eigentlich die Bäume dazu, wenn man für Baumhäuser Nägel in sie hämmert? Fangen die dann begeistert zu singen an?

Als sie am Ziel war, sang niemand. Nur der Akkubohrer ratterte unaufhörlich, ohne dass sie erkennen konnte, wer damit arbeitete. Sie sah zunächst nur einen Mann, der eine Kamera auf eine junge Frau gerichtet hielt, und daneben einen Journalisten, der Fragen stellte.

Auch die junge Frau sah überhaupt nicht so aus, wie sich Veronika eine Waldbesetzerin vorgestellt hatte. Sie trug ein schlichtes schwarzes Kleid mit altmodisch anmutenden Ärmeln, eine Brille mit kreisrunden Gläsern und hatte eine rote Mütze auf dem Kopf.

Veronika musste an Rotkäppchen denken, das sich im Wald verirrt hatte, doch die Stimme der jungen Frau – grollend und tief – verriet, dass sie es nötigenfalls mit dem Wolf persönlich aufnehmen würde.

»Unsere Strategie ist es, einfach hier zu sein und Baumhäuser zu bauen. Allerdings tun wir das nicht nur, um den Wald besetzt zu halten und zu schützen. Die Art, wie wir hier leben, wie wir uns organisieren, bildet die Grundlage einer neuen Gesellschaftsform, ein Versuch, möglichst respektvoll miteinander umzugehen. Uns sind alle interessierten Menschen willkommen.«

Der Reporter nickte zwar, aber der leicht verdrossene Zug um seinen Mund verriet, dass das Kommunistische Manifest in seinen Augen nicht zum knackigen O-Ton taugte.

Seine nächste Frage konnte Veronika nicht verstehen, denn sie wurde vom Klopfen eines Hammers übertönt. Rotkäppchens Antwort dagegen fiel laut genug aus: »Der Nürnberger Reichswald ist ein Musterbeispiel für das Scheitern der bundesdeutschen Forstwirtschaft. Dass die Holzernte mit schwerem Gerät ausgerechnet zur Brutzeit stattfindet, ist ein Skandal, denn der Wald ist zu weiten Teilen Vogelschutzgebiet, und die EU-Vogelschutzrichtlinie verbietet das Beschädigen von Nestern sowie gravierende Störungen der Vogelwelt, vor allem in der Brutzeit.«

»Die Firma, die das Waldstück kaufen will, hat ein nachhaltiges Konzept für die Waldnutzung vorgelegt«, wandte der Interviewer ein.

»Was soll an diesem Zellstoff-Kreuzzug denn nachhaltig sein?«

»Sie sprechen offenbar von der Papierherstellung.«

Das Rattern, das nun ertönte, klang fast zornig. Aber der Akku der jungen Frau war ebenso gut geladen wie der des Arbeitsgeräts. »Jeder fünfte Baum, der auf dieser Welt gefällt wird, landet in der Papierherstellung«, rief sie eifrig. »Fast jeder zweite industriell gefällte Baum weltweit wird zu Papier verarbeitet. Deutschland ist der zweitgrößte Papierimporteur nach den USA und verbraucht so viel Papier wie Afrika und Südamerika zusammen.«

Der Journalist wirkte etwas zufriedener, lauter Sätze, die er gut zusammenschneiden konnte.

Ehe er nachhaken konnte, fuhr Rotkäppchen fort: »Und es geht hier nicht nur um die Verschwendung von Holz. Die Herstellung von Papier ist ungemein wasserintensiv. Man braucht Wasser zum Herauslösen der Fasern und auch für Reinigungszwecke, und das Abwasser aus Papier- und Zellstoffwerken ist meist sehr stark belastet. Gar nicht zu reden davon, wie energieintensiv die Papierherstellung ist. Für die Produktion einer Tonne Papier aus frischen Holzfasern wird so viel Energie benötigt wie für die Herstellung einer Tonne Stahl!«

»Soweit ich weiß, ist der Energiebedarf bei der Herstellung von Papier in den vergangenen Jahrzehnten stark gesunken.«

Der Wolf traute sich was.

Rotkäppchen machte keine großen Augen, sondern verengte sie zu Schlitzen. »Aber da die Produktion insgesamt gestiegen ist, fällt das nicht ins Gewicht. Die $CO_2$-Emissionen liegen mittlerweile bei etwa 18,5 Millionen Tonnen.«

»Es gibt auch Recyclingpapier.«

»Nur jedes zehnte in Deutschland verkaufte Schulheft besteht aus Recyclingpapier. Und daran wird sich nichts ändern, solange es stets genug Nachschub an neuem Papier gibt und die Menschen sich nicht bewusst werden, dass ...«

»Ich glaube, wir haben genug«, würgte der Reporter sie ab.

Rotkäppchen starrte ihn indigniert an, und obwohl der Kameramann prompt die Kamera sinken ließ, holte sie tief Luft, um trotzdem weiterzureden.

Doch in diesem Augenblick fiel ihr Blick auf Veronika. Sie stand zwischen zwei Bäumen am Rande der Lichtung und ihre erste Regung war zurückzuweichen. Am Ende blieb sie stehen, auf den Lippen lag ihr ein trotziges ›Hallo, ich bin's, der Jäger‹.

Rotkäppchen warf dem Reporter einen letzten grimmigen Blick zu und stapfte jetzt auf Veronika zu. Bald zeigte sich allerdings, dass sie eine potenzielle Verbündete in ihr sah. Ein strahlendes Lächeln erhellte das eben noch finstere Gesicht. »Willst du auch mitmachen? Wie schön! Uns ist jeder und jede willkommen. Wenn du magst, zeig ich dir alles.«

Sie startete den Rundgang mit weit ausholender Geste, als wäre sie eine Stadtführerin.

»Ich …«, setzte Veronika verdattert an, verpasste aber den richtigen Zeitpunkt, um sich zu erklären.

Rotkäppchen hob den Arm noch höher und deutete auf die Eiche. »Dort oben entsteht gerade ein neuer Empowerspace.«

»Ich …« Veronika ließ ihren Atem laut entweichen. »Wie … Empowerspace?«

»Ja, so nennen wir die Baumhäuser. Sie sind schließlich mehr als nur eine Wohnstatt, sie dienen als Kraftkammern für den Kampf.«

»Für den Kampf …«, echote Veronika.

»Hier ist das Infoboard, wo du die wichtigsten Informationen findest. Gerade befinden wir uns in der Planungsphase für unsere ersten Aktionen.«

Veronika folgte ihrem Blick. Auf einer morsch anmutenden Holzwand, die an einem Baum lehnte, hingen ein paar handbeschriebene Zettel. Daneben stand eine Blechdose, an der ein Pappschild mit der Aufschrift *Donations, please!* angebracht war. Veronika überlegte kurz, die Nachhaltigkeit der Blechdose infrage zu stellen, aber es gelang ihr ja nicht einmal, endlich zu erklären, wer sie war. Wobei es wahrscheinlich nicht ganz verkehrt war, sich mit den Gegebenheiten vertraut zu machen, ehe sie zur Überzeugungsarbeit ansetzte.

»Eine ordentliche Küche und ein Aufenthaltsbereich werden auch noch entstehen, aber eine Spülstraße gibt es schon.«

Die »Spülstraße« war eine gelbe Plastikwanne voll dreckigem Wasser, in dem Erdkrümel und kleine Blätter schwammen. Sie stand auf einem Holzkonstrukt, das Ähnlichkeit mit einem Tapeziertisch hatte. Daneben lag ausgebreitet ein Geschirrtuch, das in den Fünfzigerjahren, als die adrette Großmutter der Waldbesetzerin damit Weingläser poliert hatte, wohl noch weiß gewesen war. Mittlerweile machte es den Eindruck, als hätte man es häufiger als Putzlappen für die Toilette zweckentfremdet. Einen jungen Mann, dessen T-Shirt die Aufschrift *Fight for the Forests* trug, hielt das nicht davon ab, leere Teller darauf abzustellen.

»Wir kriegen jede Menge Möbel gespendet«, fuhr Rotkäppchen fort. Sie deutete auf ein abgenutztes Sofa mit Blümchenbezug und einen alten Schaukelstuhl, dem mindestens eine Armlehne fehlte. Auch die Rückenlehne sah nicht so aus, als könnte sich ein Mensch mit Durchschnittsgewicht guten Gewissens dort anlehnen. »Das bauen wir ratzfatz wieder zusammen«, sagte Rotkäppchen schnell, als könnte sie Veronikas Gedanken lesen.

»Das wirkt alles sehr ... professionell.« Veronika fühlte sich immer unbehaglicher.

»Toby bastelt gerade Strickleitern«, fuhr Rotkäppchen fort und deutete auf einen jungen Mann, der einen militärischen Gruß nachäffte, ehe er sich wieder seinen Stricken zuwandte und komplizierte Knoten machte. Die Stricke waren grünlich und wohl aus einem nachhaltigen Material gemacht. Schilf? Hanf?

»Und darauf klettert man dann hoch zu den Baumhäusern ... äh ... den Empowerspaces«, stellte Veronika fest und fragte sich, wie sie von diesem Thema auf ihr Outing kommen könnte.

Aber Rotkäppchen war ganz in ihrem Element. »Das letzte Mal haben wir im Wald ein richtiges Dorf errichtet«, erklärte sie stolz. »Eigentlich nicht nur eines, sondern mehrere Walddörfer, die mit Hängebrücken verbunden waren. Im größten Baumhaus war sogar Platz für einen Gruppenschlafraum, zwischenzeitig haben mehrere Hundert Leute im Wald gewohnt. So viele werden hier nicht herkommen, ist ja nur ein kleines Waldstück, aber jeden Tag treffen Neue ein. Wenn du magst, zeige ich dir jetzt den Spielplatz.«

»Da sind auch Kinder dabei?«

Ein nachsichtiges Lächeln umspielte Rotkäppchens Lippen. »Spielplatz nennen wir den Ort, wo wir das Klettern üben. Eine gute Vorbereitung ist das A und O, viele Baumhäuser werden in mindestens zehn Metern Höhe errichtet.«

»Aha«, sagte Veronika. Das kurze Schweigen, das folgte, hätte ihr eigentlich die Gelegenheit gegeben, endlich klarzustellen, dass sie keine Waldbesetzerin war, sondern die Besitzerin des Waldstücks. Doch ehe sie sich dazu durchgerungen hatte, kam Rotkäppchen ihr zuvor: »Ach ja, wir haben uns noch nicht vorgestellt. Ich bin die Rosa.«

»Luxemburg?«, entfuhr es Veronika. Sie biss sich auf die Lippen. Ein verunglückter Scherz würde nicht weiterhelfen.

»Sorry ... ich wollte nicht ... ich bin ...«

Verdammt, warum brachte sie bloß keinen ordentlichen Satz heraus? Ihre Zunge schien schlimmer verknotet als die Stricke aus Schilf. Aber sie musste sich gar nicht mehr vorstellen, ein anderer übernahm das für sie.

»Was machst du denn hier?«

Als Veronika herumfuhr, sah sie Ben auf sich zustapfen. Seit ihrer letzten Begegnung hatte er sich verändert. Schon damals war ihr sein Körper schmächtig, fast mager erschienen, aber er war mit so viel Energie erfüllt gewesen, und sein freundliches Lächeln hatte das schmale, spitze Gesicht weicher gemacht. Nun starrte er sie zwar finster an, nahm zugleich aber eine geduckte Haltung ein, so als wollte er sich in seinen übergroßen Klamotten verkriechen. Seine Stimme klang weniger anklagend als genervt, auch als er sich nun an Rosa wandte: »Du weißt schon, wer das ist, oder?«

Rosa blickte fragend zwischen ihnen hin und her, und ehe Veronika ein Wort sagen konnte, hatte Ben ihren Namen in den Kragen seines Anoraks genuschelt. In seinem Blick stand keine Wut, eher Verlorenheit, auf Rosas Gesicht wiederum trat erst Verwirrung, dann Empörung. Doch in diesem Moment ertönte ein lautes Krachen, gefolgt von einem Fluch. Beim Errichten eines der Empowerspaces war offenbar eine Latte zu Bruch gegangen.

Während Rosa sofort zu Hilfe eilte, blieb Ben geduckt vor Veronika stehen. »Also, was machst du hier?«

Wenn er ihr selbstbewusst gegenübergetreten wäre, wäre sie wohl instinktiv zurückgewichen. Seine leicht gekrümmte, unsicher wirkende Haltung machte es ihr leicht, sich entschlossen zu geben. Lunas Ratschlag, so diplomatisch wie möglich vorzugehen, auf schlichte, klare Botschaften zu setzen und ihren Willen zu einer gütlichen Einigung gleich zu Beginn deutlich zu bekunden, konnte sie trotzdem nicht umsetzen. Etwas an seiner Frage provozierte sie zu einem ungehaltenen: »Die Frage ist doch eher, was ihr hier macht!«

Ihre Stimme drohte zu kippen, doch rasch riss sie sich zusammen und fuhr in bemüht nüchternem Tonfall fort: »Ich will mich nicht dafür rechtfertigen, an wen ich mein Waldstück verkaufe. Aber ich würde euch gerne verständlich machen, warum ich diese Entscheidung getroffen habe, und dass es eigentlich keinen Grund gibt, das Konzept der Firma zu bekämpfen.«

Immer noch wirkte Ben nicht aggressiv, sondern eher verletzt. Was sie noch mehr aus dem Konzept brachte, war sein Schweigen. Er schien nicht auf eine Erklärung aus zu sein, und kurz hatte sie Angst, er würde sie einfach stehen lassen.

Hektisch und ein wenig zu laut erklärte sie: »Die Papierfabrik, an die das Grundstück verkauft werden soll, arbeitet sehr nachhaltig, und es ist nun mal so, dass irgendjemand Papier herstellen muss, solange es einen entsprechenden Bedarf dafür gibt. Findest du es wirklich besser, einen Großteil davon aus anderen Ländern zu importieren? Und dafür Urwälder in Finnland, Russland oder Südamerika zu roden?«

Sie glaubte, eine gewisse Anerkennung in seinen Augen aufflackern zu sehen, weil sie sich informiert hatte. Dass dies erst geschehen war, nachdem sie von den Problemen mit den Waldbesetzern erfahren hatte, mochte sie nicht zugeben.

»Es ist besser, man nutzt heimisches, nachwachsendes Holz für die Papierproduktion als tropische Wälder«, fuhr sie fort. »Wusstest du, dass im Urwald von Brasilien ein großer Teil des Holzes illegal geschlagen wird?«

Bis gestern hatte sie das selbst nicht gewusst. Sie hatte

sich in aller Eile einiges angelesen auf der Suche nach Argumenten, nein, nach Munition. Doch es blieb ein ungleicher Kampf, solange ihr Gegner seine Waffen nicht einmal auspackte und an seinem Schulterzucken jede Kugel abprallte. Die Wut, die Ben vermissen ließ, begann in ihr selbst zu brodeln.

»Es ist Heuchelei, die hiesigen Wälder zu schützen und so dazu beizutragen, dass die letzten Urwälder anderswo noch stärker zerstört werden. Für jeden Nationalpark in Europa geht ein unberührtes Waldgebiet in den Tropen drauf.«

Ben hielt den Kopf immer noch schräg, er sah nun lauernd aus. Seine ebenfalls schrägen Lippen wirkten wie ein verunglücktes Lächeln. »Hast du nicht eben gesagt, du willst dich nicht rechtfertigen?«

»Das tue ich auch nicht. Ihr müsst euch dafür rechtfertigen, dass ihr überhaupt angerückt seid. Es ist ja nicht so, dass hier die nächste Autobahnzufahrt gebaut wird. Das Holz auf diesem Waldstück wird dort eingesetzt, wo es eine hohe Wertschöpfung erzielt. Übrigens arbeitet die Papierfabrik eng mit einem Pelletproduzenten zusammen, der das Schadholz übernimmt, das für die Papierproduktion ungeeignet ist. Das sind Leute, die die Energiewende erst möglich machen. Ihr tragt dazu gar nichts bei.«

Bens Anflug eines Lächelns war längst verschwunden. Seine Lippen wurden noch schmaler. Er stand nun nicht mehr gebückt, sondern ruhig und gerade vor ihr. Umso mehr erwachte in Veronika das Bedürfnis, sich kleinzumachen und wegzuducken.

»Du hast der alten Eiche doch gelauscht«, sagte er leise, »und nun lässt du zu, dass sie einfach gefällt wird?«

Veronikas Augen weiteten sich. »Gefällt?«, entfuhr es ihr

fassungslos. Sie kämpfte darum, eine möglichst gleichmütige Miene zu wahren. doch als sie die Tragweite von Bens Worten begriff, konnte sie ihr Entsetzen nicht verbergen.

Er lachte freudlos auf. »Weißt du etwa nicht, dass zwecks leichterer Bewirtschaftung des Waldes eine neue Zufahrtsstraße geplant ist? Und dass ausgerechnet die alte Eiche im Weg steht?«

Er sprach mit sanfter Stimme, trotzdem hatte sie das Gefühl, dass er seine allerschärfste Waffe auspackte. Unwillkürlich schaute sie hinüber zu dem alten Baum.

Was immer vorhin zu Bruch gegangen war – gerade wurden mehrere Lattenteile mithilfe von Strickleitern nach oben transportiert. Die Eiche sah aus wie ein stoischer Riese, dem das Gewusel der Zwerge nichts auszumachen schien, der sich vielmehr insgeheim darüber amüsierte.

Übermächtig stieg in ihr die Erinnerung auf, wie sie einst mit Martin dort umhergeklettert war. Fast konnte sie fühlen, wie die Baumrinde auf sie niederrieselte, spürte die schmerzenden Handinnenflächen, die sich immer wieder aufscheuerten, auch wenn sie bereits von Hornhaut geschützt waren. Und dann war da noch ein Bild, dessen sie sich nicht erwehren konnte – von einem Harvester, der diesem stolzen Baum zu Leibe rückte, erst die großen Äste absägte und zuletzt die Säge am Stamm ansetzte.

Ein Schauder überlief sie.

»Ich konnte doch nicht ...«, setzte sie an.

»Einen so alten Baum zu fällen ist eine Sünde«, vernahm sie Bens dramatische Stimme.

»Geht's auch eine Nummer kleiner?«, hielt Veronika schwach dagegen und fühlte sich selbst sehr klein.

Ungerührt fuhr er fort: »Ich weiß, dass es dich berührt

hat, dem Baum zuzuhören. Es kann dir nicht alles egal sein. Es kann dir doch nicht nur ums Geld gehen.«

Natürlich nicht!, hätte sie am liebsten gerufen. Um eine Zukunft ging es ihr, um einen Neuanfang. Nur, wie konnte sie ihre Zukunft auf dem Grab dieser toten Eiche aufbauen?

Und sie selbst konnte offenbar auch keine Nummer kleiner. Die klare diplomatische Botschaft war immer noch nicht verkündet.

»Du bist hier aufgewachsen«, bohrte Ben weiter, während sie vergebens nach den richtigen Worten suchte. »Du hast hier gelebt, dieses Waldstück muss dir doch etwas bedeuten.«

Weitere Waffen setzte er ein, keine großen Kaliber mehr, sondern kleine, giftige, die schleichend wirkten. Sich zu ducken half da wenig, sich steif machen war schon besser. Am hilfreichsten war, alle Gefühle zu unterdrücken und auf einen Panzer zu hoffen.

»Das mit der alten Eiche wusste ich nicht. Und ich finde es schrecklich, dass sie gefällt werden soll. Aber der Käufer ist kein Unmensch. Ich kann mit ihm reden, ich bin sicher, ich kann ihn davon überzeugen, die Zufahrtsstraße zu verlegen. Dieser ganze Aufwand lohnt sich doch nicht, um ein so winziges Waldstück davor zu bewahren, von einer Papierfabrik bewirtschaftet zu werden, noch dazu auf nachhaltige Weise. Ich bin sicher, die anderen hören auf dich, wenn du ...«

»Ich fürchte, ich kann dir da nicht helfen.«

»Aber wenn ihr nicht freiwillig geht, muss ich das Waldstück räumen lassen«, rief Veronika und hasste sich dafür. Umso trotziger schob sie nach: »So einfach ist das.«

Nichts war einfach. Weder der Blick auf die Eiche noch der auf Ben. Und was am deutlichsten verriet, dass sie in Feindesland geraten war, war die Tatsache, dass sie nicht länger mit Ben allein war. Sie hatte nicht bemerkt, dass mehrere Personen näher gekommen waren – Rosa, die Kappe etwas tiefer ins Gesicht gezogen, der junge Mann mit dem beschrifteten T-Shirt und ein weiterer, der irgendein Gerät in der Hand hielt. Er hatte es nicht erhoben, dennoch fühlte Veronika sich davon bedroht. Und als sie sich umdrehte, um nach einem Fluchtweg Ausschau zu halten, kam von dort ein junges Pärchen auf sie zu. Noch hatte sich der Kreis um sie nicht geschlossen, aber sie fühlte, dass bereits eine falsche Bewegung ausreichte, und schon wäre sie umzingelt.

Wie zuvor erwies sich, dass vielsagendes Schweigen stärker war als lautes Anklagen. Und gerade weil sich die Aggression nicht entlud, fühlte sie die Drohung wie eine dunkle Wolke über ihr schweben. Was würden sie tun? Sie weiterhin stumm bedrohen, sie davonjagen? Ihr brach der Schweiß aus, zugleich überzog eine Gänsehaut ihre Oberarme.

Hilfe suchend wanderte ihr Blick zu Ben. »Kannst du deine Freunde bitte zurückpfeifen?«

Einmal mehr zog er den Kopf ein. Kaum hörbar wiederholte er die Worte von vorhin: »Ich fürchte, ich kann dir da nicht helfen.«

Immerhin trat er nun ein wenig zurück und machte ihr Platz.

Doch die anderen wurde sie so nicht los. Kaum tat sie ein paar Schritte, folgten sie ihr wie Schatten. Sie hatte das Ende der Lichtung noch nicht erreicht, als sich der Mann mit dem *Fight for the Forests*-T-Shirt vor ihr aufbaute.

Immer noch konnte sie nicht genau einschätzen, was er zu tun beabsichtigte, doch aus ihrem Unbehagen war längst Angst geworden.

»Lasst sie gehen«, ertönte da plötzlich eine Stimme. »Wir sind uns doch einig gewesen, dass wir nicht auf Gewalt setzen.«

Einen Moment lang verspürte sie tiefe Erleichterung, als sie Martin dort stehen sah. Er hatte die ganze Szene wohl schon eine Weile beobachtet, schritt nun ein und strahlte dabei eine ruhige Autorität aus, die ihre Wirkung auf die Waldaktivisten nicht verfehlte. Sie warfen ihr zwar noch immer vorwurfsvolle Blicke zu, traten aber zurück und ließen sie gehen.

Bis zur Grenze der Lichtung ging sie aufrecht und mit hochgerecktem Kinn, erst dann begannen ihre Beine so stark zu beben, dass sie sich fast auf Martin gestützt hätte.

Doch da trafen sich ihre Blicke, und sie nahm seine eiskalte Miene wahr. Als er sich obendrein ohne ein weiteres Wort abwandte und einfach davonging, erfasste sie erst den ganzen Sinn seiner Worte.

*Wir sind uns doch einig gewesen ...*

»Warte!«

Er blieb nicht stehen, stapfte zügig weiter. Trotz ihrer weichen Knie schloss sie zu ihm auf. »Es war gar nicht Ben, der die Waldaktivisten hierhergeholt hat«, rief sie atemlos. »Du warst es!«

Sein Gesicht war nicht länger eisig, aber ausdruckslos. »In meiner Funktion ist es mir nicht erlaubt, in solchen Fragen Partei zu ergreifen.« Es klang wie auswendig gelernt.

»Aber es gibt noch den Menschen hinter deiner Funktion, und der ist ein Idealist ... war es zumindest damals, als er davon geträumt hat, auf diesem Waldstück ein Urwald-projekt aufzuziehen. Jetzt gib es doch zu! Du hast von ›wir‹ gesprochen. Und obwohl du behauptet hast, dass sie dir oft das Leben schwer machen – du hast Kontakte zu den Umweltschützern, ich bin mir sicher, dass du oft insgeheim mit ihnen sympathisierst und …«

Er blieb stehen, sah sie unverwandt an und machte keinen Versuch, die Vorwürfe abzustreiten. Hinter seiner Ausdruckslosigkeit witterte sie nicht nur Wut, sondern auch Enttäuschung und Kränkung.

»Ich verstehe, dass du deinen Besitz verkaufen willst«, sagte er nun. »Ich verstehe auch, wie wichtig und dringend das für dich ist. Aber warum verkaufst du ausgerechnet an eine Papierfabrik?« Den letzten Satz schrie er fast.

Sie senkte den Blick, rang um eine Antwort. »Das war eigentlich nicht in meinem Sinne«, gab sie kleinlaut zu, »ich war mir gar nicht bewusst, wer hinter dem Käufer steckt. Aber mittlerweile habe ich recherchiert und herausgefunden …«

»Spar dir dein Sprüchlein!«, fiel er ihr grob ins Wort. »Ich habe dir und Ben vorhin zugehört. Ich weiß, dass du viel Ahnung von Werbeslogans hast, aber es ist nicht damit getan, wenn du ein paar davon runterbetest.«

»Hier geht's doch nicht um Werbung«, entfuhr es ihr heftiger, als sie beabsichtigt hatte. »Hier geht es um Recht! Der Nürnberger Reichswald ist in Naturschutzgebiet, Naturdenkmal, Landschaftsschutzgebiet und Landschaftsbestandteil unterteilt. Nur in den ersten beiden Gebieten sind größere Eingriffe verboten, ansonsten nur dann, wenn der Charakter der Landschaft verändert wird und …«

»Glaubst du wirklich, dass du mir darüber einen Vortrag halten musst? Die Waldbesetzer wissen übrigens auch ganz genau, was Sache ist. Bis so ein Fall vor Gericht entschieden wird, dauert es, und bis dahin schaffen sie Fakten. Da nützt es dir gar nichts, dich hinter Paragrafen zu verstecken.«

Er wandte sich ab und ging weiter. Dass er nicht einmal gewillt war, ein ernsthaftes Gespräch mit ihr zu führen, war eine viel größere Provokation als all seine Worte.

»Dass du so weit gehst und diese Typen herholst!«, zischte sie. »Das ist doch völlig überzogen!«

»Du findest, ich übertreibe es? Himmel, Vroni, es geht um die alte Eiche!«

Zu hören, dass der Baum gefällt werden sollte, hatte sie vorhin selbst tief getroffen. Es fühlte sich an, als sollte ein Stück ihres Lebens abgehackt werden, als würden damit ausgerechnet jene Erinnerungen ausgelöscht werden, die sich nach ihrer Rückkehr als so stark, so lebendig erwiesen hatten. Aber Veronikas Wut war größer als ihre Einsicht.

»Du tust ja so, als wäre sie ein Heiligtum«, sagte sie schroff.

»Für uns war sie das damals.«

»Und wie lange ist das jetzt her? Fünfundzwanzig Jahre? Sechsundzwanzig Jahre? Nach so langer Zeit trauert man doch einer Jugendliebe nicht mehr nach. Und man zahlt es ihr auch nicht mehr heim, weil sie damals einfach gegangen ist.«

Wieder hatte sie zu ihm aufgeschlossen, wieder starrte sie ihm ins Gesicht, witterte neben der längst verjährten Kränkung auch eine, die noch ganz frisch war.

»Darum geht es doch gar nicht«, stieß er hervor.

»Ach nein?«, rief sie erbost. »Nun, vielleicht geht es tatsächlich nicht um mich, aber um deine Ex-Frau. Darum, dass sie genug vom Försterleben hatte und deine Jungs einfach nach Berlin mitgenommen hat. Dass sie dich genau wie ich damals vor vollendete Tatsachen gestellt hat und du dich ernsthaft fragst, ob ein Beruf, mit dem du ohnehin haderst, ein verkorkstes Privatleben lohnt. Es ist natürlich nicht leicht, darauf eine Antwort zu finden. Viel einfacher ist es, sich mit einem Trupp Waldbesetzer zusammenzutun und zu verhindern, dass eine alte Eiche gefällt wird. Dann steht man immerhin auf der Seite der Guten und hat zumindest die Rechnung mit mir, wenn auch nicht mit Marion beglichen.«

Als er heftig den Kopf schüttelte, dachte sie, er wollte ihre Unterstellung schlichtweg abstreiten. Doch am Ende atmete er nur tief durch, anstatt zu widersprechen.

»Ich verstehe einfach nicht, warum du immer so viel kaputt machst«, murmelte er und sah kurz eher traurig als angriffslustig aus, ein wenig wie Ben, der stets den Beschützerinstinkt in ihr weckte. »Gerade hast du doch zugegeben, dass dir gar nicht klar war, an wen du verkaufst. Und warum ist das passiert? Weil bei dir immer alles so schnell wie möglich gehen muss, besonders dann, wenn du vorhast, alle Brücken hinter dir abzureißen. – Nein!« Er hob abwehrend die Hände, als sie ihm ins Wort fallen wollte. »Es stimmt nicht, dass ich eine alte Rechnung begleichen will. Mir geht es um ein Stück Wald inmitten des Nürnberger Reichswalds, das anders als dieser halbwegs gesund ist und einen großen Artenreichtum aufweist. Es könnte zum Modell werden für den restlichen Wald, aber nun soll es dem Profitstreben zum Opfer fallen.«

»Du hättest mit mir reden können.«

»Hast du das damals denn getan? Oder hast du mich, der ich den Wald und die ganze Gegend so gut kenne, zurate

274

gezogen, bevor du deine Unterschrift unter den Kaufvertrag gesetzt hast?«

Was immer er sagte, es war für ihn eine zutiefst persönliche Angelegenheit. Genau wie für sie.

»Ich hatte nicht den Eindruck, als wolltest du nach dieser Nacht im Forsthaus noch etwas mit mir zu tun haben. Und dass ich damals nicht mit dir geredet habe ... Mein Gott, dass du mir das immer noch vorwirfst! Ich war doch kaum mehr als ein verwirrter Teenager. Das Letzte, was ich wollte, war, dich zu verletzen. Aber irgendwie musste ich mich ja schützen.«

»Vor mir?«

»Davor, dass du mir deine Lebensträume überstülpst, dass ich mich dir so stark anpasse, bis ich gar nicht mehr weiß, wer ich selber bin.«

»Von welchen Lebensträumen redest du denn bitte?«

»Na, du wolltest hier eine Art Urwald wachsen lassen.«

»Auf die Idee kam ich doch erst, nachdem ich dich kennengelernt habe.«

Verwundert starrte sie ihn an, doch er nickte bekräftigend. »Als ich bei deinem Vater angefangen habe, hatte ich keine Ideale. Renitent bis zum Anschlag war ich, auf Widerstand gebürstet. Aber dieser Konfrontationskurs hatte keine Substanz. All diese Diskussionen um Totholz, Mondholz, was auch immer – damit wollte ich vor allem provozieren. Aber du ... du hast deine Interessen so beharrlich verfolgt, du hast so viel gelesen, hast dich für so viel interessiert. Und bei allem warst du ... autark. Du hast dir von deinen Eltern nicht reinreden lassen und dir deine eigene Welt erschaffen. Dass du ein Buch schreiben wolltest, fand ich großartig und mutig, es hat mich überhaupt erst dazu gebracht, mich zu fragen, was ich eigentlich mit meinem eigenen Leben anstellen will. Was ist mein großes Projekt? Was soll von mir bleiben? Mag sein, dass du dich in manchem mir angepasst hast. Aber ich denke, du hast mich viel stärker geformt als ich dich.«

Während er sprach, sah er sie eindringlich an und hatte die Hände auf ihre Schultern gelegt. Solange er sie berührte, hörte sie die Worte nicht nur, sie glaubte sie auch. Doch als er sie abrupt losließ, verspürte sie vor allem eine tiefe Irritation.

Schrieb er da ihre Vergangenheit einfach um? Oder wurde sie von ihren eigenen Erinnerungen betrogen?

Als Martin von ihr wegtrat, wurde seine Miene wieder ausdruckslos. »Tut mir leid, ich wollte eigentlich nicht damit anfangen. Wir sollten diese alten Geschichten wirklich ruhen lassen. Und sie sind auch nicht der Grund, warum ich die Waldbesetzer kontaktiert habe. Du wolltest, dass das Waldstück in gute Hände gerät, aber du glaubst doch nicht ernsthaft, dass dieses Unternehmen etwas Gutes im Sinn hat. Von wegen … die tropischen Wälder schonen! Die vergreifen sich an den hiesigen Wäldern, weil sie Transport- und Lagerkosten sparen wollen. Warum sind sie wohl an deinem Grundstück interessiert? Weil hier überdurchschnittlich viele Buchen, Fichten und Espen wachsen, alles Baumarten, die sich für die Papierherstellung eignen. Ich glaube nie und nimmer, dass sie nur das Schadholz benutzen. Aber ich bin mir sicher, irgendeinen Slogan werden sie schon finden, um die unerfreuliche Wirklichkeit wie eine ökologische Großtat erscheinen zu lassen. Du magst dich täuschen lassen, ich nicht.«

Sie ließ sich nicht täuschen. Sie fühlte, dass er mit seiner Einschätzung von Brandl & Wolpertinger recht hatte. Aber sie war trotzdem nicht bereit, den Sündenbock dafür abzugeben, dass er über all die Jahre so viele Kompromisse hatte eingehen und auch Niederlagen hatte schlucken müssen. Er wollte an ihr ein Exempel statuieren. Er wollte wieder der Mann von einst sein, der nach seinen Idealen lebte.

Aber sie wollte endlich eine Frau von morgen werden, eine Frau, die ihr Leben wieder in geordnete Bahnen lenkte und wenigstens in beruflicher Hinsicht reüssierte. Sie wollte eine eigenständige, starke Person sein und mehr als eine Mutter, die das leere Nest beklagte, oder eine Ehefrau, die nicht richtig mitbekommen hatte, wie ihre Beziehung zerbrach. Mit den Scherben seines Lebens konnte sie sich nicht befassen, sie hatte genug damit zu tun, sich an den eigenen nicht zu schneiden.

»Ich wollte mich wirklich gütlich einigen«, sagte sie leise.

Er erwiderte: »Wenn du denkst, dass dafür ein paar Worthülsen und ein paar leere Versprechen genügen, hast du nichts vom Wald verstanden.«

Sie ballte unwillkürlich die Hände. »Und wenn du denkst, ich lasse mich von ein paar Halbstarken einschüchtern, dann hast du nichts von mir verstanden.«

Sie sah ihm nach, wie er davonging und im Dickicht verschwand. Nun war nichts mehr zu hören. Zumindest nichts Menschliches, nur die üblichen Geräusche im Wald, dieses Knacken und Rascheln, das Summen und Zwitschern. Sie fühlte sich beobachtet, als hätte der Wald dennoch tausend Augen. Früher hatte sie das tröstlich gefunden, ein Zeichen, dass man im Wald nie allein war. Jetzt fühlte sie sich wie auf der Anklagebank. Aber sie dachte nicht daran, ohne Gegenwehr auf den Schuldspruch zu warten. Sie straffte die Schultern und ging zum Forsthaus.

Als das Gebäude vor ihr aufragte, überkam sie immerhin nicht mehr jene Beklommenheit wie zuvor bei ihrer Ankunft. Da war es ihr wie ein Symbol ihres Scheiterns erschienen, nun war es ihr eher eine Zuflucht. So entschlossen sie gewesen war, nicht hier zu übernachten, sondern in eine Pension in der Nähe zu gehen – plötzlich erschien es ihr als der einzige Ort, von dessen Wänden keine Vorwürfe hallten. Dieses Haus war das Haus ihrer Mutter, die immer einen Krieg gegen den Wald geführt hatte, und das Haus ihres Vaters, für den der Wald in erster Linie nützlich sein musste.

Ihr würdet mich verstehen, ging es ihr durch den Kopf, als sie auf die Haustür zuschritt und ihr beim Öffnen der vertraute modrige Geruch entgegenkam. Der Gedanke an ihre Eltern trieb ihr Tränen in die Augen – nicht nur, weil sie sich ohne sie plötzlich unendlich allein fühlte, sondern auch, weil sie mit ihnen so gut wie nie einer Meinung gewesen war, nie Verständnis für ihre Lebensweise gezeigt hatte. Und jetzt war es zu spät, das Versäumte nachzuholen.

Weitere Tränen stiegen hoch, aber sie schluckte sie beharrlich hinunter. Jetzt ist aber gut, sagte sie entschlossen. Sie zog ein Taschentuch hervor, schnäuzte sich gründlich, dann wählte sie die Nummer von Dr. Kaindl.

Alle Versuche, sich irgendwie gütlich mit den Waldbesetzern zu einigen, seien gescheitert.

»Sie haben bei unserem Gespräch eine Option erwähnt, bei der einer gewaltsamen Waldräumung trotz aller rechtlichen Hürden stattgegeben werden könnte. Ich würde sie gerne nutzen.«

# ANNA

Ich kehrte erst nach langer Zeit wieder zurück in den Wald. Die Nürnberger schrieben damals das Jahr 1389, ich schrieb das Jahr eins nach einem schrecklichen Verlust. Genau betrachtet schrieb ich es nicht, denn ich hatte aufgehört zu schreiben, zu sprechen, eine Zeit lang sogar zu essen. Und irgendwann hatte ich aufgehört, zu schreien und zu weinen.

Ich war im Winterschlaf, und als ich den Nürnberger Reichswald wieder betrat, war er es auch. Unter dem Eis schliefen Knospen, unter der dicken Borke, durch die keine Kälte eindringen konnte, die Bäume. Nackte schwarze Zweige ragten in den Himmel, sahen aus wie verbrannt. Sie hatten alles abgeschüttelt, was nach Farbe und Leben roch, damit der kahle weiße Winter nicht neidisch wurde. Etliche Tiere hatten sich für Monate in Höhlen vergraben und schliefen, ob Fledermäuse, Siebenschläfer oder Dachse.

Bei jedem meiner Schritte war ein Knirschen zu hören, denn die Schneekruste war hart wie Holz. Der graue Odem vor meinem Gesicht verriet, wie ich ein- und ausatmete, so tief wie schon seit Langem nicht mehr. Zwar gab es keine würzige Süße zu erschnuppern, es roch nur nach Schnee, und doch fühlte ich mich nicht länger wie erstarrt, nicht länger leblos. Hinter der weißen Decke ahnte ich das Grün, hinter den fadendünnen Rissen auf dem Eis eines Tümpels eine Verheißung: Nach einem besonders frostreichen Winter treiben die Bäume besonders schnell und kraftvoll aus.

Schneekristalle glitzerten in der Luft, schienen regelrecht zu tanzen. Es war kaum zu hören, wie sie auf dem Boden landeten, und doch glaubte ich, einen Pulsschlag zu vernehmen und wie er sich beschleunigte.

Der Wald würde wiederauferstehen, und ich auch. Meine Schritte wurden schneller.

»Kommt, Kinder!«, rief ich.

Paul und Gretchen folgten mir.


Obwohl ich den Nürnberger Reichswald zum ersten Mal seit Langem wieder betrat, hatte ich in den letzten Jahren nicht auf Wald verzichten müssen. Heroldsbach, ein kleiner Ort nördlich von Nürnberg, war nicht nur von saftigen Feldern umgeben – nicht weit vom Haus der Vorchtels gab es auch einen kleinen Weiher, von Bäumen umsäumt, die in einen immer tieferen Wald übergingen. An klaren Tagen spiegelten sich die Bäume im Wasser und schienen darin doppelt so groß zu sein. Halb so klein wurde dagegen mein Kummer, wenn ich in ihrem Schatten stand und mein Spiegelbild betrachtete. Meist stand ich ganz reglos, damit sich der Kummer nicht regte.

Es war dies ein Kummer, der über die Jahre stetig größer geworden war. In der ersten Zeit in Heroldsbach war ich noch glücklich gewesen. Meine Heimatstadt vermisste ich mitnichten, den Nürnberger Reichswald ein wenig, aber ich wusste ja, dass er wuchs. Ebenso wuchsen Macht und Ansehen der Familie Vorchtel, besonders, nachdem Sebalds Bruder in den Stadtrat berufen worden war, in den es nur Mitglieder sehr angesehener, reicher Patrizierfamilien schafften. Die Verwaltung des Guts in Heroldsbach war ursprünglich ihm zugedacht gewesen und wurde nun Sebalds Aufgabe. Wie eine kleine Feste sah das Haus aus, ein Berg aus rostfarbenen Steinen inmitten grünen Landes. Der Stein verstellte dem Wind den Weg, woraufhin dieser umso geifernder durch die Fensterritzen eindrang. Er spielte Fangen mit Staub und Rauch und verlor erst die Lust, wenn alle froren. Die meisten Möbel waren aus dunklem Holz, es gab wenig Weiches – keine Samtkissen auf den Stühlen, keine Wandbehänge, keine Teppiche. Doch auch wenn ich hier kein gemütliches Heim vorfand, so fand ich doch umso mehr Freiheit. Sebald widmete sich seinen Pflichten als Gutsverwalter mit großem Eifer. Ich wiederum sorgte mich weder darum, ob ich schön gekleidet war, noch, wie ich unser Heim wohnlicher machen könnte – etwas, was mir meine Stiefmutter Agnes dringend ans Herz gelegt hatte –, sondern streunte befreit und beglückt durchs Umland.

Doch alsbald legte sich eine Düsternis über meine Seele, der ich nicht so leicht entfliehen konnte wie dem dunklen, kalten Haus aus Stein.

Im ersten Jahr unserer Ehe gebar ich einen Sohn namens Paul, im zweiten Jahr ein Mädchen, das wir Margarethe nannten und Gretchen riefen. Beide schrien durchdringend und waren voller Leben. Die Kinder, die ich danach gebar – fünf an der Zahl –, schrien nicht. Sie waren alle viel zu früh geboren und darum winzig klein. Ihre wächsernen Gesichter waren von einer Schönheit, die selbst der Tod nicht anzurühren wagte. Sie starben denn auch nicht richtig, denn sie hatten gar nicht erst gelebt. Ein einziges kam nicht schon tot auf die Welt, aber auch dessen Seele löste sich nach nur einer Stunde vom Leib. Die Laute, die es machte, klangen, als würde jemand an der Ewigkeit kratzen und ein Tropfen davon auf die hiesige Welt fallen und versickern, ohne eine Spur zu hinterlassen.

Bei der letzten Totgeburt begann es der Hebamme unheimlich zu werden. »Mir scheint, dass ein Fluch auf Euch liegt.«

Ihre Worte hielt ich für dummes Gerede. Ich dachte an Märzenbecher, nach der frostigen Zeit oft der erste Farbtupfer am Waldessaum, der den Bäumen erzählt, es werde bald Frühling. Obwohl der Wald ihnen noch nicht glaubt, sich von der Sonne nichts erhofft und sein gefurchtes Gesicht finster bleibt, breiten sie weit ihre Arme aus und lassen sich von den Sonnenstrahlen necken. Erst nach einiger Zeit beginnen die Bäume, es ihnen gleichzutun, und legen ihr junges Blätterkleid an. Ich hatte recht, spottet der Märzenbecher, die Welt ist schön. Doch er spottet nicht lange, denn nun schirmen ihn die Blätter der Bäume von der Sonne ab. Er hat nicht einmal Zeit zu verblühen, sondern verschwindet einfach im Erdreich.

Auch meine Kinder versprachen Schönheit, Fröhlichkeit, Leichtigkeit – und verschwanden fast spurlos, ohne je die Sonnenstrahlen zu spüren. Doch etwas in ihren wächsernen Gesichtern verriet, dass sie um das Funkeln der Sterne wussten.

Weil sie nicht lange genug gelebt hatten, um getauft zu werden, wurden sie weder auf dem Friedhof begraben noch in einen Steinsarg gebettet. Man schlug sie in ein Stück Leinen ein und verscharrte sie im Wald. Sebald empfand dies als grausam, doch er fügte sich. Immerhin gaben wir ihnen Namen, die er aufschreiben konnte. Ich brauchte kein Holzkreuz, das ihre Gräber markierte, ich wusste, was aus dieser Erde wachsen würde und welche Tiere sich von ihnen nährten.

Die Erde war braun, die Leere in mir grau. Ich versuchte sie zu füllen – mit dem Lachen von Paul und Gretchen, mit stundenlangen Märschen durch den Wald. Und doch klaffte immer ein Riss – mal fadendünn, mal daumendick – zwischen mir und einem vollends glücklichen Leben. Zu spät begriff ich, dass es bereits reicht, ein wenig glücklich zu sein. Denn es kam der Tag, da ich es gar nicht mehr war und jener Riss in meinem Leben zum Abgrund wurde.

Sebald ging unterdessen darin auf, neue Wege zu finden, um den Zins so gerecht wie möglich zu berechnen. Wenn ich die Amtsstube betrat und ihn über ein Blatt Papier gebeugt fand, weil er über alles Buch führte und häufig selbst die Urkunden aufsetzte, war er ganz in seinem Element. Nur manchmal noch nagte es an mir, dass sich sein großer Traum von der eigenen Papiermühle nicht erfüllt hatte, weil er mit so vielen anderen Dingen beschäftigt war.

Wenn ich ihn darauf ansprach, wiegelte er ab. Er habe diesem Traum nicht abgeschworen, es sei in späteren Jahren noch genug Zeit, ihn Wirklichkeit werden zu lassen.

Ich nickte und wollte ihm gerne glauben, doch sein schmales Gesicht, das oft so weiß war wie das Blatt Papier vor ihm, ließ mich dann und wann an Birken denken – ein Baum, der wendig ist, schnell wächst und gerne neues Land erobert, aber selten alt wird und darum mit dünnerem Stamm stirbt als Eiche, Ulme oder Buche.

Gewiss, ich wollte diesem Gedanken keine Macht zubilligen. Ich fühlte mich sicher innerhalb des Walls aus Wald und Papier, den wir um uns gezogen hatten. Woran ich nicht dachte, war, dass er nicht dazu taugte, den Krieg aufzuhalten.

Der Krieg war uns beiden nicht fremd – Sebald kannte ihn aus Büchern, ich kannte ihn aus dem Wald. Unaufhörlich bekriegen sich Völker um Land und Macht, unaufhörlich bekriegen sich Pflanzen und Tiere um Nahrung, Licht und Lebensraum. Doch kämpfen Letztere nicht mit Waffen, welche eine ganze Welt verwüsten, wie es nun geschah.

Städtekrieg wurde der kriegerische Streit zwischen den bayerischen Herzögen, welche die Freiheit der Städter beschränken wollten, und den Städten, die sich dagegen wehrten, genannt – ein unsinniges Wort, klingt es doch so, als würden sich Städte aus Stein und totem Holz in Bewegung setzen, nicht Truppen. Dabei kennen Stein und Holz keinen Hass, so wie er diese Truppen antrieb. Der Krieg fegte über uns hinweg wie ein schwitzender, trampelnder, blutiger, keuchender, klirrender, brennender, brüllender Tod. Alles, was sich dem Tod entgegenstellte – fruchtbare Felder, friedliche Dörfer, die Menschen, die ihr Hab und Gut vor den Söldnern verteidigten –, wurde in den Boden gestampft. Um Land ging es, und wer das größere Recht hätte, darüber zu verfügen. Aber wenn man um Land kämpft, dann ist es hinterher kein Land mehr, sondern eine Ödnis.

Zum Ende des Jahres 1387 wurde Sebald vom Nürnberger Rat auf die Burg Hilpoltstein berufen, die gegen Feinde verteidigt werden musste. Etwas aus Stein verteidigen die Menschen stets bis aufs Blut und viel lieber als etwas, das noch wächst und atmet.

Sebald ein Krieger! Reichte es denn nicht, dass im Kampf alle schönen Worte in einem Sumpf aus Blut und Dreck versanken? Dass die Fanfaren des Krieges jedes wohlklingende Lied übertönten? Musste sein Name auch noch mit einem Wort verbunden werden, das so gar nicht zu ihm passte?

An dem Abend, ehe er Heroldsbach verließ, war ich in Tränen aufgelöst. Er gab sich Mühe, mich zu trösten.

»Hab keine Angst, der Krieg wird nicht mehr lange dauern«, sagte er. »Ich habe vernommen, dass insbesondere die Nürnberger genug vom Blutvergießen haben und Verhandlungen aufnehmen wollen. Bald bin ich wieder da, du wirst schon sehen.«

»Du bist nicht für den Kampf gemacht.«

Er lachte unbekümmert. »Jeder andere Mann wäre gekränkt, wenn seine Frau dies zu ihm sagte, aber bei dir weiß ich, dass es keine Beleidigung, sondern ein großes Lob ist.«

»Zum Schreiben bist du gemacht«, erwiderte ich, »... zum Reisen ... dafür, die erste Papiermühle nördlich der Alpen zu gründen ... Oh, du hast auf so vieles verzichtet, um mit mir zusammen zu sein und es zugleich deiner Familie recht zu machen.«

Er nahm meine Hand und küsste jeden Finger einzeln. »Sag so etwas nicht. Die Entscheidungen, die ich getroffen habe, haben mich glücklich gemacht. Und wenn ich erst einmal aus Hilpoltstein zurückgekehrt bin, werde ich endlich die Papiermühle gründen. An jenem Bach, der vom Weiher im Wald fortführt, gibt es noch keine Mühle. Vielleicht lässt er sich verbreitern, damit die Wasserkraft für eine solche reicht.«

Meine Kraft reichte, mich gefasst zu geben, in dieser abendlichen Stunde ebenso wie am nächsten Morgen, als ich ihn fortreiten sah.

Als er an der belagerten Burg ankam, so erfuhr ich später, griff er nicht gleich nach den Waffen, sondern schrieb noch einen letzten Brief an mich. Er weigerte sich, darin den Krieg auch nur zu erwähnen, sprach nicht von Taktiken oder drohenden Gefahren. Stattdessen gab er mir ein Versprechen: Ich werde zurückkehren zu dir und den Kindern.

Das Blatt war, als es mich erreichte, eingerissen, staubig und befleckt von Blut. Ich las die Worte, aber ich hörte seine Stimme nicht.

Auch von seinem tagelangen Schreien wurde mir nur berichtet. Ein Schuss knapp oberhalb des Knies hatte ihn getroffen, als er den Brief noch bei sich trug. Er litt große Qualen, ehe er endlich am 9. Februar des Jahres 1388 sein Leben aushauchte.

Ich kam erst am Tag darauf in Hilpoltstein an. Der Krieg hatte dem Stück Papier zugesetzt, aber Sebalds Gesicht war nun weiß und glatt, sein Lächeln kein halbes, sondern ein ganzes. Mochten die Lippen auch bläulich sein, was das Lächeln zu sagen hatte, hörte ich: Ich liebe dich. Ich habe nie bereut, dass ich nicht in fremde Länder aufgebrochen, sondern bei dir geblieben bin. Das Leben an deiner Seite war für mich eine viel schönere Reise, als auf einem Schiff der untergehenden Sonne entgegenzufahren.

Jetzt brauchte er kein Schiff mehr, er war mit dem Abendrot eins geworden.

Anders als unsere toten Kinder fand er seine letzte Ruhe nicht in Walderde, sondern wurde in einen Steinsarkophag gebettet. Als man ihn schloss, ertönte ein unangenehmes Quietschen, wie es Holz auf Holz niemals hören lässt.

Erneut sagte jemand, ein Fluch müsse über mir liegen. Ich wollte widersprechen, doch ich fühlte sie ja selbst, diese alles verschlingende Dunkelheit, durch die kein bronzener Trost drang.

Der Krieg sei vorbei, hieß es, was widersinnig ist, weil es so klingt, als könnte man ihn einfach aus den Köpfen und

Herzen der Menschen ziehen wie flach wurzelnde Baumstümpfe aus der Erde. Dabei hatte er beides auf lange Zeit vergiftet. Der Krieg lässt nicht zu, dass die Sehnsucht nach Frieden größer wird als das Streben nach Macht.

Nürnberg hatte an Macht gewonnen, nur ich verlor, verlor, verlor. Der Tod schien an mir zu kleben, wenn auch nicht in der Gestalt, in der er dem Krieg folgte, laut brüllend und zerschmetternd, sondern als leiser Räuber, der dem Leben langsam die Farben und mir noch mehr nahe Menschen stiehlt.

Nun gut, ich trauerte kaum um Peter Stromer, der im Dezember 1388 mit 73 Jahren starb, in einem Alter, da das Leben eine Mühsal und sein Verlust keine Strafe ist. Ich trauerte auch kaum um Franz, den letzten Forstmeister der Familie Coler, nach dessen Ableben die Vertreter des Forstamts von Nürnbergs Mächtigen noch schlimmer gegängelt wurden.

Aber ich trauerte arg um meine Tante Margarethe, die ihren Mann und ihren Bruder nicht lange überlebte. Gewiss, sie war nicht viel jünger als die beiden, auch war der Tod nicht grausam, sondern gnädig zu ihr. Doch sie fehlte mir. Ihr Lachen war für mich wie die Sonne gewesen, nicht die schwere sattrote am Abend, sondern die kitzelnden Strahlen am Morgen, die das gekräuselte Wasser funkeln lassen und einen aufregenden neuen Tag versprechen.

Nun gab es in meinem Leben keine Sonne mehr, auch nicht an jenem Wintertag im Wald. Und doch ließ der dicke weiße Schnee zwischen den Bäumen meine düstere Seele heller werden, anstatt das Grau meines Schattens anzunehmen.

Sehr lange hatte ich mich dem Trost des Waldes verweigert, auch heute war ich nicht aufgebrochen, weil es mich selbst dorthin zog. Vielmehr hatten die Kinder gebeten, ob sie nicht mehr vom Land hinter Nürnbergs Mauern sehen könnten. Doch als ich ihnen grau keuchend folgte und sah, wie sie mit immer röteren Wangen durch das Dickicht liefen, sachte an Ästen zogen und dem Schnee, der auf sie rieselte, so ehrfürchtig begegneten, als wäre er aus Gold, da fiel mir wieder ein, dass es an diesem Ort kein echtes Sterben gibt. Hier bleibt von einem toten Körper kein Staubkörnchen, er dient zur Gänze der Stärkung und Nahrung anderer Wesen. Hier wird selbst um Verwesendes, um Ausscheidungen so eifrig gestritten wie auf Nürnbergs Markt um besonders rote Äpfel. Nichts ist nutzlos im Wald, nur die Trauer, weil sie lähmt. Stillstand aber ist verboten an einem Ort, wo auch vermeintliche Erstarrung nur ein Atemholen ist.

Aus meiner Kehle kam kein Juchzen, wie es Paul ausstieß, der nun zehn Jahre alt war, und auch Gretchen, ein gutes Jahr jünger. Aber in meinen Ohren war nicht mehr das dumpfe Rauschen zu vernehmen, in dem seit Sebalds Tod alle Laute zerliefen. Da war die Ahnung von sachten Tönen, vom leisen Schmelzen des Eises, unter dem die Knospen schlummerten, der ersten Strophe vom Lied des Waldes.

»Kommt, ich zeige euch etwas«, sagte ich und winkte die Kinder aus dem Dickicht heraus. Paul hatte meine braunen Haare und Augen in der Farbe von Haselnüssen, während Gretchen ein helles Birkenmädchen war. Doch vom Wesen kam sie nach mir, und er glich eher Sebald. Gretchen nickte zu allem, was ich sagte, nicht nur, weil sie zustimmte, sondern oft auch, weil sie zum Widersprechen zu bequem war. So gerne sie lief und sich im Tanz drehte, ihre Zunge ersparte sich unnütze Bewegungen. Paul dagegen konnte man nichts erzählen, ohne dass er ständig Fragen stellte. Besonders spannend war für ihn stets das, was unerreichbar schien. Was hinter dem Himmel käme, wollte er einmal wissen, und auf die Antwort, dort stünde Gottes Thron, entgegnete er: Auf welchem Boden denn? Nun ja, auf Wolken.

Woraus denn die Wolken bestünden?

Das wisse keiner, da nie jemand hoch genug gestiegen sei, um eine vom Himmel zu holen. Mit grimmiger Entschlossenheit verkündete er daraufhin, dass man eben eine Leiter bauen müsse, die lang genug sei.

»Was zeigst du uns?«, fragte er jetzt.

»Etwas Besonderes und Einzigartiges, das es nur hier in Nürnberg gibt.«

Das stimmte genau genommen nicht mehr. Die künstliche Waldsaat hatte zahlreiche Menschen von weit her nach Nürnberg gelockt, die unseren Wald studierten und die Technik erlernten. Doch das verschwieg ich, sah ich doch, wie stolz es in Pauls Augen funkelte.

»Hat Großvater das gemacht?«, fragte er.

Nach Sebalds Tod hatte sich die Frage gestellt, wo ich, eine verwitwete Frau, künftig mit meinen Kindern leben könne. Sebalds Bruder hatte sich die Verantwortung nicht auflasten wollen, doch mein Vater hatte zugestimmt, dass ich in seinen Haushalt zurückkehrte und meine Kinder seine Mündel wurden. Zwiegespalten hatte ich von Heroldsbach Abschied genommen, und Gretchen war eine Weile noch stiller geworden als ohnehin schon.

Nur Paul hatte sich rasch an das Leben in Nürnberg gewöhnt. Jeder sprach hier den Namen seines Großvaters mit Ehrfurcht aus, war er doch mittlerweile der reichste Mann der Stadt. Wenn einer es sich leisten konnte, eine Leiter in den Himmel zu bauen, dann wohl er.

Paul wusste nicht, dass mein Vater am Himmel noch nie Interesse gezeigt hatte, und auch nicht an den Tiefen unter der Erde. Für ihn war nur wichtig, was man in Händen halten konnte.

»Das, was ich euch zeige, ist nichts, was man gebaut hat. Es wurde gepflanzt.«

»Und wer hat das getan?« So gut kannte Paul den Großvater immerhin, um zu wissen, dass er für so etwas nicht zuständig war.

»Kommt einfach mit«, sagte ich und ging mit den beiden auf Lichtenhof zu. Ich begann nun auch zu laufen, denn ich hörte nicht länger ein Knirschen und Knacken unter meinen Schritten, sondern die sanfte Stimme von Mutter Erde mit ihrem freundlichen Versprechen: Ich trage dich und wiege dich und halte dich und nähre dich.

Die Trauer würde auch im Frühling noch bleiben, aber nicht als stets rumorender Schmerz, sondern als jene Wehmut, wie sie auch der Blick in den Himmel auslöst, von dem Erwachsene wie ich wissen: Er ist unerreichbar.

»Kommt«, sagte ich wieder.

Die Kinder gehorchten, doch wir kamen dort, wohin ich wollte, nicht an. Ich suchte den Wald bei Lichtenhof, fand ihn aber nicht. Das heißt, ich fand die Bäume, die seinerzeit gepflanzt worden waren, fand das Moos und die Wurzeln und das Gesträuch dazwischen, die unter einer Schneedecke hervorlugten. Aber Wald fand ich nicht.

Auf jedem einzelnen Baum hatte nicht der Winter, sondern ein Mensch ein weißes Kreuz gemalt.

Mein Lächeln erlosch, meine Zunge erstarrte, aber Gretchens regte sich. »Ein Friedhof?«, fragte sie. »Ist das ein Friedhof?«

Auf dem Weg über das offene Land, das sich zwischen Reichswald und Stadtmauer erstreckt, konnte auch ich die Zunge wieder gebrauchen, eine rechte Antwort fand ich dennoch nicht.

Die weißen Kreuze seien Zeichen für die Holzknechte, die Bäume zu fällen, erklärte ich.

»So viele?«, fragte Paul. »Also wird doch eine Leiter zum Himmel gebaut!«

So eine Leiter gab es nicht. Offenbar aber gab es Menschen, die die Bannmeile rund um die Stadt missachteten. Eigentlich durfte man in dem Gebiet, wo Peter Stromers Wald stand, nicht einmal Brennholz sammeln und auch keinen Hasen und kein Rebhuhn jagen, doch nun wagte es jemand, sich an Peters Lebenswerk zu vergreifen.

»Es ist kein Friedhof«, sagte ich, »noch ist niemand gestorben.« Und wieder wies ich die Kinder an, sich zu beeilen.

Der Erfolg meines Vaters gründete darauf, dass er oft der Schnellste gewesen war. Jetzt war er alt, aber immer noch nicht langsam. Einmal mehr wolle er seiner Zeit voraus sein, so erklärte er mir, als ich atemlos in sein Gemach stürmte und fragte, was es mit den weißen Kreuzen auf den Bäumen auf sich habe.

So bereitwillig Vater meine Kinder und mich aufgenommen hatte – wenn sein Blick auf mir ruhte, las ich darin keine echte Zuneigung, sondern nur leises Befremden. Offenbar sah er in mir immer noch das so lang verstummte Mädchen, das sich, als es seine Sprache wiederfand, dem Vater widersetzt hatte. Doch auch wenn es ihm an Liebe zu mir fehlte – der Stolz auf seine Pläne war zu groß, um jetzt nicht darüber zu sprechen.

»Künftig werde ich Geschäfte mit dem Krieg machen«, erwiderte er.

Wie kann man bei einem solchen Geschäft gewinnen?, fragte ich mich insgeheim. Mit dem Krieg lässt sich nicht feilschen, wie ich allzu schmerzlich hatte lernen müssen.

Laut sagte ich nur: »Der Krieg ist vorbei.«

»Es gibt doch immer wieder einen neuen«, sagte Vater. »Das hat der Städtekrieg bewiesen.«

»Was kann daran neu sein? Der Krieg bringt stets das alte Leid.«

»Es geht darum, den alten Kampf mit neuen Waffen zu führen. Gewiss, es gibt Hieb-, Stich- und Schusswaffen sowie Kanonen, gemacht aus Eisenerz, das in unseren Hammerwerken verhüttet wurde, oder aus Karpatenkupfer, das wir Stromer liefern. Was es in Nürnberg nicht gibt, sind Werkstätten, in denen nichts anderes hergestellt wird als solche Waffen, sodass am Ende eines Tages nicht bloß eine fertiggestellt ist, sondern derer ein Dutzend.«

Entsetzt las ich in seinem fiebrig glänzenden Gesicht, dass dies nicht nur eine Laune des Augenblicks war. Nein, mir schien, dass er künftig sein sämtliches Trachten auf dieses Ziel ausrichten würde.

Er plane, gleich mehrere Schmieden zu kaufen, fuhr er fort. Und weil Metall über Feuer geschmolzen wird und Feuer Holz frisst, hatte er vor, Peter Stromers Wald zu opfern. »Es ist ja nicht wirklich ein Wald, es ist eine Art Baumgarten, und den Kohlkopf oder die Bohnen lässt man auch nicht im Garten stehen und wartet, bis sie ein Raub der Schnecken werden.«

»Aber ... dieser Wald ... er ist doch das Lebenswerk deines Bruders! Peter hätte das nicht gewollt.«

Seine ungeduldige Geste und die schmalen Augen verrieten mir, dass er zwar gerne über seine Pläne sprach, ihm jedoch niemand widersprechen durfte.

»Dein Oheim hat den Wald doch nur säen lassen, damit es stetigen Nachschub an Holz gibt«, erwiderte er. »Sparen muss man mit dem Knappen. Was in Fülle vorhanden ist, kann man verschwenden.«

Ich hätte gern eingewendet, dass er das immer anders gesehen habe, wenn es um Geld ging, aber ich wusste, er würde mir nicht noch mehr von seiner Zeit und Aufmerksamkeit schenken. Ich floh.

Nach dem Gespräch mit Vater versank ich wieder in Trauer, einer, die nicht unglücklich, nur müde macht. Doch dann begann es zu tauen, die Tränen des Winters sammelten sich zu Pfützen, in denen sich wärmende Sonnenstrahlen spiegelten, und ich wusste, dass ich nicht untätig bleiben durfte.

Unruhig ging ich in der Kemenate auf und ab. Gretchen sah mir an, dass sie mir zu klein wurde.

»Gehen wir wieder zum Friedhof?«, fragte sie unbehaglich. Die Erinnerung an die weißen Kreuze machte ihr immer noch Angst, und sie wollte nicht glauben, dass dort niemand begraben lag, vielleicht, weil ich mich bei meiner Erläuterung zweifelnd angehört hatte.

Ich blieb stehen, fest entschlossen, meine Ohnmacht, meine Empörung, meine Hilflosigkeit in Stärke zu verwandeln.

»Wir betrauern nichts Totes«, sagte ich, »wir rüsten uns für den Kampf. Wir werden den Wald retten.«

# VERONIKA

In den nächsten vier Wochen pendelte Veronika zwischen dem Forsthaus und Frankfurt hin und her.

In Frankfurt drehte sich alles um ihre PR-Agentur: Sie verbrachte viele Stunden damit, Werbemaßnahmen zu planen, Kundenakquise zu betreiben, eine Firmenwebseite zu gestalten, und arbeitete oft bis spät in die Nacht hinein.

Im Forsthaus gab es eigentlich nichts zu tun – die Klage auf Waldräumung trieb Dr. Kaindl voran. Doch sie hatte das Gefühl, Präsenz zeigen zu müssen, insbesondere, nachdem Dr. Kaindl ihr den Link zu einem Fernsehbericht eines Regionalsenders über die Waldbesetzung geschickt hatte. Die Aufnahmen aus dem Wald vermittelten Volksfeststimmung: Immer mehr Neugierige kamen und besichtigten nicht nur die Baumhäuser, sondern lauschten auch einem Didgeridoospieler. Das dumpfe Dröhnen des Instruments erfüllte Veronikas Ohren und drang in jede Faser ihres Körpers. Dann schwenkte die Kamera auf einen jungen Mann, der im Schneidersitz danebensaß, mit einer kleinen Trommel den Takt vorgab und dazu sang. Seine Stimme war ebenso wenig melodiös wie das Didgeridoo, aber machtvoll, auch wenn das Versmaß des Liedes nicht zum Rhythmus der Trommelschläge passte. Die Erde sei ein Raumschiff, sang er, und dass die ganze Menschheit abstürzen und im Nichts des Universums versinken werde, wenn sie den Planeten nicht ordentlich behandelte.

»Auch wenn Justizia blind ist«, kommentierte Dr. Kaindl den Fernsehbeitrag, »wir müssen aufpassen, dass die Stimmung nicht kippt und am Ende den Waldbesetzern sämtliche Sympathien zufallen.«

Am nächsten Tag bestellte Veronika ein Kamerateam zum Forsthaus und gab ein Interview, in dem sie betonte, dass sie hier aufgewachsen sei, als Förstertochter viel vom Wald verstehe und ihn niemals in schlechte Hände gegeben hätte. Jede einzelne der gestochenen Formulierungen saß, aber sie wusste, dass sie auch auf Emotionen setzen musste. Mit sorgenvoller Miene erklärte sie: »Wenn ich darauf bestehe, dass die Aktivisten den Wald verlassen, denke ich nicht zuletzt an ihre eigene Sicherheit.«

»Sie sprechen vom fehlenden Brandschutz?«, hakte der Reporter nach.

Das war das Zauberwort, das auch im Zentrum ihrer Klage stand: Um den Brandschutzverordnungen und anderen Sicherheitsvorschriften zu genügen, so hatte es Dr. Kaindl erklärt, müssten die Baumhäuser über Rettungstreppen und über Geländer verfügen, und das sei nicht der Fall. Überdies fehlten Rettungswege für Feuerwehr und Krankenwagen.

»Es wäre für mich eine ganz schlimme Vorstellung, wenn jemandem auf meinem Grundstück etwas zustoßen würde«, erklärte sie dem Reporter. »Der Wald ist ein Erholungsgebiet für alle, gerade darum soll er ja auch weitestgehend erhalten bleiben.«

Während des Interviews trug sie einen dunklen, wadenlangen Rock und eine bestickte Bluse, wie es ihre Mutter bei besonderen Anlässen stets getan hatte, in dieser Kleidung stieg sie danach auch ins Auto. Erst als sie sich am Abend mit einem potenziellen Kunden traf, wechselte sie zum Businessanzug.

Es wurde spät, bis sie endlich zur Ruhe kam. Noch lange nach Mitternacht wälzte sie sich im Ehebett hin und her, ehe sie schließlich in Avas Kinderzimmer floh. Doch auch dort lag sie noch stundenlang schlaflos, wie aufgeputscht.

Am nächsten Morgen fühlte sie sich auch nach zwei Espressi erschöpft. Der Druck an den Schläfen verstärkte sich, als sie mit Luna telefonierte und ihr erzählte, dass in den nächsten Tagen die Entscheidung des Verwaltungsgerichts anstehe.

»Du klingst irgendwie nicht gut«, warf Luna ein.

»Ich bin nur etwas heiser, weil ich gestern so viel gesprochen habe«, wiegelte sie ab.

Vor drei Tagen hatte sie auch Avas Sorgen abgewiegelt, die am Telefon gefragt hatte, ob irgendwas passiert sei, sie wirke so aufgekratzt. »Ich treibe ein wichtiges Projekt voran«, hatte sie ihr vorgeschwärmt, und Ava hatte sich davon beschwichtigen lassen.

Luna tat das nicht. »Ich habe den Eindruck, du übernimmst dich.«

Veronika verdrehte die Augen. Dass Luna sie vor einem Burn-out warnte, war nichts Neues, gleich würde sie einmal mehr Qigong, autogenes Training oder Gedankenreisen empfehlen.

Aber Luna sagte nur: »Du hast dich doch auch betrogen gefühlt.«

»Bitte?«

»Na, dass der Käufer gemeinsame Sache mit der Papierindustrie macht ...«

»Du sagst das, als ginge es um einen groß angelegten Steuerbetrug! Klar habe ich mich geärgert, aber jetzt will ich einfach nur, dass die Sache endlich ausgestanden ist. Habe ich dir erzählt, dass ein Kunde meiner alten Firma überlegt, zu mir überzuwechseln? Er hat mich immer geschätzt und will mich jetzt für eine große Tourismuskampagne gewinnen und ...«

»Ich dachte, deine Kunden sollten Lebensberater und Coaches sein?«, fiel Luna ihr ins Wort.

»Hauptsache ist doch, es geht voran. Mehr noch, es läuft.«

»Du hast mir immer erklärt, dass man im Agenturgeschäft deutlich signalisieren muss, wofür man steht und was man will. Ich habe nicht das Gefühl, dass du das so genau weißt.«

Veronika fühlte, dass es bei dieser Bemerkung nicht nur um ihre Agentur ging. »Das stimmt doch gar nicht!«, wehrte sie sich.

Luna ging darüber hinweg. »Übrigens, worüber ich schon länger mit dir reden wollte: Falls der finanzielle Druck zu groß wird und du nur wegen des Geldes nicht vom Vorvertrag zurücktreten kannst – ich hätte eine Lösung. Eine befreundete Yogalehrerin sucht seit Längerem geeignete Geschäftsräume für ein Studio. Ich habe mit ihr gesprochen, sie würde deine Räumlichkeiten sofort übernehmen und auch die Kaution zahlen.«

Veronika fiel fast das Smartphone aus der Hand. »Du hast mit ihr darüber geredet, aber nicht mit mir?«

»Das tue ich doch gerade. Ich will dir zeigen, dass es noch einen anderen Weg gibt als den mit dem Kopf durch die Wand.«

Der Kopf war nicht das Problem, etwas in ihrer Brust

verknotete sich schmerzhaft. »Was genau willst du mir eigentlich sagen?«

»Ich verstehe, dass du nach deiner Kündigung so schnell wie möglich durchstarten willst. Aber wenn sich plötzlich ein so großes Hindernis auftut, kann das doch auch ein Zeichen sein. Warum atmest du nicht erst mal richtig durch, warum lässt du die Wunde nicht heilen, warum nimmst du dir keine Auszeit? In letzter Zeit hast du viel wegstecken müssen, das muss sich doch erst mal setzen. Wenn du vom Vorverkauf zurücktrittst, würden diese Typen wohl abziehen. Dann könntest du dir in Ruhe einen anderen Käufer suchen, es läuft dir doch nichts davon.«

Das Problem war nicht das Laufen, sondern das Stehenbleiben. Kurz lag es Veronika auf den Lippen, sich jegliche Einmischung zu verbieten, stattdessen platzte es aus ihr heraus: »Ich kann doch nicht einfach nichts tun und abwarten! Was, wenn Joachim zurückkommt und mich komplett gescheitert vorfindet? Das Letzte, was ich von ihm will, ist Mitleid. Er ist einfach abgehauen, jetzt soll er bloß nicht denken, dass ohne ihn alles den Bach runtergeht. Und Ava? Wenn sie wüsste, dass ich meinen Job verloren habe und auch noch mit der Agenturgründung scheitere, würde sie sich Sorgen machen und sich womöglich sofort in den nächsten Flieger nach Hause setzen. So eine Mutter will ich nicht sein – so wie meine eigene, die immer auf mich gewartet hat und abgesehen von ihrem Garten nichts hatte, woran ihr Herz hing. Ava soll keine Rücksicht auf mich nehmen müssen, sondern in Neuseeland ihr eigenes Leben führen, und auch ich will mein eigenes Leben führen ... Ich will das Heft in der Hand behalten.«

»Auf mich wirkt es aber nicht so, als ob du zurzeit etwas in der Hand hältst, eher so, als ob du dich an etwas festkrallst.«

Ohnmächtige Wut stieg in ihr hoch. »Ich habe mir schon von Martin anhören müssen, was ich alles falsch gemacht habe«, zischte sie, »ich muss mich nicht auch noch vor dir rechtfertigen.« Sie beendete den Anruf, ohne sich von Luna zu verabschieden.

Nachdem sie noch einen Kaffee getrunken hatte, fühlte sie sich frisch genug, um Pläne für den Tag zu machen.

Als das Telefon klingelte, dachte sie, es wäre Luna, die es nicht bei der Missstimmung zwischen ihnen belassen wollte. Doch es ertönte Dr. Kaindls Stimme. Das Verwaltungsgericht habe den Antrag auf eine Waldräumung bewilligt, dem Einspruch der Waldbesetzer sei nicht stattgegeben worden, sie müssten die Baumhäuser unverzüglich räumen. »Falls das nicht innerhalb der vereinbarten Frist – nämlich bis heute um Mitternacht – geschieht, wird die Weisung mit Polizeigewalt umgesetzt.«

Der Einsatz sollte zwei Tage später am frühen Morgen beginnen, Veronika hatte sich eigens den Wecker gestellt. Eigentlich war es nicht nötig, dass sie dort war – »Besser, Sie halten sich fern«, hatte der Einsatzleiter Max Brandeis erklärt, als sie ihn am Vorabend in seiner Dienststelle aufgesucht und sich nach der geplanten Vorgehensweise erkundigt hatte. Der Wecker war auch nicht nötig, schon um halb sechs Uhr morgens wurde sie von selbst wach. Sie starrte auf das Ziffernblatt, sah Minute um Minute verrinnen, fühlte Schmerzen im Rücken.

In den Nächten, die sie in den letzten Wochen im Forsthaus verbracht hatte, hatte sie das Kinderzimmer gemieden. Nachdem sie alles mitgenommen hatte, war es nicht nur leer wie nie, sondern auch kalt und trostlos.

Die Stube dagegen war ein neutraler Ort, nur die Matratze ein wenig zu hart. Eine Minute, bevor der Wecker geläutet hätte, erhob sie sich mit steifen Gliedern, streckte sich und beneidete Luna kurz um ihren durch Yoga gestählten Körper, der diese Nächte besser verkraftet hätte. Das ist die letzte Nacht, sagte sie sich. Spätestens heute Abend ist es ausgestanden.

Sie trank ein Glas Leitungswasser, obwohl es modrig schmeckte. Sie wollte einen klaren Kopf haben. Was immer der Einsatzleiter auch gesagt hatte, sie musste dabei sein, musste zumindest von der Ferne aus zusehen.

Nachdem sie sich angezogen hatte, trat sie ins Freie. Der Dunst, der vom Boden hochstieg, war durchsichtig und kein richtiger Nebel, dennoch wirkte die Welt darunter grau. Die Bäume ließen schwer die Äste hängen, als hätten auch sie auf zu hartem Untergrund geschlafen und eine verhärtete Rückenmuskulatur. Bei ihrem Anblick fühlte sie sich müde, doch ihr Pulsschlag beschleunigte sich, während sie sich mit immer schnelleren Schritten der Lichtung näherte.

Die Bäume, die den Platz umsäumten, ließen ebenfalls die Äste hängen, aber der Wind hatte die Trägheit abgeschüttelt, er peitschte Veronika die Haare ins Gesicht. Auf der Lichtung herrschte keine Volksfeststimmung mehr, wie sie der Fernsehbeitrag vermittelt hatte, sondern Chaos.

Mindestens zwei Dutzend Polizisten hatten sie bereits umstellt, Lautsprecherdurchsagen dröhnten ihr in den Ohren, immer wieder erfolgte der Aufruf, das Waldstück sofort zu verlassen. Ein Teil der Waldbesetzer war gerade dabei, maulend abzuziehen, wohl auch der Didgeridoospieler, denn ein Mann schleppte etwas unter einem gro-ßen Tuch, das wie ein halber Baumstamm aussah. Aber es waren bei Weitem nicht alle, die vorschnell aufgaben.

Ein Grüppchen Männer gab sich zwar den Anschein, ihre Sachen zusammenzupacken, doch sie verstauten sie nicht in den Rucksäcken, sondern holten schwarze Masken hervor. Kaum waren sie aufgesetzt, wurde blitzschnell ein Spalier gebildet, das die Lichtung in zwei Hälften teilte. Die Polizisten reagierten sofort, schon kam ein Trupp mit Helm und Gesichtsschutz hinter den Bäumen hervorge-schossen. Als sie die Waldaktivisten erreicht hatten, stan-den sie einander kurz unbeweglich gegenüber, doch sobald einer die Hand hob, um sein Gegenüber anzuschubsen, fiel die Reaktion heftig aus. Aus der geraden Linie wurde als-bald ein Zickzack, aus den beiden Fronten ein Menschen-knäuel. Unterdessen hatte sich, nicht weit von der Kampf-zone entfernt, eine weitere Gruppe zusammengefunden und eine Kette gebildet, indem jeder die Schultern der Person vor ihm umfasste. Es sah aus wie eine Polonaise an Karneval, nur dass nicht geschunkelt wurde. Das Ziel war, eine Barrikade aus Menschenleibern zu bilden und damit die Mauer zu verstärken, die aus Holzblöcken rund um die Eiche errichtet worden war.

Veronika sah etwas Silbriges aufblitzen, Eisenketten oder Handschellen. Blitzschnell banden sich vielleicht acht der Aktivisten erst aneinander und dann an den Holzbar-rikaden rund um die Eiche fest. Aus einzelnen Stimmen wurde ein wüstes Geschrei, hinzu kam das Trampeln von Füßen, in einem hektischen Rhythmus, dem sich Veroni-kas eigener Herzschlag anzupassen schien.

Inmitten des Aufruhrs erblickte sie erstmals Rosa – die einzige verbliebene Frau und auch die Einzige, die keine schwarze Maske trug. War sie außergewöhnlich mutig, oder waren die anderen einfach feige?

Sie schwenkte eine Faust, ehe sie ebenfalls auf die Eiche zutrat, um es den anderen gleichzutun und sich anzuketten, doch ein junger Polizist stellte sich ihr in den Weg und hielt sie etwas halbherzig fest. Die anderen Besetzer johlten, als sie sich rüde gegen seinen Griff zur Wehr setzte. Mit den gefesselten Händen konnten sie nicht klatschen, aber sie trampelten auf dem Boden. Wieder war da ein Vibrieren, das Veronika durch und durch ging. Während sich die jungen Leute und die Polizei einen Zweikampf lieferten, rückten andere Beamte mit schwerem Gerät an, um die Eisenketten zu durchtrennen.

Bald sprühten rote Funken, ihr Anblick war ebenso schmerzhaft wie das schrille Gekreisch, das die Lichtung erfüllte. Wo immer sich eine Kette löste, flammte ein heftiger Kampf auf, Masken verrutschten, unter denen rote Gesichter zum Vorschein kamen, voller Verachtung und Hohn.

Keines von ihnen war das von Ben – offenbar gehörte er zu jenen, die das Waldstück bereitwillig geräumt hatten. Doch hinter den vielen Polizeiautos, die auf dem schmalen Waldweg parkten, hatte sich, wie Veronika nun erkannte, nicht nur der Einsatzleiter Max Brandeis verschanzt, der gegen die Kakofonie an Stimmen und Geräusch andirigierte – sie sah dort auch Martin stehen.

Seit ihrem letzten Streit waren sie einander nicht mehr begegnet, und sie hatte sich jeglichen Gedanken an ihn verboten. Dass er im Fernsehbeitrag nicht aufgetaucht war, führte sie darauf zurück, dass sein Amt ihm Unparteilichkeit aufzwang. Ganz offensichtlich verpflichtete es ihn zu noch mehr, nämlich bei einem solchen Einsatz vor Ort zu sein, zumal wenn schwere Gerätschaften Verwendung fanden und der Wald beschädigt werden konnte. Dass er mit jeder Geste und einem genervten Gesichtsausdruck bekundete, wie ungern er diese Pflicht erfüllte, änderte nichts daran, dass er die Polizei unterstützen musste und keine Chance bekam, sich mit den jungen Aktivisten, die er hierhergelockt hatte, zu solidarisieren.

Einen Augenblick lang fühlte sie schlichtweg Genugtuung, weil ihm die Hände gebunden waren und er einfach zuschauen musste. Aber dann ging ihr auf, dass auch ihr selbst nichts anderes übrig blieb, dass ausgerechnet sie beide, die diese Situation heraufbeschworen hatten, nicht selbstbewusst auf dem Regiestuhl thronten, sondern zu Statisten degradiert waren. Wie lächerlich. Wie ... unwürdig.

Unwillkürlich löste sie sich von ihrem Beobachtungsposten hinter den Bäumen und trat auf die Polizeiautos zu. Martin bemerkte sie nicht, aber auf halber Strecke traf sie Brandeis' Stimme: »Was machen Sie denn hier? Habe ich Ihnen nicht gesagt, dass ...«

Seine Stimme ging in lautem Geheul unter, als kämpften die Polizisten mittlerweile gegen ein Rudel Wölfe. Allerdings setzte dieses Rudel weder Zähne noch Klauen ein, sondern lediglich das Körpergewicht. Alle, deren Ketten gelöst waren, ließen sich auf den Boden fallen, und so bedurfte es zwei, drei Beamter, um sie wegzutragen. Ein paar andere schwenkten plötzlich etwas, was wie Luftballons aussah, nur dass es nicht mit Luft, sondern etwas Dunklem gefüllt war.

Vielleicht Exkremente?

Instinktiv duckte sich Veronika, gerade noch rechtzeitig, ehe etwas an ihr vorbeischoss, vor ihr auf dem Boden aufprallte, zerplatzte. Was hochspritzte, war nicht braun, sondern schwarz und verbreitete einen ätzenden Geruch.

»Was ...«

»Geben Sie acht, das ist Teer!«

Brandeis' Warnrufe gingen in triumphierendem Gelächter und neuerlichem Trampeln unter. Der Einsatzleiter suchte Zuflucht hinter einem der Polizeiautos, doch auch die wurden von den Teerbeuteln getroffen. Platsch, platsch, platsch, schwarz perlte es über die Windschutzscheiben.

Veronika stolperte zurück, auf die Bäume zu. Vor ihr auf dem Boden lagen mittlerweile mehrere aufgerissene Ballons. Sehr nachhaltig, ging es ihr durch den Kopf, ehe auch dieser zynische Gedanke zerplatzte. Platsch, platsch, einer der Beutel landete dicht vor ihr, einer hinter ihr, ihre Hose bekam kleine Spritzer ab.

»Pass auf!«

Als sie herumfuhr, sah sie, dass Martin ihr gefolgt war. Er sah jetzt sichtlich entsetzt aus. Erst machte es den Anschein, als wollte er sie zurückziehen, stattdessen versetzte er ihr einen Stoß, sodass sie geradewegs im Gebüsch landete. Schützend hielt sie sich die Hände vors Gesicht, konnte aber nicht verhindern, dass sie mit den Knien auf spitzen Ranken und morschem Holz landete. Ein stechender Schmerz fuhr ihr durch den Oberschenkel. Sie wollte schon aufspringen, ihn für den rüden Angriff zur Rede stellen, doch dann begriff sie, dass er sie nur hatte schützen wollen. Schon drückte er sie nach unten. »Pass auf!«, sagte er wieder.

Er hockte sich neben sie auf den Boden und hob kurz die Arme, als wollte er sie abschirmen. Stattdessen deutete er auf den Boden ... nein, auf die Waffe, die auf sie geworfen worden war und sie nur knapp verfehlt hatte. Sie war weit gefährlicher als ein Teerbeutel. Das mit Nägeln bestückte Holzstück ließ Veronika an ein mittelalterliches Folterinstrument denken.

»Das werfen sie auf Menschen?«, entfuhr es ihr empört.

»Ja, sind die denn völlig verrückt geworden?«

»Eigentlich haben sie es damit auf die Autoreifen abgesehen.«

Aus der Ferne vernahm sie Motorengeräusche, eben kamen weitere Polizeifahrzeuge zur Verstärkung angerollt. Sie alle mussten bremsen, als die Stacheligel vor den Reifen landeten.

»Es ist trotzdem verrückt!«

»Du warst auch verrückt, heute herzukommen.«

»Und du, weil du diese Typen überhaupt erst hergeholt hast – das ist doch keine friedliche Waldbesetzung!«

»So hätte es nicht enden müssen.«

»Es hätte gar nicht erst anfangen müssen!«

Während sie sprachen, waren sie etwas näher aneinandergerückt, trotz allem war sie jetzt froh, nicht allein im Unterholz ausharren zu müssen. Sie wagte kaum, den Kopf zu heben, sah jedoch aus den Augenwinkeln, wie der Kampf heftiger wurde, erbitterter. Da waren Schlagstöcke in den Händen der Beamten und dumpfe Geräusche, als sie zum Einsatz kamen. Ins Geschrei mischten sich Ächzen, Stöhnen. Nun flogen nicht länger Teerbeutel und Stacheligel, aber die Fäuste. Einer der Waldaktivisten wurde in den Schwitzkasten genommen, ein anderer traf einen Polizisten in den Bauch, sodass dieser sich schmerzvoll krümmte.

Sie wusste nicht, wie viel Zeit vergangen war, die einzelnen Sekunden rutschten nicht wie glatte Körnchen durch die Sanduhr, sondern schienen Widerhaken zu haben, bildeten zähe Klumpen, die alles verstopften. Ihr stolpernder

Herzschlag war im ganzen Körper zu fühlen, als würde das Organ herumwandern und nirgendwo genügend Platz finden.

Wieder waren sie nur Statisten und konnten nichts tun.

Irgendwann war es vorbei, doch diese Feststellung hatte nichts Tröstliches, sie glich einem der Teerbeutel. Was der beschmutzte, bekam man so schnell nicht ab.

Als der Lärm abgeebbt war, rappelte sich Martin als Erster auf. Bei ihr dauerte es länger, bis sie endlich auf wackeligen Beinen stand und an sich herabstarrte. Die Hose hatte etliche Flecken abbekommen, aber kaum Risse, ihre Hände waren zerkratzt, aber bluteten nicht, ihre Kehle war wie ausgedörrt, aber sie konnte etwas befreiter atmen. Kurz zögerte sie, aus dem Schatten der Bäume zu treten, aber dann sah sie, dass sich die Waldaktivisten entweder zurückgezogen hatten oder abgeführt worden waren. Nur noch ein paar Beamte schritten die Lichtung ab und sammelten die Stacheligel ein. Nach dem zähen Kampf wirkten sie erschöpft. Bei der alten Eiche lagen noch Ketten, ein paar Metallrohre, einige größere Steine. An dem alten Baum hingen noch ein paar Stricke, fast wie Lianen, die allerdings nicht mehr bis zum Boden reichten, sodass man sich daran nicht hochziehen konnte.

Auf wackeligen Beinen ging sie zu Brandeis.

»Sind alle weg?«, fragte sie heiser.

Der Einsatzleiter betrachtete mürrisch die befleckten Einsatzfahrzeuge. »Fast hätten sie mir die Windschutzscheibe eingeschlagen! Das hätte mir gerade noch gefehlt«, stieß er ungehalten aus. »Erklären Sie so was mal der Versicherung.«

Etwas in ihr verkrampfte sich. Aus ihrem Innersten stieg ein Wort hoch, das sie sich bis jetzt verboten hatte: Irrsinn, das ist doch alles Irrsinn. Das ist doch alles viel zu weit gegangen.

»Sind jetzt alle weg?«, fragte sie wieder.

Max Brandeis hatte sich gerade in Rage geredet. Er ging nicht auf sie ein, sondern sprach immer noch über die Schwierigkeiten mit der Versicherung. Beschädigte Polizeiautos seien nicht das eigentliche Problem, aber wenn man andere Fahrzeuge holen müsse, Bagger zum Beispiel, laufe es manchmal auf Schäden von mehr als hunderttausend Euro hinaus. »Da Schäden durch Waldbesetzer als Vandalismus gelten, zahlt die Versicherung nicht. Ist das nicht verrückt?«

Veronika nickte wie betäubt, obwohl sie nicht begriff, wie er ausgerechnet jetzt darüber reden konnte.

»Ist es vorbei?« Eine klebrige schwarze Masse schien ihren ganzen Mund auszufüllen.

»Nicht ganz. Die da kriegen wir einfach nicht runter.«

Er starrte weiterhin auf die schwarzen Flecken, aber seine Hand wies nach oben auf die Krone der Eiche. Kurz sah Veronika nur Äste, die im zunehmenden Wind wogten, aber dann glaubte sie, eine Gestalt wahrzunehmen, und sah überdies zwischen den Ästen etwas Rotes aufblitzen, ehe es auf den Boden segelte.

Es war Rosas Mütze, die ihr vom Kopf gerutscht war. Sie landete auf der Erde, während ihre Besitzerin weiterhin oben auf der Eiche ausharrte.

»Die Befehle, die ihr befolgt, sind verbrecherisch!«, rief sie den Polizisten zu. »Die nachfolgenden Generationen werden euch dafür hassen.«

Sie hatte die Strickleiter hochgezogen, sodass ihr keiner nachklettern konnte. Die meisten Beamten blickten unschlüssig nach oben. Nur Max Brandeis' ärgerlicher Blick verriet, wie lästig es ihm war, wegen einer einzigen Person hier noch festzuhängen.

Veronika verstand ihn, konnte aber nicht anders, als Rosa einen gewissen Respekt zu zollen. Sie hatte die junge Frau für eine Intellektuelle gehalten, von der allenfalls eindrucksvolle Reden zu erwarten waren, doch nun war sie die Letzte, die ihren Widerstand nicht aufgab. Das war dumm ... trotzig ... und irgendwie stark.

»Was werden Sie denn jetzt tun?«

»Wenn sie nicht runterkommt, müssen wir rauf.«

Schon war das Knirschen von Rädern zu vernehmen. Ein kleiner Lkw, der eine Hebebühne transportierte, näherte sich der Lichtung. Er war zu breit für den Waldweg, sodass er über zahlreiche Büsche und Farne am Rand fuhr. Äste streiften die Hebebühne, als wollten sie sie zurückhalten, kleine Zweige wurden mitgerissen, Blätter segelten zu Boden.

Als einer der Beamten vor den Lkw trat und auf die Stacheligel am Boden deutete, quietschten die Bremsen.

Max Brandeis stöhnte ungehalten, Rosa stimmte ein Lied an, das schräg, aber selbstbewusst klang. »Ihr kriegt uns hier nicht weg, nein, ihr kriegt uns hier nicht weg.«

Weitere Stacheligel wurden aufgelesen, der Lkw fuhr dennoch nicht weiter. Er ließ stattdessen einem zweiten Fahrzeug die Vorfahrt, das gerade heranrollte – ein Harvester. Die Holzerntemaschine war zwar etwas schmaler, aber fuhr ebenfalls den Waldboden platt.

»Am liebsten würde ich sie ja mit dem Harvester runterpflücken, aber das ist verboten, man darf sie ja nicht in Gefahr bringen«, erklärte der Einsatzleiter ungehalten. »Deswegen müssen wir Platz schaffen, damit die Hebebühne zum Einsatz kommen kann.«

Kurz war sie nicht sicher, was er unter Platzmachen verstand, doch die Antwort gab ihr ein lautes Kreischen. »Die störenden Äste der Eiche werden einfach abgesägt?«, brach es aus ihr hervor. Unwillkürlich machte sie einen Schritt auf die Eiche zu und sah erst jetzt, dass vor dem Harvester jemand stand, der auf den Waldarbeiter am Steuerpult einredete.

Obwohl er sich bis jetzt aus allem herausgehalten hatte – jetzt wollte Martin nicht länger nur zusehen. Zunächst war das Kreischen der Sägen zu laut, doch als sie verstummten, drangen Wortfetzen zu ihr und kündeten von einer heftigen Auseinandersetzung.

»... nicht verhindern ... lass mich meine Arbeit tun ...«

»Hast du überhaupt eine Ahnung, wie alt dieser Baum ist?«

»Die Anweisungen waren doch klar. Ich tue, was man mir sagt. Besser, du hältst es auch so.«

»Das habe ich schon viel zu lange gemacht.«

»Martin! Du bringst dich in Teufels Küche.«

»Lass das mal meine Sorge sein.«

»Der Sendlinger hat dich ohnehin seit Wochen auf dem Kieker. Wenn du ihm jetzt auch noch einen Anlass bietest ...«

»Der soll nicht glauben, dass er mich abrichten kann wie einen Jagdhund!«

»Du kannst nichts tun. Wenn du mich weiter behinderst, machst du dich nicht zum Helden, sondern zum Deppen.«

Veronika sah Martin nur von hinten, dennoch fühlte sie, welche Entschlossenheit von ihm ausging.

Was für ein Irrsinn, wegen so etwas seine berufliche Zukunft zu riskieren, ging es ihr durch den Kopf.

Doch als sie sich an Max Brandeis wandte, der offensichtlich erbost über die Verzögerung war, hörte sie sich plötzlich sagen: »Was für ein Irrsinn, diesen alten Baum zu zerstören. Wenn er etliche Äste verliert, überlebt er das doch nicht. Ich will nicht, dass der Baum beschädigt wird. Und schließlich ist das immer noch mein Wald.«

Der Einsatzleiter fuhr zu ihr herum und starrte sie erst ganz verdattert an, dann zeigte sein Gesicht die gleiche Verachtung wie vorhin die Waldaktivisten. »Was wollen Sie eigentlich? Dass endlich Ruhe ist oder dass diese Spinner noch mal wiederkommen? Wie es ausschaut, hat sich der ganze Protest doch an diesem Baum entzündet. Wenn der endlich weg ist, sind Sie auch die Spinner los.«

Verspätet bemerkte Martin, was hinter seinem Rücken vorging, und fuhr herum. Sie las nicht die erwartete Kampfeslust in seiner Miene, auch keine Trauer, keine Feindseligkeit oder Vorwürfe. In seinem Blick stand nur jene tote Leere, wie man sie auch im Forsthaus vorfand, als sei hier etwas nicht nur weggeräumt worden, sondern unwiderruflich verloren gegangen.

»Sie haben doch die Waldräumung veranlasst!«, schimpfte Brandeis auf Veronika ein. »Wenn man die Feuerwehr zum Löschen ruft, kann man sich doch nicht aufregen, wenn man ein wenig nass wird.«

Sie spürte genau – jetzt war sie nicht mehr zum Zuschauen gezwungen, jetzt war sie nicht mehr Statistin. Jetzt erwartete nicht nur Brandeis, dass sie die Regie übernahm, sondern auch der Waldarbeiter. »Soll ich loslegen?«, fragte er.

Während sich alle Blicke auf sie richteten – der des Waldarbeiters genervt, der von Brandeis ungehalten, der von Martin immer noch leer –, stieg in ihr ein schlichtes, aber umso eindringlicheres Nein hoch. Nein, man durfte diesen alten Baum nicht einfach so zurechtstutzen, genauso wenig wie Martin.

Sie machte den Mund auf, doch obwohl das Nein ein so kurzes Wort ist, schien es an ihrem Gaumen festzukleben. Noch ehe sie es endlich herausbrachte, kam vom Baum her ebenfalls eines, viel lauter und eindringlicher.

»Nein!«, brüllte Rosa nach unten, immer wieder. »Nein, nein, nein!« Unartikulierte Klagen folgten, die nicht nach einer wütenden Umweltschützerin, sondern wie von einer gequälten Kreatur klangen. Eine Weile wütete sie vor sich hin, dann wurde ihre Stimme leiser. Sie ließ die hochgezogene Strickleiter hinabfallen, kletterte hinunter. Ihre Brillengläser waren beschlagen.

»Diesen alten Baum anzutasten ist ein Verbrechen«, schimpfte sie, als sie fast unten war. »Aber ich werde nicht zulassen, dass ihr mir das in die Schuhe schiebt, damit ihr euch hinterher darauf hinausreden könnt, ihr hättet keine andere Wahl gehabt.«

Die Strickleiter reichte nicht ganz bis zum Boden, an der untersten Sprosse angelangt, ließ Rosa sich einfach fallen. Der Aufprall war so heftig, dass sie auf den Knien landete, doch als sie sich langsam erhob, lag eine gewisse Würde in ihrer Haltung.

Auch den Beamten schien das nicht zu entgehen. Sie umkreisten sie zwar, machten aber keine Anstalten, sie festzunehmen. Durch die beschlagenen Brillengläser musterte Rosa einen nach dem anderen, und schließlich fiel ihr Blick auf Veronika.

Wieder konnte sie nicht anders, als die junge Frau für ihre Entschiedenheit zu bewundern, für ihre Willensstärke, ihren Stolz. Kurz war sie für sie keine Gegnerin, sondern eine Frau, wie sie es in den letzten Wochen selbst gern gewesen wäre: eine, die etwas durchzog, statt zwischendrin immer wieder zu schwächeln, die sich selbst die Hände schmutzig machte, statt andere in einen Stellvertreterkrieg zu hetzen. Verglichen mit Rosa, war sie nur ein verzerrtes Abbild in einem schmutzigen Spiegel.

Eine Weile starrten sie einander gebannt an, dann senkte Veronika unwillkürlich den Blick. Als sie ihn wieder hob, machte Rosa kehrt und stolzierte davon.

»Jetzt«, vernahm sie die Stimme des Einsatzleiters, der erstmals zufrieden klang, »jetzt sind alle weg.«

Wie betäubt blickte Veronika Rosa nach. »Dann wird der Harvester ja nicht mehr gebraucht«, murmelte sie.

»Himmel nochmal, lassen Sie den Baum doch fällen. Wenn er weg ist, sind Sie sämtliche Probleme los, wenn nicht ...« Er hob vielsagend die Hände.

Wie zuvor stieg ein Nein in ihr hoch, wie zuvor fehlte ihr der letzte Antrieb, um es hervorzupressen. Und ehe sie sich zu einer endgültigen Entscheidung durchringen konnte, ehe auch Martin erneut seinen Willen zum Widerstand bekundete, mischte sich der Waldarbeiter ein. »Heute wird jedenfalls nichts mehr passieren. Hört doch! Bei dem Wetter fälle ich ganz sicher keinen so riesigen Baum.«

Im Eifer des Gefechts war es nicht nur Veronika entgangen, dass das Rauschen in den Baumkronen lauter geworden und nun das Platschen von ersten Regentropfen auf der umgedrehten Wanne zu hören war. Das Heulen eines Sturms erklang, der minütlich an Fahrt aufnahm. Bald kamen ein Tuten und das Knirschen von Rädern hinzu. Da die Hebebühne ganz sicher nicht mehr zum Einsatz kommen würde, ließ sich der Lkw-Fahrer den Weg zurückdirigieren, und anstatt ihre Zustimmung abzuwarten, nahm sich der Waldarbeiter an ihm ein Beispiel. Als der Harvester wendete, wurde noch mehr Waldboden platt gefahren, und wieder trat Martin vor das schwere Gerät, wenn auch diesmal nur, um Anweisungen zu geben, damit es möglichst auf dem Weg blieb.

Er hatte keinen Blick mehr für Veronika übrig, nur Max Brandeis stierte sie finster an.

»Überlegen Sie sich gut, was Sie tun werden!«, ermahnte er sie verdrossen, ehe er sich wieder den schwarzen Flecken auf seinem Dienstwagen zuwandte.

# ANNA

Das Ziel meines Kampfes war nicht, Gebiet zu erringen, sondern den Wald zu retten. Und er begann nicht damit, dass ich in Fanfaren stieß, auf dass der Feind zusammenzucke, sondern indem ich an meinem Lächeln feilte. Meine Waffen waren nicht aus Kupfer und Eisen, sondern aus Pergament. Ich tat das Gleiche, was ich vor vielen Jahren auch schon getan hatte: Ich ließ mir alle Gesetzestexte bringen, die den Wald betrafen. Damals hatte ich mich mit dem Waldrecht fremder Städte befasst, diesmal begnügte ich mich mit jenen Geboten, die jemals in Nürnberg zum Schutz des Reichswalds aufgeschrieben worden waren. Es waren viele.

Das Amt, das mein Vater jetzt innehatte, war das höchste, das man in Nürnberg erringen konnte: Er war einer der drei Obersten Hauptleute, die die Geschicke der Stadt lenkten und denen alle weiteren wichtigen Ämter unterstanden – wie das Losungsamt, das die Steuern eintrieb, oder das Bauamt, das sämtliche Bautätigkeiten in der Stadt überwachte. Zuvor war sein Bruder Peter einer dieser Hauptleute gewesen, und er hatte die Zeit, da er so viel Macht innegehabt hatte, genutzt, um sein Stück Wald zu schützen. Kaiserliche Waldordnungen, schon fast hundert Jahre alt, waren unter ihm erneuert worden, ebenso war festgehalten worden, man solle immer ein wenig mehr Wald aufforsten als fällen, und auch, dass das aufgeforstete Gebiet für eine gewisse Frist an Jahren unberührt bleiben musste.

Ich las die Worte wieder und wieder, ich zeigte sie auch Gretchen und Paul. Paul erkannte die Buchstaben als das, was sie waren, er verband sie miteinander, konnte alsbald flüssig lesen. Gretchen sah keine Buchstaben, sondern Ameisen, die flink übers Blatt huschten. Ihre Augen standen dabei nicht still, die Zunge schon, was wirklich in ihrem Kopf vorging, verriet sie nicht. Ich drängte sie nicht dazu; ich wusste ja, wie klug stumme Mädchen sein konnten.

Nur selbst fühlte ich mich nicht wirklich klug. Ich war zwar nun mit all den Worten gerüstet, aber je länger sie mir durch den Kopf gingen, desto deutlicher wurde mir, dass es ihnen an Schlagkraft fehlte. Eine Kanonenkugel wird erst dann zur Waffe, wenn man sie mit Schießpulver abfeuert. Wenn man sie nur vor sich herzurollen vermag, sind die eigenen Füße in größerer Gefahr als die Köpfe der Feinde.

Die Waldgesetze, die ich bald auswendig kannte, hatten nicht mal das Gewicht einer Kugel. Wenn ich damit vor meinen Vater trat und ihm bekundete: Bis hierhin und nicht weiter, würde er sie mit einem Federstrich beiseitewischen.

Mit der Verzagtheit kam die Trauer zurück. Je länger ich über den Büchern saß, desto übermächtiger wurde die Erinnerung an die Zeit, als ich mit Sebald ähnliche Schriften studiert hatte. Eine Träne sammelte sich in meinem Auge, fiel auf das Blatt vor mir, und erst, als ich hastig darüberstrich, ging mir auf, dass es aus Papier gemacht war. Und wieder musste ich an Sebald denken, der vor vielen Jahren prophezeit hatte, dass sich Papier nach und nach immer mehr verbreiten und das Pergament ablösen werde, dass die Menschen diesem ungleich praktischeren Material bald den Vorzug geben würden. Aufregung erfasste mich. Ich strich über die Seite, und kurz stand mir sein Gesicht so deutlich vor Augen, dass mir war, als berührte meine Fingerspitze nicht das Blatt Papier, sondern seine helle Haut.

Ich schlug das Buch zu.

»Willst du nicht mehr weiterlesen?«, fragte Paul.

Ich schüttelte den Kopf. Nun wusste ich, dass ich für meine Schlacht keine Waffe aus Papier brauchte. Papier würde der Köder sein, um meinen Vater in den Hinterhalt zu locken.

Mein Vater war in jenem Jahr 1390 auf dem Höhepunkt seiner Macht. Dem war ein langwieriger Aufstieg der Familie Stromer vorangegangen, der sich über mehrere Generationen zog. Es war ein wenig so wie bei Spechten, die eine Höhle in den Baum schlagen: So beharrlich der erste auch peckt, er schafft kaum mehr, als die Rinde aufzuhacken.

Ein Vorfahre der Stromer, ein gewisser Gerhart von Reichenbach, schaffte ebenfalls kaum mehr als einen Anfang: Es gelang ihm, sich den Herren von Kammerstein als Amtmann anzudienen, er durfte für sie den Zehnten einholen und die Garbenzählung überwachen. Sein Nachfahre Conrat Stromeier, der sich später Konrad Stromer nannte, zählte dagegen schon nicht mehr selbst, sondern war derjenige, der Zahlen aufschrieb. Außerdem mehrte er sein Ansehen, indem er die Tochter eines Reichschultheißen heiratete, eines Mannes also, der im Auftrag des Kaisers über Nürnberg wachte.

So wenig wie die Stromers arbeiten die Spechte allein. Sobald der Baum verwundet ist, führen Pilze ihr Werk fort, indem sie Holz zu samtenem Mahlgut zersetzen, das auf den Boden fällt und Schwebfliegen und Käfer nährt.

Ein weiterer Konrad Stromer legte den Grundstein für das Unternehmen, für das alsbald zahlreiche Menschen arbeiteten. Er war der erste richtig reiche Mann seiner Familie, besaß jedoch noch keines der wichtigen Ämter. Doch so wie die Höhle zunächst bloß Platz für Käfer bietet – mit der Zeit ziehen Fledermäuse ein, und irgendwann ist sie groß genug für eine Eule. Wie eine stolze Eule thronte Ulmann jetzt in seinem Reich.

Meine Kinder, denen ich die Geschichte, die ich jetzt niederschreibe, erzählte, warfen mir verwunderte Blicke zu. Das hieß, Paul war verwundert, Gretchen war es so gut wie nie. »Aus einer Familie von Spechten können doch keine Eulen werden«, sagte er.

»Mag sein, dass das bei den Tieren gilt. Aber der Mensch hat die Eigenart, dass er nicht unbedingt als derjenige stirbt, als der er geboren wurde. Euer Großvater war eines von unzähligen Kindern eines Kaufmanns. Nun hat er nicht nur sämtliche Geschwister überlebt und ist nicht bloß Schöffe oder Ratsherr, sondern der Oberste Hauptmann, ein Amt, das man nicht teilen muss.«

»Ich dachte, davon gibt es derer drei«, sagte Paul.

Wie ich seinen wachen Geist liebte. »Aber die beiden anderen Hauptleute fragen stets ihn um Rat, die wichtigsten Entscheidungen trifft er allein. Als vor etlichen Jahren ein neuer Nürnberger Stadtturm errichtet wurde, war er derjenige, der erklärte, der Mörtel müsse mit teurem Salz angerührt werden, damit das Bauwerk stabiler würde. Als es darum ging zu entschieden, auf wessen Seite die

Nürnberger im schrecklichen Städtekrieg kämpfen, galt ebenfalls sein Wort. Wenn man wichtige Ämter im Frauenkloster Sankt Clara besetzt, fragt man seit etlichen Jahren ihn – im Katharinenkloster geschieht das seit noch längerer Zeit. Und wenn er beschließt, dass Nürnberg mit neuen Waffen ausgestattet werden soll, erregt sich gewiss keiner darüber, dass er die Waffen selber herstellen lässt und teuer an die Stadt verkauft.«

Paul nickte verständig. »Weil er so mächtig ist, bestimmt er allein, ob zum Zwecke der Waffenproduktion der Wald geschlagen wird oder nicht«, stellte er fest.

»Das auch. Aber darauf wollte ich nicht hinaus. Weil er so mächtig ist, weil er niemanden über sich und noch nicht einmal neben sich hat, ist er schrecklich einsam. Und das können wir uns zunutze machen.«

Den Gegner überlistet man nicht nur mit der richtigen Waffe, sondern indem man sich kundig macht, an welcher Stelle seine Rüstung so weich ist, dass sie sich durchdringen lässt, und einen günstigen Zeitpunkt abwartet. Gewiss, ich würde nicht den Fehler machen, selbst den Finger an ebendiese Stelle zu legen. Doch während ich meinem Vater fremd geblieben war, waren nach dem Tod seiner meisten anderen Kinder Paul und Gretchen die Freude seines Alters.

Als er eines Abends wieder einmal ganz allein an der langen Tafel sein Mahl zu sich nahm – Agnes litt seit Langem an einem faulen Backenzahn, der ihr das Essen verleidete –, trat ich mit den Kindern zu ihm. »Dürfen wir dir Gesellschaft leisten, Vater?«

Er blickte hoch. Wenn er aß, hielt er den Kopf tiefer als früher und vergaß zu vertuschen, dass sein Rücken gekrümmt war. Sein Lächeln war auch nicht viel mehr als gekrümmte Lippen. Doch dann blickte er auf Gretchen, deren Haar ich gekämmt hatte, bis es golden glänzte, und auf Paul, dessen Wams die Farben des Stromer-Wappens hatte, weiß und rot, und seine Augen leuchteten.

»Gemeinsam schmeckt es besser«, sagte er, deutete auf die leeren Stühle und ließ noch mehr vom gebratenen Kapaun, der mit Ingwer und Petersilie gewürzt war, auftragen.

Ich schmeckte nichts davon, aber ich kaute beharrlich, schluckte, wartete.

Am nächsten Tag blieb mein Vater nach dem Mahl ein wenig länger sitzen, aber nicht nur, weil er sich in unserem Kreis wohlfühlte, sondern weil ihm das Aufstehen immer mühsamer wurde. An der Tischplatte musste er sich festhalten und hochziehen, die Kraft in den Beinen allein reichte nicht.

Wieder wartete ich ein wenig, dann nickte ich Paul zu. Der Anblick des schlohweißen Großvaters flößte ihm Respekt ein, aber keine Angst.

»Schau, Großvater«, sagte Paul und zog etwas aus seinem Wams, »schau, was ich hier habe.« Er legte ein Kartenspiel auf dem Tisch.

Die Ersten, die Karten gespielt hatten, waren die Florentiner gewesen, von deren Stadt Sebald mir einst erzählte, dass ihre Schönheit blind mache. Wie man denn von etwas Schönem blind werden könne, hatte ich damals wissen wollen. »Nun, die Schönheit erfüllt einen bis zur letzten Faser, sodass man das Hässliche nicht länger wahrnimmt.« Da hatte ich lachen müssen. »Das nennt man nicht Blindheit, das nennt man: mit Liebe schauen.«

Jetzt schaute mein Vater Paul mit Liebe an. »Weißt du,

dass die Kirchenmänner gegen das Spiel wettern? Erst taten sie es in Italien, dann, als es Kaufleute zu uns brachten, stimmten auch die hiesigen in ihre Klagen ein.«

Paul ließ sich nicht entmutigen. »Den höchsten Wert in diesem Spiel hat nicht die Karte, auf der ein Kirchenmann dargestellt ist, sondern jene, die einen König zeigt.«

»Oho!« Ein tiefes, grollendes Lachen stieg in meinem Vater auf. Als es ihm über die Lippen kam, wurde ein Keuchen daraus. Gerade hatte er Anstalten gemacht, sich doch noch zu erheben, jetzt ließ er sich wieder auf den Stuhl fallen. »Wenn du denkst, dass auf dieser Welt ein König am mächtigsten ist, dann weißt du nicht viel von ihr.«

»Wer ist es denn dann?«

»Ein König, der Geld hat.«

»Und wer von diesen beiden ist mächtiger: ein gewöhnlicher Mann, der Geld hat, oder ein König, der keines hat?«

Das Lachen klang nun heller. »Du gefällst mir, Junge«, sagte er, ehe er beinahe zärtlich über die Spielkarten strich, die aus verleimtem Papier gemacht waren.

Ich nickte nun Gretchen zu. »Sie näht sehr gerne«, sagte ich, gleichwohl es mir nicht ums Nähen ging. Es ging um die Nadeln, Häkchen und Ösen, die sie nun vor dem Großvater ausbreitete. Genauer gesagt um das, worin sich die Ware, die man Nürnberger Tand nannte, befand – nämlich kleine Säckchen aus Papier.

Mein Vater interessierte sich nicht für die Säckchen und noch weniger für das, was darin war. »Ich bin müde«, erklärte er, und wieder machte er sich an das langwierige Unternehmen, aufzustehen.

»Dann habe ich etwas, was dich erfrischt«, rief ich. Schon stand ich bei ihm und zog aus meinem Beutel etwas, das sich ebenfalls in einer Tüte aus Papier befand. »Hier sind ein wenig Zimt und Nelkenpulver, ebenso Pfeffer, außerdem ein Gewürz aus einem fernen Land, das die Farbe von Gold hat. Früher sind sein Geruch und Geschmack auf der langen Reise verblasst, desgleichen seine durchdringende Farbe, doch seit man es in Papier verpackt ...«

Noch ehe ich das Gold in den Kelch regnen lassen und meine Ausführungen beenden konnte, klopfte es.

Mein Vater runzelte die Stirn, er wurde beim Essen nicht gerne gestört. Allerdings war das Mahl vorbei, und als ich vorhin dem Boten, der ihm eine Depesche bringen wollte, begegnet war, hatte ich ihn beschieden, er solle erst danach vor ihn treten.

Vater stieß ein Seufzen aus, als er den Mann erkannte und dieser den Brief vor ihn legte. »Hat man denn nie seine Ruhe?«, entfuhr es ihm. Bei seinem müden Anblick kam mir in den Sinn, dass nicht der König mit Geld der mächtigste Mensch auf Erden ist, eher ein Mensch mit sehr viel Zeit.

Vater schickte den Boten weg, nahm die Nachricht, hielt sie erst ganz dicht ans Auge heran, dann weit weg. Gretchen musterte ihn verständnisvoll, sie dachte wohl, dass auch für ihn Buchstaben flinken Ameisen glichen. Aber sein Problem war nicht, dass die Buchstaben zu schnell, sondern seine Augen zu langsam waren.

»Ich kann das«, sagte Paul, »ich könnte dir doch vorlesen.«

Vater blickte auf. »Du kannst lesen?«

»Er ist der Sohn seines Vaters«, warf ich hastig ein.

Paul war auch der Enkelsohn seines Großvaters. »Ich könnte dir nicht nur jetzt vorlesen, sondern immerzu, wenn Depeschen kommen. Auch Urkunden oder andere Schriften. Natürlich«, er leckte sich über die Lippen, »natürlich müsste ich dafür einen gerechten Lohn erhalten. Nicht nur ein König braucht Geld.«

Das Grinsen machte meinen Vater jung. Als er Paul einmal mehr musterte, sah er wohl den künftigen Mann in ihm, und der gefiel ihm.

Er ging auf den Handel ein. »Ein silberner Pfennig für jeden Monat?«

»Müssen es denn Münzen sein?«, fragte ich. »Geld kursiert dieser Tage auch in anderen Formen.«

Ich reichte meinem Vater den Gewürzwein, und nicht nur aus diesem Grund wandte er sich mir zu. »Schmuck ist etwas für Frauenzimmer. Deiner Tochter würde ich eine Kette schenken, nicht deinem Sohn.«

Wenn du meine Tochter kennst, dann wüsstest du, dass du ihr damit keinen Gefallen tust.

»Ich rede nicht von Schmuck«, sagte ich laut. »Es gibt doch auch Geld aus ... Papier. Wie die Karten ist es etwas, was zunächst in Italien Gebrauch fand, doch langsam verbreitet es sich auch hierzulande. Immer mehr Wechselbriefe sind im Umlauf. Und wer auf diese Weise Kredite vergibt, muss umso gründlicher Buch führen, um über Ausgaben und Einnahmen stets Bescheid zu wissen.«

Vater runzelte wieder die Stirn, verfolgte den Gedanken aber nicht lange, denn eben begann Paul, die Depesche vorzulesen. Vaters Falten vertieften sich, dann schlug er mit der Faust auf den Tisch. Wein schwappte über, ein roter Tropfen, in dem sich das goldene Pulver längst aufgelöst hatte, perlte über den Kelch. In der Depesche ging es um eine Beschwerde. Ein Tuchmacher in Gent wollte den Preis, den er bei seiner letzten Handelsreise vereinbart hatte, nicht einhalten, er verlangte nun deutlich mehr für seine Ware.

»Wie wurde diese Vereinbarung denn getroffen?«, fragte ich.

»Wie es unter ehrlichen Kaufleuten üblich ist: Man gibt sich sein Wort.«

»Und wenn das Wort, das nur gesprochen, nicht geschrieben wird, so machtlos ist wie ein König ohne Geld?«

Seine Stirn glättete sich ein wenig. »Ja, sollen wir denn künftig ständig Verträge machen?«

»Es wäre doch ein Leichtes, wenn man hierfür nicht teures Pergament, sondern billiges Papier benutzt.«

Stille breitete sich aus. Mein Vater nahm den Kelch, trank durstig, ein Tropfen perlte nun über seinen weißen Bart. Die Müdigkeit trat nun noch deutlicher hervor, aber noch war ich nicht fertig. Ich gab den Kindern ein Zeichen, damit sie sich trollten, setzte mich sodann zu ihm und breitete etwas vor ihm aus.

Als er erkannte, was es war, weiteten sich seine Augen. »Wie kommst du an diesen Plan?«

Es war der Plan eines Brunnens, der auf dem Nürnberger Hauptmarkt errichtet werden sollte. Kürzlich hatte ihn ein Baumeister im Auftrag des Rats gezeichnet, und es fiel in die Zuständigkeit meines Vaters zu entscheiden, ob der Plan genau so umgesetzt werden sollte – in Form eines Oktogons nämlich, über dem sich eine neunzehn Meter hohe Turmpyramide erhebt. Aus acht Rohren sollte das Wasser schießen, Statuen von Evangelisten und Kirchenvätern darüber wachen.

»Für solche Zwecke – nämlich Pläne zu zeichnen, um diese entweder zu verwerfen oder zu verfolgen – wird ebenfalls Papier gebraucht.«

Er trank den letzten Schluck, erhob sich endgültig. Doch seine Glieder waren so steif, die Schritte so langsam, dass mir Zeit genug blieb hinzuzufügen: »Das, mein Vater, könnte dein Vermächtnis sein.«

»Der Brunnen?«

»Nein, ich rede nicht vom Brunnen, ich rede von Papier – Papier, das du herstellen und verkaufen könntest. Jedermann braucht es: um darauf zu schreiben oder um Waren zu verpacken. In der Zukunft – ob uns nun kriegerische oder friedliche Zeiten bevorstehen – wird es immer wichtiger werden, schier unverzichtbar. Du könntest eine Papiermühle gründen, so wie es die venezianischen und lombardischen Papiermacher getan haben. In Italien gibt es bereits an die dreißig Papiermühlen, aber nördlich der Alpen wäre es die erste. Ich weiß, dass die Stromers ihr Papier von weit her beziehen, desgleichen übrigens der Nürnberger Rat und auch die vielen Kanzleien, Klöster, Schreibwerkstätten dieser Stadt. Zölle und Transportwege machen es teuer. Dabei ist Papier ganz billig herzustellen, denn es bedarf dafür nur alter Lumpen – ein Material, das man nicht mühsam anbauen, schlagen, schleppen, sondern einfach nur sammeln muss.«

Er war wie erstarrt stehen geblieben, nun drehte er sich langsam um, im Blick die verwunderte Frage, warum die Frau, die einst ein stummes Mädchen gewesen war, plötzlich so viel sprach. Aber es sprach ja nicht ich, es sprach Sebald aus mir. Ich musste nur seine einstigen Worte wiedergeben.

»Irgendwann wird es kein Geld mehr geben ohne Papier. Irgendwann lassen sich keine Kriege gewinnen ohne Papier. Irgendwann lassen sich keine Waren sicher ans Ziel liefern ohne Papier. Irgendwann lässt sich kein Wissen erlangen ohne Papier. Die Bögen, die in deiner Papiermühle hergestellt würden, wären mit einem Wasserzeichen geprägt, sodass ein jeder sieht: Ulmann Stromer hat etwas gewagt, woran sich hierzulande noch niemand herantraute. Von welch anderer Ware kann man das sagen? Und würdest du nicht daran glauben, dass Papier etwas ist, was den Menschen überdauert, dann hättest du nicht begonnen, dein Püchel zu schreiben, in dem du deine Geschichte, die deiner Familie und die der Stadt Nürnberg festhältst.«

Er starrte mich immer noch an, aber er schien nicht mich zu sehen, vielmehr die Pegnitz, jenen Fluss, der Nürnberg teilt und an dessen Ufer viele Mühlen stehen. Eine davon war die Gleißmühle, ich hatte gehört, dass er erst kürzlich überlegt hatte, sie zu kaufen. Es böte sich an, eine Papiermühle daraus zu machen, sagte ich eindringlich, und sie Hadernmühle zu nennen, weil die Lumpen so genannt wurden. Noch war es eine vage Vorstellung, die da in seinem Kopf zu kreisen begann, noch war es kein Ziel, um das zu erreichen er alle anderen Pläne opfern würde. So schwerfällig wie seine Schritte waren seine Gedanken, aber ich wusste, wie ich ihnen einen Stoß versetzen konnte.

»Dein Bruder Peter, Gott habe ihn selig, ist der Erste gewesen, der je eine künstliche Waldsaat ausbrachte. Willst du nicht auch in einer Sache der Erste sein? Mit Tuch, Gewürzen, selbst mit Waffen handeln auch andere. Aber Papier hat in unseren Landen noch niemand hergestellt.«

Es vergingen noch ein paar Tage, ich musste ihm noch mehrmals den Gewürzkelch einschenken und auf ihn einreden, mal mit den Kindern, die ihn rührten, mal ohne sie. Irgendwann hielt er Sebalds Visionen für die seinen, und in seinem Denken fand außer der Papiermühle nichts mehr Platz. Auch keine Waffen. Und kein Wald, den man für ihre Herstellung abholzen müsste.

# VERONIKA

———

Mittlerweile war es Abend, und der Regen trommelte immer noch aufs Dach des Forsthauses. Unter den Wassermassen, die der Himmel über ihnen entlud, duckten sich selbst mächtige Bäume, und der Sturm dachte nicht ans Aufgeben. Kurz war Veronika dem Unwetter fast dankbar: Nicht einmal die Hartgesottensten unter den Waldbesetzern würden bei diesem Wetter zurückkehren, um im Matsch auszuharren. Und eine Weile lang fand sie das Getöse auch nicht bedrohlich, es wirkte eher beruhigend. Der Sturm mochte zwar alles durcheinanderwirbeln, aber er stand zwischen ihr und der Welt, und in seinem Auge, wo sie sich wähnte, schien es kurz still zu werden.

Doch je länger er aufs Haus peitschte, desto mehr schien er sie zu verhöhnen. Abreißen ... fällen ... knicken ... kaputt machen ... das kann ich auch.

Ihr Unbehagen wuchs. Sie war allein im Haus und allein mit der Entscheidung, die sie treffen musste, es gab nichts, was sie dazwischenschieben konnte.

Sie überlegte, Dr. Kaindl anzurufen, aber der war sicher zufrieden mit der erfolgreichen Räumung und würde ihr wie Brandeis raten, die Eiche fällen zu lassen. Luna wiederum hatte nie verhehlt, dass sie mit den Waldbesetzern

326

sympathisierte. Ihr fiel einfach niemand Neutrales ein, dessen Rat sie suchen konnte.

Die Nacht war bereits angebrochen, als sie sich auf die Matratze fallen ließ und nach ihrem Laptop griff. Sie könnte die Zeit nutzen, um am Exposé für ihren ersten Kunden zu feilen. Doch irgendetwas in ihr wehrte sich dagegen, die Datei zu öffnen.

Stattdessen rief sie eine leere Seite auf. Sie starrte darauf, fand es auf einmal verführerisch, ihre Gefühle in den Griff zu bekommen, indem sie einfach drauflosschrieb. Eine Art Tagebuch ... einen Brief an sich selbst ... oder eine Geschichte, wie jene, die sie sich damals ausgedacht hatte, als sie, inspiriert von historischen Fakten, einen Roman über Anna Stromer entworfen hatte. Über die junge Frau, die ideenreich und listig dafür gekämpft hatte, dass ihre Stimme gehört würde, Aber was genau hatte Anna Stromer am Ende ihres Lebens geschafft?

Was hatte sie selbst am Ende dieses Tages geschafft?

Veronika hatte noch kein einziges Wort getippt, als ein lautes Klopfen sie zusammenschrecken ließ. Immer noch prasselte der Regen und heulte der Sturm, doch das Klopfen kam eindeutig von der Tür.

»Veronika, bist du da? Ich muss mit dir reden, es ist dringend.«

Während der Waldräumung hatte sie vergebens nach Ben Ausschau gehalten, aber jetzt stand er vor dem Forsthaus wie in jener Nacht, da er umhergeschlichen war und ihr Angst gemacht hatte.

Wieder ein Klopfen. »Veronika! Mach die Tür auf!«

Kam er mit einer Bitte? Oder mit einer Drohung? War er enttäuscht, weil die Waldbesetzer unterlegen waren und er gescheitert war, oder war er wütend?

Veronika unterdrückte ein Seufzen und machte auch sonst kein Geräusch, sondern blieb unbeweglich auf der Matratze sitzen. Warum auch immer sie ihn heute nicht auf der Lichtung gesehen hatte – bestimmt war er hier, um ihr ins Gewissen zu reden. Und nach diesem langen Tag hatte sie keine Kraft mehr, sich auch noch mit ihm auseinanderzusetzen.

Erleichtert hörte sie, wie sich wenig später die Schritte wieder entfernten. Kein Wunder, dass Ben es nicht lange vor dem Haus aushielt, nachdem der Sturm immer heftiger tobte. Und der klopfte nicht an die Tür wie Ben, sondern zerrte am Dach, dass die Wände erzitterten.

Fröstelnd schlang sie die Arme um die Schultern. So steif sie vorhin auch sitzen geblieben war, nun trat sie ans Fenster und starrte in die Finsternis. In der Schwärze waren nur vage die Konturen der Baumkronen zu erkennen, aber die Bäume waren deutlich zu hören. Auch die Stimmen ihrer Eltern glaubte sie zu vernehmen, die sich einst wegen dieser Bäume gestritten hatten.

»Irgendwann fallen sie uns aufs Dach«, hatte die Mutter erklärt. »Besser, sie werden gefällt.«

Der Vater hatte widersprochen. Er hatte zwar sonst nie damit gezögert, Bäume zu fällen, aber er hatte eine bestimmte Vorstellung von einem Forsthaus gehabt. Es musste von Wald umgeben sein, nicht von Kahlstellen.

Veronika löste sich vom Fenster und zog wieder ihre Kreise in der Stube. Eigentlich war sie hier unten sicher. Selbst wenn eine der alten Eschen vom Sturm umgeknickt würde, drohte nur im oberen Stockwerk Gefahr. Warum fühlte sie sich dennoch bedroht? Warum lief ihr ein schmerzhaftes Kribbeln über den Rücken und wanderte in den Magen, warum fröstelte sie innerlich, während ihr zugleich der Schweiß ausbrach? Fast schmerzhaft spürte sie die Herzschläge, als bestünde das Organ nicht aus Muskelmasse, sondern aus hartem Beton. Es war, als hätte sie zu viel Kaffee getrunken, der nicht nur den Körper, sondern ihre Fantasien anstachelte.

Was hatte Ben eben von ihr gewollt? Wollte er einfach nur mit ihr sprechen? Oder wollte er sie zur Rede stellen ... sie gar bedrohen?

Veronika schüttelte den Kopf. Unsinn. Ben war ein so sanfter Mensch, sie konnte sich nicht vorstellen, dass er auch nur einer Fliege etwas zuleide tun konnte.

Bei den anderen Waldaktivisten sah es schon anders aus. Wie sich heute gezeigt hatte, waren nicht alle zum Gewaltverzicht bereit. Was, wenn sie sich an ihr rächen wollten und Ben nur herausfinden sollte, ob sie allein im Forsthaus war, fernab jeder Hilfe?

Heute hatten sie doch anschaulich bewiesen, wozu sie fähig waren. Und selbst wenn sie sich gerade in etwas hineinsteigerte – ganz sicher würde sie in dieser Nacht kein Auge mehr zubekommen.

Nun, Sturm hin oder her – sie war nicht gezwungen, im Haus zu bleiben. Sie konnte sich jederzeit ins Auto setzen, nach Nürnberg fahren und sich ein Hotelzimmer nehmen. Gewiss, ein kurzes Stück der Wegstrecke wäre sie von Bäumen umgeben, aber schon auf der Landstraße war sie vor ihnen sicher und auf der Autobahn erst recht.

Sie hielt den Autoschlüssel schon in der Hand, bevor sie sich endgültig entschieden hatte. An der Haustür trafen sie ein Schwall kalter Luft und der Regen. Sie verharrte einen Moment. Doch der Sturm zerrte nicht nur an ihrer Jacke, sondern schien sie regelrecht ins Freie zu treiben. Und sobald sie über die Schwelle getreten war, riss er ihr einmal mehr die Klinke aus der Hand, ließ die Tür krachend ins Schloss fallen und nahm ihr so die Entscheidung ab.

Mit einer Hand hielt sie ihr Smartphone, dessen Taschenlampenfunktion sie angemacht hatte, mit der anderen hielt sie sich die Jacke zu. Der Wind spielte mit ihr, als wäre ihm der Wettstreit mit den Bäumen zu langweilig geworden; schmerzhaft peitschte er den Reißverschluss gegen Veronikas Kinn. Immerhin sah sie deutlich den Weg vor ihren Füßen, der nicht mehr nur von dem Unkraut bedeckt war, das sie heute ausgerissen hatte, sondern auch von Laub, Ästen und geknickten Sträuchern. Als sie ins Auto stieg, den Motor anließ und die Scheinwerfer anschaltete, hatte sie das Gefühl, von der Wildnis in die Zivilisation zurückzukehren. Ihr Herzschlag beruhigte sich etwas. Hier kann mir nichts mehr passieren, dachte sie.

Der Wind war anderer Meinung und ließ etwas auf die Karosserie krachen. Sie vermutete, dass es kein dicker Ast, höchstens ein Zweiglein war, doch in ihren überreizten Ohren klang es wie ein Donnerschlag. Obwohl sie zusammengezuckt war, legte sie den Rückwärtsgang ein und wendete den Wagen. Wenig später hatte sie die kleine Waldstraße erreicht. Noch ein knapper Kilometer bis zur Hauptstraße ...

Sie stieß schon nach zweihundert Meter auf ein Hindernis und machte eine Vollbremsung. Erst konnte sie nicht erkennen, woraus diese graue Wand vor ihr bestand, dann nahm sie einzelne Betonklötze wahr, auch Rohre. Eine ähnliche Barriere hatte sich rund um die Eiche befunden – die Waldschützer hatten sich an die Holzblöcke gekettet, um den Baum zu schützen. Hier dienten die Klötze als Absperrung, an der vorbeizukommen unmöglich war. Offen stand ihr nur der Weg über die Böschung, aber dort würden die Reifen stecken bleiben.

»Verdammt!« Sie schlug aufs Lenkrad ein, löste unwillkürlich die Hupe aus. Der laute Ton ließ sie zusammenschrecken, brachte sie aber zugleich zur Vernunft. Sie durfte sich nicht der Panik ergeben, sie musste nachdenken ...

Es gab allerdings nicht viel zu denken, denn ihr blieb nur eine Alternative zu dieser Strecke: die Forststraße durch den Wald. Sie im Sturm zu befahren, war eigentlich Wahnsinn, aber solange sie auf das Gebilde vor sich starrte, erschien ihr etwas aus Stein Gemachtes gefährlicher als die Natur. Und die Barriere war ein Beweis, dass die Waldaktivisten ihr wirklich Übles wollten und sie im Forsthaus nicht sicher vor ihnen war.

Sie legte wieder den Rückwärtsgang ein, kehrte zurück zu der Stelle, wo sie geparkt hatte, fuhr von dort in die entgegengesetzte Richtung. Dass der Regen, der gerade noch laut auf die Windschutzscheibe getrommelt hatte, etwas nachließ, wertete sie als gutes Zeichen. Sie drückte aufs Gaspedal.

Die hochgewachsenen Bäume rechts und links der Straße schienen an ihr vorbeizufliegen, dünne Striche, die nichts besaßen, womit sie zupacken, sie festhalten konnten. Ein paarmal holperte es, weil die Straße uneben war, und wenn sie durch Pfützen fuhr, spritzte es bis zum Fenster herauf. Aber sie kam voran ... fuhr immer tiefer in den Wald hinein.

Ihre Augen begannen zu brennen, weil sie den Blick so hartnäckig auf die Straße richtete. Sie wappnete sich auch hier gegen ein Hindernis, doch der Weg war frei. Die wahre

Gefahr drohte nicht vorne; der laute Knall, der sie plötzlich zusammenzucken ließ, kam vielmehr von hinten. Es klang nicht nach knackendem, brechendem Holz, eher so, als würde etwas zerplatzen. Ein Quietschen kam dazu, weil sie instinktiv auf die Bremse gestiegen war, doch das Auto blieb nicht einfach stehen, es wurde mehrfach herumgeschleudert. Ihr Ellbogen krachte gegen das Armaturenbrett, wieder schlug der Reißverschluss der Jacke gegen das schon wunde Kinn.

Endlich stand das Auto still, stand der Wald still. Die Scheinwerfer richteten sich nicht mehr auf die Straße, sondern auf Bäume. Auch der Sturm schien kurz stillzustehen, doch das Geräusch von vorhin hallte in ihr nach. Erst jetzt bemerkte sie die eigentümliche Schieflage. Einer der Hinterreifen musste geplatzt sein.

Wie betäubt blieb sie eine Weile sitzen. Der dumpfe Schmerz im Ellbogen ließ nach, das Grummeln im Magen nicht. Jede Faser ihres Körpers war wie zum Zerreißen gespannt, zugleich fühlte sie sich wie gelähmt. Der Sturm rüttelte am Auto, als wollte er prüfen, ob er damit spielen konnte. Als er feststellte, dass es zu schwer war, schleuderte er einmal mehr einen Ast gegen die Windschutzscheibe.

Veronika stieß kurz gegen den Schalter für die Scheibenwischer, die hektisch versuchten, den Ast wegzuschieben. Blätter wickelten sich darum, ein grässliches Quietschen ertönte, das erst verstummte, als sie den Motor abstellte. Die Scheinwerfer ließ sie brennen, als sie mit zitternden Händen die Fahrertür öffnete und ausstieg.

Nicht nur, dass wie befürchtet der Reifen geplatzt war, das Auto war von der Fahrbahn abgekommen und hing halb im Graben. Sie würde es allein nie schaffen, es hochzuwuchten, nie schaffen, den Reifen zu wechseln.

Sie drehte sich um. Der Weg vor ihr wurde vom Licht der Scheinwerfer beleuchtet, die Straße hinter ihr war lediglich zu erahnen. Wie lange war sie gefahren? Einen Kilometer, zwei? Oder noch weiter, sodass sie es zu Fuß unmöglich zurück zum Forsthaus schaffen würde? Neben ihr stemmte sich eine Föhre gegen den Wind, und ihr Ächzen klang in Veronikas Ohren wie eine Warnung. Unwillkürlich zog sie den Kopf ein und sah, dass neben dem geplatzten Reifen etwas Silbriges lag.

Sie musste das Smartphone dicht davorhalten, um im Lichtschein einen Krähenfuß auszumachen – einen Nagel mit vier spitzen eisernen Stiften. Der Anblick erinnerte sie an die Stacheligel, die nach dem Abzug der Waldaktivisten wie Minen den Boden bedeckt hatten. Sicher war auch der Krähenfuß ihr Werk. Sie hatten ihn in ihren Hinterreifen gerammt, doch der war davon nicht gleich, sondern erst nach einer kurzen Fahrt geplatzt.

Wieder ertönte dieses Ächzen. Die Föhre neigte sich bedrohlich über die Straße, etwas rieselte herab, vielleicht Nadeln, vielleicht Regentropfen. Es genügte nicht, den Kopf nur einzuziehen, unwillkürlich kauerte sie sich neben das Auto. Nicht, dass sie dadurch geschützt war. Weder vor der klammen Kälte, die sie von innen her durchdrang, noch vom Sturm, der ihr um den Kopf pfiff, oder vor den Bäumen, deren schwere Äste jederzeit abbrechen und auf sie herabdonnern konnten. Sie durfte das nicht einfach aussitzen, das war zu gefährlich, aber was sie stattdessen tun sollte, fiel ihr auch nicht ein.

Verdammt, verdammt, ver...

Es brachte nichts zu fluchen. Sie musste nachdenken.

Sich auf den nächsten Schritt konzentrieren, auf nichts anderes. So wie es ihr Martin geraten hatte. Damals.

In einem Zelt im Wald zu übernachten war romantisch gewesen, das Survivaltraining, das er später vorschlug – drei Tage und Nächte im Wald, ohne Proviant und nur mit wenigen Werkzeugen ausgerüstet –, aufregend. Beängstigend war es auch gewesen, vor allem, als sie es einmal nicht im Nürnberger Reichswald, sondern in der Massendorfer Schlucht abgehalten hatten. Sie hatten unter einem der schweren Felsbrocken eine Art Unterschlupf errichtet, indem sie auf einer Seite ein Gerüst aus Holz anbrachten. Die Schlafsäcke lagen auf einem Bett aus Moos. Mitten in der Nacht hatte der Wind das Holzgerüst weggerissen, und Donnergrollen, das nicht vom Himmel, sondern aus der Tiefe der Erde zu kommen schien, hatte ein Gewitter angekündigt.

Eine Weile hatte sie sich ängstlich an Martin geklammert. »Was tun wir denn jetzt? Wir hätten den Wetterbericht anhören sollen.«

Auch Martin hätte wohl am liebsten geflucht, aber dann hatte er beruhigend auf sie eingeredet und die wichtigste Survival-Lektion mehrfach wiederholt: »Wenn man sich allein im Wald durchbringen muss, dann bedenke immer: Kälte, Hunger und Finsternis sind deine Feinde, das Gewitter, der Sturm, der Regen. Aber nie der Wald. Der Wald ist dein Verbündeter. Der Wald hilft.«

Veronika hob leicht den Kopf. Wieder fiel ihr Blick auf die Föhre, kein mächtiger Baum, wie es ihr schien, mehr ein überdimensionales Streichholz, das jederzeit brechen konnte. Als Feind betrachtete sie sie nicht, aber auch nicht als Verbündeten. Der Baum konnte sich im Notfall nicht einmal selbst helfen.

Sie presste ihre Stirn an die Autotür. Überlegte fieberhaft, was sie damals getan hatten ... wozu Martin noch geraten hatten ... Sie waren nicht unter dem Felsen geblieben, das wusste sie noch. Die Angst, von ihm erdrückt zu werden, war zu groß gewesen. Aber sie hatten auch nicht gewagt, durch die Schlucht nach oben zu klettern. Vage erinnerte sie sich, dass sie über eine Wurzel gestolpert, hingefallen war und sich das Knie aufgeschrammt hatte. Es hatte geblutet und ...

Ihre Gedanken versiegten. Einen Moment lang war nicht mehr das Knirschen von Holz zu hören, dafür etwas anderes.

»Hallo! Hallo, ist da jemand?«

Veronika sprang hoch und rannte auf die Stimme zu.

»Veronika, bist du das?«

Sie sah nicht viel mehr als die Konturen einer schmächtigen Gestalt. Aber sie erkannte ihn an der Stimme.

Kopflos hastete sie wieder zurück zum Auto und hockte sich hinter den geplatzten Reifen. Unwillkürlich tastete sie nach dem Krähenfuß – der einzigen brauchbaren Waffe, die ihr zur Verfügung stand.

»Komm mir nicht zu nahe!«, rief sie mit sich überschlagender Stimme.

Ben zögerte kurz, aber dann trat er doch auf sie zu.

Vergingen Sekunden, Minuten? Sie wusste es nicht. Sie hielt den Krähenfuß so fest, dass er sich tief in ihre Handinnenfläche bohrte, vielleicht blutete sie sogar. Ihn auf Ben zu werfen und ihn womöglich ernsthaft zu verletzen, brachte sie allerdings nicht über sich, selbst dann nicht, als er sich nach einem schweren Ast bückte, ihn hochhob und bedrohlich schwang.

Sie erstarrte, blickte ihn nur mit weit aufgerissenen Augen an und konnte sich nicht einmal mehr ducken. Doch anders als erwartet machte er keine Anstalten, mit dem Ast auf sie loszugehen, sein Blick richtete sich vielmehr auf den Krähenfuß.

»Pass auf! Nicht, dass du dich noch daran schneidest.«

Immer noch war sie zu keiner Regung fähig, während er nun neben dem kaputten Autoreifen auf die Knie sank und das Malheur betrachtete. Mit dem Ast schob er die Erde, die sich um den geplatzten Reifen aufgetürmt hatte, zur Seite, um bessere Sicht zu haben.

»Du hast doch ein Reserverad?«

Sie atmete tief durch, fand die Sprache wieder. »Du hilfst mir?«

»Warum wäre ich sonst hier? Ich wollte dich warnen. Wenn du mir vorhin aufgemacht hättest, wärst du gar nicht erst mit dem Auto losgefahren. Dass du es überhaupt so weit geschafft hast ...«

»Warnen?«, echote sie.

Ben schüttelte empört den Kopf. »Ich wollte nicht, dass es so weit kommt, das musst du mir glauben. Der Widerstand sollte doch gewaltlos sein, Rosa sah das auch so, Martin erst recht. Aber ein paar von den anderen ... sie haben sich schon heute Morgen nichts mehr sagen lassen, hatten plötzlich diese Teerbeutel und die Stacheligel organisiert. Deswegen habe ich bei der Waldbesetzung nicht länger mitgemacht. Zur Strategiebesprechung heute Abend bin ich trotzdem gekommen, und da haben sie plötzlich diskutiert, wie sie dir am meisten schaden könnten. Einer hat damit geprahlt, er würde etwas an deinem Auto machen. Als Rosa ihn für verrückt erklärte, hat er

336

abgewiegelt, aber ich wurde das Gefühl nicht los, dass er es ernst meint ...«

»Und Martin? Hat der das auch mitbekommen?«

»Der war beim Treffen gar nicht dabei. An ihn habe ich mich als Erstes gewandt, aber ich konnte ihn nicht erreichen. Dann habe ich versucht, mit dir zu sprechen, aber du hast nicht aufgemacht. Ich hab mich in mein Zelt verkrochen, das ich ein Stück von der Lichtung entfernt aufgebaut hatte, und plötzlich habe ich dich vorbeifahren gehört. Da ich mir sicher war, dass du nicht weit kommst, bin ich dir nachgelaufen.«

Er sagte noch mehr, aber der Wind riss ihm die Worte vom Mund, wehte sie davon. Alles verkam zu einem knacksenden Rauschen.

Er erhob sich. »Hast du nun einen Reservereifen?«

Sie ging zum Kofferraum und öffnete ihn mit zitternden Fingern.

Wie hatte sie ihm unterstellen können, ihr Übles zu wollen? In Wahrheit hatte er sich nicht gescheut, ihr durch den Wald zu folgen, um sie zu beschützen.

»Es tut mir leid«, brachte sie schließlich hervor.

Auch diese Worte schienen vom Wind gestohlen zu werden. Ben ging nicht darauf ein, sondern machte sich am Reservereifen zu schaffen.

Er hatte ihn schon auf den Boden gewuchtet, als er gepresst hervorbrachte: »Ich wollte nie gemeinsame Sache mit den Aktivisten machen. Ursprünglich wollte ich im Wald leben, weil es hier so ruhig ist.«

Der Wind schien darüber zu spotten, der Wald erst recht. Inzwischen schienen sie einen Wettstreit auszutragen, wer mehr Krach machen konnte, der Wind mit seinem Heulen oder der Wald mit seinem Ächzen.

»Und wenn wir bis morgen warten? Im Tageslicht sehen wir mehr.«

»Ach was, den Reifen habe ich doch ruckzuck ausgetauscht. Danach müssen wir nur noch das Auto zurück auf die Fahrbahn schieben.«

Als er sich mit Eifer ans Werk machte, fühlte Veronika dass er ihr nicht einfach nur helfen, sondern etwas wiedergutmachen wollte. Sie hingegen konnte nur zuschauen. Das Einzige, was er ihr auftrug, war, den ersten Gang einzulegen, die Handbremse anzuziehen und ihm später mit dem Smartphone zu leuchten.

Hinterher wusste sie nicht mehr, wann es passiert war; im entscheidenden Augenblick erfasste sie nicht einmal, was genau geschah. Da war nur plötzlich ein Schnalzen, ein Krachen, dann ein Schrei.

Ben hatte alle notwendigen Werkzeuge bereitgelegt, Radkreuz, Drahtbürste, den Schlüssel für das Felgenschloss. Er hatte sie auch gefragt, ob sie einen stabilen Wagenheber besitze. Sie hatte nicht einmal gewusst, was das war, aber dann hatten sie im Kofferraum unter dem Reserverad einen gefunden. Es dauerte eine Weile, bis er unter dem Auto angebracht war, sie hörte Ben mehrmals fluchen, weil der Boden nicht nur feucht, sondern auch weich war. Dann ein triumphierendes Auflachen, war er doch auf die Idee gekommen, jenen dicken Ast, den er vorhin benutzt hatte, als Stütze zu verwenden. Doch als er das alte Rad herunterholte, das Reserverad ergriff und ihr eine Schraube zum Reinigen gab, ertönte plötzlich dieses Schnalzen. Nur aus dem Augenwinkel sah sie, wie er zusammenzuckte, als hätte er einen Schlag erhalten, und ehe sie herumgefahren war, lag er schon gekrümmt auf dem Boden.

»Ben!«

Erst als er ächzend nach seinem Oberschenkel tastete, begriff sie, dass der Ast, den er als Stütze eingesetzt hatte, dem Gewicht des Autos nicht hatte standhalten können. Er war in der Mitte entzweigebrochen, und die Bruchstelle hatte sich in sein Fleisch gebohrt.

»Um Himmels willen!«

Sie wollte ihn davon abhalten, doch mit zusammengebissenen Zähnen zog er den Ast aus der Wunde. »Ist nicht so schlimm, ich ...«

Unwillkürlich hatte sie seine Schultern umfasst, um ihn zu stützen, und spürte nun, wie ihn ein Zittern durchlief. Ein Zähneklappern folgte, nicht allein wegen der Kälte. Ohne nachzudenken, presste sie die Hand auf seine Wunde, spürte warmes Blut über ihre Finger perlen.

»Licht ...«, stammelte er.

Richtig, ihr Smartphone. Als sie die Wunde beleuchtete, entfuhr ihm ein Keuchen und ihr ein Schrei. Die Hose war gerissen, der Schnitt mindestens zehn Zentimeter breit und so tief, dass das Blut nicht nur tröpfelte, sondern sprudelte.

»Ins Auto ... hochlagern ...«

Auch Veronikas Zähne klapperten nun. Trotzdem packte sie ihn entschlossen unter den Achseln und zog ihn hoch. Er versuchte mitzuhelfen, doch ihr entging nicht, wie sich sein Körper verkrampfte. Als er endlich halbwegs aufrecht stand, entfuhr ihm erneut ein Ächzen, und das Zittern wurde stärker.

»G-g-g-geht es?« Sie brachte nur ein Stammeln hervor, Ben nicht einmal das. Er nickte zwar, aber jeder einzelne Schritt schien ihm unfassbare Schmerzen zu bereiten. Nur langsam kamen sie voran. Als er endlich auf den Beifahrersitz sank, lief ihr der Schweiß den Rücken hinab. Kurz war sie einfach nur erleichtert, ihn ins Auto gebracht zu haben, aber während sie die Kopfstütze abnahm und unter seinen Oberschenkel legte, sah sie, dass der Blutfluss einfach nicht nachließ.

»Ver... ver...«, versuchte er hervorzupressen.

Sie brauchte eine Weile, um zu begreifen, dass er den Verbandskasten meinte, hastete zum Kofferraum ... blickte dort in gähnende Leere. Erst war auch ihr Kopf leer, dann fiel es ihr wieder ein: Wie sie alle Sachen, die sie damals aus dem Forsthaus mitgenommen hatte, hoch in die Frankfurter Wohnung geschleppt hatte. Dass sie irrtümlich auch den Verbandskasten mitgenommen hatte. Wie sie ihn irgendwo hingestellt hatte, um ihn später wieder im Auto zu verstauen, es in der Betriebsamkeit der nächsten Tage aber vergessen hatte.

Sie hatte rein gar nichts, um die Wunde zu versorgen, nur das, was sie am Leibe trug.

Als sie wieder zu Ben trat und ihm das stotternd gestand, presste er beide Hände auf den Oberschenkel. »Ich ... ich glaube, es kommt nicht mehr so viel Blut nach ... das Holz ... ist nicht so tief eingedrungen ...«

»Trotzdem. Du brauchst einen Arzt. Ich könnte Hilfe holen.«

»Es ist zu weit, erst recht bei diesem Sturm.«

Die letzten Minuten hatte sie nicht auf den Wind geachtet, nun spürte sie, wie er in ihre Jacke fuhr, sie aufblähte. Zum Heulen kam nun ein Dröhnen, als antworteten die Tiefen der Erde auf das Himmelsspektakel.

Nie zuvor hatte sie sich so allein gefühlt. Nie dem Wald so ausgeliefert.

Sie war den Tränen nah, verkniff sie sich aber und betrachtete die Wunde.

Es kam tatsächlich kaum mehr frisches Blut, aber das, was in die zerrissenen Hosen gesickert war, hatte sich dunkel gefärbt. Er schlotterte immer noch am ganzen Leib, was wohl nicht nur am kalten Wind, sondern auch am Schock lag. Und nicht nur im grellen Licht der Smartphone-Taschenlampe wirkte er käsig bleich.

Ihr blieb nichts anderes übrig, als seine Tür zu schließen und auf der Fahrerseite einzusteigen, sodass er zumindest von Sturm und Regen geschützt war.

»Es … es ist alles meine Schuld«, presste sie hervor.

Sie sah, wie er um Worte rang, kurz fehlte ihm die Stimme, dann sagte er schwach: »Du hast es nicht böse gemeint.«

»Das … das hat Anna Stromer auch nicht.«

»Anna Stromer?«

Warum fiel sie ihr ausgerechnet jetzt ein? »Sie wollte auch nur das Beste … sie konnte ja nicht ahnen, dass …« Sie brach ab.

»Ist sie eine Freundin von dir?«

Trotz ihrer verzweifelten Lage kicherte sie kurz. »Das wäre ein bisschen schwierig. Sie hat im Mittelalter gelebt. Ihrer Familie gehörte nicht nur ein großes Handelshaus, die Stromers wurden auch wegen zwei bahnbrechender Erfindungen berühmt. Aber das gehört jetzt wirklich nicht hierher.«

»Mir wär's ganz lieb, wenn du mir irgendwas erzählst. Mehr als warten können wir sowieso nicht. Und so sind wir zumindest abgelenkt.«

Veronika zögerte. Den Blick auf Bens Wunde gerichtet, schien es ihr unmöglich, ganze Sätze zustande zu bringen.

Aber als er ihr auffordernd zunickte, begann sie schließlich doch zu erzählen: jenen Teil ihrer Geschichte, den sie als Kind und Jugendliche aufgeschrieben hatte, und auch den anderen, den sie seit damals im Kopf gehabt, aber niemals zu Papier gebracht hatte.

# ANNA

Am Johannistag im Jahr des Herren 1390 wurde in der Papiermühle von Ulmann Stromer das erste Stück Papier in Auftrag gegeben.

Zu der Mühle an der Pegnitz, einst ein burggräfliches Lehen, das mein Vater in seinen Besitz genommen und umgebaut hatte, kamen in den nächsten Jahren weitere hinzu. Mein Vater war gut darin, Pläne voranzutreiben, Geld zu investieren und stolz die fertige Ware zu betrachten. Von der Papierherstellung hatte er dagegen keine Ahnung, darum kümmerten sich andere.

Der Erste, den er einstellte, hieß Clos Obsser – er war ein Mann, der alles über Mühlen wusste –, der Zweite war Jörg Tiermann, der einige Zeit in Italien gelebt hatte und die Kunst der Papierherstellung beherrschte. Erst wachten nur sie beide darüber, ob genügend Lumpen vorrätig, das Sieb zum Schöpfen des Papiers sauber genug und ausreichend Stricke zum Aufhängen der Bögen vorhanden waren, später fielen diese Aufgaben anderen zu. Noch mehr Männer fanden Arbeit bei meinem Vater, sie hießen Arnold und Erhard und Johannes, wie es in den Urkunden festgehalten wurde. Auch deren Frauen schufteten in der Papiermühle, nur dass man ihre Namen nirgendwo aufschrieb.

Wenn ich Clos und Jörg traf, musste ich stets daran denken, wie gerne sich Sebald mit ihnen ausgetauscht hätte. Dass er das nicht mehr konnte und die erste Papiermühle nördlich der Alpen nie mit eigenen Augen sehen würde, trieb mir bei jedem Besuch Tränen in die Augen. Aber meist waren die Kinder dabei, und sie verstanden nicht, warum mich etwas, was mich mit Stolz erfüllte, zugleich so traurig machte. Also wischte ich die Tränen ab, zwang mich zu einem Lächeln und erinnerte mich an die glücklichen Tage mit Sebald, auch an jenen, da wir gemeinsam die erste Waldsaat bezeugt hatten.

Wie macht man Wald?, hatte er mich damals gefragt, und ich hatte ihm erklärt, man gehe so vor, als errichte man ein Fachwerkhaus.

»Wie macht man Papier?«, fragte Paul bei einem unserer ersten Besuche in der Mühle, und bevor ich etwas sagen konnte, kam mir das sonst so maulfaule Gretchen zuvor: »So, wie der Wald Erde macht.«

Ich sah sie verwundert an. In den letzten Monaten, da ich mich mit der Papierherstellung beschäftigt hatte, war mir entgangen, dass auch sie dazugelernt hatte. Allen war es entgangen, weil ihr Blick meist beharrlich auf den Boden gerichtet war. Aber wer, wenn nicht ich, wusste, dass der Boden, insbesondere im Wald, ganze Geschichten erzählt?

Sie hatte ja recht, ging es mir auf, indes Paul erst sie, dann mich fragend ansah.

Der Boden im Wald, begann ich zu erklären, sei niemals nackt, nie so sauber gefegt wie Eichendielen. Stets sei er bedeckt von Rindenbröckchen, abgefallenen Blättern, Zweiglein. »Der Baum holt sich seine Nahrung durch die

Wurzeln, aber er gibt dem Boden die Nahrung auch zurück, denn alles, was von ihm herabfällt, wird von Wesen im Boden gefressen – großen wie dem Maulwurf und der Maus, etwas kleineren wie der Hornmilbe und den Borstenwürmern und vielleicht noch anderen, die so winzig sind, dass Menschenaugen sie nicht erkennen. Und all diese Tiere scheiden die Nahrung wieder aus. So wie der Bauer mit dem Kot der Tiere seinen Acker düngt, wird der Waldboden fortwährend gedüngt und bringt so reiche Frucht. Auch tote Tiere verwandeln sich am Ende in saftige Walderde, ebenso wie tote Bäume.«

Gretchen warf dem Boden ein Lächeln zu, obwohl er hier am Rand des Flusses schlammig war und nicht nach Erde duftete. Aber Paul wollte nichts vom Boden wissen. Er schaute auf die Pegnitz, die im Sonnenlicht funkelte, auf die Mühlenräder, von denen weiß schäumend das Wasser perlte und von einer ganz anderen Kraft kündete als der Wald. Der Wald entwickelt seine Kraft, obwohl er stillsteht, das Wasser muss sich bewegen und von einem Ort zum anderen strömen, um dem Menschen nützlich zu sein.

»Ich wollte über Papier sprechen, nicht über Bäume!«, rief er ungeduldig.

Wir betraten die Papiermühle, nickten Clos zu, und Gretchen war wieder stumm. Auch das Papier, so hub ich zu erklären an, sei das Produkt einer Verwandlung: Ein Material müsse zerkleinert, ja zersetzt werden, um ein neues hervorzubringen. »Um alte Leinenlumpen, die niemand mehr braucht, weil sie dreckig und rissig geworden sind, in Papier zu verwandeln, geht man so vor: Erst werden sie so lange gestampft, bis ein zäher Brei entsteht. Sodann werden mit einem Drahtsieb die Leinenfasern abgeschöpft, die derart klebrig sind, dass sie sich stärker verfilzen, als wenn Gretchens Zöpfe in einen Honigtopf geraten. Vorsichtig wird diese Schicht vom Sieb genommen, danach wieder und wieder gepresst und am Ende zum Trocknen aufgehängt wie Wäsche. Das tut man auf dem Dachboden der Mühle, wo durch viele Luken das Sonnenlicht fällt. Was herauskommt, ist bereits eckig wie Papier, aber nicht so glatt. Es gleicht eher der verschrumpelten Haut eines Apfels vom letzten Herbst, den keiner mehr essen will, oder dem Gesicht eines uralten Menschen, der keine Äpfel mehr essen kann. Nun wird das Papier durch Leim gezogen, der aus ausgekochten Schaffüßen gemacht wurde, denn auf diese Weise wird es fest und dicht genug, damit man es später mit Tinte beschreiben kann. Schließlich wird es erneut gepresst und getrocknet und mit einem schweren Hammer geglättet, mit dem man auf den Stapel schlägt. Man kann auch einen Stein nehmen, den Achatstein, und Blatt für Blatt damit abreiben.«

»Stimmt es«, fragte Paul, »dass für die Herstellung von Papier genau dreiunddreißig Arbeitsgänge notwendig sind?«

Ich zuckte die Schultern. Der Wald wäre nie auf die Idee gekommen mitzuzählen, wenn er frische Erde bereitete. Aber Menschen zählten gerne – nicht nur Arbeitsgänge, auch die Anzahl an Menschen, die es dafür brauchte. In der Hadernmühle arbeiteten mindestens ein Dutzend, darunter auch solche, die die Lumpen klein schnitten, die Papierbögen aufhängten und die Ware verpackten. Und sie erfanden sogar neue Zahlen. Fünfhundert Bögen waren ein »Ries«.

Den Raum, wo das fertige Papier gelagert wurde, betraten wir als letzten. In den Werkstätten war es laut gewesen, dort wurde geklopft und gestampft, und es hing ein stechender Geruch in der Luft. Dieser Raum glich dagegen dem Papier. Sauber war es hier, und es roch nach nichts.

Paul strich über eines der weißen Blätter. Auf jedem einzelnen befand sich ein Wasserzeichen – jene Stelle, wo das Blatt ein wenig dünner und durchsichtiger war und sich eine bestimmte Form abzeichnete. In Italien war das Zeichen für besonders gutes Papier ein Ochsenkopf. Mein Vater hatte dies übernommen, allerdings auf die Nüstern verzichtet und den Ochsenkopf stattdessen mit den fünf Blättern einer Lilie versehen, wie sie auch Teil des Stromerschen Familienwappens war.

Sonst war das Blatt gänzlich leer. Man konnte eine ganz neue Geschichte daraufschreiben.

Als ich Paul betrachtete, wie er es ehrfürchtig in den Händen hielt, stiegen mir wieder Tränen in die Augen, diesmal nicht wegen Sebald, sondern weil ich nur noch einen kleinen Teil ihres Weges mit meinen Kindern gehen würde.

Zum ersten Mal kam mir in den Sinn, dass ich, wenn das Leben bald eine neue Geschichte ohne mich erzählte, die alte festhalten müsste. Dann würden die beiden nie vergessen, wie es zur ersten Waldsaat kam und wie zur ersten Papiermühle nördlich der Alpen.

Dieser Gedanke kam mir alsbald ein zweites Mal in den Sinn. Seit ich ihn auf die Idee gebracht hatte, eine Papiermühle zu gründen, lud Vater mich immer öfter ein, mit ihm zu Abend zu essen. Dann sprach er nicht nur über das Geschäft mit dem Papier, sondern auch über alles andere, was ihm durch den Kopf ging, vertrauensvoll, oft gar in der Hoffnung, ich könnte ihm den einen oder anderen Ratschlag geben. Ob er das, was ich dazu sagte, wirklich umsetzte, bezweifle ich – doch allein, dass er mir zuhörte, bewies, dass er das verrückte Mädchen, das er einst in mir gesehen hatte, vergessen zu haben schien.

An einem Tag zeigte sich jedoch, dass – gleichwohl er mich mittlerweile als Stütze betrachtete und meine Kinder als Quell der Freude – das Missfallen aus der Vergangenheit noch in ihm wucherte.

»Bald gibt es nichts mehr in mein Püchel zu schreiben«, erklärte er einmal mit umwölktem Blick, weil er Tag für Tag mehr gewahr wurde, wie reich seine Vergangenheit war, wie wenig Zukunft ihm aber blieb.

»Die Geschichte der Stadt Nürnberg geht weiter«, sagte ich schnell, »die Geschichte der Familie Stromer auch. Und du und alle anderen, die in deinem Püchel Erwähnung finden, leben darin in gewisser Weise fort.«

»Ist das so?«

Er blätterte durch besagtes Püchel, kehrte immer wieder auf die erste Seite zurück, als er die Geschichte zu schreiben begonnen hatte und das Leben für ihn noch das gewesen war, was es jetzt für Paul war – ein leeres, verheißungsvolles Blatt. Gewiss, ein erster dunkler Schatten war bereits damals darauf gefallen, denn er hatte begonnen, die Familienchronik zu verfassen, als mein Brüderchen Ulrich gestorben war.

»All die Jahre habe ich nie an ihn gedacht … und was aus ihm hätte werden können … Er war so winzig.« Sein Kopf hing einmal mehr sehr tief, um den Weg zwischen Löffel und Mund zu verkürzen. Ich sah es nicht, aber ich ahnte, wie sich Tränen in seinen Augenwinkeln sammelten, und dass er nicht nur an den kleinen Ulrich dachte, sondern auch an die anderen Kinder, die ihm geboren, aber wieder genommen worden waren, darunter ein weiteres Söhnchen namens Jacob.

»Vater«, sagte ich und wollte noch etwas hinzufügen, beließ es aber dabei, ihm die Hand auf die Schulter zu legen, um solcherart einen Schmerz zu lindern, den ich kannte: der Schmerz der Zurückgebliebenen, deren Welt immer leerer wurde und die zu alt waren, um diese Leere zu füllen.

Doch wie ich mich über ihn beugte, sah ich neben Ulrichs Namen den meinen stehen. Bis jetzt hatte ich nie darüber nachgedacht, ob er etwas über mich in sein Püchel geschrieben hatte und was. Nun wurde ich stutzig. Mein Geburtstag stand da, der Montag nach Marientag, was stimmte, gleich daneben aber eine Jahreszahl – 1364 –, die falsch war.

Ich zog die Hand zurück. »Vater«, sagte ich, »Vater, als mein Oheim Peter die Waldsaat ausbringen ließ, habe ich ihm doch geholfen. Also muss ich schon viel älter gewesen sein.«

Er blieb gekrümmt sitzen und rechtfertigte sich nicht.

Ich zog das Püchel zu mir, las jene Stelle, mit der er einst Sebalds ausführlichen Bericht zusammengefasst hatte – *Anno Domini 1368 zu Ostern, da hob man an den Walt zu säen beim Lichtenhof* –, las auch die Stelle, in der er erst kürzlich von der Gründung der Papiermühle berichtete: *Im Jahr des Herrn 1390 fing ich, Ulmann Stromer, an, Papier zu machen am St. Johannistag zur Sonnenwende, und nahm dazu den Clos Obsser. Am nächsten Tag nach St. Lorenztag versprach mir Jörg Tiermann die Treue.*

»Nun ja«, sagte er, »nachdem du im Wald warst, warst du so lange stumm. Diese Jahre zählen doch nicht für ein Menschenleben, oder?«

Ich wich zurück. Es ging ihm nicht darum, zu vertuschen, dass ich nicht geredet, sondern vielmehr *dass* ich geredet hatte – erst mit Peter, dann mit ihm.

»Es nicht zu erwähnen, ist eine Sache«, sagte ich, »Lügen zu erzählen, eine andere.«

Er ging nicht darauf ein. »Es ist schon spät geworden«, murmelte er. Er sah müde aus, und ich war es auch.

Warum mit ihm streiten, warum überhaupt so viel Aufhebens darum machen? Was ich getan hatte, hatte ich nicht getan, um mir den Ruhm der Nachwelt zu sichern. Wenn der Bärlauch blüht, tut er das auch nicht, weil er gesehen und für sein schönes Kleid gerühmt werden will.

Und doch, als ich später wach lag, nagte es an mir. Im Wald sind alle Wesen nichtig und wichtig zugleich. Ein jeder ist ein Tropfen im Fluss des Lebens, er hat für sich genommen keine Bedeutung, sorgt aber in Gemeinschaft mit anderen dafür, dass das Wasser fließt. Der Wolf mag mächtiger als das Reh sein, aber nicht einzigartiger. Und würden männliche Wesen mehr als die weiblichen zählen, so würden die Bäume ihr Geschlecht sichtbar machen, auch die Blumen. Doch von ihnen sieht der Mensch nur eins – dass sie in etwas wurzeln, was man Mutter Erde nennt.

Gewiss, der Wald würde sich nicht wehren, wenn der Mensch vom Vater Erde spräche, aber plötzlich spürte ich, dass ich mich wehren, der Geschichte des Vaters meine eigene entgegensetzen wollte. Eine Geschichte, in der der Wald eine Stimme bekam, ebenso leise Menschen wie Sebald und auch Frauen wie Barbara, Margarethe und ich.

Noch hatte ich keine Zeit gefunden, diese Geschichte aufzuschreiben. Paul liebte es, in der Papiermühle zu sein, Gretchen liebte es, mit mir den Wald zu erforschen. Sie hatte keine Angst vor dem Schatten der Bäume. Immer tiefer zog es sie hinein, als wäre die Gefahr, vor der andere warnten, nämlich vom Wald verschluckt zu werden, für sie zugleich Hoffnung und Verheißung. Eines Tages ließen wir nicht nur Nürnberg weiter hinter uns, sondern auch die Buchenklinge – einen Ort an einer Quelle, nicht weit von den Steinbrüchen hinter der Gritz entfernt, wo der Nürnberger Rat Tische, Bänke, gar eine Kegelbahn hatte aufstellen lassen, damit die Nürnberger feiern konnten.

Und plötzlich gelangten wir dorthin, wo ein Teil von mir gestorben und ein anderer Teil geboren worden war – zu Barbaras Hütte. Das Dach war noch weiter verwittert, über jedes Stück Holz wucherte Moos, verwaiste Vogelnester ragten aus jeder Ritze, bereits ein leichter Windstoß ließ die morschen Latten knirschen. Und doch lag auf einmal kein halbes Leben mehr zwischen mir und der Zeit, da dieser Ort meine Wohnstatt gewesen war, nur ein nichtiger Augenblick.

Ich eilte darauf zu, denn auch meine Glieder schienen kurz zu vergessen, dass ich alt war. Hier im Wald waren Bäume wie Eichen alt, Menschen nicht.

Selbst Barbara, die bei unserer letzten Begegnung von der Last der Jahre so gekrümmt gewesen war, war doch nicht richtig alt ... nicht alt genug, um gestorben zu sein! Ich betrat die Hütte in der Hoffnung, sie dort vorzufinden, wie sie an einem Korb flocht, in dem später Bienen wohnten.

Doch die Hütte war leer, und mein Herz war es plötzlich auch. Wenn ich schon mit der Waldsaat nicht ihr Lob errungen hatte – gewiss hätte sie es mir gedankt, dass ich den neuen Wald erhalten hatte. Doch davon würde ich ihr nie erzählen können, das begriff ich plötzlich. Sie war ...

fort, und als Trost blieb mir nur, dass sie nicht hier gestorben und verwest war, weil ich sonst ihre Überreste gefunden hätte. Wahrscheinlich hatte sie es gemacht wie ein Tier, das spürt, wenn es zu Ende geht, und sich unter einem Gebüsch verkrochen.

»Wer hat hier gewohnt?«, fragte Gretchen leise. Ich hatte kaum gehört, dass sie mir gefolgt war.

Kraftlos ließ ich mich auf einen Strohsack sinken. Deutlich stand mir vor Augen, wie ich damals als Kind hier gelegen und mich an Barbara geschmiegt hatte. Aber auch, wie ich als alte Frau hier leben und meine Geschichte aufschreiben würde.

Noch blieb der Gedanke flüchtig. Anstatt zu antworten, winkte ich Gretchen, wieder mit mir ins Freie zu treten.

»Komm, ich will dir noch etwas zeigen.«

Mühelos fand ich den Weg zu jener Eiche, unter der ich damals die erste Nacht im Wald verbracht hatte. Für einen Riesen hatte ich sie gehalten und war mir nicht sicher gewesen, ob dieser sich mir wohlgesinnt zeigte. Später war sie zum Freund geworden, den ich wieder und wieder umarmte. Zuletzt war sie der Grund gewesen, dass ich zurückgekehrt war in die Menschenwelt, hatte ich sie damals doch vor dem Rindenschäler schützen wollen.

Ich sah die Eiche schon von Weitem.

Oder vielmehr sah ich ihre Reste. Dort stand kein machtvoller Baum mehr, der so vielen Jahrhunderten getrotzt hatte. Mir entfuhr ein schriller Schrei.

Ich konnte mir nicht vorstellen, dass Barbara einen heftigen Kampf gegen den Tod geführt hatte. Der Baum hingegen hatte es getan, trotzig, beharrlich, und ihn am Ende dennoch verloren. Vor Ewigkeiten hatte er sich genug Licht und Boden erobert, seinen Kopf hoch erhoben und die

Wurzeln fest verankert, aber schließlich war der Sturm, dieser ewige Feind, von der Seite gekommen. Ein Teil der Krone war abgebrochen, und obwohl die Eiche versucht hatte, wie die jüngeren Bäume eine neue Krone hervorzubringen, reichten die wenigen Blätter auf kleinen Ästen nicht aus, um dem Baum genug Licht zu schenken. Kraftlos war die Rinde vom Stamm geblättert, und ein weiterer Sturm hatte gemeinsam mit prasselndem Regen das Werk des ersten vollendet. Der sterbende Baum war nicht von der Axt eines Menschen gefällt worden, sondern splitternd in der Mitte auseinandergebrochen. Kein Riese lag da, nur unzählige Zwerge, nichts, was man umarmen, nur etwas, vor dem man auf die Knie sinken konnte. Wo andere Wesen des Waldes Wohnstatt und Nahrung sahen, sah ich nur einen sterbenden Baum.

Gretchen sah noch etwas. »Schau doch nur, wie viel Eicheln an den Ästen hängen.«

Sie füllte sich die Taschen damit und murmelte etwas davon, dass Eichen nur alle paar Jahre blühten, was für ein Wunder, dass diese es kurz vor ihrem Tod noch einmal getan hatte.

Im Wald ist das kein Wunder, dachte ich. Die sterbenden Bäume treiben am kräftigsten aus, hier kündet die Greisenstimme am lautesten von der Macht des Lebens.

Als ich auf die Eicheln blickte, konnte ich diese Macht nicht fühlen, ich sah nur verwaiste Kinder, die keine Mutter mehr hatten, und fühlte mich wieder wie einst, da ich verzagt durch den Wald geirrt war, auf der Suche nach einer Zuflucht. Wie sollte ich heute eine finden, wenn Barbara nicht mehr da war, wenn die Eiche nicht mehr da war?

Erst als Gretchen zu mir trat und mir die Hand auf die Schulter legte, gab ich mir einen Ruck. Wenn ich ihr schon keinen stolzen Baum zeigen konnte, sollte sie nicht auch noch sehen, wie zersplittert ich war. Und wie der Baum wollte ich das schwindende Leben nutzen, um noch etwas hervorzubringen, was von mir und meinen Liebsten bleiben würde.

Als wir nach Hause gingen, nahm meine Zukunft Gestalt an. Wieder sah ich mich in Barbaras Hütte sitzen, wo ich nicht nur die Geschichte von Waldsaat und Papiermühle, von Barbara und ihren Bienen, von Sebald und von mir aufschreiben würde, sondern auch von dieser uralten Eiche, die solcherart ihre Spuren hinterlassen würde.

Gretchen hatte kein Interesse an Spuren. Sie schaute nur auf den Waldboden vor sich, drehte sich kein einziges Mal um. So zerstreut war sie, dass sie nicht einmal wahrnahm, wie etliche Eicheln aus ihrer Rocktasche kullerten und auf dem Boden liegen blieben.

# VERONIKA

———

»Ben? Ben!«

Veronika stieß ihn sanft an. Eine Weile lang hatte sie ihre Geschichte von Anna Stromer erzählt, danach geschwiegen, dem Sturm gelauscht. Dass er etwas nachzulassen schien, die Bäume nicht mehr gar so laut ächzten, hatte sie beruhigt. Doch mit der Zeit erwies sich ausgerechnet die Stille als bedrohlich, denn nun klang Bens rasselnder Atem umso gequälter.

»Ben!«, rief sie wieder und rüttelte ihn leicht. Sein Kopf fiel schlaff zur Seite.

Sie leuchtete ihm mit dem Smartphone ins Gesicht, sah bei dieser Gelegenheit, dass der Akku bei nur mehr zwei Prozent stand. Und sie hatte keine Kabel dabei, um es an der USB-Ladebuchse im Auto aufzuladen.

Immerhin schlug Ben die Augen auf, seine Lippen, die rissig, fast bläulich wirkten, verzogen sich. »Sorry, ich wollte dir nicht das Gefühl geben, dass deine Geschichte langweilig ist und man darüber einschläft. Ich war nur plötzlich so müde ... der Tag war so lang ...«

Seine Stimme wurde immer schwächer. Sie sah, wie er wieder um ein Lächeln kämpfte, aber selbst dazu reichte die Kraft nicht. Wieder fiel sein Kopf schwer zurück. Sie leuchtete auf seine Wunde, war sich nicht sicher, ob der

Blutfleck größer geworden war, dunkler. Ganz sicher stand mehr Schweiß auf seiner Stirn als zuvor, und sein Gesicht hatte eine ungesunde gelbliche Farbe.

Veronika ließ das Smartphone sinken.

»Wir ... wir können nicht einfach nichts tun ... nicht einfach nur warten ... Verdammt ... wenn ich wenigstens eine Flasche Wasser dabeihätte.« Der fehlende Verbandkasten fiel ihr ein, und wieder hätte sie sich am liebsten verflucht.

»Ist ... doch ... nicht so schlimm ...« Sein Mund öffnete sich kaum, nur die Zungenspitze huschte kurz über die trockenen Lippen. Allein dieser Anblick ließ den eigenen Durst unerträglich werden. Seine Augen schlossen sich, sie sah, wie die Lider flattern, hörte, dass sein Atem noch rasselnder ging.

»Bitte, Ben, es ist besser, du bleibst wach!«

Wieder überkam sie der Drang, ihn leicht zu rütteln, aber sie wusste, das war zu wenig, um zu verhindern, dass er das Bewusstsein verlor. Und auf die Akku-Anzeige des Smartphones zu starren, brachte auch nichts.

»Warte, ich habe eine Idee ...«

Sie war nicht sicher, ob er sie noch hörte. Als sie die Autotür öffnete, traf sie ein Schwall kalter Luft, sie spürte auch Nässe, wusste aber nicht, ob sie vom Himmel kam oder von den Bäumen. Sie fröstelte, fühlte sich aber zugleich belebt.

»Warte«, sagte sie wieder, ehe sie die Autotür zuwarf. Als ob Ben etwas anderes tun könnte. Aber sie – sie konnte es.

Ihr Kopf war wie leer gefegt, aber während sie ganz ruhig dastand, sich vom Wind das Haar ins Gesicht wehen ließ und tief ein- und ausatmete, glaubte sie, aus der Tiefe ihres Inneren eine Stimme zu vernehmen. Sie musste ihr einfach vertrauen ... auch den Erinnerungen, die hochstiegen, nicht schmerzlich, sondern nützlich.

Das Survivaltraining mit Martin ...

Sie blickte sich um. So abgrundtief die Schwärze zunächst schien, bald gewöhnten sich die Augen an die Dunkelheit. Obwohl der Mond nur eine schmale Sichel war, spendete er genug Licht, um sich halbwegs zurechtzufinden. Solange sie im Auto saß, hatte sie sich wie auf einer winzigen Insel inmitten schwarzer Fluten gewähnt. Aber nun wusste sie: Sie durfte vor diesen Fluten nicht zurückweichen, sie musste sich ihnen in gewisser Weise anheimgeben.

Der Wald ist nicht der Feind, echote einmal mehr Martins Stimme in ihr. Die Kälte, die Nässe, der Hunger mögen bedrohlich sein, aber nicht der Wald, der ist ein Verbündeter, ein Helfer, ein Freund.

Sie trat von der Straße weg ins Dickicht. Das Mondlicht reichte nicht bis zum Boden – es zeigte ihr nicht die Ranken, in die sie sich verheddern konnte, nicht die Wurzeln, über die sie vielleicht stolperte, aber instinktiv nahm sie eine leicht gebückte Haltung ein, setzte ganz vorsichtig Fuß vor Fuß, vertraute ihren anderen Sinnen. Sie glaubte zu fühlen, wenn ein Hindernis vor ihr aufragte. Und ein leicht schmatzendes Geräusch verriet ihr, wo sich Moos befand, vollgesogen vom Regen, auf das sie treten konnte, ohne zu stolpern.

Sie könnte noch mehr damit anfangen – es an Bens Lippen pressen, damit er nicht dehydrierte.

Noch kehrte sie nicht zum Auto zurück, es zog sie vielmehr tiefer in den Wald hinein. Was sie suchte, hätte sie nicht sagen können. Sie fand jedenfalls viel – sowohl in den Tiefen ihres Gedächtnisses als auch im Wald.

Wenn man auf eine frisch vom Wind umgeworfene Fichte stieß, konnte man die Rinde mit dem Taschenmesser abziehen. Die Gewebeschicht darunter, das sogenannte Kambium, schmeckte wie Möhren und war sehr nahrhaft.

Allerdings hatte sie kein Messer, und der Hunger war nicht ihr größtes Problem. Bens Durst musste sie löschen, und sie brauchte etwas Entzündungshemmendes, Blutstillendes für die Wunde – so wie Martin damals ihr blutendes Knie versorgt hatte.

Wieder echote Martins Stimme in ihr ... die eigene ... die des Waldes ... Sie musste das Wissen nicht mühsam hervorkramen, es fiel ihr zu wie die Regentropfen, wie die Ästchen und Blätter, die auf sie rieselten.

Die doldenförmigen Blüten des Holunders, im Juli gepflückt und getrocknet, konnte man als Schwitztee verabreichen, der das Fieber senkte. Allerdings wuchs hier kein Holunder, und sie konnte keinen Tee aufbrühen. Ahornblätter gab es, doch die heilten vor allem Insektenstiche.

Eichenrinde wirkte desinfizierend und half auch gut bei einer Magenentzündung, allerdings auch nur, wenn man sie aufkochte.

Pionierbäume, ging es ihr plötzlich durch den Kopf. Zitterpappeln, Sandbirken, Saalweisen. Sie waren die Ersten, die auf neuem Land wuchsen, sozusagen die Vorhut des Waldes und darum noch nicht von ihm geschützt. Mögliche Feinde mussten sie darum anders abwehren, so auch mit dem Wirkstoff Betulin in der Rinde, der antiviral und antibakteriell wirkte.

In dieser sumpfigen Gegend wuchsen ein paar Birken. Nur, wie sollte sie aus der Rinde einen Verband formen, der sich um die Wunde schmiegte?

Auch diese Antwort flog ihr zur. Lärchenharz war ein perfekter Klebstoff und hatte ebenfalls eine heilende Wirkung.

Sie lächelte kurz stolz, blieb jedoch wieder zaudernd stehen. Alles Wissen änderte nichts daran, dass sie kein Messer dabeihatte, und in dieser Hinsicht konnte ihr der Wald nicht helfen. Es kannte viele Waffen, aber so gut wie keine scharfen.

Allerdings hatten andere scharfe Waffen benutzt ... die Waldbesetzer ...

Irgendwo beim Auto musste noch der Krähenfuß liegen.

Sie hastete durch das Dickicht zurück zur Straße, kam diesmal schneller voran. Sie konnte den Boden weiterhin nicht erkennen, aber ihr Körper wusste genau, wohin er treten musste.

Wenig später saß sie wieder im Auto. Ben hatte geschlafen, doch als sie leicht an ihm gerüttelt hatte, hatte er seine glasigen Augen aufgeschlagen.

Sie presste das Moos an seine Lippen, und während er zunächst mit einem Stirnrunzeln reagierte, öffnete er schließlich bereitwillig den Mund und schluckte das Regenwasser. Als Nächstes nahm sie sich seine Wunde vor. Sie bedeckte sie mit einer dünnen Rinden- und Harzschicht, wickelte ein Stück Stoff herum, das sie von ihrem T-Shirt riss, eine mahnende Stimme im Hinterkopf, die beharrlich davor warnte, eine Wunde zu verunreinigen. Mehr um sich selbst zu beschwichtigen als Ben, sagte sie laut: »Im Mittelalter hatten die Menschen auch keine Desinfektionsmittel zur Verfügung. Sie mussten sich auf die antibakteriellen Stoffe aus der Natur verlassen. Sogar Spinnennetzen wurde diese Wirkung nachgesagt.«

Als sie fertig war, erschien ihr der Birkenverband zumindest weniger bedrohlich als die dunkle, offene Wunde.

»Besser, du bleibst wach.«

Solange sie mit ihm sprach, konnte sie einschätzen, ob er einfach nur müde war oder das Bewusstsein zu verlieren drohte.

»Dann musst du mir aber noch mehr von Anna Stromer erzählen.«

Ihr Kopf war merkwürdig hohl. Das Wissen, wie man sich vom Wald nährte, sich von ihm helfen ließ, hatte sie ganz selbstverständlich rekapituliert, aber ihre Fantasie lahmte. Sie zog ihre Beine hoch, umschlang ihre Knie.

»Jetzt bist du dran mit dem Erzählen.«

»Ich weiß aber nicht sehr viel über die Geschichte des Nürnberger Reichswaldes.«

»Aber was ist deine Geschichte? Wie kommt es, dass du diese Faszination für den Wald hegst, dass du Klangkünstler geworden bist ... oder soll ich eher sagen, ein Baumversteher?«

Er hielt den Kopf etwas schräg, sah sie an. Wieder bemerkte sie glänzenden Schweiß auf seiner Stirn, aber seine Lippen hatten nun eine etwas gesündere Farbe.

»Ich glaube, ich habe ein paar Ähnlichkeiten mit Anna Stromer. Ich habe ebenfalls einen Teil meiner Kindheit im Wald verbracht.« Das Reden schien ihn anfangs anzustrengen, doch als sie fragte, ob er sich wie sie verlaufen habe, kam ihm das Lachen leicht von den Lippen.

»Das nicht. Ich bin auch kein Försterkind wie du. Meine Mutter war Waldfotografin.«

»Das gibt es?«

»So bezeichnete sie sich zumindest selbst. Ihre Vernissagen waren sehr erfolgreich, und sie hat mehrere Bildbände veröffentlicht. Sie hat nicht einfach nur den Wald fotografiert, sondern vor allem mit dem Mittel der Vergrößerung gearbeitet. Die winzigsten Dinge – Tiere, Pflanzen, Pilze –, oft solche, die man mit bloßem Auge kaum sehen kann, hat sie mit Makroobjektiven festgehalten und dann auf riesige Leinwände drucken lassen, die schon mal eine halbe Wand bedeckten.«

»Ich verstehe. Sie wollte den Wald sichtbar machen – so wie du ihn hörbar machen willst.«

»Hm«, machte er und presste die Lippen aufeinander. »Das klingt so, als hätte eins zum anderen geführt. Als würde ich ihr nacheifern.«

»Ist das nicht so?«

Wieder zögerte er kurz. »Natürlich habe ich ihretwegen meine Leidenschaft für den Wald entdeckt. Ich konnte mich dem gar nicht entziehen, sie hat mich ja immer mitgeschleppt. Aber sie hatte nur Augen für das Winzige, sah das, was andere nicht sahen. Mich hat sie nicht gesehen. Ich weiß noch, dass ich mich oft versteckt habe, hinter einem Baumstamm, einem großen Stein, einer hohen Pflanze, um heimlich auf einem ihrer Fotos zu landen. Auch wenn man mich auf den Bildern nicht gesehen hätte – ich hätte gewusst, dass ich drauf bin. Aber sie hat mich immer bemerkt und aus dem Bild gescheucht. Sie wollte nichts Menschliches auf den Fotos haben, nicht mal einen Fußabdruck, nur reine Natur.«

»Der Mensch ist doch auch Teil der Natur.«

»Das sah sie anders. Der Wald war für sie ein Ort, an den man vor den Menschen floh. In gewisser Weise ist er das auch für mich.«

»Warum willst du denn vor den Menschen fliehen?«

Er zuckte die Schultern, sein Gesicht verzerrte sich

schmerzhaft, weil er auch eine falsche Bewegung mit dem verletzten Bein gemacht hatte.

»Noch durstig?«, fragte Veronika und deutete auf ihren Schoß, wo noch jede Menge durchtränktes Moos lag.

Er nickte, ließ es sich an die Lippen pressen. »Ich glaube, so langsam finde ich Geschmack daran.«

»Wenn du willst, kann ich dir ein beliebtes Essen für Survivalexperten auftischen, nämlich Regenwürmer. Sie sind leicht zu finden, man muss nur die oberste Schicht vom Waldboden aufwühlen.«

»Ich glaube, da ist mir eine Saftkur doch lieber.«

»Verhungern muss man im Wald jedenfalls nicht. Man kann auch aus Seerosen, wenn man in einem Teich welche findet, Eicheln oder Löwenzahnwurzeln eine Mahlzeit zaubern.«

»Wow!«

»Im Kiefernwald findet man wiederum nahrhafte Flechten.«

Wieder kam ein »Wow«, diesmal etwas leiser.

Veronika spürte, dass Ben auch an etwas dachte, was Bitterkeit verhieß.

»Ich kam nie besonders gut klar mit anderen«, murmelte er. »Um auf die Fotos meiner Mutter zu kommen, war ich nicht klein genug. Aber in der Schule war ich immer viel zu klein. Auch zu langsam ... zu eigenbrötlerisch ... zu dumm. Das Mobbingopfer par excellence. Irgendwann ist es besser geworden, aber ich tu mich immer noch schwer mit der ... Kommunikation.«

»Als ich dich das erste Mal getroffen habe, hast du geredet wie ein Wasserfall. Ich hatte nicht das Gefühl, dass du schüchtern bist. Und dass du mir jetzt nachgelaufen bist, weil du dir Sorgen um mich gemacht hast, zeigt doch, wie sozial du bist.«

»Trotzdem. Aus dem Bild zu gehen und leise zu sein, das habe ich gelernt. Aber nicht, wie man seine Stimme erhebt, wie man auch mal die Konfrontation sucht.« Er seufzte. »Als dieser Waldaktivist vorhin mit seinen Drohungen um sich geworfen hat, hat sich Rosa mit ihm angelegt, nicht ich. Ich habe wie immer den Kopf eingezogen.«

»Du wolltest mich warnen und hast auch Martin alarmiert.«

»Schon als sie hier aufgetaucht sind, habe ich mein Zelt einfach abgebaut, ihnen Platz gemacht und so getan, als wären ihre Ziele auch die meinen. Ich hatte gar keine eigene Position zu dem Ganzen. Und vielleicht kann ich viel reden, aber kann ich auch widersprechen? Laut und eindringlich?«

»Manchmal schafft man sich nicht mal mit Geschrei Gehör. Manchmal kommt man nur mit Schweigen weiter. Du könntest Bäume wohl nicht hören, wenn du ein lauter Mensch wärst.«

»Ich bin mir aber oft nicht sicher, was größer ist – mein Wunsch, Bäume zu hören, oder mein Wunsch, Menschen nicht zu hören. Und ob ich wirklich gern im Wald bin oder mich nur hier verstecke.«

Er ließ den Kopf schwer zurückfallen, schien seine flackernden Lider kaum noch offen halten zu können. Vielleicht war es doch besser, ihn schlafen zu lassen. Sie ergriff unwillkürlich sein Handgelenk, fühlte seinen Puls, gleichmäßig und stark. Solange er nicht schwächer wurde, war alles gut.

Sie stellte keine Fragen mehr, um ihn zum Reden zu bringen. Aber als regelmäßige Atemzüge ertönten, begann sie selbst zu sprechen, nicht nur mit ihm, auch mit sich, mit dem Wald.

Zunächst spann sie die Geschichte von Anna Stromer weiter, aber dann ging ihr auf, dass sie zugleich über ihr eigenes Leben sprach.

»Schon als Kind fand ich es faszinierend, dass ein und dieselbe Familie sowohl in der Forstwirtschaft als auch bei der Papierherstellung Bahnbrechendes leistet. Noch spannender fand ich es, ein junges Mädchen zur Urheberin dieser großen Errungenschaften zu machen. Ich denke, ich wollte beweisen, dass auch ein stiller, zurückhaltender, unauffälliger Mensch viel erreichen kann – indem er wach ist, lebensklug, bereit zu lernen. Aber man kann es drehen und wenden, wie man will. In der Geschichte, wie ich sie erzählt habe, setzt Anna unwillentlich eine Katastrophe in Gang. Sie glaubte, den Wald zu retten, indem sie ihrem Vater die Gründung einer Papiermühle einredete. Doch eines Tages war die sogenannte Lumpennot so groß, dass man sich fieberhaft auf die Suche nach einem alternativen Rohmaterial machte. Auf Experimente mit Baumrinde und Wespennestern folgte die Erfindung des Holzschliffs und somit der Startschuss für die Ausbeutung der Wälder. Wovon man zu Lebzeiten der Stromers ebenfalls keine Ahnung hatte, war, dass die künstliche Waldsaat zu Monokulturen führte, die den Boden ruinierten, Insektenplagen zur Folge hatten und bei Sturm und Waldbränden völlig ungeschützt sind. Wenn die Anna in meiner Geschichte das gewusst hätte, hätte sie Onkel und Vater wohl nicht zu diesen bahnbrechenden Erfindungen angespornt. Vielleicht hätte sie einfach nichts getan. So wie ich selber wohl besser erst mal nichts getan hätte.«

Veronika machte eine kurze Pause, warf einen Blick auf Ben, dessen Handgelenk sie weiterhin hielt. Er schien zu schlafen – und dennoch hatte sie das Gefühl, nur darum schonungslos ehrlich sein zu können, weil da jemand mit ihr im Auto saß.

»Du sagst, dass du oft Angst davor hast, aktiv zu werden, dich einzumischen. Bei mir ist das Gegenteil der Fall. Ich ertrage es kaum, abzuwarten, einer Entscheidung Zeit zu geben, damit sie wachsen kann, oder die Geduld aufzubringen, die es braucht, bis eine Wunde heilt. Ich will die Kontrolle behalten, und wenn ich sie verliere, werde ich umso hektischer. Das hat nicht erst mit der Waldbesetzung begonnen oder als mein Familienleben zerbrochen ist und ich meinen Job verloren habe. Ich war schon früher so. Als ich studierte, mir eine Karriere aufbaute, habe ich immer geglaubt, auf ein selbst gesetztes Ziel zuzugehen. In Wahrheit bin ich gleichzeitig davongelaufen – vor dem Schmerz um Martin, vor dem Schmerz, mich von meinen Eltern unverstanden zu fühlen, dem Schmerz wegen ... Nora. Sie hat immer so getan, als würde sie mich fördern, als wäre sie die Einzige, die auf meiner Seite steht. Aber ich war für sie eigentlich nur ein Projekt, das irgendwann abgeschlossen war. Als ich in Frankfurt studierte, zerbrach ihre Ehe, sie kehrte zurück nach Hamburg, lebte in einer Künstlerkommune mit zwei Liebhabern und meldete sich kaum noch bei mir. Es hat sie nicht interessiert, wie es mir ging, was aus mir wurde. Ich weiß, dass ich ihr viel verdanke, aber ich weiß auch, dass ich für sie damals ein Rettungsring war. Sie hat mir eingeredet, dass sie uns beide ans sichere Ufer bringen würde, aber als wir es erreichten, hat sie mich dort liegen lassen, weil die Luft raus war. Und statt wütend zu werden, habe ich sie mir zum Vorbild genommen und genau wie sie versucht, die Vergangenheit wie lästigen Ballast abzuwerfen. Ich habe mich für entschlossen gehalten, in Wahrheit war ich getrieben. Und bin es immer noch.«

Sie ließ den Kopf in den Nacken sinken. Als sie die Augen schloss, spürte sie, dass sich in den Augenwinkeln Tränen gesammelt hatten, kein Ausdruck von Kummer, eher das, was den Pfropfen in ihrer Seele, hinter dem sich so viel gestaut hatte, löste und wegspülte. Dass sie hier festsaß, dass sie jenen Stillstand, den sie unbedingt hatte vermeiden wollen, nicht nur ertrug, sondern sogar als Wohltat empfand, erfüllte sie trotz ihrer klammen Kleidung mit Wärme. Gewiss, sie sorgte sich um Ben, aber sie fühlte sich nicht gefangen. Dieses Auto war nicht nur ein Raum, wo sie vor dem Sturm geschützt war, hier konnte sie auch frei über ihr Leben reden, ohne dass die Worte aufgeladen waren von Vorwürfen, Reue, Zweifeln, Angst vor dem Scheitern. Sie sah, was sie sonst übersehen hatte, sie gewährte einer Stimme Raum, die sie sonst überhört, ja übertönt hatte, sie erkannte, was sie so lange hartnäckig geleugnet hatte.

Und sie wusste nun auch, was sie morgen früh tun würde. Die Entscheidung fiel ihr zu wie vorhin das reiche Wissen vom Wald.

Sie hielt immer noch Bens Handgelenk. Sein Puls war etwas langsamer, aber gleichmäßiger, und ihrer auch.

Als der Morgen graute, wurde der Sturm endlich müde, der Wald dagegen erwachte. Noch blieben die Geräusche zaghaft. Da war ein Knacken, als würde sich jemand mit steifen Gliedern strecken, ein dünner Gesang, als müssten die Vögel erst ihr zerzaustes Gefieder ordnen, bevor sie sich dem Zwitschern widmen konnten. Regen tropfte von den Blättern, er fiel Veronika ins Gesicht, als sie die Fahrertür öffnete und nach draußen spähte.

Eben noch hatte sie den schlafenden Ben gemustert. Sein Gesicht war grau, die Augen waren in die Höhlen gesunken, aber seine Züge wirkten entspannt, und aus der Wunde unter dem Birkenverband war kein frisches Blut mehr getreten, die Ränder wirkten sogar rosig. Sie war überzeugt, dass sie, anders als er, keinen Augenblick geschlafen hatte, doch sie fühlte sich nicht so gerädert, wie sie es erwartet hatte, eher eigentümlich befreit. Als sie gähnte und sich streckte, belebte die frische, würzige Luft, die ihr in die Nase stieg, sie mehr als Koffein.

Gerade hatte sie die Hände wieder sinken lassen, als sie ein herannahendes Auto hörte. Sie sprang auf, hastete zur Straße. Das Auto hielt an, und während der Motor noch lief, sprang Martin heraus.

»Vroni!«

In seinem Gesicht war nichts mehr von der gestrigen Feindseligkeit zu lesen, nur tiefe Sorge, aber auch die Erleichterung, sie wohlbehalten hier anzutreffen.

Nun wanderte doch ein Schmerz über Rücken und Oberschenkel, als könnte sie sich diese Empfindung erst jetzt erlauben. Sie wusste nun, ein langer Fußmarsch würde ihr erspart bleiben. Eine Weile verharrte sie ganz steif, mit fast tauben Gliedern. Doch im nächsten Augenblick stand sie bei Martin und umarmte ihn wie damals bei ihrem Wiedersehen, nicht nur mit einer tiefen Selbstverständlichkeit, eher mit zwingender Notwendigkeit. Alles, was zwischen ihnen stand, schien der Sturm verweht zu haben. Und er machte keine Anstalten, es wieder heraufzubeschwören. Anstatt sie wegzustoßen, zog er sie ganz fest an sich.

»Ich habe mir solche Sorgen gemacht«, nuschelte er in ihr Haar. »Ich suche dich schon seit dem ersten Morgengrauen.«

»Warum das denn?«

»Noch gestern Abend hat sich deine Freundin Luna bei mir gemeldet. Sie hatte versucht, dich zu erreichen, aber du bist nicht rangegangen. Ich habe sie erst nicht ernst genommen, ihr erklärt, dass das Netz nun mal schlecht sei, und danach habe ich mein Handy ausgemacht, um meine Ruhe zu haben. Aber in der Nacht konnte ich kaum schlafen, und als ich zeitig in der Früh mein Handy angemacht und verspätet Bens Nachricht abgehört habe, habe ich mir große Vorwürfe gemacht. Ich habe die Aktivisten schließlich hergeholt und ...« Nun rückte er doch von ihr ab, um erst in ihr Gesicht zu schauen, dann auf das Auto. Sein Blick weitete sich, als er den kaputten Autoreifen wahrnahm und den verletzten Ben auf dem Beifahrersitz.

»Was ...«, setzte er an, brachte aber auch diesen Satz nicht zu Ende.

Veronika berichtete ihm in knappen Worten, was geschehen war. Aus seinem Erstaunen wurde Entsetzen, während sie vor allem eins fühlte: Stolz.

»Dass du das alles noch von unserem Survivaltraining wusstest!«

»Ich denke, ich hatte es nie vergessen. Eher vergraben wie einen Wintervorrat, der im passenden Moment nährt.«

Martin ließ sie endgültig los, öffnete die Tür auf der Beifahrerseite und betrachtete Bens Wunde. Der junge Mann erwachte und erklärte schlaftrunken, dass alles nicht so schlimm sei. Doch sein schmerzlich verzogenes Gesicht, auf dem der kalte Schweiß glänzte, strafte seine Worte Lügen.

»Wir müssen dich sofort zu einem Arzt bringen.«

Ben ließ sich von Martin aus dem Auto ziehen. Während dieser ihn links stützte, hastete Veronika auf seine andere

Seite, damit er einen Teil seines Gewichts auch an sie abgeben konnte. Er kam nur humpelnd voran, aber irgendwann war die Distanz zu Martins Auto zurückgelegt. Anstatt einzusteigen, versteifte er sich. »Ich muss noch dringend etwas erledigen ... mit den anderen reden ... sie zur Vernunft bringen.«

Veronika spürte, dass er ganz und gar zur Konfrontation bereit war. Sie verstand auch, wie wichtig es ihm war, zu beweisen, dass er sich nicht länger wegduckte. Aber diese Schlacht hatte nicht er zu schlagen, und auch nicht Martin.

»Nein«, erklärte sie energisch. »Deine einzige Aufgabe ist jetzt, deine Wunde versorgen zu lassen und dich auszuruhen. Wenn, dann muss ich mit den anderen sprechen. Es ist nicht nur Martins Schuld, dass sie überhaupt hier aufgetaucht sind, sondern auch meine, weil ich zu schnell einem Verkauf zugestimmt habe. Ich will nicht, dass die alte Eiche gefällt wird. Ich will nicht, dass das Waldstück künftig einer Papierfabrik gehört. Und obwohl das bedeutet, dass ich eine stattliche Summe verliere, werde ich den Vorverkauf rückgängig machen.«

Kurz versteifte sich Ben noch mehr, aber am Ende ließ er sich auf die Rückbank des Autos schieben. Vorsichtig lagerten sie sein verletztes Bein hoch.

Als Veronika vorne einsteigen wollte, sah sie, wie sich Martins Mund zu einem breiten Grinsen verzogen hatte. Und dabei blieb es nicht, schon brach er in lautes Gelächter aus.

»Ich kann mir denken, dass du dich über meine Entscheidung freust«, sagte sie, »aber was ist daran so komisch?«

Sanft zog er sie zum Rückspiegel, und nun sah sie selbst, wie viele Ästchen und Blätter sich in ihren Haaren verfangen hatten. Ihr Gesicht war von braungrünen Schlieren überzogen, die Ähnlichkeiten mit einer Tarnbemalung hatten. Feuchte Flecken sowie Spuren von Moos und Erde prangten auf ihrer Kleidung. Ihre Hände waren schmutzig, unter den Fingernägeln zeichneten sich dunkle Halbmonde ab.

»Du siehst aus wie eine Waldfee«, rief er prustend.

Sie nahm es als Kompliment und lachte auch.

# ANNA

Seit mehr als einem Jahrzehnt lebe ich nun allein im Wald, ohne jemals einsam zu sein.

Das liegt nicht nur daran, dass auf dem Baum bei der Hütte ein Eichhörnchen wohnt, dem ich manchmal eine Nuss hinlege, um zu sehen, wie es sie frisst, und das mich jedes Mal ein Stückchen näher kommen lässt, ehe es wieder auf den Baum huscht. Nicht nur daran, dass ich oft einen Stieglitz beobachte – oder er mich – und ich sein Lied zu singen versuche, woraufhin er stets noch fröhlicher zwitschert. Auch nicht daran, dass einmal im Winter ein hungriger Wolf vor mir stand, wir uns anstarrten, seine Augen gelb, die meinen ohne Furcht, sodass er sich am Ende mit dem toten Hasen begnügte, den ich ihm hinwarf.

Es liegt vor allem daran, dass ich von so vielen Geistern umgeben bin. Manchmal suchen sie mich in meinen Träumen heim, manchmal stehen sie am helllichten Tag vor mir, meine Mutter, Sebald, Margarethe. Ich rede dann mit ihnen, und sie erscheinen so nahe, dass ich nicht sicher bin, ob ich ihre Geschichte aufschreibe oder sie sie mir diktieren.

In den letzten Jahren sind weitere Geister hinzugekommen. Nürnberg wurde einmal mehr von der schrecklichen Pestilenz heimgesucht. In den Wald drangen die giftigen

Miasmen nicht, doch die Menschen waren so dumm, sich hinter Stein zu verstecken, nicht hinter Bäumen.

Mein Vater Ulmann versteckte sich nicht vor dem Tod, ob es nun ein schwarzer, fleckiger, schneller war oder ein grauer, röchelnder, langsamer. Er ergab sich ihm am Sonntag nach Ostern im Jahr des Herrn 1407. Andere Mitglieder der Familie – es waren derer acht – kämpften hartnäckiger gegen die Krankheit und verloren, darunter einer meiner Brüder, Ulmann genannt wie unser Vater. Ich war zu lange von den Menschen getrennt, um ehrlich um sie alle zu trauern, aber ich sprach ein Gebet für sie, wenn auch auf meine Weise. Ich legte mich auf den Boden, blickte in die Kronen, sah das Licht der Sonne herabrieseln wie goldene Töne, die sich im Schatten nicht verloren, nur immer leiser wurden. Ich blieb sehr lange liegen – in meinem Alter ist es leichter, sich hinzulegen, als wieder aufzustehen.

Meine Kinder haben die Pest überlebt, von ihnen erfahre ich, was sich in der Stadt zuträgt – auch bringen sie mir regelmäßig Vorräte, obwohl der Wald mit Nahrung eigentlich nicht knapst.

Jedes Mal, wenn Paul mich sieht, huscht ein Ausdruck von Schrecken über sein Gesicht, der mir verrät, dass ich noch knorriger, gekrümmter, furchiger geworden bin. Mir dagegen tut es weh zu sehen, dass er nicht nur älter, sondern auch sorgenvoller aussieht.

Meist sprechen wir über die Papiermühle. Nach meines Vaters Tod ist sie an seine Witwe Agnes gefallen, die sie führt, bis sie irgendwann an Jörg, den einzigen verbleibenden Sohn, übertragen wird. Doch da sie schon damit beschäftigt ist, sich um etliche Ländereien zu kümmern, die gleichfalls zu ihrem Erbe zählen, und sie sich überdies am liebsten mit der familieneigenen Tuchmacherei beschäftigt, übernimmt Paul viele Entscheidungen.

Auch weiterhin sei die Herstellung von Papier ein gutes Geschäft, erklärt er mir immer wieder, die Räder der Hadernmühle drehten sich fort und fort. Doch während das Wasser, das sie antreibt, von selbst fließe, sei es ein steter Kampf, genügend Rohstoffe zu bekommen.

Nebst dem Beruf des Waldsäers hat die Stadt Nürnberg noch einen weiteren hervorgebracht – den des Lumpensammlers. Meist waren es Frauen, die mit großen Körben auf den Schultern von Haus zu Haus gingen, um nach alten Lumpen zu fragen und sie später in der Papiermühle abzuliefern. Alsbald wurden sie so zahlreich, dass der Rat festschrieb, wer in welchen Straßen sammeln durfte – und welche Strafe es zu zahlen galt, wenn man im fremden Terrain wilderte. Doch bald schon gab es nicht nur zu wenige Lumpen für zu viele Lumpensammlerinnen, sondern auch zu wenige Lumpen für zu viele Papiermühlen. Überall wurden welche gegründet, viele schnell wieder geschlossen. Gut möglich, dass auch die Stromersche Hadernmühle dieses Schicksal dereinst ereilt.

Paul lässt oft bekümmert den Kopf sinken.

Sieh doch, wie das Licht durch die Kronen fällt, würde ich ihm dann am liebsten raten. Aber er hatte die Melodie des Waldes nie gehört, seinen Zauber nie gefühlt.

Am Ende unseres letzten Gesprächs fand ich einen anderen Trost: »Vielleicht kann man irgendwann anderes Material als Lumpen nutzen, um Papier zu machen.«

»Wie soll das gehen?«

»Vor ähnlichen Fragen standen dein Großvater und dein Großonkel – und haben Antworten gefunden, indem sie etwas ganz und gar Neues ausprobierten.«

Wie immer blickte ich ihm, als er ging, mit Wehmut nach –
und zugleich erleichtert, dass die Kämpfe, die er ausstand,
nicht mehr die meinen waren.

Gretchen besucht mich auch. Ich vermute allerdings, dass
es sie vor allem in den Wald zieht, nicht so sehr zu mir. Oft
gelangt sie wohl nur aus Zufall bis zu meiner Hütte, weil sie
einer Blindschleiche oder einem anderen Tier gefolgt ist.

Wie Paul hat auch sie kaum Sinn für das Licht, das durch
die Baumkronen dringt. Interessant wird es für sie erst,
wenn es – dunkelgrün geworden – den Boden sprenkelt. Ihr
Blick war seit jeher nach unten gerichtet, umso erstaun-
licher, dass sie dennoch nie ein Mensch mit tiefen Wurzeln
war. Sie schien in ihr Leben hineingeraten zu sein ohne jeglichen Willen, sich einen Platz zu erobern, gleich einem
Blatt, das der Wind erst vom Baum reißt, dann über den
Boden jagt, bis es, langsam verbleichend, in winzige Kru-
men zerfällt.

Sie lebt bei Paul, der längst eine eigene Familie hat. Dass
es in ihrem Leben keinen Mann und keine Kinder gibt,
scheint ihr nichts auszumachen.

Manchmal mustere ich sie zweifelnd. Gewiss, ich habe
längst gelernt, dass das Leben oft aus Warten besteht,
doch sinnvoll erscheint mir das nur, wenn man weiß, worauf.

»Gibt es denn gar nichts, woran dein Herz hängt?«,
fragte ich sie eines Tages.

Sie sah mich verwundert an. »Genügt es nicht, dass ich
genauso gern im Wald bin wie du?«

»Dass ich den Wald liebe, hat dazu geführt, dass ich für
den Wald gekämpft habe.«

Gretchen zuckte die Schultern, Kämpfen war ihr fremd.

Ihr war es gleich, dass in Nürnberg längst nicht nur Waldsäer herangebildet wurden, sondern sich hier auch die
größte Waldsamenhandlung Europas befand, die ihre Ware
wie Stoffe, Waffen und Lebkuchen in alle Winkel des Reiches lieferte. Längst wurden nicht nur Fichten und Föhren
gesät, immer häufiger bemühte man sich auch, Eichen zu
pflanzen.

Aus Gretchens Mund kam ein Glucksen, als ich das erwähnte. Ich war mir nicht sicher, ob ihr Lachen spöttisch
klang. Belustigt war sie allemal, als sie die Hand hob und
auf die junge Eiche in der Nähe der Hütte deutete – gleich
neben dem Ahorn, wo das Eichhörnchen wohnt. Das Bäumchen wuchs seit jener Zeit, da ich mich entschlossen hatte,
mich hier niederzulassen. »Diese Eiche hier ist ganz ohne
Zutun des Menschen entstanden.«

Damit war für sie alles gesagt – ich dagegen blieb nachdenklich.

Gut möglich, dass sie recht hatte. Gut möglich, dass der
Wind ein Eichelchen hergetrieben oder ein Eichelhäher
eins vergraben hatte, als Nahrung für den Winter, es dann
aber wie andere Verstecke im tiefen Schnee vergessen
hatte.

Vielleicht war das Bäumchen aber aus einer jener Eicheln hervorgegangen, die Gretchen von dem sterbenden
alten Baum gesammelt und später achtlos fallen gelassen
hatte. Vielleicht hatte Gretchen einen Baum gesät, ohne es
zu bemerken, vielleicht würde darum von ihr viel mehr
bleiben als von mir, die ich mich so oft aufs Tun verlegt
hatte.

Wir standen Seite an Seite, wir lächelten.

Und wenn es falsch war, den Wald zu lieben, ihn zu ver-
ehren, ihn zu pflegen wie einen kranken Menschen? In ein

Geschäft mit ihm zu treten, das zu gleichen Teilen aus Geben und Nehmen bestand? Ihn wachsen zu lassen, indem man neue Bäume sät, anstatt darauf zu vertrauen, dass er selbst jede Ödnis schließt?

Kurz erschien es mir jedenfalls, Gretchen würde ihn besser verstehen als ich. Und mit dem Blick auf die junge Eiche spürte ich, dass auch meine tätige Zeit vorbei war. Die Geister der Vergangenheit sollen nun schweigen und meine Geschichte an dieser Stelle enden.

# VERONIKA

Veronika stand mit Martin bei der alten Eiche. Knapp zwei Wochen waren seit der Auseinandersetzung mit den Waldaktivisten vergangen, und der Wald hatte in der Zwischenzeit getan, was er am besten konnte – alle Spuren des Aufruhrs verschwinden lassen –, und unbeeindruckt zu erhabener Stille zurückgefunden. Sämtliche Barrikaden waren abgebaut, auch der Tapeziertisch, der als Waschstraße gedient hatte, nur dort hinten blitzte unter einem Strauch etwas hervor, was wie ein ziemlich verbogener Kochlöffel aussah. Gewiss, auf der Eiche waren immer noch das Holzplateau und die Strickleitern. Und seit einigen Tagen war sie auch wieder verkabelt, Ben hatte nicht weit von ihr entfernt einmal mehr sein Zelt aufgestellt.

»Ich habe ihm angeboten, bei mir zu wohnen, aber das wollte er nicht«, sagte Veronika.

»Wird ja auch ziemlich laut werden in den nächsten Wochen.«

Sie verdrehte die Augen. »Ich hoffe, die Renovierung ist bald abgeschlossen.«

Sie wusste, wenn sie langfristig dort leben wollte, musste sie das Haus noch viel gründlicher instand setzen und vor allem das Dach erneuern lassen. Aber fürs Erste genügte es ihr, dass die Strom- und Wasserversorgung sichergestellt war und die Stube, deren Unterboden zu schimmeln begonnen hatte, neue Holzdielen bekam. Bei dieser Gelegenheit ließ sie auch die Zimmer streichen, zumindest diesen Raum und ihr ehemaliges Kinderzimmer. Die graugrünen Fliesen im Bad schrien ebenfalls danach, ersetzt zu werden, aber mit ihnen konnte sie noch eine Weile gut leben.

»Ben und ich planen eine Veranstaltung«, erzählte sie Martin. »Ein Klangkunsterlebnis, verknüpft mit einem kurzen Vortrag über die Geschichte des Nürnberger Reichswaldes, der nichts Geringeres als die Wiege der modernen Forstwirtschaft ist. Natürlich bleibt das nicht so abstrakt, wie das jetzt klingt. Wir müssen noch ein Konzept erstellen ...«

»Wenn das jemand hinkriegt, dann du.«

Sie nickte. Sie hatte Ben auch etliche Tipps gegeben, wie er sich besser vermarkten könnte, damit seine Kunst unter die Menschen kam. Doch das blieb vorerst das Einzige, was sie mit ihrer Vergangenheit als PR-Agentin verband. Die Pläne von einer eigenen Agentur hatte sie auf Eis gelegt, die angemieteten Büroräume der mit Luna befreundeten Yogalehrerin überlassen. Der Traumfänger, der dort hing, passte dazu – nur anstelle von Sechzigerjahre-Mobiliar würden die Räumlichkeiten mit Yogamatten ausgestattet werden.

»Sonst werde ich fürs Erste nichts tun«, murmelte sie.

Schon in den letzten Tagen hatte Veronika lediglich das Notwendige organisiert und ansonsten lange Spaziergänge unternommen, sich auf Wurzelstöcke gesetzt, die Stille genossen. Aus Martins Blick sprach Zustimmung, aber auch etwas Ungläubigkeit – genau wie aus Avas Worten, als sie vor Kurzem mit ihr telefoniert hatte.

Zum ersten Mal seit Monaten war sie ehrlich zu ihr gewesen. Sie hatte ihr nicht nur anvertraut, dass sie gekündigt worden war, sondern auch, dass ihre Agenturpläne fruchtlos geblieben waren. Doch bevor Ava auch nur auf die Idee kommen konnte, ihr die vorzeitige Rückkehr aus Neuseeland vorzuschlagen, hatte sie die Tochter eindringlich beschworen zu bleiben. »Es geht mir gut, wirklich. Dein Vater nimmt sich eine Auszeit – warum sollte ich das nicht auch tun?«

Aus Avas Schweigen tönte Skepsis. Die bisherige Lüge, wonach alles in Ordnung sei, hatte sie ihr geglaubt, ausgerechnet die Wahrheit stimmte sie misstrauisch. Doch dann hatte Veronika ihr erzählt, dass sie sich einen alten Lebenstraum erfüllen wollte, nämlich jenes Buch zu Ende schreiben, mit dem sie in ihrer Jugend begonnen hatte.

»Die Geschichte von Anna Stromer?«, hatte Ava gefragt.

Nun war es Veronika, die kurz schwieg, weil sie überrascht war. Sie konnte sich nicht erinnern, jemals mit Ava darüber gesprochen zu haben – doch ihre Tochter erzählte ihr von einer Begebenheit vor etwa zehn Jahren, als einer ihrer Deutschaufsätze besonders gelungen war und Veronika von den eigenen Ambitionen gesprochen hatte.

Endlich war Avas Misstrauen verflogen. »Find ich toll! Wird die Geschichte ein Happy End haben?«

»Das weiß ich noch nicht«, hatte Veronika ausweichend gesagt, ehe sie Ava einmal mehr dazu aufforderte, ihre Zeit auf der Schaffarm vollends auszukosten.

Als sie aufgelegt hatte, war der übliche Schmerz ausgeblieben. Unendlich weit entfernt war ihr die Tochter stets vorgekommen. Jetzt dachte sie: Was können Ozeane schon ausrichten, solange ich ihr nichts mehr vormache.

»Wird die Geschichte ein Happy End haben?«, fragte nun auch Martin und riss sie damit aus ihren Gedanken.

Fragend blickte sie ihn an. Anders als mit Ava hatte sie ihm noch nicht von dem Plan erzählt, ihr Buch fertig zu schreiben.

»Du warst mit den Gedanken plötzlich woanders«, sagte er, »so wie früher, wenn dich die Muse geküsst hat und die Idee, die dir gekommen ist, unbedingt weitergesponnen werden musste. Da dachte ich ...«

Er schwieg vielsagend.

»Stimmt«, sagte sie, »ich will meine Geschichte endlich zu Ende schreiben. Aber ob sie ein Happy End hat, weiß ich noch nicht. Das kommt wohl auf den Blickwinkel an. Für die Menschen kann man durchaus von einem Happy End sprechen. Ohne Ulmann Stromers Papiermühle wäre Gutenbergs Erfindung des Buchdrucks wahrscheinlich nicht möglich gewesen, denn das billige Papier war Voraussetzung für das Drucken. Aber aus der Perspektive des Waldes ...« Wieder zuckte sie mit den Schultern. »Wie viel Schaden die Kunstforste angerichtet haben, die auf Peter Stromers ersten Versuch folgten, und erst recht die Produktion von Papier, nachdem der Holzschliff erfunden wurde.«

»Das muss man nicht so negativ sehen«, sagte er. »Kürzlich habe ich gelesen, dass auch heutzutage wieder Experimente durchgeführt werden, um Papier ganz ohne Holz herzustellen. Und weißt du, auf welchen Rohstoff man zurückgreift? Auf Hanf, aus dem schon dazumal viele der Lumpen bestanden! Wer weiß, vielleicht erlebt Ulmann Stromers Papiermühle doch noch ein Revival, und es gibt bald wieder ein Buch aus Lumpen.«

»Und wie genau nennt man das dann? Holzfreies Buch?«

»Klingt ein wenig sperrig. Wie wär's mit veganem Buch?«
Sie lachten beide. Schwiegen.

Was Veronika ganz sicher wusste, war, dass Annas Geschichte im Wald enden und dass sie am Ende begreifen würde: Nicht immer liegt das Heil im hastigen Tun, in schnellen Entscheidungen, im energischen Kampf. Manchmal gilt es, sich dem Rhythmus jener Wesen anzupassen, bei denen auf hektische Lebensphasen der Winterschlaf folgt, und sich die Geduld der Bäume zu eigen zu machen, die auch in kahlen Monaten darauf vertrauen, dass wieder neue Blätter austreiben.

»Mein Waldstück«, sagte sie leise, »soll fürs Erste einfach sich selbst überlassen bleiben. Du hast mich gelehrt, dass man dem Wald am meisten hilft, wenn man ihn in Ruhe lässt. Je inständiger der Mensch ihn retten will, desto mehr macht er ihn kaputt. Am meisten ist ihm dagegen geholfen, wenn er die eigenen Kräfte entfalten kann. Schauen wir mal, wie schnell hieraus ein Urwald wird.«

Sie lächelte Martin an, und obwohl er das Lächeln erwiderte, fühlte sie deutlich, dass noch einige Fragen offen waren. In den letzten Tagen hatten sie sich mehrfach gegenseitig beteuert, wie leid es ihnen tat, dass die Situation so eskaliert war, aber über sie beide hatten sie noch nicht gesprochen. Sie war sich nicht einmal sicher, ob es ein »sie beide« gab.

Doch dann ging ihr auf, dass dazu eigentlich auch alles gesagt war: Sie würden ihre Gefühle füreinander ebenfalls sich selbst überlassen, sie ohne Zutun wachsen lassen, weder Dünger ausbringen noch alles wild Wuchernde bezähmen und einhegen. Nichts davon war Müll, den es zu entsorgen galt, auch der frühere Schmerz, die Kränkung sollten ihren Raum bekommen. Wer wusste schon, was zwischen den dornigen Ranken, dem Totholz alles austreiben konnte.

»Kommst du noch mit ins Forsthaus?«, fragte sie nach einer Weile. »Ich kann dir einen tollen Kaffee anbieten, ich habe Joachims Espressomaschine aus Frankfurt mitgenommen. Wenn er aus Südamerika zurück ist, wird er schäumen. Aber immerhin habe ich ihm das künstliche Feuer dagelassen.«

Martin musterte sie. »Du denkst wirklich, eure Ehe hat keine Chance mehr?«

Veronika unterdrückte ein Seufzen. In Hinblick auf Joachim konnte sie die Dinge nicht einfach laufen lassen, da musste sie eine endgültige Entscheidung treffen. Sie hatte sich überlegt, auch mit ihm das Gespräch zu suchen, ihm wie Ava alles anzuvertrauen – nicht nur ihr berufliches Scheitern, sondern auch die Erkenntnis, dass es nicht allein sein überstürzter Aufbruch gewesen war, der ihre Ehe zerstört hatte. Deren Wurzeln waren schon seit Langem nicht mehr von saftigem Boden genährt worden, hinter vermeintlich dicker Rinde waren Hohlräume entstanden. Gewiss, eine Weile lang konnte man sich auch von Totholz ernähren, irgendwann aber war auch das im Boden verschwunden.

Am Ende hatte sie ihm aber nicht am Telefon erklären wollen, dass sie nicht mehr an eine Zukunft mit ihm glaubte, die gemeinsame Vergangenheit aber ehrlich betrachten und aufarbeiten wolle. Fürs Erste hatte sie ihm nur geschrieben, dass sie sich im Forsthaus ihrer Eltern eine Auszeit nehme. Sie hatte sich schon gegen eine spöttische Bemerkung gewappnet. Stattdessen hatte Joachim ihr in seiner SMS zum ersten Mal nicht nur die Koordinaten seines aktuellen Aufenthaltsorts durchgegeben, sondern eine vollständige Textnachricht geschrieben. »Das halte ich für eine hervorragende Idee. Genieß die Zeit und mach das Beste draus.«

Kurz hatte sie sich ihm nahe gefühlt. Sie mochten zwar in unterschiedlichem Tempo unterwegs sein – sie gemächlich im Wald, er auf dem Motorrad durch die Atacama-wüste preschend –, aber sie hatten doch das gleiche Ziel: keine Getriebenen mehr zu sein, in ihrem Leben aufzuräumen und nicht nur zu wissen, was sie wollten, sondern auch, warum.

»Hast du eigentlich schon Möbel gekauft?«, fragte Martin. »Wenn du mich auf einen Kaffee einlädst, würde ich gern irgendwo sitzen können.«

Unwillkürlich legte sie ihre Hand auf den Stamm der alten Eiche, neben der sie immer noch standen. Er tat es ihr gleich. Ihre Fingerkuppen berührten sich nicht, und doch glaubte sie einen Herzschlag zu spüren, vielleicht ja den des Baums.

»Wir setzen uns einfach aufs Fensterbrett in meinem alten Zimmer«, sagte sie lächelnd, »lassen die Beine baumeln und schauen in den Wald.«

# Klara Jahn

**Wenn die Suche nach der Heimat
zur Suche nach dir selbst wird**

978-3-453-42625-2